UM NAZISTA EM COPACABANA

Ubiratan Muarrek

UM NAZISTA EM COPACABANA

Copyright © 2015 *by* Ubiratan Muarrek

Direitos para a língua portuguesa reservados
com exclusividade para o Brasil à
EDITORA ROCCO LTDA.
Av. Presidente Wilson, 231 – 8º andar
20030-021 – Rio de Janeiro – RJ
Tel.: (21) 3525-2000 – Fax: (21) 3525-2001
rocco@rocco.com.br
www.rocco.com.br

Printed in Brazil/Impresso no Brasil

preparação de originais
DENISE SCHITTINE

CIP-Brasil. Catalogação na fonte.
Sindicato Nacional dos Editores de Livros, RJ.

M912n
    Muarrek, Ubiratan
        Um nazista em Copacabana / Ubiratan Muarrek. – 1ª ed.
– Rio de Janeiro: Rocco, 2016.

    ISBN 978-85-325-3006-6

    1. Romance brasileiro. I. Título.

15-22534   CDD–869.93
                              CDU–821.134.3(81)-3

O texto deste livro obedece às normas do
Acordo Ortográfico da Língua Portuguesa.

Rio

– Alguém falou *merrrmãoaê*?
– ...
– Hã?
– ?
– Alguém falou...

Diana abriu os olhos, contrariada; aos poucos, para se acostumar, sem choques, à claridade. Em vão.

– ... *merrrrrmãoaê*?
– ... ?!?
– Alguém falou *merrrmão aê*?!

E entreviu, destacada pelos fiapos intensos de sol que entravam pela fresta, e que inundaram o quarto de luz depois da cortina escancarada, a silhueta da mãe na contraluz. Ei-la. Ela. Iracema. A própria! Logo de manhã. Triunfal, como o sol da Guanabara! Repetindo os bordões que ouvira na véspera, no programa humorístico da televisão, o *Casa da Sogra*. Tentando reproduzi-los com a voz arrastada, anasalada, rouca, *nortista-acariocada*:

– Alguém... falou... *aê*?!

Disposta a acordar a filha de qualquer maneira – sapateando, se fosse preciso. Com gestos! Iracema: gorda e atarracada, toda ela peitos e cabelos – estes, compridos e secos, longos fios grisalhos intercalados com mechas de um negro vivo, ásperos e armados como escova de aço, e se Iracema não era totalmente bruxa, era pelo menos feiticeira: entrando no quarto com a vassoura, sem pedir licença, todas as manhãs. Para abrir a janela e, se puder, arejar também a alma da filha, descortinando a vista magnífica das encostas ao fundo – Iracema era quem mais precisava daquela vista.

Na cama, nas costas da mãe, mal retomando a consciência alquebrada de si mesma, Diana se pergunta: como *ela* consegue? Como a figura cambaleante que foi se deitar na noite anterior recendendo cerveja, caminhando trôpega da sala para o quarto como se fosse se atirar num poço, para derreter em um sono pesado, embalada a ronco e ar-condicionado: como Iracema era capaz de acordar tão cedo, mais cedo até do que uma grávida frugal e indisposta como ela? Mais cedo até do que a netinha, o bebê que Diana carregava na barriga, e que despertava aos pinotes dentro dela, como dera para fazer havia umas semanas e era assim agora, todas as manhãs.

E acordava tão viva e tão alegre, vovó Iracema, e inexplicavelmente inodora, rompendo desvairada no espaço minúsculo daquele semiquarto, ainda semiescuro, no embalo do samba e do funk, que ela acompanhava quando o pessoal passava lá embaixo, *woofers* estourando no porta-malas do carro logo cedo, apavorando o Flamengo:

– *Va-va-va-va-va-va-vá...*

Iracema só no passinho, no meio da sala, cantando e sacudindo...

– *Va-va-vai...*

... o corpanzil no piso frio de cerâmica...

– *Vai rolar uma pentada!*

... prestes a subir na cadeira, na cabeceira, na cômoda, na máquina de costura, se a deixassem, se a... aplaudissem...

– *Cu-cu-cu-cu-cu-cu-cum...*

... forçando o correr dos trilhos da cortina da sala também, para dar mais impacto ao espetáculo das manhãs radiosas juninas e, na paradinha, erguendo o indicador para o Cristo em cima do morro lá fora, braços para cima, acompanhar o último respiro do funk que dobrara a esquina:

– *A missão será cumprida!*

Misturando ritmos e bordões, ao voltar para o quarto da filha...

– *Alguém falou merrmão aê?*

... disposta a se atirar em cima de Diana, se por acaso ela não abrisse os olhos e não despertasse para a visão incrível que a janela descortinava: aquele pico – o Corcovado – empinando-se e exibindo-se para as janelas dos apartamentos situados nessa faixa lateral do Flamengo.

Iracema a tratava não como se Diana inspirasse cuidados, mas como se jamais tivesse saído de casa, e não fosse ter um bebê em algumas semanas, e não carregasse um aquário que aumentava de tamanho hora a hora, dia a dia, trezentos gramas por semana, às vezes quatrocentos gramas, *quatrocentosssh gramaissshs*, sacaneava Iracema, imitando "esse pessoal metido da feira", como dizia – "Eta povo metido esse carioca... eta povo besta!" Um aquário de proporções nunca imaginadas para alguém com a estatura miúda de Diana, uma garota mais para mignon, e que formava um morro pontiagudo também, arremetendo para cima depois dos peitos, estes também poderosamente inchados – Diana era toda curvas, morros e penhascos. A barriga subia tão abruptamente quanto descia, até a virilha miúda, que se mantinha delineada, após longos meses de hibernação, por vestígios dos banhos de sol – marcas de biquíni impregnadas nela.

E que barriga pontuda, caramba, era aquela! Iracema, antes do ultrassom tardio, cravou: menina. Barriga pontuda, menina. Curvatura ampliada, menino. Apesar de que, às vezes, como Iracema reconhecia, os sinais vinham trocados: a pontuda, se não fosse tão pontuda, podia ser menino, e a circunferência, sendo um pouco menor, menina – o que fazia de Iracema, a "dona Ira", como era conhecida nas calçadas e quadras do bairro, e além do Flamengo, a medida de todas as coisas: *ela* definiria o que sairia de dentro *daquela* barriga. Assim como *ela* dava a luz ao dia. Pelo menos, dentro da sua casa. Como se coubesse a ela iluminar e pôr um fim ao sofrimento da filha, aos dois ou três minutos de sofrimento diários de Diana, ao despertar: longos minutos de agonia, aos quais se contrapunha a visão magnífica, o azul e o verde profundos que podiam ser sentidos a partir dali, da cabeceira da cama, provocando em Diana sentimentos de presença e pertencimento. Espichava-se um pouco a cabeça – como fazia Diana – em direção à janela, e lá estavam, apesar de Iracema e dos prédios, o céu, os morros, o vento, a luz e o cheiro de mar do Aterro – a baía inteira entrando pela janela, formas sinuosas e azuis límpidos, milagrosos, trazendo a promessa de cura. E, se restaram dois ou três minutos matinais de abismo, é porque foram reduzidos a isso, a duras penas, ao longo das últimas semanas.

Até há bem pouco tempo eram muitos, e bem mais longos, quase infinitos, os minutos de sofrimento de Diana ao acordar: poderiam chegar a uma, duas, três horas de agonia pura, líquida, lenta, cozida em lençóis, encharcada nos travesseiros, imobilizando-a na cama, com ou sem morro, vento, sol, janela ou Iracema. Mas a ação recuperadora da Baía da Guanabara e a mudança de ares e de clima, que vigoram mais ou menos por si, à revelia dos ressentimentos, a acalmaram um tanto; a larvinha, que crescia alheia a tudo, e nadava veloz dentro do seu aquário bonito, e que agora amanhecia maluquinha no funk ali dentro – apertando-a e anunciando novas demandas, cuidados e pensamentos – lhe acalmara mais um pouco; o dia-após-dia, de-um-jeito-ou-de-outro, fez naturalmente o seu trabalho; o desapego que lhe era natural cuidou do resto. E foram-se as tardes e noites inteiras de angústia, insônia e choro sufocado; a mágoa profunda nutrida por si mesma, em que Diana se debatia, amaldiçoando-se por ser, por viver, por estar ali, por ter estado lá; e os momentos de normalidade mórbida ao lado da mãe, tão ou mais difíceis de suportar, em que Diana se afundava no sofá, ao lado de Iracema, na frente da tevê – a mãe sem ouvir ou falar coisa com coisa. Uma noite Diana não se aguentou, levantou-se do sofá, desconsiderando recomendações, e precisou ir até a janela, com o Cristo Redentor na sua frente, e a mãe pelas costas: praticamente se pendurou no parapeito do sétimo andar do prédio, com vontade não de pular, mas de gritar para o Cristo, para o Flamengo, para o Rio de Janeiro, para o raio que o parta, para o mundo:

– Eu... não vou... repetir... *jamais*... o nome... – contorcendo-se, apertando o ventre junto ao parapeito, temendo escorrer, sangrar, perder, engolindo as palavras, prestes a sair da boca, como se fossem alfinetes ou espinhos: jurando *não repetir o nome dele*... Jamais!

Pois o silêncio ajuda tremendamente a distância. E que incrível a diferença obtida! Atingir esse estágio ao acordar. Porque não é nada fácil para uma mulher jovem e grávida, e ainda menos sozinha, abrir os olhos e passar o dia em choque, com notas pretas ribombando entre os ouvidos, como o eco de um tapa que ressoasse sem cessar. Agora, o Infame – aquele do qual ela jamais iria pronunciar o nome novamente –, e tudo o que vinha junto com ele – os cômodos sombrios do confinamento conjugal, os tacos soltos do piso da sala, o sofá insalubre de veludo puído – os ácaros –, o carro caindo aos pedaços, *a vida* caindo aos pedaços e todo o resto – o frasco de óleo de amêndoas pela metade, o suco de laranja pela metade – a ladra disfarçada de doméstica – *a gravidez* pela metade – o calor tipo forno de São Bernardo do Campo, sem mar, sem luz, sem vento, enfim: agora, as amargas lembranças que vinham com o Infame tinham um limite, três minutos, às vezes um pouco mais – sem contar, evidentemente, as intermitências, as recaídas, que se tornavam, porém, cada vez mais espaçadas, no decorrer do dia, ocorrendo com mais frequência à tarde, com o calor.

– *E lááá vou eeu...*

E logo Iracema intervinha...

– *... pela imensidão do mar!*

... para despertá-la, chamá-la, medicá-la, para contar o final da novela da véspera, para que ela saísse do quarto, para isso, para aquilo – para importuná-la –, o que não incomodou tanto Diana no início, mas que seguramente iria incomodá-la quando a mãe passasse também a machucá-la. Talvez machucasse menos do que no passado: o pai não estava mais ali para ser disputado. De sua parte, Diana deveria confessar, se fosse capaz de ser cem por cento honesta consigo mesma, o tanto que Iracema, a janela, o samba, a vassoura e tudo mais a ajudaram, desde que retornara, a deixar toda a promessa vã da sua felicidade bem longe, além dos morros, para trás.

– Estou muito gorda com essa calça, Diana?

Havia alguém no meio da sala; Diana virou-se, olhos semiabertos; a tarde estava bem mais quente do que deveria, em junho – fazia um calor pegajoso, de janeiro: aos trinta e muitos graus de sensação térmica, as formas pareciam se derreter no espaço. Era Iracema, plantada na frente da tevê; escovava os cabelos ásperos, alisando-os até a cintura. Caminhou até a porta do quarto de casal, para se espiar no espelho, que ficava depois da cama, no fundo do quarto; desde a porta, dava voltas em torno de si, procurando ver-se em todos os ângulos.

– Fala, minha filha! Essa calça me engorda muito, engorda?

Diana esfregou os olhos, aborrecida. Detestava em dobro ser acordada à tarde; era quando sua preguiça de grávida atingia o ápice, e as horas – incluindo os minutos terríveis – demoravam mais para passar; era quando Diana parecia ser feita de estopa e de chumbo, e sua impaciência a deixava prestes a implodir: ela precisava de todas as suas forças físicas e psicológicas para aceitar ficar parada e simplesmente deixar a tarde passar. Se pudesse, iria desobedecer às ordens médicas e levantar-se, tomar um banho, perfumar-se, alongar as pernas, massagear os seios, cheirar o perfume dos cabelos, escolher uma roupa leve, um vestidinho florido de alças que deixasse à mostra suas coxas quentes e a concavidade entre os seios – e pegar sua bolsinha e sair. E viver! Era essa sua vontade naquela tarde, como em todas as outras. Principalmente, no estado interessante em que se encontrava: queria poder desfilar a barriga na praia, estirar-se sobre a canga florida de frente para o mar e bronzear-se, e mostrar-se, percorrendo com as mãos toda a sua extensão e circunferência, a sua protuberância linda, plena de maternidade, sensualidade e beleza. Não era isso que tantas grávidas faziam no Leme ou no Leblon? Não era isso que ela sempre observara em grávidas com que topara na areia morna e aconchegante: como tartarugas, que se acomodam na areia fofa e úmida, para desovar a ninhada. E era isso – sensualidade e beleza – que o *infame-do-qual-ela-não-citaria-o-nome*, apesar de tudo, apesar de ser quem ele era, reconhecia nela e valorizava nela... grávida... principalmente grávida... Pelo menos foi assim no início, mas, depois... depois... – dois minutos – apenas.

– Diz Diana, vai filha: me engorda ou não me engorda essa calça? Senão eu devolvo para a Circe e...

Diana moveu-se com dificuldade, buscando uma posição intermediária no sofá onde pudesse ver a mãe, sem encará-la diretamente. Sentiu um repuxo no abdome, mas não disse nada. Começou a suar frio, em parte pelo calor. Seu coração palpitava, num ritmo que poderia descambar em algo que ela temia.

– ... porque eu não sou de usar *fuseau*, sabe, filha?! Não sou mulher de *aperrrto*...

Iracema não sossegaria. Abusava dos erres arrastados, como fazia com Otto, porque isso o encantava, entre outros encantos: erres arrastados como os dela, Diana. Sabia o que viria na sequência. Seria uma tarde longa. Nada sendo dito propriamente para ela; Iracema não conseguia falar olhando diretamente para a filha. Não que ficasse quieta: até as seis da tarde, antes de embarcar na cerveja, palavras, expressões, sentimentos e emoções estariam à solta, Iracema falando, falando, entre a sala e a cozinha, como se Otto estivesse à espreita. Diana nunca convivera tanto com o pai quanto nesse retorno; era sua primeira estada prolongada em casa depois dele morto.

– Seja sincera, Diana! Mesmo com essa camisa, que parece uma camisola, me engorda essa *porra dessa calça*!

Sobre a *fuseau*, Iracema vestia uma camisa branca, larga e comprida, que descia até os joelhos; aproximou-se do sofá, para mostrá-la melhor à Diana.

– Para mijar essa calça dá um trabalho, menina! – e lá vinha a linguagem chula, que provocava fortes emoções no marido. – Você tem que erguer a camisa, assim ó... – Iracema ergueu a camisa diante do nariz de Diana, pondo à mostra as camadas de barriga, que se desdobravam na cintura flácida, apertada pelo cós da calça – ... e quando vai baixar as calças, antes de sentar, tem que prender a camisa no queixo, apertando aqui no peito, ó... – e simulou abaixar a *fuseau* ali mesmo, para supremo desgosto da filha, que se viu às voltas com novas inquietações, além das antigas: o que a mãe queria dizer com aquilo? Que Diana ficaria, após o parto, flácida como ela?

– Não dá para arriar a calça inteira! Ê desgraça de calça! No fim você acaba mijando que nem homem, meio arriada, meio que sentada, segurando pelo queixo a *porra da camisa*!

Diana foi obrigada a sorrir. Não lhe incomodavam os palavrões e a vulgaridade da mãe, como incomodaram a seu pai. Como Otto ficava transtornado – ficava *puto* – com a desbocada que escolhera para esposa e mãe da sua filha. Ou fora ele o escolhido, como Iracema propagava? Quem o abordou no calçadão de Copacabana foi ela! Quem deu a primeira mordida, havia controvérsias. Quem escolhe quem? Quem abandona quem – era o que passava pela cabeça de Diana: a contrapartida. Do sofá, pensamentos em cascata, Diana podia sentir a presença do pai, como se estivesse deitado no quarto, como fazia após o almoço. Em minutos, Iracema iria ter com ele, de porta fechada. Mesmo que Diana estivesse na sala. Foram assim até o final. Diana nunca se esqueceria do barulho do trinco da porta, ao fechar-se. No começo, Otto ainda tentou dar um jeito em Iracema quanto aos palavrões. Sem sucesso, e Diana foi testemunha de ocasiões em que o pai se transtornara de verdade, depois de anos de casado, por algum palavrão de Iracema – um "filho da puta" ou um "caralho a quatro" – disparado na rua, completamente fora de contexto. Ele a repreendia, sempre em alemão, e voltava para casa caminhando na frente dela, o que a deixava perdida, sem saber se ia, ou se ficava. Sendo que a primeira coisa que Otto aprendeu a falar em português foram palavrões. E, com Iracema, foram aulas de palavrão.

Não havia nada pesado em Otto, no seu comportamento, nem no seu vocabulário. Pelo menos não no dia a dia do Flamengo: Otto – Diana se lembrava nitidamente – era silencioso, discreto, sereno, imperturbável. Não era um pai mudo, chato, podador – quando ele morreu, ela tinha quinze anos, e podia fazer as coisas como queria. Ao contrário: Otto era vivo, alegre, entusiasmado, permissivo e feliz. Tudo isso da maneira dele, é verdade: do seu jeito minucioso, preciso, monossilábico, germânico, do qual Iracema fingia zombar nos momentos de alegria, ou de irritação, mas que no fundo era o próprio chão para ela. Não apenas porque, como todo bom alemão, Otto trocava os fusíveis, as maçanetas, os sifões, as dobradiças e tudo o mais que quebrasse e que precisasse ser consertado no apartamento – o quartinho de empregada nos fundos da cozinha transformara-se numa oficina, a Oficina de Otto; mas também porque era nele que Iracema se apoiava ao fim da sessão de cerveja e tevê de todas as noites, que às vezes estendia-se até altas horas, indo para o quarto trôpega – indo trôpego ele também, mas menos do que ela. E era nos pés grandes dele, tamanho 46 – também tão fora dos padrões nacionais! –, que Iracema esquentava os pés miúdos na madrugada, fizesse frio ou calor lá fora, porque eles sempre dormiam com o ar-condicionado ligado, e de cobertor. Era uma extravagância de Iracema, à qual Otto se adaptara inteiramente, entre outras extravagâncias.

Otto Funk recebeu o verão de 1947 na Baía de Guanabara de frente: uma massa de ar quente que veio ao seu encontro logo no desembarque, no cais da Gamboa, portão 13. Era uma tarde estúpida e quente, como se passou a dizer, mesmo para quem tivesse atravessado as altas temperaturas do Atlântico Meridional. Otto desembarcou sem hesitar, sem praguejar, sem blasfemar, sem fazer nada além de suar e abrir os olhos estupefatos diante dos galpões imensos das escolas de samba que estavam ali para quem atravessasse a avenida; arregaçou as mangas da camisa de algodão cru, que se tornara sua segunda pele numa viagem de 65 dias, com escalas, e seguiu em frente, sabendo que teria uma nova chance. Por pouco não resolveu ficar na Bahia, mais precisamente no sul da Bahia, encantado pelas peles morenas das vendedoras de coco que tiveram permissão para entrar – e ordens para sair – da embarcação que vinha de porto em porto, entre três continentes, desde a Sicília. Otto queria muito ter descido com uma das vendedoras e interromper ali o seu destino final, Buenos Aires. Queria pular das pedras. E beber muita pinga e soltar fogo pelas ventas à noite, na praia. Mergulhar no mar azul de Itaparica onde, do deque do navio, ele podia ver os peixes e alguns corais. Cavar um buraco fundo na areia. E se enfiar nele até o pescoço, olhando com seus olhos azuis, semienterrado na praia, o entardecer, o anoitecer, o amanhecer e novamente o entardecer.

Queria entregar-se a si mesmo, o jovem Otto Funk. Quem o visse desembarcar sorrateiramente no Rio de Janeiro, vinte dias depois de Itaparica – jogando para o alto todo um itinerário de segurança –, subindo pelas ruelas sinuosas da Gamboa, carregando, numa pequena mala de couro, uma calça reserva e três cuecas – não levar nada! Não portar nada! Não demonstrar nada! Não dizer nada! Não piscar! – mas ninguém lhe falara nada sobre não *foder* – não imaginaria que o jovem robusto, com o cabelo batido de quem frequentou o exército – ele não mudara o corte de cabelo na viagem, agindo de forma imprudente, mantendo o que fora seu desde criança – carregasse tamanha quantidade de desejos, e nem poderia adivinhar a quantidade de pessoas e lugares obscuros que conhecera desde que partiu da Europa – isso aos vinte e poucos anos. E o Rio de Janeiro lhe seria mais do que generoso em relação a isso; a maior parte dos desejos – os prazeres privados – seria atendida, muitos deles antes de Iracema: ela não surgiu de imediato no seu campo de visão – para não sair mais dele depois.

Iracema apareceu seis meses passados da fase heroica de Otto no Rio, dois meses antes dele embarcar para São Paulo, para onde se dirigiu atrás de um emprego – um abrigo – nos porões da tornearia mecânica da Volkswagen, em São Bernardo do Campo. De onde Iracema iria, no entanto, buscá-lo, trazendo-o definitivamente de volta ao Rio, cinco anos mais tarde. Por ora, entre fevereiro e junho de 1947, Otto conseguira servir como ajudante de marcenaria, auxiliando a tornear pés de madeira na Fábrica de Móveis V. Humboldt, um galpão nos fundos de um corredorzinho longo, no meio de um quarteirão encravado no coração da Lapa. E de lá ele só saía no começo da noite para, antes de se enfiar no seu quarto de pensão, a poucas quadras da marcenaria, tornear pernas e corações alheios nas vielas e intestinos perfumados no percurso até a Praça Onze – ele jamais denominaria seu périplo assim: "jardins perfumados" estaria mais de acordo com Otto Funk, o ariano que mais gostava de impurezas que o Reich conhecera.

Otto era um gentleman: sua linhagem era de mercadores de Konigsberg. E um *loverman*: o tanto de pés e pernas que ele torneara fora daquela marcenaria! E de perfumes e flores que ele provara naquelas noites quentes da Gamboa! E de ouvidos que ele enternecera – havia uma linhagem musical na família, foram vários os Funk pianistas, ele mesmo dedilhava a "Patética". E as morenas fantásticas e gordas que seduzira! E as loiras, verdadeiras e falsas, que ele não distinguia; e as mulatas – mulatas! –; e negras – negras! –; azuladas – azuladas! – de tão negras – negras! – que ele nunca, jamais dispensava, como bom alemão que ele era e sempre seria. Mulheres para as quais ele dizia – assim como fazia para si próprio: adquirira o costume de falar sozinho às vezes –, arriscando comunicar-se com elas, com a língua-mãe próxima aos ouvidos delas: que elas tinham gosto de *chocolat*. E era de *chocolat* que ele gostava, e em poucos dias – em poucas noites, em poucas madrugadas – era só *chocolat* que Otto queria. Foi difícil para Iracema fazê-lo abandonar o vício do *chocolat*; Otto rapidamente se *achocolatara*: se entregara à languidez impune, ao bermudão, ao camisão, ao calçadão, aos aumentativos, aos diminutivos – nunca nada era preciso na Lapa –; às palavras que ora eram poucas, ora muitas, mas que sempre diziam a mesma coisa: nada, porcaria nenhuma; às curvas que ele enxergava por todos os lados, na ex-capital do Império; aos 15 minutos de intensidade e lascívia – ao final, toda culpa estaria prescrita. Otto fez um sucesso tremendo nos primeiros meses de seu abrigo na Lapa; e prosseguiria feliz, acolhido por Iracema, para o resto da sua vida.

Do que ficara para trás, pouco se sabia. O Rio de Janeiro fora um bálsamo, sobretudo para a memória de Otto; um espetáculo, logo na chegada, que funcionou como um clarão sobre as lembranças escuras da Europa. Otto nunca disse nada a fundo sobre sua vida pregressa na Alemanha, a não ser platitudes: "em Konigsberg, as coisas eram assim; uma vez, em Stuttgart, fora assado." A guerra, mesmo para quem convivera anos ao seu lado, como a filha, poderia não ter existido: nunca houve conversas de como se dera sua participação, o que acontecera, as batalhas em que lutara, as perseguições – nunca mencionara os Funk capturados e julgados pelos Aliados, se eram parentes ou não –, por que fugira depois da derrota – ninguém no apartamento do Flamengo nunca ouviu nada sobre isso. Não havia justificativas, nem grandes traumas. A leve tremedeira que o acometia nas mãos, todos os dias, no final da tarde, antes do início dos "trabalhos" – se fosse uma sequela psicológica, só Iracema parecia notar, e poderia saber. E o que Diana conhecia do passado do pai, sabia-o pela mãe; na sua memória, a história soava como uma fábula infantil: Otto esteve nos campos de batalha, fora bravo e valente, feriu-se na perna, foi instalado num escritório do exército, numa função burocrática, e, depois, apareceu no calçadão.

– Vou arrancar agora essa *merrda* dessa *boshhta* dessa calça, Diana!

Com a morte de Otto, Iracema, curiosamente, passou a falar ainda mais palavrões – e passou a marejar os olhos se se referisse a ele, também; podia ser um assunto qualquer, e ela até podia começar bem – mas, aos poucos, se mencionasse o nome dele, ou lembrasse de Otto em silêncio, marejava; ainda que o ridicularizasse – "seu pai dava a vida para torcer uma porca!" – Iracema marejava; embaçava, como dizia: "Ih, fiquei embaçada. Embacei!" Embaçava ao falar dele a qualquer hora do dia, inclusive sóbria; e também quando a cerveja intumescia suas papilas, alargava suas bochechas lilases, esticava ainda mais seus olhos naturalmente esticados, de neta de índia manauara, e a lembrança dele percorria sua espinha. Quando se via acompanhada de alguém – ocorrera várias vezes na rua, na porta de um armazém, ou numa padaria, diante de algum conhecido, normalmente acompanhada de Circe, que ouvira essa história centenas de vezes – Iracema gostava de se lembrar da noite da partida, em que Otto se levantou com sono do sofá antes dela, e se encaminhou devagar para o quarto, se arrastando e resmungando da dormência na perna; em meia hora, ela o encontrou caído de costas na cama, com as calças arriadas até a canela, de cuecas, "mortinho da Silva". Não era um choro convulsivo que tomava conta de Iracema quando ela recordava a morte prematura de Otto; era um soluçar baixinho, quase inaudível, como uma galinha velha que lamenta algo no piso frio do canto da cozinha. Aos poucos, como se se lembrasse do quanto o amara, e do quanto fora amada por Otto, ela voltava a sorrir, tão rápido como havia começado a "embaçar"; e era apenas o movimento da boca, e os dentes escuros entre os lábios ressecados, que indicavam o sorriso, porque os olhos continuariam embaçados ainda por um bom tempo, até ela decidir voltar para casa, se estivesse na rua, ou fosse se deitar, se estivesse em casa, carregando as lembranças consigo para o quarto, se estivesse na sala.

– Eu não fico muito da safada com essa *fuseau*, Diana?! Olha... ó!! – Iracema insistia, como se estivesse indecisa, ou precisasse ser observada, e inclinou o corpanzil para frente, na ponta do sofá, jogando o traseiro para trás e erguendo a camisa com uma das mãos, massageando o ventre com a outra, simulando um rebolado na frente da filha; vendo que Diana não mexia uma pálpebra, nem mexeria, parou. Aprumou-se. Foi até a janela, dar uma espiada na vizinhança. Da janela, virou-se para a sala, e entoou uma canção, com alguma solenidade.

– *U-u-óóóóó...* – emitiu notas com sentimento e convicção profundos, vindos lá de dentro do peito largo, uma voz carregada e escura, alterando completamente a natureza da canção, luminosa e sensual. Com as mãos soltas, solfejava no ar, acompanhando as subidas e descidas da melodia, como se levitasse com a canção. Diana reconheceu a música, os movimentos e as situações a que a mãe se referia: a reminiscência da vez em que Otto levou Iracema a uma ópera, um pouco antes de Diana nascer, a primeira e única vez em que Iracema pisou no Theatro Municipal na vida, para assistir a *Sansão e Dalila*. Foi o melhor papel de Iracema, ela falaria dessa noite por anos a fio: a acompanhante da sessão de gala do seu europeu, que alugou um smoking para conduzi-la, sua *índia Iracema* – que chegou ao Rio, por sua vez, vinda de Manaus com seus pais, havia muitos anos, apenas para encontrá-lo, caminhando por Copacabana, mancando levemente, imperceptivelmente, só para ela, no calçadão, um grandalhão magricela de cabelos arrepiados, andando em passos lentos, esperando-a – a sua Dalila. Otto resignou-se à Iracema, assim como à ópera de Saint-Saëns, afinal, um francês – nem Wagner, nem Schumann – pois percebera que, na pátria feminina em que desembarcara, os sinais eram frequentemente trocados. A Iracema entregaria suas dúvidas, hesitações e cabelos – que só ela cortaria.

– *Daliláaa... Daliláaa...* – Iracema aterrissava das lembranças, simulando, em tons graves, a parte de Sansão no dueto do segundo ato (fora salva, na ópera, pela ária belíssima, quando sua impaciência – seu saco – com a cantoria estava explodindo), cantando num volume cada vez mais baixo, diante da baía azulada e a tarde modorrenta lá fora.

– Eu não fico parecendo uma vadia com essa *fuseau*, Diana!? – despertou. – Uma vadia muito da gostosa?? Ô Circe!! – falando como se Circe estivesse ali, e não dois andares abaixo. – Por essa quantia, Circe? Você está me empurrando por cento e cinquenta reais uma roupa dessas de barraca? Roupa de vadia? Eu não estou parecendo uma dessas negas, filha, com essa calça?? – Diana não estava mais na sala, levantara para tomar água na cozinha, para não *morrer*. – ... essas piranhas que ficam marcando ponto no Largo do Machado...

Iracema foi atrás da filha, sacudindo-se pela sala:

– ... para pegar alemão trouxa?

Gorda, com ou sem *fuseau*, era Diana quem estava – ganhava peso dia após dia. Atingira, nas últimas semanas, uma proporção que ela jamais imaginaria, pela sua compleição física, malhação e hábitos sadios; engordar seria aterrador – se bem que, depois do que passara, nada a aterrorizaria. Pouco a pouco, porém, o acúmulo se transformava em segurança: o nenê se desenvolveria bem, ela estaria bem. Imensa, mas bem. A gata de praia, a pequena sereia do Leblon e de Ipanema, era o que era agora: uma gorda comedora de bolachas. Bolachas recheadas – era pelo que ela se apaixonava agora. Lambedora de recheios – era no que ela se transformara. Devoradora de Bis. Industriais tinham alguém como ela em mente ao dar esse nome ao *chocolat*: Bis, bis... outro Bis. "Para, caramba, de tanto Bis!" – às vezes, era *Bis* demais até para Iracema, que não dava conta de comprar tanto chocolate e biscoito e, como ameaça, alertava para os riscos da filha explodir. Diana sorria; apesar dos dois dígitos a mais de peso na balança, é justamente de *leveza* que se tratava o caso dela: do verdadeiro peso, a craca, ela se livrava.

Foi na fuga que veio a percepção da mudança, uma amostra do que viria: dobras, pneus, papadas, ancas, banhas, inchaços e estrias... ao avistar, ao entrar no corredor do ônibus, que a traria ao Rio de Janeiro, o assento apertado, caiu a sua ficha. Mal caberia entre os apoios de mão! Acomodou-se com dificuldade e aflição, incomodando o vizinho do assento ao lado, um velho magro, algo obtuso, que não retirou o braço do apoio de mão central, que separava os assentos, obrigando-a a roçar as ancas no braço peludo dele, ao acomodar-se, o que lhe deu calafrios e um certo asco. E, se por um lado o velho dormiu o tempo todo, por outro lado permaneceu com o braço sobre o apoio o tempo todo também, obrigando-a a comprimir-se totalmente para o lado oposto, espremendo-se contra o vidro da janela – e que razoabilidade havia nisso? Era justo? Uma grávida não deveria ter o privilégio – o direito – do apoio do meio? Grávidas não têm preferência sobre idosos? Ou ambos têm a mesma preferência por acaso? O apoio do meio não deveria ao menos ser objeto de um rodízio? E ela: por que agora pensava nisso, em ter direitos?

Diana só relaxou quando o ônibus terminou de descer a serra e, interrompendo o movimento sinuoso, vertiginoso, espantoso, de descida, acelerou em linha reta, como se ganhasse impulso, e a lufada de ar quente do amanhecer da planície entrou pela fresta aberta da janela – e Diana se deu conta do bem-estar e das possibilidades que seu novo corpo lhe traria. No minuto em que a pressão libertou seus ouvidos, sentiu um paraquedas se abrir dentro dela, num tranco, como se pousasse num campanário sublime e seguro, e deslizasse pela vida a partir dali. Foi um movimento paradoxal: sentir a expansão do corpo e o recolhimento do espírito. Atingir a planície foi um alívio duplo, triplo: na descida, o louco sentado na direção despencou com o ônibus madrugada e serra abaixo, acelerando nas curvas, desviando dos caminhões igualmente enlouquecidos e imprudentes e outros ônibus guiados por malucos como ele que despencavam na mesma direção. A cada curva, a carroceria se dependurava para fora da estrada, namorando perigosamente o abismo, e Diana podia enxergar, do assento privilegiado na janela, o despenhadeiro escuro; era amassada, comprimida e arremessada para ambos os lados, desacomodando várias vezes o braço do velho sobre o apoio do meio – que o recolocava, sonâmbulo, em seguida –, dançando uma valsa noturna que provocava calafrios na espinha e chacoalhava o vazio cheio de dor dentro dela. Como uma passageira num trem fantasma, em que os sustos se enfileiravam: vinham do que ela via pela frente – o despenhadeiro escuro – e do que havia deixado para trás – as nuvens negras na cabeceira da serra.

Ao terminar a descida, sentiu o coração bater forte e aconchegou-se, apertando os peitos que começavam a inchar de verdade junto de si. Feliz, ela não estava, nem poderia estar; mas era possível sentir alívio com a nova temperatura e a nova casa; morna e rechonchuda, acolhida entre os braços apertados do banco, Diana espiou a manhã nascer em solo fluminense, pela janela do ônibus.

Aturdida pela confusão do desembarque, na rodoviária, ela se deu ao luxo de tomar um táxi, que passou direto, chegando ao Aterro, a entrada pela Machado de Assis; teve de seguir em frente para entrar na Paissandu, em direção ao coração do Flamengo. Diana ergueu-se, no banco de trás, olhando para tudo, reconhecendo o seu território, altiva, embora rechonchuda, com ares da princesa que ela fora, e que nunca abandonara, como se desfilasse, carregada numa liteira, por entre as fileiras de palmeiras imperiais. A imensidão do Rio a comovia.

Olhando para cima, porém, achou as palmeiras menores do que eram na sua infância e adolescência, quando pareciam atingir o céu.

Que ela tenha pensado no Infame durante o trajeto, não surpreendia. Que tivesse deixado um pedaço seu para trás, era também de se aceitar – ainda que carregasse parte desse pedaço dentro de si. Mas, por estar de volta onde estava, viva e com o nenê também vivo, e tendo abandonado o outro pedaço para sempre – jamais pronunciando o nome dele novamente –, sem deixar um bilhete, uma explicação, um aviso – sumindo pela porta da frente no meio da tarde – Diana, sem perdoá-lo, concedia a ele a chance de sobreviver, ter uma nova "vida", ou o que quer que ele fosse capaz de ter. Contanto que ela não tornasse a vê-lo; não tornasse a ouvir sua voz; ouvir seu nome; nunca mais tivesse notícias dele; não o reconhecesse se o encontrasse na rua, se ele viesse atrás dela – o que seria improvável: na sua fraqueza, na sua ignorância, na sua pequenez, na sua *insignificância*, ele não saberia, porque não teria como saber – porque nunca lhe ocorreu ter curiosidade de saber – nem perguntar –, nada sobre ela, sobre a vida dela, seus antepassados – nem o endereço, nem o telefone – nem o nome da mãe dela ele era capaz de se lembrar.

Portanto, o Infame não a veria balofa, túrgida, geodésica e afrodisíaca sobre a canga estirada no chão do quarto, preparado por Iracema especialmente para recebê-la, banhando-se nos raios alaranjados de sol no cair glorioso da tarde carioca; ele não se divertiria, arrepiando, com seu toque masculino, a penugem macia dos braços e das coxas dela, que se eriçavam com qualquer coisa boba que ele dissesse em seus ouvidos; ele não se espantaria com as milhares de pequenas veias azuladas que viriam à tona na barriga dela – uma cúpula telúrica. Ele não se divertiria com as reviravoltas e cambalhotas e chutes da larva que nadava veloz no aquário em que ela se transformara – quando eles *não* se encaixassem à noite na cama, ela *não* viria por trás dele, e ele *não* sentiria os chutes da pequena sereia endiabrada nas suas costas – ele jamais viveria a incomensurável felicidade disso. E ele principalmente *não faria mais amor de ladinho com ela*, que era como o médico a que Diana fora levada pela mãe, na primeira semana no Rio, a havia, por prudência, aconselhado – sem saber nada do que se passara, a sua verdadeira dor:

–Vvvvocê te-teve u-um descolamento ap... peenas parcial da placenta – disse o médico. – Mmmm... mui-tas grávidas pas-sam p-por (era gago, o médico) i... isso. Nada de-de se mexer mmmui... to, ok? Re-repouso completo ok?... e n-nada de de se... xo *profundo*.

Iracema, que entrou na sala de consulta junto com a filha, desconfiada que era de médicos, de gagos, de toques com o dedo e "do cacete a quatro", divertiu-se para valer com o "se... xo ppp... rofundo", repetindo e gaguejando semanas, rindo muito e reelaborando o receituário:

– E nada de *mu-muito* profundo, ok? – era Iracema na cozinha, quase embriagada, só de sacanagem, rindo e olhando para o teto, falando para Otto, que devia estar se divertindo, apesar de puto com esse jeito dela, ela provocando-o lá no além:

– E nada de muita l-l-llín-gua lá no fu-fundo, heeeiinnn?

Sendo que nem Diana, e nem Circe, afundadas no sofá da sala, diante da tevê, tinham qualquer tipo de acesso à conversa dos dois.

Circe teria a estatura de uma anciã chinesa, se não fosse brasileira até a medula que percorria sua espinha torta; era magra, ressecada, angulosa, e a corcunda, embora não fosse tão pronunciada, parecia pesar sobre seu esqueleto aparente. Mas nada em Circe era velho, miúdo ou frágil. Longe disso: a contundência e vivacidade dos seus movimentos e de seu mau humor, a loquacidade de seus gestos e sua incontinência verbal eram lendários: de Laranjeiras a Botafogo, não havia quem não a reconhecesse, ela e sua cara amarrada, apesar do sol e de todas as maravilhas, nas caminhadas matinais que fazia pelo Aterro. Lá ia a Circe, todas as manhãs, de ponta a ponta da baía, uma morena-escura, de pele castanha e lábios finos e lilases, egípcia e determinada, com o rosto ejetado para frente, como se não enxergasse mais nada em volta, além do calçamento e de suas obsessões, parando de quando em quando para olhar para bem alto, sobre os morros, e respirar fundo, enchendo os pulmões do ar fresco e renovado do Atlântico. Sempre com pesar! Ao contrário do que lhe prometera o oncologista famoso, primo de uma parente que era cunhada de um deputado, a caminhada era o que era: um suplício suarento, que ela só fazia por recomendação – ordem – expressa dele, e foi fruto de muita negociação. Com o câncer, que lhe levou o seio direito, poupando o esquerdo, do qual todos – ambulantes, jornaleiros, comadres, barraqueiros, o Jurandir do coco, a Dagomar que lhe fazia as unhas – estavam suficientemente informados, uma consequência de sessenta cigarros diários, caminhar é o que lhe restava fazer, para garantir alguns anos a mais.

E Circe se perguntava, inconformada, e perguntava para quem a quisesse ouvir: para que viver mais, se ela tinha vivido, e visto e ouvido, tudo? Ou quase tudo, que é o que se pode ver e ouvir na vida rica de experiências que tivera, nas capitais em que residira, nos concursos em que passara, nos relacionamentos que cultivara, nas antessalas que ela frequentara – reinara – antes da aposentadoria, do Rio de Janeiro e do câncer: antessala da vice-presidência da companhia de energia de Minas Gerais, um exemplo; outro: antessala da presidência do Senan – do qual pouca gente ouviu falar, ninguém jamais soube o que queria dizer, e que foi de qualquer maneira extinto ainda nos anos 70 –, e as várias antessalas de gabinetes de deputados e um senador nos seus tempos áureos de subchefia de gabinetes, em Brasília.

Quando se sentava e esticava as pernas, que saltavam do seu tronco como dois palitos, no sofá da sala da vizinha Iracema, o que fazia todas as noites, subindo pelo elevador do quinto para o sétimo andar do prédio, para assistir à televisão, Circe quebrava o silêncio que as unia na maior parte do tempo para se lembrar de uma ou outra figura conhecida que aparecia na telinha, no telejornal noturno que elas viam juntas. Eram mortos-vivos, a maioria que ela reconhecia na tevê: homens, toscos, vestindo ternos cinza mal cortados, de grossos bigodes mal aparados, testa enrugada reluzente – como bonecos de cera mal maquiados –, empapados de luz e suor. Alguns ela havia conhecido pessoalmente, nas visitas que faziam aos gabinetes; outros, conhecera apenas de voz, de marcar encontro pelo telefone. Se por acaso houvesse falado com a secretária de um senador ou um ministro, na época das antessalas, e eles apareciam na tevê, Circe não se continha e dava um pulo no sofá: ela havia falado com a secretária daquele sujeito, Iracema! E daquele outro, quando ele ainda era deputado – um ninguém. E agora era ministro – "um zero à esquerda desses, ministro!" Circe era capaz de jurar que isso ocorrera, e se orgulhava que havia falado com a secretária dele, ainda deputado. Iracema olhava para ela e, embarcada – e emborcada – que estava para a margem do lado de lá do pântano, remando seu barquinho num rio caudaloso de cerveja morna, sorria e expandia os olhinhos, quase fechados, a um passo de encerrar o expediente noturno.

Circe então se agitava e procurava a bolsa, como se precisasse encontrar o maço de cigarros que não havia lá dentro, como se na procura desesperada pelo cigarro consumisse a ansiedade e excitação do que vira na tela, diante do passado. Levantava-se, olhando em volta, para ver onde havia colocado a bolsa; encontrando-a, debaixo de uma almofada, apertava-a junto ao seio imaginário – e, depois de respirar fundo uma, duas, às vezes três vezes, para se acalmar, pois tudo a excitava, ia embora para casa, descendo pela escada, deixando Iracema roncar à vontade na poltrona; despedia-se em silêncio, fechando a porta com cuidado, agradecida pelo passar das horas.

* * *

Às vezes, Circe trazia revistas para folhear ao lado de Iracema; não revistas novas, de moda e fofoca, fresquinhas de banca; isso pesava na sua pequena aposentadoria do governo – à diferença da aposentadoria do governo alemão, que beneficiava Iracema, e que, dependendo das oscilações do câmbio, permitia a ela não apenas comprar revistas novas, mas luxos mais portentosos, como a poltrona de três movimentos reclinável, na qual ela se largava em frente à tevê, e que era a grande aquisição recente da sua vida. Circe contentava-se em apanhar as revistas na banca do Salvador, banca do bicho, exemplares velhos que ficavam ali empoleirados como pombas, que funcionavam na base da troca, um negócio improvável para disfarçar a jogatina.

Nessa noite, Circe entrou no apartamento de Iracema com um exemplar volumoso debaixo do braço, uma edição em bom estado de uma revista de moda alemã. Mal cumprimentou Iracema, que lavava pratos e cantarolava qualquer coisa na pia da cozinha, e foi direto para o quarto de Diana. Encontrou-a fazendo a cutícula dos pés, sentada de forma desajeitada na cama, com uma perna cruzada sobre a outra, tentando puxar o pé para si para aparar a unha do mindinho. No que era obstruída pela cintura endurecida – a circunferência espantosa do sétimo mês! Diana se contorcia irritada: era difícil para ela lidar com os contornos estranhos, papas e dobras para todos os lados, vincos e membros transmutados e distendidos, e partes novas e inteiras que se destacavam dela – como se descobrisse novos órgãos. Como se tivesse cinco braços, ou três calcanhares, ou três barrigas, ou nove pés. Circe percebeu sua aflição, e chegou-se junto dela, sentando-se ao seu lado; como se fosse uma adolescente excitada com a outra, presenteou Diana com a revista de moda, que trouxera especialmente para ela, explicou, uma edição especial sobre mães famosas.

Na capa, uma mulher deslumbrante, loira, magra e esguia, de olhos azuis espantosamente claros e cabelos puxados para trás, vestia um vestido longo de cetim de seda negro, armado como um bolo de noiva e coberto por uma sobressaia de organza multicolorida, em tons predominantes de verde-musgo e rosa, pincelados de forma livre e com fúria. Nos braços, a atriz, ou modelo, da capa carregava um bebê loiro, rechonchudo e fleumático: ele olhava de lado, para baixo, como se tivesse sua atenção distraída por algo, e não estivesse sendo fotografado – como se não estar ali fosse natural para ele –, e se chamava, como Diana pôde ler na legenda da foto, Gustav Von Gumppenberg. Diana, ao ver o garoto, lembrou-se imediatamente do Infame – do qual ela possivelmente nem lembrasse mais o nome – porque, ela não estava bem certa, mas, se o filho deles fosse um menino, ele provavelmente seria parecido com aquele garoto, um pouco mais escuro de pele e cabelos, mas ele certamente olharia assim, de lado, se ali tivessem colocado um brinquedo para ele, uma bola ou um caminhãozinho. E o Infame gostaria – ela se lembrava, mas não tinha certeza de querer se lembrar disso –, um dia lhe falou algo sobre isso: se fosse menino, seu filho se chamaria Gustavo.

Com o coração apertado, Diana folheou lentamente a revista, no colo, detendo-se aqui e ali nas fotos e ilustrações, que passavam aleatórias por ela, tentando ganhar tempo – e disfarçar o sofrimento e a confusão de sentimentos (que durava mais de um minuto) que aquele presente lhe trazia.

No entanto, Circe em tudo reparava. Diana não era nada dela, nunca fora; saiu de casa poucos meses depois que Circe se mudara para o prédio, e nunca mais se viram. Teria a chance de conhecê-la somente agora. Porém, talvez por ter ouvido coisas sobre Diana durante anos, do pouco que Iracema deixava escapar da filha, e por ter se tornado, depois da partida de Diana e da morte de Otto, uma presença tão frequente naquele apartamento – e também por vê-la folhear tristemente a revista, abafando os sentimentos dentro de si –, Circe teve a impressão de que a conhecia há muito tempo, como se ela fosse uma sobrinha afastada, ou uma afilhada sua. Não imaginava que Diana sentisse tanta dor, ela não percebera a intensidade dos sentimentos da outra até então – não que fosse tanta, e que Diana pudesse ser tão resiliente e silenciosa. Um minuto, e Circe estava conquistada, e doida por ensiná-la, mostrá-la, revelar algo para ela: algo no sentido de que mulheres sofrem, ela sofre, Diana sofre, Iracema sofre, a Cacilda sofre, a neta da Cacilda sofre, todas sofrem... *porém jamais se rendem.*

– Olha, vai ter um *casamentaço* no Copa aí, da neta da Cacilda, aquela nossa amiga, minha e da sua mãe... Você se lembra dela, da Cacilda.

Circe sempre fazia perguntas afirmativas. Sem esperar a resposta, levantou-se, sacudiu a cabeça como se sacudisse toda a tristeza e postou-se na porta, entre o quarto e a sala, falando alto para Iracema ouvir da cozinha:

– Vamos carregar essa menina para a festa da Cacilda no Copa, Iracema? Ela superou aquele problema, pelo visto.

E falou para Diana, sempre para Iracema ouvir:

– Não tem nada demais, aí. Quando foi a última vez que sangrou? Faz mais de um mês, não faz? Você satisfez o médico, não satisfez! E olha, o que você fica com essa batata da perna para cima, não é brincadeira. Tapa qualquer vazamento isso, menina.

Diana se incomodou com Circe. Com tamanha liberdade. Tanta naturalidade com o seu problema lhe pareceu desfaçatez. Ou não. Haviam se passado semanas desde que aportara na casa da mãe. Cada vez que tocava o telefone ou o interfone – e eles tocavam, era raro, mas tocavam, por um motivo ou por outro – estava claro, ou deveria estar, que não era o *Porcaria*. Que não seria o *Merda*. Que não havia mais porque temer – esperar – por ele, o *Infame*. Que a criança, a menina que nasceria dali a algumas semanas, nasceria de qualquer jeito, talvez não loira, como o nenê da capa da revista no colo da modelo; mas nasceria, de certa forma, como uma Von Gumppenberg: sem o pai, olhando para o lado, não fleumática, mas desconfiada tão cedo da vida, apenas com a mãe para lhe pegar no colo, e isso lhe bastando. Há mais de uma maneira de ver as coisas, Circe parecia querer lhe dizer, como também a capa da revista: Diana olhou para a imagem, buscando uma ruga no rosto da modelo, uma tensão qualquer na sua têmpora, uma nódoa de preocupação na sua testa; não encontrou nada disso. A moça – era uma princesa austríaca – tinha a testa lisa, e os olhos vivos, azuis – como os seus eram verdes e vivos – e bem abertos, e a boca sutil, repuxando os cantos dos lábios. Não que ela sorrisse; mas estava longe de estar triste, cabisbaixa e derrotada, como estava Diana, nesse momento de recaída – e os esforços de Circe eram para levantá-la.

Então, para Circe, por causa de Circe – e menos por nunca deixar de ter sido, no fundo, uma Von Gumppenberg do Arpoador e menos ainda pela festa no Copacabana Palace – Diana ergueu o rosto e revelou pela primeira vez em meses algo próximo a um brilho nos olhos.

– Mas ela tem que ir à festa com um vestido igual a esse da revista, ok Iracema? – disse Circe, sem saber, na divisa entre a sala e o quarto, se olhava para a cozinha ou para dentro do quarto: pois fora apanhada pelo olhar de Diana.

– E vamos gastar na organza para disfarçar essa barrigona dela, ok Iracema?

Diana conseguiu, timidamente, sorrir.

– Eu estou de acordo... – disse Circe, antes de se instalar no sofá, sabendo de antemão que Diana jamais iria à festa:

– ... e tem que ser um vestido *e-xa-ta-men-te* igual.

Vestir-se exatamente igual a uma Von Gumppenberg seria impossível: uma organza como aquela não havia por ali, nem próximo dali, nem a muitos quilômetros dali. Como também não havia costureiras de *haute couture* no Flamengo, que alguém soubesse, como seria necessário para o vestido ser exatamente igual ao da princesa austríaca, pois embora nem Diana, nem Circe lessem ou falassem alemão, elas sabiam imaginar algo de francês, pelo menos duas palavras, no caso, *haute* e *couture*, do *Haute Couture Report* da capa da revista, intuindo que um vestido de alta-costura é o que era exibido com altivez pela Von Gumppenberg. "Um vestido de noite de Oscar", como Circe traduziu para Celeste, a costureira que apareceu no apartamento dali a duas noites, levada por ela para tratar do vestido que Iracema usaria no *casamentaço* da neta da Cacilda, que aconteceria em duas semanas, no Copacabana Palace.

Celeste sorriu ao ouvir a expressão, equilibrando alfinetes enfiados na boca, e por pouco não espetou um deles na coxa varicosa de Iracema, que, por sua vez, equilibrava-se, para provar a túnica de cetim preto feita sob medida para ela, sobre o banquinho trazido da cozinha e colocado na sala, perigosamente perto da janela, debaixo das pás do ventilador de teto. E como ela adorava as cerimônias da entrega do Oscar, a Celeste. E como ela era falante! Uma senhora gordinha e dinâmica de cabelos bem curtos, tingidos de prata, sorriso largo, olhos vivos e falante! De repente, do nada, Celeste começou a lembrar as – poucas, infelizmente – cerimônias de premiação do Oscar a que havia assistido pela televisão, sempre tão tarde da noite, enumerando também, a partir dos filmes que levaram a estatueta, os vestidos das estrelas, que ela viu desfilar no tapete vermelho e que a marcaram, fazendo uma confusão dos diabos com nomes de atores, costureiros, e títulos de filmes que ela jamais havia assistido. *Marimbondos de fogo* – ou seria *Carruagens de fogo*? – a marcou profundamente, mas Celeste não tinha certeza se Uma Thurman trabalhara nesse filme ou se fora em um outro: *Ciranda dos deuses*, ou *Cidade dos deuses* – "Nãããо, pô Celeste!", alertou Circe –, ou *Cilada dos deuses*? O que Celeste se lembrava com certeza era do vestido amarelo de Uma Thurman nessa noite, um longo de cauda plissada que se esvaía "assim" – e Celeste estendia os braços, exagerando o comprimento da cauda do vestido, afastando as mãos que serviam de apoio a Iracema, que poderia se desequilibrar e cair do banquinho.

Em um instante, tentava-se adivinhar naquela sala – Diana se retirara, exausta, para o quarto, arrastando-se sob os olhares de Circe – quantas estrelas de cinema haviam se hospedado no Copa – um assunto que conquistou Circe de imediato: em que época elas haviam se hospedado no hotel e em que circunstâncias. Mae West viera fugindo da guerra, pelo que Circe se lembrava (Iracema nada disse a respeito); ou teria sido Rita Hayworth? Quem – Elisabeth Taylor ou a Audrey – havia fugido de um divórcio? – A Greta? – lembrou Iracema, botando malícia no nome da atriz e olhando instintivamente para a porta do quarto, como se procurasse a filha que se refugiara lá dentro, e que certamente fugira de um divórcio e ouvia a conversa. Animada, Circe perguntou, como se fosse um fato reprovável: quantas dessas atrizes "o filho da puta do Guinle" havia comido, "aquele filho da mãe do cacete, e que não sobrava nada dele agora!" – e Celeste, incomodada com o palavrório vulgar, quis saber quem era o Guinle, em que filmes ele atuara e se ele ganhou um Oscar, isso foi em que ano?

Iracema botou fogo na conversa, lembrando, no alto do banquinho, de costas para a janela, excitada pelo ventinho fresco que recebia no decote em U do vestido, da ocasião em que Madonna, a cantora – a "vaca" – se hospedara lá, e isso havia poucos anos, e instalara uma cozinha industrial na suíte presidencial, o que deu um trabalhão danado e custou uma grana preta, "única e exclusivamente" para poder levar para a suíte toda sorte de gente – "meninos, meninas inclusive" – e lá ficar! Por quarenta e oito horas seguidas! "Ooooоh!" – Celeste revirou os olhinhos, numa mistura de estupor, reprovação e excitação e, "como estamos falando nisso", já que elas entraram nesse assunto, ela quis saber que atriz correu pelada pela praia atrás do marido, que fugiu dela de cueca, no calçadão, em plena madrugada, após ser apanhado pela mulher "comendo a camareira" na própria suíte em que se hospedaram.

– Carmem Miranda é que não foi, e disso eu tenho certeza! Ô! – disse Circe, sentada no sofá, com os olhos na tevê. – Essa correu *do* marido, um americano muito do escroto, ela abandonou o homem lá nos Estados Unidos e se trancou no Copa um tempão... uns bons dois anos, se eu não me engano!

– Tanto tempo? – perguntou Celeste. – Como alguém pode ficar tanto tempo longe do marido?

Na mesma hora, Circe olhou para a porta aberta do quarto, onde Diana se enfiara; num estalo, percebeu o que ela poderia sentir com aquela conversa.

– Bebendo, Celeste, lógico! – respondeu, como se, ao tornar mais grave a situação de Carmem Miranda, atenuasse a situação de Diana. – E se drogando também. Ela era uma drogada, uma viciada em remédios, o que pouquíssima gente sabe! A mulher era uma draga de álcool e comprimidos! Que marido aguenta isso?

– Alguém falou *merrrmãoaê?*! – disparou Iracema, sempre animada.

– A Carmem Miranda? Bebendo e se drogando? Por dois anos? No Copa? – um olhar expressivo saltou da fronte de Celeste, como se houvesse presenciado uma revelação de grande impacto, prestes a fazer o sinal da cruz a qualquer minuto. – Meu Deus! Que vida que essa gente leva, não Iracema?! Isso lá é vida? Tanta coisa, tanta festa, tanta roupa... tanta invenção de moda!... É não ter o que fazer... tanto disso e daquilo... e pra quê? Para se consumir no orgulho! Por isso que eu sempre digo – se estica, Iracema! – como é bom a gente poder ficar cada um consigo, bem quietinho, no seu canto... Há muita gente aí que fica se mostrando, mas no fundo está perturbada, está confusa... gente que nunca encarou uma máquina de costura, essa é que é a verdade!

Iracema e Circe a ignoraram; elas sabiam como era parca, apesar de feroz, e às vezes ferina, a imaginação de Celeste; "quieta no seu cantinho", Celeste fingia não imaginar, como elas e todos do bairro imaginavam, as andanças do marido, notório *sacaneador* do Catete e de outros cantos; assim como Celeste nunca imaginara os caminhos da doença do filho, um nenê de má-formação que se sustentava, como um molusco, em ossos disformes e cartilagens precárias até os quatorze anos de idade, e que passava o dia trancado no apartamento de um quarto e meio do casal, na Senador Vergueiro, a três quadras dali. O menino, Thiago, viveu zanzando de um cômodo para o outro e, na sua imaginação, o filho naturalmente se regeneraria. Celeste também não imaginou que morreriam ambos, o marido e o filho, pouco antes da passagem do milênio, no caminho de volta de uma pescaria, na qual o pai levara o garoto, num acidente horroroso na Linha Amarela, que envolveu um caminhão, um ônibus, matando também uma companhia feminina, que estaria dentro do carro – e não "voado pela janela de dentro do ônibus", conforme sua (falta de) imaginação.

– Mataram uma menina! – Circe soltou um grito, de súbito, diante da tevê. – Deus do céu, ma-ta-ram a menina!

Iracema, que se preparava para descer do banquinho, apoiando-se nos ombros de Celeste, parou no ar, como uma estátua viva, diante da estupefação de Circe:

– Arrancaram a cabeça dela!

Circe avançou para perto da tevê e aumentou o volume provocando um furacão na sala.

– A cabeça dela! – Circe repetiu, incrédula.

– Arrancaram o quê? Circe? – Celeste se aproximou do sofá, deixando Iracema para trás, em cima do banquinho.

– ... arrancaram a cabeça...

– Cabeça?! Circe! – disse Celeste.

– Volta aqui, Celeste! – Iracema gritou, temendo perder o precário equilíbrio.

– ... ar-ran-ca-ram-a-ca-be-ça... – repetiu Circe, procurando entender e explicar para Celeste. – Sequestraram a menina e arrancaram... A CABEÇA!

– Circe! – disse Celeste.

– Celeste! – berrou Iracema – Volta aqui, Celeste!!

– Circe! – repetiu Celeste.

– Celeste! Não me deixa pendurada aqui! CELESTE! – berrou Iracema.

– ... e atiraram bem na frente... – disse Circe.

– Ai! – gemeu Celeste.

– Eu vou cair daqui, cacete!

– Foi... – disse Circe, ignorando Iracema. – Na frente da porta... da casa dos pais dela!

– Circe! – disse Celeste, recuando e estendendo o braço para trás, para socorrer Iracema sem olhar para ela.

– Celeste! – gritou Iracema.

– Animais! Sequestram uma menina e... – disse Circe.

– Para Circe, porra! – reclamou Iracema, desfazendo-se dos panos com dificuldade.

Celeste, voltando a si, mas sem desgrudar da tevê, ergueu os dois braços para servir de apoio a Iracema, que desceu do banquinho, embrenhada no tafetá do vestido.

– São uns assassinos! São animais! – disse Circe.

– Circe! Porra! – disse Iracema, se arrastando pela sala com o vestido preso no corpo por alfinetes. – Se controla. Controle-se! Diminui o volume e fica quieta um pouco, criatura.

A tevê mostrava a fachada de uma casa térrea ampla, no meio de um gramado extenso, sem grades ou portões; camburões de polícia, repórteres e fotógrafos se amontoavam na porta de entrada da casa; na calçada, seguranças patrimoniais ganharam um close demorado da reportagem: estranhos meninões-armário, em ternos escuros de risca de giz. O relato do repórter era prejudicado pelo ruído de sirenes, helicópteros que sobrevoavam o local e gritos das pessoas aglomeradas na frente da casa, que invadiam o gramado.

– Escuta isso: foram seis meses de sequestro! – explicou Circe, dividindo os olhares entre a tevê, Iracema e Celeste. – E ainda mataram a coitada da menina sequestrada. Uma menina de dezesseis anos! Aí: jogaram na frente da casa dos pais dela!

– Jogaram? – Celeste se aproximou do sofá, cautelosa.

– A ca-be-ça Celeste!! Você não entendeu, Celeste? Arrancaram a cabeça, Celeste! Tiraram fora! Assim ó: *záup!*

Celeste tapou a boca com a mão direita. Segurou o queixo, como se ele fosse cair.

– E jogaram na porta da casa dos pais dela! Macacos! Jagunços! Fedorentos!

– Cristo: perdoa; Cristo, perdoa; Cristo-perdoa-Cristo – orou Celeste. – Perdoa-nos-termos-consagrados-de-seu-pai-Davi-e-Salomão-perdoa-Cristo-o-que-se... aiiii...

– Quieta, Celeste! Para, Celeste! Onde foi isso, Circe? – perguntou Iracema, de pé, na porta da cozinha.

Diana entrou na sala, despertada pelos gritos, segurando a barriga com as mãos como se se precavesse de algo.

– Quietasssss!... – Circe tinha um olho em Diana e outro na tevê, onde o crime era reconstituído numa animação: uma adolescente ao volante, uma picape vista de fora, um farol vermelho, noite, bandidos se aproximam, arrombam a porta, entram na picape, levam a menina... – A história não acabou ainda!

– Foi aqui? Não foi aqui? Onde foi?... – perguntou Celeste, ávida. – Em que...

– Perto de São Paulo, ó! – explicou Circe, sem desgrudar os olhos da tevê – É uma casa de condomínio.

Diana sentara-se ao seu lado.

– Em São Bernardo do Campo.

Diana puxou uma almofada para junto de si.

– Minha nossa senhora! – disse Circe, observando Diana com o canto de um olho. – Uma baita... de uma poça... de sangue, tá vendo ali? Na frente da casa!

– Graças! Graças!! – suspirou Celeste, numa expressão que tanto poderia ser de oração pela menina quanto de alívio pelo fato do crime não ter sido num local próximo a ela. – ... *da tormenta fez-se a aventurança, do vendaval a misericórdia, ó Glória...*

Diana chegou bem em tempo de ver a poça de sangue na porta da casa – "Ó sangue de Judá...", orava Celeste –, e as folhas de jornal mal conseguindo encobri-la; e o que seria o pai da garota morta diante das câmeras – "Ó Deus sem subterfúgios! Ó Pai que opera ao vivo!" –, balbuciando palavras, que ela não entendeu bem quais eram, mas que lhe pareceram ameaças – "Deus não manda nem recebe precatórios!", continuava Celeste.

– Aí... – disse Circe. – O pai pagou o resgate, ao que parece.

– Deus envia, Deus aliv...

– Cala a boca, Celeste! – gritou Circe. – Porra! E mesmo com o pai pagando o resgate, os caras foram lá e...

Diana fraquejou; sentiu a pressão cair; jogou o corpo para trás, apoiando as costas no encosto do sofá. Circe virou-se para ela como se oferecesse ajuda para acomodá-la, ciente dos efeitos de uma história terrível como aquela numa grávida no estado delicado dela. Em vão. Iracema, que havia voltado da cozinha, apoiou-se no encosto do sofá, atrás delas, e, sem tomar cuidado algum, abriu a latinha de cerveja e atirou a história no colo da filha:

– São Bernardo, não foi? São Bernardo? Foi na tua terra esse troço, não foi? São Bernardo?

– Quieta, Iracema – disse Circe, enfrentando-a. – Isso a gente sabe, falaram isso aí, ô! Foi num condomínio *perto* de São Bernardo isso aí, mas...

– Foi sim na terra dela... – continuou Iracema, apontando a lata de cerveja para a tevê. – Naquela terra em que ela foi se meter... naquela *terra de merda* em que ela foi se meter!

Diana mal ouviu o que a mãe dizia, ainda que recebesse no pescoço o bafo de cerveja; não era capaz de ouvir mais nada: nem a sua mãe, nem a mãe da garota, que foi carregada louca para dentro de uma ambulância, com os cabelos para cima e a maquiagem borrada; nem a sirene da ambulância ligada, os roncos dos camburões e a entrevista com um prefeito, que apareceu na tela asseado e limpo, barbeado e falante, quase alegre; e nem os salmos e as "graças" de Celeste pela alma da menina e por não morar "nem nas proximidades" de São Bernardo do Campo, mas no Flamengo e, eventualmente, no Rio e...

– Heiiinn, Diana!? – disse Iracema, dobrando o corpo para a frente, bafejando atrás da filha. – Vai ver que até ele está nisso, não está! O que você acha? Não está? Eu não duvido!

Virou-se para Circe:

– Aposto que aquele vagabundo vai ver tá enrolado nisso. Vamos ver! Vamos sim, ver!

Circe aterrorizou-se com a ousadia de Iracema. Voltou-se para Diana e viu pelo olhar dela que Diana não estava mais ali. Onde ela estaria? Pareceu-lhe absurda a concatenação dos fatos feita por Iracema, pelo pouco que Circe sabia do Infame – do qual a reportagem não havia, até ali, mostrado ou pronunciado o nome.

Quando Diana arregalou os olhos, num sobressalto, e apertou a almofada no colo como se fosse estrangulá-la, acordando em desespero da zona paralela à realidade, onde se abrigara, a primeira reação de Circe foi de ódio a si própria. Circe jamais tolerara isso: que pudesse ser parca a sua imaginação. Mesmo prestando toda a atenção possível em Diana – como estava prestando e dali em diante não haveria como não prestar –, estava além da imaginação de Circe o fato de Diana *reconhecer alguém na tela da tevê, como reconhecia agora*: um, ou ambos, dos dois homens altos e fortes, como ursos, de nariz pequeno, pele clara e cabelos escuros bem curtos (um, o de bigodinho, bem mais gordo que o outro, que parecia ser mais jovem) que apareciam na tela da tevê ao lado do prefeito, que declarava coisas e eles aprovavam com a cabeça – e a câmera captou bem o movimento dos três, apartando-se do meio da aglomeração e entrando pela porta da frente da casa. Circe sentiu todo o terror no fundo dos olhos de Diana diante dessa cena. E massacrou-se: como ela não percebera que a dor e os perigos de Diana eram maiores do que os de uma traição ou uma placenta?

Circe passou em linha reta por Iracema na noite seguinte ao desfecho terrível do sequestro; aproveitou-se de que a outra estava mais para lá do que para cá, na quinta ou sexta cervejas, reclinada na poltrona de sempre, em frente à tevê ligada, para entrar despercebida.

O volume estava alto demais: locutores gritavam; vinhetas explodiam; mulheres rebolavam; carros (no trailer que anunciava a sessão das dez) se incendiavam; cabelos (na propaganda de xampu) ondulavam; animais e produtos falavam; e nada disso impedia Iracema de se afundar mais na poltrona, e abrir, sonâmbula, uma latinha atrás da outra, sem perceber ao certo quem entrava, ou quem saía do apartamento.

À vontade, invisível como a intrusa que é também uma pessoa de casa, Circe correu para Diana: tudo o que era abismo e confusão lhe atraía. Viu a fresta aberta e abriu sem cerimônia a porta corrediça, que separava o segundo quarto da sala.

O quarto que fora de Diana e a sala formavam praticamente um cômodo só; Iracema nunca fechava a porta corrediça totalmente, ou deixava que a fechassem; além de viver por conta daquela vista (a janela do quarto emendava com a da sala, ampliando a visão panorâmica), fazia suas costuras ali. Para receber a filha, a máquina de costura e as caixas com apetrechos e sacolas foram, no máximo, empurradas para um canto, atravancando a abertura da porta do armário.

O seu próprio quarto, no entanto, que ficava do outro lado da sala, contíguo à cozinha, Iracema trancava com duas voltas de chave. Ninguém punha os pés no quarto na sua ausência; se saísse para a rua, sem ninguém em casa, ela passava a tranca e saía com a chave no bolso. Nem a diarista, que vinha duas vezes na semana para a faxina, ficava sozinha no cômodo. Iracema ou entrava junto, ou ficava por perto, na soleira da porta, olhando de soslaio, para ver em que ela metia a mão. Se a moça se aproximava da cabeceira oposta à que Iracema dormia – a cabeceira de Otto – logo

Iracema entrava de supetão e a afastava dali: o pó daquele lado da cama ela tirava, explicava contrariada à diarista que, sem entender muito o porquê daquilo, distanciava-se e, no máximo, tirava o pó do chão, debaixo da cabeceira, de longe, esticando a vassoura.

Isso também valia para Diana, tanto antes, como agora: o quarto dos pais sempre fechado, proibido, sacrossanto; ela entrara poucas vezes ali, a maioria com Otto ainda vivo. Uma vez, a que ela mais gostava e podia se lembrar, deitou-se na cama de casal com ele, e Otto ficou alisando os seus cabelos, dizendo que ela tinha cabelos lisos como os dele, apertando seu nariz fino, alegando que era como o dele. Agarrando-a pela cintura e rolando com ela no colchão largo. Como uma namorada. O pai fora só dela naquela manhã! Iracema não estava em casa; disso Diana se recordava muito bem: a ausência da mãe, tão marcante e necessária para ela quanto o aconchego do pai.

Às vezes, Iracema se trancava no banheiro – era uma suíte – e esquecia a porta do quarto aberta, como ocorrera numa tarde, recentemente. Diana, no caminho até a cozinha, espiou por acaso para dentro do quarto e reencontrou a atmosfera fresca e opressiva do lugar. O odor pesado do interior invadiu sua memória; era diferente do aroma do resto da casa. Talvez por causa das janelas com cortinas pesadas, sempre fechadas; ou pela soma de odores: o aroma pesado das flores que Iracema mantinha em cima da penteadeira, e as deixava ali até murchar; e a adstringência do sabão em pó que exalava da roupa de cama sempre muito limpa, como a mãe fazia questão de deixar. Nessa ocasião, Diana reconheceu, sobre a cabeceira de Otto, o retrato que era a imagem mais forte, e mais nítida, que tinha do pai: um homenzarrão de quase dois metros de altura, espigado, todo ele comprido: as pernas, os braços, o pescoço; e o grisalho dos cabelos loiros, macios e leves, ajeitados para cima; o olhar plácido. O pomo de adão saliente, mas discreto. Um homem aparentemente calmo. Tranquilo? A Diana parecia que sim, e era essa a imagem projetada pelo retrato, de corpo inteiro: numa das mãos, ele segurava um peixe imenso, que quase chegava nos ombros; era uma foto de cor apagada, mas se tratava, como Diana sempre soubera, de um dourado. Era fruto das pescarias que Otto e Iracema frequentavam, em viagens que fizeram a Mato Grosso. Diana nunca fora com eles, apenas ouvira as histórias: como a vez em que pifou o motor da balsa, que desceu descontrolada pelo rio, na divisa com São Paulo – qual rio? Ela não se lembrava, nem era nascida. E não iria saber nunca o preâmbulo e o desfecho dessa história, nem de outras: Iracema trancara não apenas o quarto, mas sua vida inteira com Otto, como se Otto e tudo relacionado a ele fossem um assunto privado, um tópico particular que não dizia respeito a mais ninguém além dela. Não dizia respeito inclusive à filha: Diana aprendera cedo que conhecer o pai significaria disputá-lo com a mãe. Ao sair de casa, abandonara a disputa.

O que não lhe trouxera vantagem alguma: não se falava de homem naquela casa – mas isso valia apenas no caso de Otto. "Cada um no seu quadrado", martelava uma música intermitente no rádio, um hit de verão que continuava a infernizar a todos no inverno; a empregadinha ouvia a tarde inteira nos dias de faxina. O seu quadrado, Iracema ocupava solitária, trancafiada em cheiros, sombras e lembranças privativas; o quadrado de Diana, amplo e aberto, poderia ser invadido tranquilamente por Iracema, para isso ou para aquilo – podendo ir muito além do "aquilo", a depender da quantidade de cerveja, como ocorrera na véspera.

E agora essa Circe também dera para invadi-lo – com o barulho da tevê, Diana não a ouviu se aproximar, e foi colhida, com a abertura brusca da porta corrediça, desgostosa, apanhada em seu desassossego, envergonhada de estar como estava: chorosa, magoada, miúda dentro da camisolinha amarfanhada, com uma palidez estranha provocada pela luz da lua, que entrava, vinda do alto do morro, pela janela aberta.

– Aí, ó! – disse Circe, à sua maneira, como se disfarçasse o atrevimento de entrar no quarto daquele jeito, encostando a porta corrediça atrás de si até deixar uma fresta menor do que a que encontrara.

– Vim ver se você está melhor. Se melhorou de ontem!

Diana soltou o calcanhar esquerdo, que ela apertava e alisava, alisava e apertava, para aliviar a câimbra; encolheu a perna para dar lugar para Circe, que se sentou ao seu lado na cama.

Circe não viu Diana nascer, mamar, engatinhar, não conviveu com ela na infância, não foi sua madrinha de nada e, tirando dois ou três encontros fortuitos que elas tiveram em anos, não convivera de forma alguma com Diana moça – mas Circe era rápida, e afoita, e se por um lado era contida, por outro se atirava às vezes sem precaução alguma – em instantes, tinha acomodado a perna de Diana sobre seu colo mirrado; e, sem nunca ter feito uma massagem na vida, apanhou o pé esquerdo da outra com as duas mãos e tomou para si a tarefa de alisar aquele calcanhar dolorido. Aquela alma dolorida! O arrepio que isso causou em Diana provocou um arrepio ainda maior em Circe, que recebeu a descarga em seu próprio corpo. Como se Circe fosse não uma irmã, nem uma tia de Diana, mas um fio terra, e pelo calcanhar recebesse muitos megawatts de dor e aflição que estavam represados na outra.

Aos poucos, Circe intensificou os movimentos, apertando com mais força os músculos, ossos e tendões – compressão! – e subiu as mãos pelo tornozelo, entusiasmando-se com a habilidade recém-adquirida, que se somava às outras habilidades; identificou aqui e ali supostos nódulos, e pressionou mais fortemente os dedos finos, rijos como gravetos, para dissipar a tensão concentrada nesses pontos. Diana fechou os olhos, contraindo-os mais e mais, como se buscasse entrar inteira dentro de si, e a cada movimento mais incisivo de Circe – compressão! –, franzia o cenho, numa expressão mista de alívio reparador e desconforto.

Procurava não pensar em nada – como Circe recomendou: "não pensa em nada, não pensa em nada" –, como tentava fazer todas as noites, e todas as manhãs, solitária no quarto; achou mais fácil não pensar em nada com Circe do lado, comprimindo-a. Pensou em menos coisas ainda, e largou-se, afundando-se gostosamente no colchão por alguns instantes.

Circe entusiasmou-se: com as pernas de Diana sobre o colo, passou de um pé para o outro pé, do esquerdo para o direito; repetiu os movimentos até cansar, subindo as mãos um pouco mais – precisou afastar a camisolinha, deixando as coxas grossas e carnudas de Diana livres para suas mãos; num primeiro movimento, alisou a penugem das coxas – e eriçou-se, tanto ou mais que Diana. O coração de Circe bateu mais fundo, bateu diferente, como se fosse um bumbo e fizesse eco dentro do peito; a pressão subiu; o sangue correu para cima, até o pescoço, esquentando toda a parte de trás da nuca; passou a fazer movimentos bruscos e desencontrados – compressão? – com as mãos, momentaneamente aparvalhada. Diana sempre fora dona de senhoras coxas, cobertas por uma penugem perenemente dourada e macia; Circe não sabia mais o que fazer de si, e das coxas, arrepiando-se inteira ao tocar a penugem dourada; resolveu dar pequenas batidas concatenadas com as mãos, desajeitadas e algo ridículas, tamborilando nas pernas de Diana – percussão! – como se tocasse um repique ou, mais lentamente, e de maneira mais cuidadosa, uma harmônica.

Diana despertou com os novos movimentos, que achou estranhos; Circe deslumbrou-se com os olhos vivos e verdes de Diana, brilhando para ela, no escuro.

– Melhorou? – Circe perguntou.

Diana emitiu um suspiro.

– Aí... – insistiu Circe. – Está mais... aliviada?

– Sim, estou – disse Diana. – Obrigada.

– De nada! – respondeu Circe, deixando escapar um sorriso. – Olha... vou te dizer uma coisa... a situação aqui...

Circe comprimiu com firmeza o calcanhar problemático:

– ... estava muito brava a situação aqui!

Diana contraiu os dedos do pé, em reação à cócega provocada pelos dedos perversos de Circe, até tirar-lhe o calcanhar das mãos.

– Circe! Para. Dói.

– Volta aqui com esse pé – ordenou Circe, inclinando-se para pegar de volta o pé fugidio de Diana, que escapara. – Eu não terminei! – falou. – Quem disse que eu terminei?

Com os pés ao seu alcance, Circe os trouxe de volta para o colo. Diana, intrigada com a força daquela figura mirrada – Circe era uma senhora! –, e exagerando a expressão de contragosto – Circe a conquistava! –, cedeu, esticando as pernas.

– Isso aqui *é* pra doer! – disse Circe.

Suas mãos dessa vez avançaram vorazes e velozes para as coxas...

– Então...

... deixando para trás os calcanhares e os tendões: agora, abocanhavam diretamente a face interna das coxas:

– ... e a dor é necessária para... soltar! – disse Circe, apertando mais forte – compressão! – um ponto específico no interior da coxa esquerda.

– Ai!... – gritou Diana, recolhendo a perna – Para!

– Paro! – disse Circe, recolhendo também as mãos, para observar, em júbilo, lágrimas caírem súbitas do rosto de Diana, imaginando ter encontrado *o* ponto, *o* músculo, *o* nódulo, *o* lugar escondido bem dentro de Diana, em algum ponto no interior das coxas dela.

– Você não pode ficar guardando tudo aí dentro, ó... – disse Circe, tateando-a agora com palavras. – Ficar remoendo...

– Eu não fico remoendo!...

– Fica remoendo sim!... Olha isso aqui...

Circe puxou as pernas dela para si, indo diretamente até o ponto x; não encontrou resistência dessa vez, como sabia que não encontraria.

– Dói assim! O que você apertou? – reclamou Diana, massageando as pernas, tocando as mãos de Circe.

– Solta, tira essa mão! – disse Circe. – Isso não é da sua conta!

– Circe!

Que horas seriam?

A tevê acalmara na sala; de lá se ouviam diálogos de um filme e os roncos espasmódicos de Iracema.

No quarto, as pernas de Diana estavam tão soltas e entregues que eram um presente no colo de Circe. Diana estava quase adormecida. Suas mãos, então, percorreram-na livremente, de cima para baixo, e de baixo para cima, apalpando-a – compressão – com delicadeza e vigor. Menos afoita, permitiu-se permanecer longos minutos nos calcanhares e tornozelos – sabia que poderia livremente *avançar* –, ou então fazer o caminho contrário: permanecer nas coxas por um longo tempo, e descer lentamente até o calcanhar. Fez assim por bastante tempo, até sentir que Diana estava viva, pelos soluços que haviam recomeçado, abafados pelo travesseiro.

Circe sempre fora atrevida, era do seu feitio estar sempre dois passos além do que fosse da sua conta.

– Como ele se chama? – perguntou, de súbito.

– ?!

– Como ele se chama, Diana?!

Diana ergueu a cabeça do travesseiro e virou-se de lado, ignorando a outra; como se buscasse uma resposta através da janela aberta; calmamente, reacomodou-se na cama, vindo para perto de Circe, encostando-se nela.

O chororô e a movimentação irritaram Circe, apesar de ter Diana inteira ao alcance das mãos. Circe não imaginou que ela poderia se deitar no seu colo.

– Nós íamos... – disse Diana, com a voz embargada, erguendo a cabeça para poder se apoiar melhor no colo de Circe – ... as duas...

Circe mal a ouvia; pensava em alisar os cabelos dela.

– Eu sei que íamos!

– Nós quem? – perguntou Circe, atenta. – Você e quem mais Diana?

– ... eu... sei... – disse Diana, aos soluços.

– Era ele que você viu ontem na televisão, Diana? – perguntou Circe, aproveitando os soluços para alisar os cabelos dela, quase tão aflita (para saber coisas!) quanto ela. – Como ele se chama? Me conta o nome dele pelo menos...

– Nós íamos morrer as duas ali, Circe! – disse Diana, levantando a cabeça do colo de Circe, assustando-a.

Diana ergueu o tronco e virou o rosto para olhar Circe de frente:

– Está vendo isso aqui? Essa barriga aqui? Pega, põe a mão... aqui...

Diana conduziu a mão de Circe pela circunferência roliça.

– Está sentindo? O que tem aí?!

Circe ficou sem ação; achou Diana forte, intempestiva, imprevisível, não totalmente, mas... alguém que poderia surpreendê-la. E, sim, também carinhosa e doce, e com uma capacidade tremenda de se recompor, como ela se recompunha visivelmente agora... Na verdade, ela não sabia o que achar de Diana.

– Mas... – Diana olhou para o chão, apertando de maneira ainda mais firme a mão de Circe sobre a barriga – ... eles... não vão se atrever, vão? – perguntou, confundindo Circe, caindo novamente sobre o seu colo. – Não vão, vão?

– Diana... – Circe recomeçou a alisar os cabelos dela, aprofundando-se nas mechas sedosas e caprichosas dela... que estavam mais longas do que quando chegara, e mais macias... – Eles *quem*, minha filha?

– ... não vão se atrever a vir atrás de... nós... vão?

Por muita contenção, Circe não abaixou a cabeça para beber o perfume que emanava dos cabelos dela, afundando-se nela.

– Mas eu não sei se eles têm o endereço! – disse Diana. – Ou...

– ?

– Eu provavelmente... não lembro... se eu dei o endereço! ...

– ?

– ... Na caderneta tem o endereço! – gritou Diana, erguendo-se do colo de Circe (uma menina que não para quieta.)

– Que caderneta? – Circe quis dizer: que caderneta, *porra*?

– A caderneta amarela... que eu preenchi no posto! – seu olhar era de pavor. – Eu acho que... eu... coloquei... o endereço daqui, da minha mãe... na caderneta, quando me pediram! Junto com o endereço da casa dele!

– Espera, espera... espera! – disse Circe, afastando-se de Diana para olhá-la melhor e colocar ordem nas coisas.

– Eu não lembro mais... – o choro voltou a escorrer pela face de Diana. – Eu estou há dias tentando me lembrar...

– Diana...

– ... mas eu não consigo... foram tantas coisas... que eu tive de preencher... no meio das grávidas!

– Ninguém vai vir aqui!

– Vai: eu dei o endereço!

– Me diz o nome dele pelo menos, pra gente poder te ajudar... ir à polícia se for o caso!

– O quê? Não!

Diana desabou no colo de Circe, aos soluços.

– Chora... chora quanto quiser Diana – Circe balançou as coxas, tentando fazer com que Diana se acalmasse. – Se você pelo menos disser o nome dele... deles! Isso ajuda!... Já é alguma coisa...

E se Diana dormisse? Circe ficaria horas assim, imaginando, esperando, torcendo, para que ela amolecesse... e nunca mais se mexesse... ou acordasse.

– Me desculpa, Circe... – disse Diana, vertendo lágrimas novas. – Me desculpa...

Circe transpirava, como Diana transpirava; reacomodou-se na cama ela também; a gangorra emocional de Diana a desconcertava; e ela entrou numa espécie de roda-viva, estranha, imprevista.

– Me desculpa! – disse Diana.

Diana apertou-se junto ao colo de Circe, agarrando-se nela como se fosse esmagá-la.

– Diana! – disse Circe, num esforço para contê-la.

– Me perdoa, Circe, me perdoa! – disse Diana, afundando-se mais no colo da outra.

– Perdoa do quê, Diana!? Que coisa!

– Me perdoa!...

– ?

– ... só diz que me perdoa...

Circe não sabia o que perdoar, condenar e nem mais o que dizer para Diana. A noite se tornou um embrulho misterioso para ela também – coberto por laços grandes e dourados, que ela tinha desejo e medo de abrir. Aos poucos, Diana silenciou; parou de mexer a cabeça e se acomodou no meio das pernas finas e hirtas de Circe. E, conforme o silêncio se aprofundou, após instantes intermináveis em que nenhuma delas se mexia, grudadas uma na outra, coladas pelo suor, Circe sentiu a noite se instalar inteira dentro do quarto, feita de uma penumbra espessa e gostosa, escondendo e revelando formas familiares e escuras, em tons de azul e cinza, e plena de novos aromas, envolvendo-a, aconchegando-a. Os ruídos familiares vindos de fora serviam para lembrar que ela estava viva também – que sentia; e uma excitação maior cresceu dentro dela, vindo aos poucos, mas que poderia se tornar... – poderiam existir comportas dentro dela! – verdadeiros diques que represavam oceanos inteiros que mal cabiam em seu corpo mínimo – águas furiosas e desconhecidas que forçavam os diques, que poderiam se romper.

De quando em quando, Diana se mexia: mudava ligeiramente a inclinação da cabeça, enfiava-se um pouco mais em seu colo, se reacomodava e a apertava, empapada de lágrimas e suor e a cada movimento mínimo dela, Circe sentia a pressão sobre suas tênues comportas. Circe pressentia coisas lindas, sua espinha formigava e sua imaginação ardia, e a cada novo período prolongado de silêncio e sem movimento algum de ambas – de Diana – uma felicidade agitada tomava conta dela – um crescendo de felicidade, que era interrompido apenas por novos movimentos mínimos da outra – uma coceirinha que Diana precisou esfregar na testa. Circe implorava calada para que a outra ficasse quieta, que não pensasse em nada – o segredo era: não pensar – para Diana não se mexer; não se coçar; apenas e, se tanto, respirar – caso contrário seria ela, Circe, quem precisaria se mexer, conhecer, tocar – explodir – e novos patamares, e novos instantes intermináveis de total imobilidade, seguidos de pequenos movimentos de Diana, a enlevavam, a transportavam para perto e para longe dali. Na semana anterior, por exemplo, em que Circe preenchera cupons no supermercado para ganhar uma viagem à Toscana... à Toscana! Achando que a felicidade estaria na Toscana. Que tonta! Cupons que não seriam jamais sorteados para ela, uma Toscana que ela jamais conheceria e... até que... num movimento imprevisto de Diana – um virar mínimo de cabeça para o lado da janela – ... o dique se rompeu e suas mãos se estabanaram: afoitas – calcanhares; nervosas – pernas; confusas – coxas; aflitas – cintura; desajeitadas – curvas (!); trêmulas – barriga; livres e, por fim, descontroladas.

Diana deu por si a tempo de proteger os seios despidos, inchados e escandalosos, expostos assim à luz prateada da lua, e lançou-se para trás, na cama, afastando-se de Circe com um grito assustador; ao vê-la ainda ali, do seu lado, na penumbra, aparvalhada, gritou de novo e protegeu-se com o travesseiro, num choro convulsivo.

Iracema foi sacudida com os gritos e o ruído brusco da porta corrediça sendo aberta; mal percebeu, afundada na poltrona e bêbada, o vulto que saía pelos cantos da sala, como uma barata.

Iracema não guardou, ou não teve condições de guardar, registro da madrugada e estranhou Circe não aparecer na noite seguinte, para o sofá. Esperou-a até passar das dez, até o fim de um documentário "excelente, venha ver, Diana!" sobre escavações no Egito, no canal a cabo. Após esperar a última grande revelação do programa – uma múmia recém-descoberta de uma menina de beleza extraordinária, uma princesa, pelo que se pôde perceber nos restos escavados –, "esses malditos guardam as grandes revelações sempre para o final!", Iracema se cansou: era tarde, levantou-se da poltrona, resmungou mais um pouco, "matou" a última latinha, soltou um arroto e se recolheu. Diana ouviu, da cama, o arroto e a porta do quarto da mãe se fechar, com duas voltas da chave no ferrolho.

Após instantes de hesitação, Diana levantou-se da cama com dificuldade; as pernas, adormecidas, formigaram, com o movimento abrupto; não saíra do quarto durante o dia; passou praticamente a tarde toda com as pernas esticadas, apoiadas sobre uma almofada. Atravessou a sala em câmera lenta, arcada para a frente, com dores nas costas e ameaças de câimbra, manca e ansiosa para trancar a porta de entrada do apartamento, que estava aberta – para Circe poder entrar e sair sem que Iracema precisasse se levantar. Curiosamente, Iracema trancava o quarto, mas raramente trancava o apartamento.

Era uma noite de pressentimentos. O coração de Diana bateu mais forte, por tanto esforço; apressou-se o máximo que pôde, como se alguém no corredor lá fora estivesse prestes a entrar pela porta, antes de ter tempo de chegar até ela e trancá-la; foi obrigada, a contragosto, a parar no meio do caminho e se apoiar no sofá: sentiu as pernas serem devoradas por formigas. Esperou passar o formigamento e a aflição; deu duas voltas na chave, voltou para o quarto com a mesma dificuldade e, exausta, caiu na cama e apagou.

Circe reapareceu duas noites depois, com Celeste a tiracolo. Inventou uma indisposição séria para justificar a longa ausência – Diana, no quarto, a ouviu se explicar para Iracema, culpando os efeitos prolongados dos medicamentos fortes que tomava: sabia que mentia – Circe era do tipo que botava a culpa no seu câncer para tudo. Enquanto Celeste instalava os apetrechos de costura sobre a mesinha, próxima à janela, Circe foi se sentar no seu lugar cativo no sofá. Não permaneceu o olhar na porta corrediça, que estava semifechada – ou semiaberta. Encheu-se de esperança ao vislumbrar a fresta. Mas logo percebeu, sem aparentemente desgrudar a atenção da tevê, Diana mover-se silenciosa – ardilosa – no interior do quarto, e fechar de uma vez a porta. Sem a menor cerimônia! *A ardilosa fechou a porta!* Apesar do golpe, que sentiu nas entranhas, Circe não se intimidou; nem piscar, piscou: fixou-se nas imagens que se sucediam na tela, como se nada houvesse no mundo além da tevê. No máximo, virando o rosto para o lado, passava os olhos rapidamente pela porta fechada – um jato frio a perpassava – para observar Iracema se equilibrar no banquinho, picada por todos os lados por Celeste, que tinha a boca perigosamente cheia de alfinetes. Circe não disfarçava seu mau humor e o desprezo pela dupla, ironizando sua falta de paciência para uma segunda prova de roupa.

Haveria mais uma prova na noite seguinte, a última antes do casamento no Copa, dessa vez incluindo a manta vermelha, que caía sobre os ombros de Iracema, compondo, com o vestido negro de tafetá, um conjunto rubro-negro, "bem Flamengo", apregoava Iracema, e de fato o vestido sem a manta ficaria "muito austero", aquiesceu Celeste. Circe enxergou na hora em que pôs os pés no apartamento a porta semiaberta; antes que fosse fechada, o destino resolveu ajudá-la.

– Aí... calem a boca vocês duas aí! – disse Circe, de súbito, diante da tevê, que estava providencialmente ligada; Celeste ajudava Iracema, que se acomodava com dificuldade no alto do banquinho. – Notícias do sequestro aqui! Em primeira mão aqui!

O telejornal exibia as mesmas imagens de três noites atrás: um pai, pedaços de jornal manchados de sangue espalhados no gramado de uma mansão, o que sobrou de uma filha, de uma mãe, aglomerações, reconstituições, fotografias antigas retiradas de um álbum de família: uma moça – a vítima – olhando de lado, sobre os ombros, um rosto sorridente, inocente e banal. Mas havia também novas imagens, novidades quentes, novos detalhes que vieram à tona nos últimos dois dias e que davam uma nova relevância ao caso, indo além da cabeça decepada, e que Circe sorvia e retransmitia, aumentando o volume da televisão: surgiam detalhes sobre um esquema paralelo, aparentemente ligado ao sequestro, envolvendo a rede de postos de gasolina do pai da garota – um tal "Rabello" – Circe guardou esse nome –, e agora a tela era ocupada por imagens de caminhões-pipa apanhados por policiais e cinegrafistas, de madrugada, e caminhoneiros pegos em flagrante tapando os olhos com as mãos diante das câmeras.

– Estouraram uma boca grande aí! – disse Circe, revigorada, quase vingada, atirando-se para frente do sofá. – Eu imaginei que tinha treta aí... e da grossa!

Iracema e Celeste, imaginando tratar-se da mesma notícia, infinitamente repetida, sem perspectiva de haver novas decapitações, tentaram ignorar Circe e continuar com a prova de roupa, sem fazer questão de saber o que se passava na tevê.

Circe continuou; senhora da técnica, suas palavras miravam as mulheres – dirigindo-se para a porta semiaberta; que não fora fechada!; como uma ventríloqua, ainda que olhasse para a televisão ou para a vizinha gorda, que se equilibrava sobre os ombros da costureira, suas palavras tinham direção certeira, impiedosas:

– Eu falei: ninguém por si só corta a cabeça de uma menina. Ninguém decepa ninguém à toa!

– Circe!

– Quieta, Celeste! Eu estou falando: para chegar nesse ponto, para rolar cabeça, tem que ter treta grossa!

– Chega! Já acharam a cabeça da coitada... – disse Iracema, apoiando todo o peso em Celeste para descer do banquinho. – Isso basta!

– A cabeça apareceu de cara, Iracema! – disse Circe. – Jogaram a cabeça na porta da casa, lembra? – continuou, tentando refrescar a memória de quem estivesse na sala e fora dela. – Presta atenção! É o *resto* que estava faltando. E que agora não falta mais. A cabeça apareceu no primeiro dia!

Um promotor de justiça, pequeno, estufado, falante e vivaz como um pônei franziu, no ar, o cenho púbere, de sobrancelhas grossas e, claramente simulando compenetração e seriedade, narrou, filmado na sua mesa de trabalho, as implicações do caso, as imbricações e ramificações, detalhando a infiltração do esquema de adulteração de combustíveis no poder público – no Executivo, "e até no Legislativo!" –, segurando, com o braço imóvel, uma caneta dourada, reluzente, sobre uma folha de papel em branco, e explicou como o esquema de adulteração poderia estar por trás da decapitação.

– Ama a tormenta, ama, por que longe de toda a luz resta... – entoou Celeste, sobrepondo-se à explicação do promotor. – Todo dia eu rezo, todo dia eu me submeto... Ama, ama a tormenta... Por mim, pelo Jango e pelo meu Thiaguinho! É preciso ter o Cristo vivo, Iracema, morando dentro de casa, para evitar isso.

Circe fulminou Celeste com o canto do olho, sem esconder um desprezo infinito. Ouvira a história da relação de Cristo e Celeste centenas de vezes; não estava em condições de ouvir de novo agora: como, a partir de um certo ângulo, para os bem-aventurados que têm apartamento na face norte do bairro, as janelas ficam cara a cara com o Cristo Redentor, que parece, do alto em que se encontra no morro, achegar-se, entrando na sala e também nos outros cômodos. E sua capacidade misericordiosa de ser "único e diferente, a cada dia" faz do Redentor ora um convidado ilustre, ora um vizinho, íntimo e generoso, dos que trazem bolos e docinhos no dia seguinte a um aniversário, ou batizado; um vigilante, que está sempre por perto e nunca dorme; um camarada, sempre de braços abertos; um confidente de todas as horas; um bom exemplo para os moços; uma testemunha sempre à mão – para pedidos de casamento, para promessas, para brigas, até divórcios. Mas nunca intrometido demais, ou incômodo; há quem o convide para sentar-se no sofá, junto com todos, para um café com bolinhos; há quem insista para que ele, o Cristo, fique para o almoço; há quem feche as cortinas e janelas para brigar com o filho, ou o marido – "é bom que o Senhor não veja isso"; e há quem feche – há quem abra – as cortinas do quarto para o amor ou para bem menos – ou bem mais – do que isso; há quem, como Celeste, comece o seu dia com ele – "como um pãozinho quente ou uma broinha de milho"...

– Eis o homem! – Circe interrompeu os devaneios de Celeste, confundindo-a com expressões. – Olha lá... o prefeito, o cara... vixe! Seguido da cambadinha dele! – vomitando palavras pelos cantos da boca, com pontaria afiada: – Batendo em retirada... com o seu... *entourage*...

– A sua...? – perguntou Celeste, sem desgrudar da tevê, facilitando as coisas para Circe:

– *Entourage*, Celeste! – disse Circe, como se fosse arrombar a porta corrediça. – A *tchurma*, a porcariada! Olha: todos atrás dele! Olha isso, Iracema! Olha, Celeste! – "Vem olhar você também que está aí atrás da porta, Diana", ela quis dizer – A cambada toda que trabalha pra ele! Que faz merda pra ele! Que faz com ele! Em nome dele! O *entourage* dele!

Apesar da ênfase, e do bafo demolidor de Circe em direção ao quarto, desta vez não houve movimento da porta; como se, o que quer que acontecesse naquela noite – uma nova cabeça decepada, um corpo enterrado no fundo da casa, mais gente do *entourage* pega no esquema –, não atrairia Diana para os acontecimentos, para Circe, nem com as novas possibilidades de reconhecimento de pessoas, diante da multidão que acompanhou o enterro da jovem, no final da reportagem.

– Aí, ó, Iracema... quanta gente no enterro! – continuou Circe, provocadora. – São Bernardo está inteira aí, é isso?

Uma multidão, vestida de branco, segurando faixas, cantava como se entoasse um hino, que falava de flores e caminhadas e das virtudes de se caminhar e cantar e seguir uma canção específica – aquela canção; parentes e colegas de classe da jovem decepada, vestindo camisetas com o rosto dela impresso no peito, davam declarações entusiasmadas e barulhentas, para a câmera nervosa. Uma revoada de pombas brancas e bexigas coloridas finalizou a coisa, imagens que permaneceram no ar, acompanhando o letreiro de créditos do telejornal, até que a última pomba e a última bexiga desaparecessem no céu carregado de nuvens.

– Que bonito... que bonito... – disse Celeste, emocionada com o cenário. – E que bom que aqui pelo menos a gente não encontra nada disso...

– Que bom que aqui o quê, Celeste!? – disse Circe, adivinhando asneiras. – Aqui não tem isso o cacete, minha filha; você não tem nem noção do que você está falando!

– Não tem, não tem! Aqui temos o Cristo! – protestou Celeste, num desabafo sentido, buscando apoio em Iracema, que voltava da cozinha segurando a latinha, olhando pela janela, como se buscasse o Cristo como testemunha. – Pelo menos isso aqui não tem. Nunca vi isso aqui. Ninguém nunca viu! E olha que eu nasci aqui! E morrerei aqui! Assassinar é uma coisa. Plínio assassinou Otávio! Sansão assassinou Abimelech! – Iracema coçou a cabeleira, intrigada. – Jael, mulher de Héber, veja bem: mulher de Héber!, cravou-lhe a estaca com um martelo. Foi no rosto, tudo bem. O rosto permaneceu! Isso tudo está lá, está na Escritura: eu firo, eu saro. Juízes, quatro, vinte e um! Assassinar é uma coisa. Arrancar a cabeça é outra. É muito diferente arrancar cabeça. E de uma menina. De uma filha. A morte de um filho! De uma filha! Isso é pior do que tudo...

– E sabe por que não tem, ô miséria? – intrometeu-se Iracema, dirigindo-se a Circe, ignorando Celeste.

– ... *e das sombras da tarde, Davi, verás surgir teu Deus.*

– Para de rezar, Celeste, porra! – berrou Iracema.

– O que que não tem, Iracema... você também, mulher? – perguntou Circe, fazendo malabarismos para virar a cabeça para um lado – o da porta da cozinha – e dirigir sua pergunta para outro, na direção da porta corrediça que permanecia semiaberta. – Está todo mundo louco nessa casa! Ou o quê? Tem mais alguém que acha isso aqui? Endoideceu todo mundo aqui? O que que tem lá em Santo sei-lá-o-quê e que não tem aqui?

– São Bernardo – corrigiu Iracema, falando em direção à porta corrediça agora. – É em São Bernardo essa bosta!

– Ali é isso porque a gente tá vendo, Iracema – disse Circe. – Eu conheço esses caras, ahhh conheço!... estão por todo canto! Em São Bernardo, em São Meu Rabo!

– Circe! – interrompeu Celeste, rubra. – O quanto da morte Deus sabe e fala e se manifesta...

– E você sabe por quê? – insistiu Iracema.

– Por que o quê? – perguntou Circe, sem entender para onde ia a conversa, e o quanto dela chegava até os ouvidos e o *espírito* de Diana. – Por que os caras fizeram assim? E não assado? Sei! Como sei! Aí, montam o esquema e eles começam a comandar. E não sabem dividir! E dá essa merda toda: quando tem fio solto, fio desencapado, fio passado pra trás, fio deixado de lado, fio ressentido. É quando tem egoísmo! E soberba! Soberba e egoísmo!

Celeste contraiu as bochechas gordas e anuiu, saboreando as palavras: soberba e egoísmo.

– Porque isso é grupo... – continuou Circe. – ... de picaretas, de neguinho que se junta em bando, em sindicato, em partido, em prefeitura... em estatais!... em tudo o que tem "bras"... ahhhhh... as adulterações, as licitações!... Eu sempre ouvi tudo o que acontecia, atrás da porta!

Ao ouvir isso, as três mulheres olharam para a porta semiaberta. Iracema se adiantou, decidida a escancará-la:

– Tá ouvindo tudo aí de dentro, Diana? Tá bem acordada aí, não tá? – gritou.

Um arrepio serrou Circe ao meio; seu coração deu um *looping* extremo; rojões espocaram dentro do seu crânio minúsculo; sem mexer um músculo da face, nem do corpo. Iracema sabia de coisas; a mãe percebera, no mínimo, o pavor de Diana com as imagens do outro dia na tela.

– Sabe, Iracema, eu sei de tudo, Iracema... – Circe intrometeu-se.

– Vai ficar aí deitada é? – Iracema continuou, para a porta. – Fingindo que não é contigo, é?

– ... o que acontece atrás das portas, Iracema!

– Vem ver aqui menina, o que aquele nojento aprontou, vem!

– As paredes têm ouvidos, sabe, Iracema? As *portas* têm ouvido!

– Ele está metido nessa *bosta*, não está? Ele corta cabeças, o desgraçado? Por isso que você tá aqui, não é?

– Ahhh, se eu contar tudo o que eu sei, Iracema... – disse Circe, apavorada. – O tanto que eu ouvi atrás das portas!

– Quieta, Circe! Affffffffff... é porta demais para minha beleza, nossa!

Nada. Nenhum movimento, nenhum ruído escaparam de dentro do quarto; atrás da fresta, penumbra e silêncio. Circe não sabia mais o que falar e para onde. Iracema, ofegante, deu a volta em torno do sofá e sentou-se na poltrona. Precisou tomar uma latinha inteira para se acalmar.

A televisão passava uma reprise de *A lagoa azul*.

– Quando Diana me contou que tinha ido parar lá... – disse Iracema, num tom mais calmo, apontando com desprezo a lata de cerveja em direção ao quarto da filha. – ... em São Bernardo, não é? Eu sabia. Eu sabia que ia dar tudo errado para ela; essa angústia toda, esse sofrimento todo dela. Eu nunca gostei de lá, daquelas bandas. Nem de São Paulo, nem daquelas cidades que ficam amontoadas ali do lado de São Paulo... Eu conheço tudo ali... o que tem ali... a gente preconceituosa dali! Quanta gente ruim tem ali! Gente confinada! Eu fiz de tudo pra tirar o meu Otto de lá... a Volkswagen fica lá! E trazer ele pra cá! E eu tanto fiz, que ele veio comigo.

Iracema virou a latinha pela goela, sorveu um grande gole:

– E ele veio me seguindo, sabe? Feito um cachorrinho... abanando o rabinho. Eta alemão vagabundo!

Olhou "embaçada" para a desorientada Celeste, que terminava de dar os pontos na barra da manta, e disse:

– E não é que a Diana foi parar lá?

– Se bobear... isso foi perto da fábrica da Volks... pegaram a menina num semáforo ali, numa avenida ali... se bobear... – arriscou Circe, procurando a todo custo, ao custo da sua coerência, estimular Iracema, como se jogasse a garrafa de álcool para incendiar a churrasqueira.

– A verdade é que, aqui, a índole das pessoas não deixa que aconteça uma coisa dessas... uma barbaridade dessas! – disse Iracema, como se não tivesse ouvido o comentário de Circe, como se Circe tivesse dado um passo maior do que as pernas ao se referir a um assunto de sua propriedade, a Volkswagen.

– A gente tem é que agradecer a Ele, e só Ele é a índole! – disse Celeste, que tinha um salmo entalado na garganta, recolhendo os apetrechos na sacola, dando por terminada a prova da noite. – E vamos tirar esse vestido, nega, vem! Não senta aí não na poltrona, filhinha, vem! Você vai se espetar além da conta. Vem, está tarde para eu voltar sozinha pra casa... por via das dúvidas! Não que eu tenha medo de ir daqui até em casa, mas...

– São Bernardo não prestou pra ele... não ia prestar pra ela... – murmurou Iracema, subindo de volta, a contragosto, no banquinho.

Circe tentou impedir o final prematuro do assunto; ela ia arrematar, ameaçar, apavorar, dizer o que estaria por vir:

– Aí, e a mutreta ainda não acabou não! Está bem longe de ter acabado. Porque eu vivi muito isso, intensamente, sabe?... Ainda vai sobrar pra muito neguinho isso aí. Escrevam o que eu digo!

Encarou Iracema, falando de frente para a porta corrediça:

– Cabeças... irão... rolar!

No dia seguinte, Circe irrompeu às seis da tarde na sala de Iracema. A porta do apartamento estava destrancada, como de costume; um silêncio calmo e tranquilo reinava pelos cômodos, como um mar sem ondas. Tudo limpo, em seu lugar; o cheiro adocicado de aguarrás e cândida, que subia do chão, impregnava os cômodos: houvera ali uma limpeza daquelas; todos os cantos foram perscrutados pelo esfregão doidivanas de Iracema; cada azulejo da cozinha e dos banheiros, esfoliados; as almofadas todas, por sua vez, batidas e chacoalhadas e enfileiradas sobre o sofá; tudo recendendo a esforço e trabalho.

Circe observou, cuidadosa, o cenário; foi direto ao que a interessava: a porta corrediça, que estava quase cem por cento fechada, com uma fresta minúscula separando o quarto da sala. Atordoou-se, recompôs-se. Viu a porta do quarto de Iracema fechada. Melhor assim. Circe foi até a cozinha e colocou o embrulho que trazia nas mãos sobre o tampo da pia; procurou uma travessa dentro dos armários e equilibrou-se nos pés para alcançá-la numa das prateleiras superiores; transpôs o bolo para a travessa e, de volta à sala, andando silenciosa em seu mocassim miúdo, colocou a travessa no centro da mesa de jantar, próxima à janela – e à fresta da porta. Ela não era de cozinhar e ainda menos de fazer doces e bolos. Aquele fora comprado numa confeitaria famosa, em Botafogo. Na volta da sua caminhada matinal, quase na hora do almoço, Circe teve vontade de, sabe-se lá por quê, comprar um bolo. Pensando em Iracema, sua vizinha, "companheira velha de guerra", acabou levando dois. Ao menos essa era a explicação oficial que deu para Iracema, tendo bem às suas costas a fresta irrisória da porta corrediça, por onde mal passava uma lagartixa – e que permaneceu assim a noite toda. Restou-lhe observar a vizinha querida comer vorazmente quase metade do bolo de mel coberto com chocolate, regado, naturalmente, a cerveja.

Na sessão seguinte, uma noite espetacular de quinta-feira, em que os deuses atmosféricos todos se debruçavam sobre a Guanabara e ofereciam a medida exata entre o calor e a brisa, Circe notou que não havia mais travessa nem bolo de mel sobre a mesa da sala. A fresta da porta estava um pouco maior do que na véspera; onde antes passava uma lagartixa, agora passavam três. Circe, no entanto, enfiada no sofá em que permaneceu, entre o amuo e o desespero, a noite toda, não se atreveu a fazer a pergunta que a devorava por dentro – "Foi Diana quem comeu o resto do bolo de mel, Iracema? E ela gostou do bolo? Lambeu os beiços? Ou foi você que o engoliu todo, junto com a travessa, sua comilona?". Ainda não era hora, porém, de se atrever a nada novamente, e Circe sofreu em silêncio, afundada no sofá, amarga por ter de se resignar ao tempo.

O resultado da sua inação, porém, era mágoa: tudo naquela sala a magoava; a vida a magoava, sua própria e também a dos outros; o silêncio de Iracema sobre o bolo; não ter havido no noticiário uma continuação do sequestro, trazendo novos nomes e oportunidades – o noticiário da noite foi um longo calvário de mágoas intermitentes. Cada notícia era recebida pelo seu coração como uma punhalada, como se o mundo a traísse a cada acontecimento, a cada desgraça; como ela odiou, mordendo os lábios, os responsáveis pela programação, aquele lixo – "de uma tonelada, nem dez gramas se aproveitam, Iracema!". A incompetência do noticiário de ir mais fundo, por exemplo, no escândalo dos combustíveis adulterados; no problema da cooptação dos postos, nas ramificações de um sequestro junto ao poder político, ao poder econômico; a incapacidade de repórteres e investigadores de trazer à tona fatos novos, quentinhos, bombásticos, que incriminassem não apenas os tubarões, mas todo mundo, incluindo – e isso Circe esperava mais do que tudo – os peixes pequenos – os lambaris, trazendo-os à tona, rostos e principalmente nomes, e sobrenomes, para que todos os vissem, os conhecessem, ou *reconhecessem* – ou pelo menos ouvissem no que eles estavam metidos, incluindo quem estivesse, por acaso, trancafiado atrás de portas corrediças. E viessem até a sala. E se indignassem! E sofressem! E colocassem a cabeça, em desespero, no seu colo!

Olhou o relógio e passava das dez. Ela não suportaria, naquela noite, dividir por mais tempo com Iracema o silêncio diante de um programa qualquer, de um documentário. Levantou-se, alisando com firmeza a blusa creme de cetim, como se a limpasse de migalhas que houvessem caído – nem isso houvera: migalhas. Diana não havia gostado do bolo de mel?

E nem saiu do quarto, ou pelo menos deixou a porta aberta, como uma forma sutil de agradecê-la? Ela traria outro bolo. E dos confeitados. Dos perfumados se possível: bolos aromáticos! Para o aroma se infiltrar pela fresta mínima, arrombando, como o seu desejo, a porta corrediça, funcionando como isca, como droga misturada à groselha na boca doce de uma criança.

Como a noite subsequente era sexta-feira, e o barulho e a agitação das ruas tomadas de jovens subiam pelos edifícios, atingindo os andares mais altos, e risos, ritmos e cantorias entravam pelas frestas das portas, semiabertas ou fechadas, dando ao mais solitário dos moradores do Flamengo a sensação nervosa e estimulante de não estar sozinho, tornando aquela noite cálida de junho, apenas por existir, especial, Circe, virando-se para Iracema após uma hora de silêncio absoluto entre elas, diante da tevê ligada, com o tom forçosamente ameno – como quem houvesse maquinado horas dentro de si, ruminando em perfeito silêncio, apenas para dizer: vou tomar um copo d'água –, disse, como se manejasse um arpão num movimento preciso:

– Estou pensando em pedir uma pizza...

– ?!

Era tão insólito ouvir aquilo que Iracema não mexeu os olhos nem se alterou um milímetro na poltrona reclinável. Nunca se pediu nada delivery naquela casa, nunca havia entrado uma pizza por aquela porta – o que obrigou Circe a ter de repetir o que dissera, inquirindo Iracema, e forçando cada sílaba em direção à porta corrediça quase aberta – ou quase fechada –, exibindo mais do que uma réstia:

– Pedir uma pizza, o que você acha?!

Iracema lançou um olhar incrédulo para a colega, como se perguntasse se era isso realmente o que ouvira, se as seis latas de cerveja que havia emborcado a deixavam ouvir direito, se Circe – ou ela – estava louca. Mas não havia como Circe voltar atrás; duas latinhas mais, e Iracema estaria fora de ação de qualquer maneira; em trinta minutos, pouco importaria o que entrasse por aquela porta, calabresa, mussarela, portuguesa, quatro queijos, carpeggiani (?) ou à moda:

– Aí... você quer calabresa ou quatro queijos? – perguntou Circe, desafiando Iracema.

Iracema tirou os olhos da tevê, procurando Circe, como se estivesse com dificuldade em percebê-la.

– Ou tanto faz? Meio a meio?

– Hã? – balbuciou Iracema – O quê... ?

– Meio a meio? – insistiu Circe, falando alto, "ventriloquando" em direção à porta. – Meio calabresa, meio quatro queijos? Ou você é do tipo que faz questão de mussarela? Se for, por mim, tudo bem também... eu curto mussarela aí...

Iracema demorou a raciocinar. Ela notara sim mudanças no comportamento de Circe nos últimos dias; e também de Diana, trancafiada; nada sobre o que ela desejasse se aprofundar muito, de qualquer forma; mas uma pizza passava das expectativas. Circe sabia que Iracema nunca comia depois das seis horas da tarde; Iracema aprendera – e também ensinara – isso com Otto: ao Vício Carioca, adicionara o Vício Alemão: após as seis horas da tarde, nem água: só e somente cerveja!

– Cirrrrce... minha querida... você sabe que eu...

– Diz aí Iracema: hoje é sexta-feira. Quatro queijos e calabresa? Está legal assim? Meio a meio?

Erguendo-se do sofá com ânimo renovado, expandindo, como um Sutra de Lótus, sua presença pela sala, particularmente em direção à área próxima à janela, ao lado da porta corrediça, Circe perguntou com convicção:

– Onde tem um telefone aqui para pedirmos uma pizza? Se eu ligar no "informações" eles devem ser capazes de...

E começou a perambular pela sala, aflita, espiando pelos cantos do apartamento como se não soubesse que o telefone ficava, havia mais de uma década, na prateleira do armário da cozinha.

– ... me arranjar o telefone de um disk pizza!

Incomodada com a movimentação de Circe, que estava fora do ritmo natural da casa, Iracema ergueu a cabeça, desperta:

– Circe, eu não quero pizza porcaria nenhuma!

– Mas hoje é sexta-feira! – disse Circe, falando alto, na cozinha. – Você tem uma lista?

– Que lista, Circe? – perguntou Iracema, incomodada, virando forçosamente a cabeça para trás, na poltrona.

– A lista telefônica... uma lista!

– Circe!

– Toda casa tem uma lista – insistiu Circe, agachando e revirando a prateleira debaixo do telefone.

– Circe, no que você está mexendo? Circe!? – disse Iracema, a ira superando a modorra da cerveja, erguendo-se como se se visse obrigada a levantar da poltrona e ir à cozinha tentar pôr ordem na casa.

Iracema levantou como se houvesse pressentido, no éter por vezes místico da sua embriaguez, que o telefone tocaria naquele segundo, quase derrubando Circe de susto, para trás, dado o imprevisto do estouro no seu tímpano.

No quinto, sexto toques, que ecoaram estridentes por todo o apartamento, invadindo seguramente a fresta da porta corrediça, Iracema alcançara o aparelho e atendeu, ofegante. Circe permaneceu imóvel, aterrorizada; não se atreveu a tocar no telefone. No terceiro ou quarto "alôs" de Iracema, e no seu olhar que, no lusco-fusco da cozinha, traía uma raiva incomum, Circe percebeu que ninguém falava nada do outro lado da linha. Não demorou para dona Ira surtar:

– Fala, filho da mãe! Fala, filho de uma cabra manca vagabunda!

Circe se aproximou dela, no caso de ser uma boa ideia detê-la.

– Vou mandar fazer um trabalho para você, infeliz! Pra quebrar suas quatro patas!

Segurando Iracema pelo braço, apertando a flacidez dos tecidos da amiga, Circe procurou dissuadi-la:

– Iracem...

Mas Iracema estava incontrolável, tirando o aparelho dos ouvidos e colocando-o na frente do rosto para gritar melhor:

– Meu marido é alemão, seu vagabundo! Oficial do exército alemão, desgraçado!

– Iracema!

– Ele queimou muito neguinho que nem você, nojento! E vai te queimar igual, caralho! Não vai sobrar um pedaço do teu crânio pra contar tua história lá no forno!

Circe sempre se chocava com o descarrego de Iracema; achava-a o exagero em pessoa; havia presenciado duas ou três dessas cenas, por outros motivos; era sempre assim, até Iracema se acalmar, soltar uns arrotos, sentar na poltrona e esquecer; e não havia o que fazer, a não ser deter o arremesso do aparelho no chão, como fizera.

Dessa vez, deveria também deter a si própria. Conter a tremedeira das mãos, a urgência arterial. Batendo os dentes, de pé, diante do sofá, restou a Circe ver Iracema se acomodar na poltrona.

– É a terceira ou quarta vez isso hoje, desgraçado – disse Iracema, para espanto ainda maior de Circe. – Liga, liga e não fala nada... e se atreveu a ligar de noite! Quando vê que sou eu, o cagão desliga...

Circe a ouviu desconcertada. Estaria velha? Com a bateria gasta? Além de um seio, o que mais o câncer lhe levara?

– Pensa que eu não sei que é pra ela? – disse Iracema. – E ela ouve tudo lá do quarto e faz o quê?! Nada! Finge que não é com ela.

De olho na porta corrediça, gritou:

– Está me ouvindo aí, Diana? Eu não atendo mais, está me ouvindo? Agora, isso é com você, estamos entendidas?

Iracema soltou um "ai, ai" – e se acomodou melhor na poltrona; procurou a latinha de cerveja na cabeceira e, percebendo que a bebida havia esquentado, virou-se para Circe, que permanecia de pé, sem saber se ia, ou se ficava, se sentava, o que faria. "Vai ter filho com cara escroto, vai! Vacila", Iracema murmurava, ofendendo a filha. Ofendida estava Circe; ofendida consigo própria: por teimar em não imaginar o que ocorria, estaria ocorrendo e, principalmente, poderia ocorrer; por não antecipar; pelos seus sentidos – que haviam falhado e a enganaram de novo. Falhara! Pela segunda vez! A paixão não era para ela; a paixão a cegava, a desaprumava, a enfraquecia; paixão, um perigo para certas pessoas; o fim da linha para muitas; poderia ser o fim dela. A paixão embaralha as cartas! Então, não é que Diana se trancava porque não queria mais vê-la; Diana não queria ser vista. O telefone tocara, a porta não se mexera. Uma brisa de esperança rodopiou dentro dela – Circe, a biruta!, como a brisa que entrava pela janela, trazendo os ruídos da roda de samba com churrasco que faziam na calçada, na esquina. Tinha esperança do quê? De, quem quer que fosse, e como se chamasse, ser menos rápido do que ela, Circe?

Circe foi sacudida pelo pedido de Iracema:

– Ô Circe, se mexe e me pega mais uma lá na geladeira, pega, ô nega! Que esta aqui foi-se, tá toda mijada.

Circe foi tomada de um nervosismo tão grande que apanhou duas latinhas; uma para ela, outra para Iracema. Poucas vezes fizera isso; ela nunca desobedecia o médico. Bebeu apreensiva, temendo que o telefone tocasse novamente. Porém, assim como não se falou mais nada sobre pizzas, o aparelho também silenciou.

Ao dar cabo da latinha, Iracema se reanimou:

– Quando eu digo que vou queimar o sujeito no forno... – disse, erguendo a mão e fazendo o célebre círculo do polegar com o indicador. – ... neguinho fica assim, de medo, ó!

No sábado, Circe adoeceu; acordou doída e, no decorrer do dia, a febre se instalou e fez o que quis dela; a queda de pressão que experimentou entre a cama e o banheiro, em busca de algo para dar cabo da azia que a acometeu na madrugada, por causa de dois goles de cerveja, por pouco não a prostrou no chão do corredor. Ao olhar-se no espelho que havia atrás da porta do banheiro, de calcinha, perguntou-se: estivera antes tão magra, com a ossatura tão angulosa e saliente, os músculos e veias tão visíveis, como se fossem fios de cobre enrolados sobre uma ripa de madeira, e a pele tão fina e transparente, quase a ponto de se perceber os órgãos? Ela sempre fora uma vítima da seca, uma prisioneira de Treblinka, uma aula de anatomia? Ou ficara assim mirrada agora, que a febre a devorava – e a paixão a consumia? Circe voltou para a escuridão árida do quarto e abraçou-se na cama, mirando, com o canto do olho, o vulto que se impunha no canto do quarto austero: a cômoda pesada de madeira, de oito gavetas, que precisara de três homens para subir pela janela e ser colocada ali. Acompanhou a sombra do dia passear pelo quarto. Passou o sábado e o domingo suando, revirando-se na cama e procurando lembrar e esquecer o que pôde.

Levantou-se cedo na segunda-feira, alimentou-se de chá, torrada e queijo coalho, o suficiente para agasalhar os cinco comprimidos que tomava todos os dias pela manhã; e saiu para a caminhada no Aterro.

Ao pôr os pés na rua, sentiu o dia de forma diferente. Por estar melhor: se não totalmente curada – ainda estava fraca –, ela não havia perdido a capacidade de se recuperar. Ou sabe-se lá qual era a diferença: encontrou o frescor e claridade conhecidos; a brisa, quase doce; as passarelas, inclinadas; os jardins, irregulares; a turma de cadeirantes. A euforia estava em seu coração; a monumentalidade do azul estava dentro dela. As oscilações de temperatura, pressão e estado de espírito do fim de semana, algumas brutais, cederam; e Circe estava ótima no final da manhã, o que poderia intrigar muita gente – os que jamais tiveram vontade de se recuperar, ou conseguiram se recuperar, após uma infelicidade ou um infortúnio.

Iracema, à noite, na poltrona, diante da tevê ligada no telejornal, acostumada às ausências recentes de Circe, saudou-a como se houvesse percebido esse "quê" renovado, motivada pelo brilho curioso nos olhos da outra – e isso depois de várias cervejas: Iracema começava o serviço cedo às segundas-feiras, "para começar bem a semaninha". Perguntou onde ela estivera no fim de semana, e Circe, sentando-se no sofá, de olho na porta corrediça – que estava metade fechada ou metade aberta – metade fechada era metade aberta! – ia responder algo diferente de "adoeci" ou "tive uma febre danada", quando surgiu no noticiário um sujeito de nome Delúbio em close na telinha: um aparvalhado de olhos esbugalhados cercado de repórteres e câmeras. Ao ouvir o nome "Delúbio" no telejornal, Iracema enlouqueceu: achou que era o genro o aparvalhado que surgia na tela de tevê. Porém, a atenção de Circe estava inteira na porta corrediça; foram segundos quase fatais aqueles, no que toca ao controle dos acontecimentos à sua volta:

– Apareceu! – gritou Iracema, erguendo-se num pulo da poltrona, inclinando-se para frente como se fosse cair dela. – Diana! *O filho da puta apareceu!* – Iracema colocou Diana na roda de fogo tão rapidamente, que atrapalhou completamente Circe. – *O ordinário do teu marido Delúbio apareceu!* – a ponto de Circe não saber quem e a que assistia, se deveria olhar para a tevê ou para a porta semiaberta, e se o Infame de Diana, do qual tinha ouvido falar, mas não sabia o nome, era aquele na tevê, ou se o sujeito que aparecia na tevê – *Olha a fuça dele!* – era aquele outro infame, do qual ela tinha, se não estivesse enganada, ouvido falar recentemente. Porque nos últimos tempos havia uma profusão de infames! Foi árduo para Circe identificar do que e de quem se tratava, de qual Delúbio, de qual infâmia, a qual máfia, Iracema se referia: a máfia do combustível, que culminou com a cabeça da menina decepada, ou de outra máfia, muito maior do que a de São Bernardo – a de Brasília –, porém, não seria descabido pensar, naquela balbúrdia: estariam ambas as máfias interligadas? Um Delúbio, duas máfias? Uma máfia, dois Delúbios? Ou dois e dois, um Delúbio para cada máfia?

Esta última era a opção mais provável. A bêbada da Iracema se confundira! Ouviu o galo cantar e achou que fosse na cozinha! Foi um milagre que Circe, atordoada entre gritos, máfias, sequestros, escândalos,

Delúbios e a porta corrediça, na iminência de perder o controle da situação, com Iracema ao seu lado aos berros em direção à porta semiaberta – "Corra para ver esse excremento de marido, Diana!" –, correndo o risco de ela ser cem por cento fechada, tenha conseguido se articular e agir, diante do risco iminente de tudo ir para o vinagre:

– Que Delúbio é esse, Iracema? Isso está relacionado com os postos de gasolina, Iracema? – perguntou Circe, maquiavélica, dirigindo-se não tanto para Iracema, que mal a ouvia, mas jogando a pergunta para a porta corrediça – sendo que Circe logo percebeu, após o choque inicial, que a reportagem na tevê tratava de um outro escândalo, nacional, fruto de um esquema muito maior, evidentemente, do que o dos postos de gasolina, e que o sujeito aparvalhado que apareceu na tela era um outro Delúbio, e não o Infame homônimo de sua querida Diana.

Diana surgiu na sala, andando com dificuldade. Como engordara. Como empalidecera. Como ficar trancada fez mal a ela. Pareceu a Circe pesar uns duzentos quilos! Há quanto tempo Circe não a via. Diana ainda pôde ver o tal Delúbio na tevê; percebeu na hora que não se tratava do seu, mas de um outro Delúbio, alguém que, à primeira vista, e em poucos segundos de observação – o sujeito logo saiu de cena, dando espaço a outros envolvidos – lhe pareceu sonso, de olhar estúpido e o rosto inchado de quem bebia muito. Chamaram sua atenção também os dentes da frente dele, separados, feios, manchados, e o sorriso infantiloide, meio débil. Diana não prestou atenção sobre do que se tratava, dos pormenores; Iracema não continha os comentários sujos. Mas o que Diana viu e ouviu na tevê foi suficiente para ter uma opinião sobre o sujeito, pois a barba espessa e precocemente grisalha não conseguia disfarçar a expressão sonsa, e de que se tratava de mais um cretino: *mais um Delúbio cretino!* Foi o que Diana achou, nos poucos segundos em que o viu, e em mais alguns segundos ela perdeu o interesse na confusão de versões que se multiplicavam na tevê, arrependida de ter saído do quarto por causa do infame, ainda que fosse um outro infame, temendo sofrer novas dores no caminho de volta para a cama.

O alarme e o Delúbio falsos esgotaram Diana; prudente, acomodou-se junto de Circe no sofá; sem demonstrar nenhum receio, chegou-se mais perto, ajeitando-se e ficando a um passo de apoiar a cabeça no ombro da outra. Iracema, ainda excitada pela confusão, mesmo sendo corrigida por Circe – "Esse é outro Delúbio, Iracema! Não é o seu genro!" – não perderia a oportunidade de nomear e xingar o quanto pudesse, fosse o genro ou aquele outro Delúbio, e passou a imprecar contra os Delúbios de forma geral – "Eta nome escroto!" –, como se todos fossem, semanticamente e geneticamente, da mesma laia, a pior laia – "Esses *bostasss* desses Delúbios!" – e daí morro abaixo – "Eu vou dizer uma coisa pra você, Circe... só um cretino tem um nome desses..." –, porém sua fala exalava e traía demasiada cerveja e, aos poucos, com o movimento implacável do noticiário, Iracema se desinteressou; a tevê mudou de assunto e sobraram Circe e Diana, em silêncio, no sofá.

Circe, contendo a euforia, teve alguns minutos para refletir. Ela devia a Delúbio – tanto um, como o outro – o fato de Diana estar ao seu lado; mais um pouco e estaria no seu colo, e de ela poder sentir o aroma de colônia tão próximo, imaginando os cremes que a outra passava pelo corpo, e o formato do corpo que recebia as loções e cremes. Delúbio, tanto um quanto o outro, retirara-a, pesada e enfraquecida, do claustro, e trouxera-a até ela, para ela. Santo Delúbio! Poderoso Delúbio! Tanto esse que acabou de surgir, como aquele Delúbio – ou vice-versa: abençoados Delúbios, de forma geral! Contudo, não estavam dados para Circe todos os riscos que essa ajuda lhe traria; pelo menos não naquela noite.

Haveria a noite seguinte, e o noticiário de todos os canais aprofundariam a história da véspera; o Esquema, agora com E maiúsculo, ramificava-se, como Circe previa, como um polvo gigante, revelando os seus tentáculos escusos para todo o país, e até para outros países! E, no centro de tudo, Delúbio!

Da porta corrediça, semiaberta, Circe podia sentir a respiração ofegante de Diana, a aflição de Diana com o que ouvia vindo da tevê – "Delúbio isso, Delúbio aquilo" –; a melancolia e desalento dela; a lentidão dos poucos gestos que fazia... Como se ela, em silêncio, entregue a si própria na cama do quarto de costuras da mãe, fosse sendo arrastada, puxada para trás a cada reportagem, a cada menção, apanhada e presa na rede da sua própria história, enredada no esquema da sua própria vida.

Sem poder agir, temendo provocar demais uma situação, uma aflição imensa cortou o coração de Circe; um ódio, frio e perturbador, a acometeu: mais uma vez ela se enganara. A criança tola era ela própria: Circe, a tola! Uma tola perdida, uma tola prostrada aos pés da sua menina gorda, ao lado da mãe da menina, que há tempos fingia que nada percebia, por tudo perceber: que Circe era devorada, que a paixão a consumia!

Isso se ela não liquidasse Delúbio antes, o verdadeiro, o único, o que morava escondido dentro de Diana, e que a dilacerava no quarto naquele instante exato. Não seria o caso de fechar aquela porta na marra? De protegê-la, de impedi-la de saber, de ouvir? Caso contrário, o Infame comprometeria tudo, colocaria tudo em perigo, agora que, de certa forma, retornara, que seu nome fora novamente pronunciado, e repetido na sala: ele revolveria e se instalaria para sempre no coração combalido de Diana.

Circe se levantou e apanhou duas latinhas na geladeira – a de Iracema iria derrubá-la; a outra abriu para si, mas não encostou a boca. Ela teria de acertar as contas com Delúbio, com Delúbios – tantos quantos fossem necessários!

Ela sabia o que aconteceria: dia após dia, fim de semana após fim de semana, capa de revista após capa de revista, telejornal após telejornal, negação após negação, o *assunto* iria permanecer; até estourar na porta daquele prédio, mais dia, menos dia. Em silêncio, apertando, quase torcendo, o tampo da latinha de alumínio, traçou seu plano, o que faria primeiro: miraria num Delúbio, para acertar o outro; combateria o Delúbio imaginário, para matar o Delúbio verdadeiro – ou seria o contrário? Teria de aniquilar ambos, concluiu, de preferência com um só tiro.

Devolveu a latinha em cima da mesinha, ao lado de Iracema, sem beber; levantou-se, quis descansar, dormir. Lá fora, havia o Rio de Janeiro; onde uma noite traz sempre uma oportunidade.

A porta corrediça estava totalmente aberta quando Circe apareceu – e a primeira impressão que teve é que Diana não estava no quarto. Arrumara as coisas e se mandara, aquilo fora demais para ela – quem aguentaria? O cenário no apartamento era de terra arrasada: luz apagada, a sala vazia, as janelas do quarto e da sala abertas, deixando o vento entrar e mexer em todas as coisas. Eram oito e meia da noite, Circe se atrasara. Como ousara se atrasar? Cismou em desencravar uma unha durante a tarde, acabou numa podóloga, em Laranjeiras. Que preço iria pagar pelo atraso! Deixou Diana só, entre Delúbios e Iracema. Adentrou o apartamento devagar, passo a passo, atenta aos ruídos estranhos que vinham da cozinha: Iracema, abaixada, com a cabeça enfiada debaixo da pia, apanhava latinhas para gelar; demorou para prestar atenção em quem entrava. Ao olhar para trás e ver Circe, estava completamente entornada: começara o serviço cedo na terça-feira, pelo visto. Mais um indício! Expulsara a filha? Em silêncio, sem dizer nada uma para a outra, sentaram-se em frente à tevê. Circe, paralisada, tremia por dentro ao pensar no vazio atrás daquela porta.

Iracema passeou pelos canais, com o controle remoto balançando na mão. Circe indagou-se: o que teria acontecido naquela tarde? Houve brigas? Agressões? Um novo telefonema? Como adorava passear pelos canais, Iracema zapeou a tevê de forma frenética. Não demorou para a figura do bode aparecer na tela. Confirmou-se o que Circe sabia que, fatalmente, iria acontecer: imagens e menções do infame se sucederiam em todos os telejornais, de todos os canais. Uma indigestão contínua, que se prolongaria, no escândalo dos escândalos, como afirmavam a cada novo escândalo; aparições se sucederiam por semanas, meses, provavelmente anos, dadas as dimensões tectônicas do caso. E iriam além da tevê: rádios, revistas, jornais, outdoors, cartazes, tudo o que se prega em bancas, a internet inteira, enfim: uma avalanche de fuças daquele infeliz por todos os lados, e dizeres, e repetições: Delúbio, Delúbio – e também: Delúbio – e mais Delúbio – Diana explodiria! Sendo que, a cada menção transmitida, impressa, televisionada, e, portanto, potencialmente vista, ouvida, sentida, compartilhada – seria um sopro na ferida aberta, uma punhalada na alma abatida – uma lembrança – ou pior: uma esperança.

– Olha aí o maldito – resmungou Iracema, logo que o tal Delúbio foi mencionado num telejornal. – Maldito!

Iracema exalava cerveja. Para Circe, estava claro que a bêbada confundia os escândalos – não se tratava mais do sequestro de São Bernardo, que morrera – abafado? – em duas reportagens; se, apesar disso, ela enxergava o genro homônimo na tela, Circe não tinha clareza.

– Corno!

No noticiário sempre frenético, em longas reportagens transmitidas em todos os canais, sucederam-se deputados, senadores, juízes, procuradores, mulheres, banqueiros, publicitários, atores, repórteres, teorias, hipóteses, versões: empréstimos disfarçados de roubos, roubos disfarçados de empréstimos... e, lá pelas tantas, o bode – ele! –, surgindo no meio de tudo, entre todos, exibindo, em close, os dentes da frente afastados... a sorrir.

– Tá rindo do que, ô puto!? – Iracema falou alto, num sinal, pareceu a Circe, que isso tinha endereço certo: alguém dentro do quarto?

– Aí, Diana! – gritou. – Tá ouvindo o infeliz sorrir aí, ô?

Diana estava no quarto! A três passos largos do sofá! Seis passinhos de Circe. Ainda não se fora. Apenas fizera as malas e escancarara a porta – imaginou Circe; aguardava Iracema embarcar – e embarcaria em seguida. Circe calculava: o ônibus noturno, que leva as pessoas de volta para São Paulo, sai que horas?

– Que cretino esse palhaço!

Circe olhou para a tevê e se deu conta de um jogo muito mais ardiloso que se armava.

– Palhaço! – repetiu Iracema, como se ela nunca se cansasse de xingar alguém com esse nome, independentemente de ser ou não o genro:

– O que faz esse bosta sorrir?

Circe sabia a resposta. Claro que sabia. Todos os bostas sorriem, sempre sorriram e sempre sorrirão...

– E olha os dentes da frente da carona dele! – disse Iracema. – Separados!

... Circe mais do que sabia sobre bostas e sorrisos: Circe temia.

– Fecha a boca, retardado!

Um mero sorriso de um boçal tão boçal como aquele poderia arrastar Diana do Flamengo para sempre, longe dela para sempre. Um cínico qualquer poderia tragá-la de volta, arrastá-la para o lugar de onde ela saíra. Reavivá-la. Diverti-la. Iludi-la. Destruí-la. Se bobear, cortar a cabeça dela! E os riscos daquela porta perigosamente aberta?! E o que fazia Circe esperar e deixá-la passar por aquela porta?

– Aí... você ouviu falar em limpeza de cólon, Iracema?

Iracema abriu os olhos, ressabiada; estava em outro hemisfério, alvejando Delúbios, reais e imaginários; estranhou aquela palavra; procurou ignorá-la, ela queria mudar de canal e que Circe ficasse quieta.

– Cólon! – repetiu Circe. – Ninguém nunca ouviu falar em cólon nessa casa? Em *limpeza de cólon*?

Iracema fez cara de samambaia.

– Deus! Todo mundo tem cólon, Iracema. Reto! Rabo! Quanta ignorância! – Circe empinou o tronco, ameaçando se erguer do sofá. – As pessoas deviam ler mais! Se informar mais! Se instruir!

Circe passou a mão sobre a barriga:

– Você sabe o que sai aqui de dentro se fizer uma faxina de cólon?

Aturdida, Iracema olhou para a tevê antes de reagir, como se alguma reportagem dissesse respeito a isso: que alguém limparia o cólon, ou o rabo, ou o que seja, na tevê.

Circe mirou a porta, afiadíssima:

– E é isso o que eles me fazem recordar, essa patotinha! Tira desse canal aí, Iracema. Põe no Silvio Santos... Eu assisto a isso há trinta anos!

Circe se levantou do sofá, excitada. Iracema protegeu-se com os braços, como se fosse ser atingida por algo. Circe mirou a metralhadora para a porta aberta:

– Porque é isso o que eles fazem com o nosso dinheiro, Iracema, com o que eles *extraviam*: limpam o rabo! Você sabia disso, Iracema?

(Você sabia disso, Diana? Que existe isso?)

– E que é a última moda isso, você sabia, Iracema: lavagem de cu?!

(Está ouvindo bem isso, Diana: cu?)

– Que virou moda lavar o cu?!

Iracema ergueu as sobrancelhas, incrédula.

– Lá na Barra... é uma loucura! Importaram de São Paulo essa coisa. Essa moda! Tem limpeza de rabo por todo canto hoje. Limpam cu aqui e... em Miami! Vão para os Estados Unidos só pra lavar o rabo! E de chuveirinho! É um tal de chuveirinho no cu de um... chuveirinho no cu de outro... E se você mete o chuveirinho no rabo de um lazarento desses, você não imagina o que sai de lá de dentro, Iracema.

(Você não imagina o que sai de lá de dentro, Diana!)

– Circe! – exclamou Iracema: aquilo estava se tornando vulgar demais até para ela.

– Você tem ideia do que sai de dentro do rabo de um filho da puta desses, Iracema?

(O que sairia do rabo de um... Delúbio, Diana?)

– Placas inteiras de merda quente, igual fígado de galinha!... Você já pegou em fígado de galinha, Iracema?

– Cirrrce!!

(Está ouvindo isso, Diana? Você está bem, Diana? Desistiu de apanhar suas coisas e ir embora, Diana?)

– Ninguém aqui nunca pegou na mão aquela coisa comprida e melequenta, morninha e grudenta que a galinha...

– Para, nojenta! – berrou Iracema. – Vai fazer nojeira na sua casa, vai!

– Nojentos são eles, Iracema!

– Nojenta é você! Isso mora em tu! – Iracema ergueu os braços. – Xô!

– O cacete esse nojento! – Circe se descontrolou. – Eles são assim, Iracema (Diana!): comem fígado de ganso e cagam fígado de galinha! Essa é muito boa!

(Não é boa essa, Diana! Diana?!)

– Chegam no Alberico: fuá-grá! Depois, na clínica de limpeza de rabo: cá-gá!

(Diana??)

(Você ainda está aí, Diana?)

Circe se afundou no sofá, ruminando pensamentos, por quase meia hora; foi o tempo que precisou para seu coração reencontrar o ritmo e, ela, um sentido. Iracema também estava ali, sem estar ali, fazia tempo; esgotara-se bem antes. Na tevê, o programa de especialistas em transplantes se encerrava, e daria lugar a um filme qualquer. Circe despertou. Lembrou-se de por que estava ali; o seu objetivo; quão longa era a batalha; o que avançara – e o que faltava conquistar. Olhou para a porta escancarada, com desejo e medo; e também alívio: que ela tenha se dado conta, ninguém saíra por ela enquanto ruminava. Ao enfiar a cabeça para dentro do quarto, encontrou Diana desperta, sentada na cama, com as costas eretas apoiadas na parede, olhando para a porta: olhos verdes, vivos e faiscantes, brilhando no escuro, como os de uma coruja.

– Licença? – disse Circe, desconcertada por encontrá-la assim. – Posso entrar?

Apesar da porta estar completamente aberta, Circe entrara sem ser chamada; seria diferente se Diana estivesse prostrada, abatida, como imaginou que estaria; ficou confusa.

– Pode... – Diana estava calma.

Circe olhou em volta: não viu mala alguma; não havia sinal de Diana ter arrumado roupas, nem nada; saiu-se com essa:

– Eu conheço tanto isso, Diana! Sei tanto disso, sabe? O que aconteceu... e essa reação da sua mãe... perfeitamente explicável! Perdoa ela, Diana...

Diana se encolheu, em movimentos rápidos, como se não a ouvisse; abriu espaço para Circe se sentar na beirada da cama. Isso bastava para Circe, que sentou sem hesitar.

– Perdoa a Iracema! – disse Circe, acomodando-se. – Ela está vendo você aí, carregar essa menina sozinha... é difícil para ela isso, você sabia?

Para nós! Ela carregou você, ela sabe... Nós sabemos, Diana... É natural que ela...

– Circe... – Diana a interrompeu.

– ... que ela pense assim!... – Circe continuou, estava surda. – Veja você: não é coincidência isso. Coincidência de nomes! Delúbio é... o nome do seu marido, não é? Nome estranho... incomum, né? Então... Aquelas cagadas todas lá... que ele está meio metido também, é isso? Em São Bernardo, não é isso? É que é meio tudo igual sabe? Aqui, lá... acolá!... Quem faz... quem recebe... quem paga! A cabeça que rola! Quem é pego, o que fala... aí... fala como esse idiota aí... que apareceu... esse outro Delúbio aí, eu quero dizer... – pensou: deveria ter repetido o nome infame? – Que de idiota só tem a fuça! Tipo: eu não vi, não sei, não sabia de nada... eu apenas levei, eu apenas entreguei, eu apenas... peidei! Eu apenas... caguei!...

– Circe!

Cazzo! O que Diana queria, além de interrompê-la?

– É tudo igual, Diana! Do gari... ao presidente da República, é igual! (*Homem* é tudo igual, Diana!)

– Eu queria tanto ir até a praia, Circe... – disse Diana, encarando Circe, aprumando-se na cama, alisando os cabelos com as mãos, espalhando um doce perfume pelo quarto. – Tomar um banho, um descarrego.

– Praia? – perguntou Circe, interrompida: faltava falar dos carrões... aviões... mulheres! – Mas assim?... nesse estado que você...

– Assim o quê, Circe? – Diana apoiou as mãos sobre a cama, como se fosse levantar. – Tem muitas grávidas que vão à praia. O que tem de grávida na praia... logo de manhãzinha...

– Sim, mas o que disse o médico... você sabe que não...

– O que tem o médico, o que tem eu, Circe? Não o quê! Por eles a gente nunca pode nada... você sabe muito bem disso – argumentou Diana, esticando as pernas com prazer. – E eu não tive mais nada... Você e minha mãe são testemunhas. Vocês três são testemunhas! – corrigiu-se, alisando e exibindo a barrigona. – Eu fiz tudo direitinho... quer dizer: nós ficamos bem boazinhas, né?... Fala aqui pra titia Circe como nós ficamos bem boazi...

– Eu não sou titia! – protestou Circe, ofendida.

– ... a gente ficou aguentando tudinho... aguentamos direitinho... né? – continuou Diana, como se não ouvisse nada, o que encantou Circe. – De perninha pra cima... né? Nós duas ficamos. Então, pede aqui... pra...

Diana fez um olhar maroto; Circe desconhecia esse olhar.

– ... Circe...

Seu tom de voz também era propositalmente fingido, de súplica; Diana brincava.

– O que foi, Diana?

– Circe...

– Fala, minha filha... O que você quer, Diana?

Lágrimas esparsas, mornas e gordas brotaram de repente dos olhos de Diana, como se surgissem do nada. Sendo que ela sorrira até agora! Circe não sabia se se aproximava, se a abraçava, se ia embora, se chorava com ela, o que faria.

– Circe... você me leva?

– Leva aonde Diana? – Circe se exasperou.

– Na praia...

– ?

– Pode ser aqui, Circe, no brejo está bom... não precisamos sair do Aterro não, eu não faço questão de ir pro Arpoador não...

Diana segurou uma das mãos de Circe; puxou-a para seu colo; apertou-a. Para Circe, é como se espremesse seu coração.

– Vamos, então, na Dã? – perguntou Diana, enxugando as últimas lágrimas com a renda da camisola, descobrindo as coxas carnudas.

– Na... Dã?

– Você não conhece a barraca da Dã? – Diana estava quase alegre agora. – Nem sei se ela está lá ainda... em frente ao duzentos...

– Em frente ao duzentos? – Circe não largaria a mão dela nunca. – Não sei... Deve estar.

– Circe! Você não conhece a Dã! – Diana chacoalhou a mão de Circe, até soltá-la.

– Conheço! A Dã. Claro! – Circe hesitou em recolher a mão do colo de Diana. – Quem não conhece a Dã? Vamos! Se você quiser... vamos!

– Será... – Diana se inclinou na direção de Circe. – ... que ainda tem aquelas burekas lá?

O que tinha essa garota? Fome de bureka?

– Deve ter sim... burekas... que eu saiba... – respondeu Circe. – Deve ter sim! Por que não teria?

– E ainda pode ficar devendo? – Diana falava animada, desperta, como uma criança que acaba de acordar. – Será que a Dã ainda tem aquela caderneta em que ela anotava as burekas todas que eu comia, e o meu pai ficava doido da vida...

– Isso eu não sei – disse Circe, que nem sabia exatamente o que era uma bureka. – Faz tanto tempo que eu não vou lá... pra aquelas bandas, tanto tempo que eu nem vou na praia... eu nem como bureka!... Mas não vai precisar ficar devendo nada, não. O que você quiser, eu ofereço!

– Não precisa, Circe... – Diana virou a cabeça para a janela, mudando o olhar de direção.

Ela começaria a chorar novamente? Ela agarraria novamente sua mão, para apertar e balançar sobre o colo? Ela havia desistido de ir embora para sempre?

– Circe... – disse Diana, sem olhar para a outra.

– ...?

– Circe?

– Fala, minha filha! – exclamou Circe, sem saber se Diana agora ria ou chorava. Diana virou-se para ela:

– Eu não sou sua filha, Circe.

Circe mudou de ideia em cima da hora: não queria mais ir ao casamento da neta da Cacilda, no Copacabana Palace; arrependeu-se de ter assumido o compromisso com Iracema. Ela mesma não era comadre da Cacilda; apenas conhecida. Iracema é que insistira. Celeste era testemunha: ela jamais quisera ir à festa e queria menos ainda agora. Fora obrigada a escolher um dos vestidos da época das antessalas, sepultados no fundo do armário, mofados e pertencentes a um outro período de sua vida – muito antes da doença, quando Circe ainda se arrumava. Foi reformado em tempo recorde para o casamento: um tubinho cor de creme, de corte reto e sem mangas, repleto de pequenas pedras brilhantes e bordados discretos, no mesmo tom. Somado ao penteado, que Circe também fora obrigada a fazer, junto com Iracema, durante a tarde – um minibolo de noiva construído por camadas de laquê –, o conjunto fez dela uma figura elegante, saída de uma página de revista dos anos 60: "uma Maria Tereza Goulart", como ela mesma disse, jocosa, ou uma "mini Jacquie O" – Celeste a definira assim: uma "princesa Jacqueline" – "Princesa Caroline, Celeste! Pô!", Circe corrigiu.

Circe, vista assim, pronta para a festa à qual ela não queria ir – talvez não devesse ir –, vestida de noite, portando uma bolsa vermelha fina e comprida debaixo do braço – bolsa *cigarette* –, possuía a elegância discreta e o charme desembaraçado das pessoas maduras e sozinhas, em contraste com o vulcão espalhafatoso chamado Iracema, uma explosão rubro-negra que ocupava de cetim e tafetá toda a sala do apartamento. Estavam de saída, para apanhar o táxi. Celeste ajeitava-as, orgulhosa e embevecida, como se fossem suas crias, ávida por ouvir, antes de o casamento acontecer, todos os detalhes do que ocorreria lá. Celeste nunca colocara os pés no Copa; passara em frente umas tantas vezes, naturalmente, e espiara da calçada, doida de curiosidade, o que acontecia lá em cima, nas suítes mais altas e também no térreo, atrás das vitrines das lojas e restaurantes, sem nunca ter tido coragem de pisar no saguão. Mas era como se Celeste conhecesse de perto cada centímetro de cada corredor do Copa: vários vestidos feitos – a maioria, reformados – por ela haviam desfilado por aqueles corredores e salões. E as freguesas contavam tudo para ela na volta das festas – "não me esconda nada, santinha!". Era como se ela própria houvesse desfilado pelos corredores! E agora despachasse para a festa duas filhas, adolescentes de quinze anos de idade, para as quais ela dava conselhos: qual a melhor porta para entrar, dependendo de qual salão a festa fosse ocupar; uma vez lá dentro, onde ficava a pérgula, que elas deveriam visitar – "ir ao Copa e não visitar a pérgula é como ir a Roma e não ver o papa!" –, e o bar do anexo, que merecia "ao menos uma passadinha rápida" – "mas, rápida!", ela salientava, porque do bar do anexo até o salão B, por exemplo, se o trajeto fosse percorrido por dentro – e ao que parece não havia outra alternativa, porque as informações de que se poderia ir até o salão B pela pérgula eram desencontradas – seriam uns bons dez, quinze minutos. O Copa era, meninas, "imenso!": de vestido longo, como o de Iracema, e salto alto, mais de quinze minutos seriam necessários para se ir de um canto a outro – e isso poderia pôr a perder a entrada da noiva, por exemplo, se o religioso, como parecia ser o caso, também fosse feito no salão. Lá no Copa "ocorre muito isso, que eu mesma não gosto muito", lamentou Celeste, "o religioso ser no saguão ao lado do salão da festa, se for no salão B, como nesse caso".

Estavam saindo, e Iracema quase a mandou "cagar" por Celeste insistir em conferir, àquela altura, se no convite constava salão A, B, ou C – "porque há um salão C, com certeza" – e, no fim, Celeste desistiu e alertou que elas deveriam sair em quinze minutos, para que chegassem a tempo de ver e ouvir tudo e nenhum detalhe escapasse delas, ou fosse perdido durante os trajetos internos se por acaso o salão não fosse o B – "Chega, Celeste!", vociferava Iracema. E que trouxessem para ela pelo menos um docinho, ou dois docinhos: um para ela e um para Diana, que ouvia tudo lá dentro do quarto onde estava enfiada e de onde ela não saía mais – até as finas agora fazem isso, lembrava Celeste: "trazem docinhos às claras nas suas bolsas, ou em pacotinhos, não um, mas vários, punhados de docinhos!"

Circe imaginou Diana doida lá dentro pelos docinhos, uma vez que abandonara, nos últimos dias – estimulada por ela, Circe –, toda e qualquer nesga de amor-próprio pelas suas formas e, ao contrário do que a aconselhara o médico, qualquer hesitação diante do que lhe apetecia comer. Circe conferiu, arrependida pela escolha da bolsa, as dimensões reduzidas da sua *cigarette*: ali não caberia nem um docinho, um bem-casado ou um beijinho de coco: era uma bolsa feita para carregar nada, na verdade, ou apenas um talão de cheques. Ela considerou seriamente a hipótese de mudar de bolsa, de arrombar a porta trancada do quarto e vasculhar os armários de Iracema, em busca de uma bolsa mais ampla, do tipo sacola, para caber, se não um pedaço de bolo – "bolo nem os pobres trazem mais", disse Celeste – pelo menos dois camafeus de nozes e três beijinhos, e dois cajuzinhos e um bem-casado – para delírio da sua Diana, a quem via todos os dias agora e que teria um mimo do lado da sua xícara de café, no dia seguinte, ao acordar.

Que tristeza para Circe abandoná-la! Que graça teria a festa sem Diana? Todos os docinhos do mundo seriam pouco na volta. E logo agora, que dividia os melhores momentos com ela; que trazia uma coisinha por dia para decorar o quarto do bebê. O quarto, não: o cantinho. Embaixo da janela, ao lado da porta corrediça, lá estava o bercinho, um presente dela, cheio de outros presentes dentro; o bercinho quase não cabia no quarto, junto com Diana, se ela se levantasse da cama; um novo estorvo para vovó Iracema!

Ao bater o olho no berço, de soslaio, uma grande emoção encheu o coração de Circe, dessas que misturam alegria e tristeza; teve vontade de fazer algo que não sabia o que era: abandonar Iracema e ficar, na última hora? Ou abandonar Diana e ir de uma vez à maldita festa, mas voltar logo, a tempo, digamos, do segundo telejornal? Mas não seria ridículo isso: ir para um casamento no Copa e voltar a tempo de assistir ao telejornal? E ela lá precisava dar desculpas à Iracema ou à Cacilda, que ela mal conhecia, para simplesmente estar com Diana, como assistir a um telejornal? E naquele apartamento não estavam abolidos, por acaso, os telejornais? Isso Circe conseguira de Iracema: fazê-la não suportar ver mais a cara do bode em nenhum telejornal; Iracema agora fazia malabarismos todas as noites com o controle remoto, para evitar ver a cara de "estrume" do sujeito, cujo nome "igual ao do bosta do meu genro" ela não "queria nunca mais ouvir nem repetir".

Aflita, com os poucos minutos que tinha para abortar o casamento se esvaindo, sem que ela fosse capaz de decidir, Circe caminhou até a janela da sala e debruçou-se sobre ela, fazendo de conta que Diana não estava ali, à sua esquerda, atrás da porta semiaberta; ficou observando por alguns minutos a vila de casas portuguesas lá embaixo, do outro lado da rua, onde crianças, meninos e meninas, corriam atrás da bola. Uma mãe saiu de uma das casas e, aos gritos, pôs um fim à algazarra; cabisbaixas, as crianças se dirigiram cada uma para uma casa diferente, batendo portas atrás de si. Em um dos lares, podiam se ouvir, do sétimo andar onde Circe estava, os berros de um adulto e o choro da criança que mal acabara de entrar. Circe se comoveu com aquela cena, tão banal e corriqueira; algo dentro dela se acendeu, uma suspeita; mas antes que ela realizasse que sensação era aquela, ouviu a voz grave de Iracema chamando-a para a festa, brava, na porta do apartamento. Celeste, a ansiosa das ansiosas, segurava a porta do elevador para elas, no corredor, lá fora.

Circe despertou como se houvesse passado horas olhando pela janela, e não dois minutos. Deu dois passos até a porta corrediça e encontrou Diana estendida na cama, olhando para ela; achou-a apreensiva, e perguntou se ela estava bem. Diana disse que sim e virou-se para a parede, como se quisesse que Circe a deixasse e fosse embora. Circe pediu, quase implorou, que ela não se esquecesse da segunda dose de Buscopan, caso contrário a indigestão voltaria, e "com mais força", e o Toniflex, que ela, Circe, também providenciara – os remédios estavam no armário da cozinha, em caso de qualquer necessidade, de qualquer cólica, ou algo mais do que uma cólica – Iracema berrava lá da porta –; assegurou-lhe também que voltaria cedo, e estaria no quinto andar a noite toda – a vida toda – para qualquer coisa que fosse necessária, e disse isso em voz baixa, entre elas. Diante das outras, Circe disse, com a voz fina e doce, imprópria dela, que Diana poderia esperar tranquila, que, se dependesse dela, traria docinhos, de vários tipos, e até um pedaço de bolo: a verdade é que hoje em dia é "nas festas finas que se distribui o bolo, pô, Celeste!". Celeste protestou lá de fora, porque essa informação não batia com a que ela tinha sobre ricos, pobres, festas e bolos, e Iracema, apanhando no ar os comentários, ironizou Circe, antes de fechar a porta do apartamento:

– Traz, traz doce pra ela, traz!... Você entupiu essa menina de camarão hoje à tarde... de cuscuz ontem... Agora vai entupir de cajuzinhos!!... Aves-truz!

E arrematou, na direção da porta do quarto, para a filha ouvir:

– Tá ficando uma baleia essa garota! Caramba!

* * *

Circe mal se concentrou no casamentaço, incomodada dentro da rigidez do tubinho bege com brocados; não foi à pérgula do Copa, não tomou drinque em volta da piscina, não checou o que acontecia no anexo – não conferiu se o anexo "era a própria pérgula", como Celeste suspeitava e temia; não reconheceu por ali, nos amplos corredores, que levam aos amplos salões, nenhum ator ou atriz de Hollywood, nem do Leblon; não achou graça em nada daquilo. Nem reparou nas fotografias de hóspedes ilustres que decoram os corredores que levam ao Salão B, onde aconteceria, conforme o previsto, o enlace: passou por Marlon Brando como quem passa por um vendedor de água de coco, dos que ficam no calçadão, ali na frente, atravessando a avenida.

Durante a festa, um evento tumultuado e barulhento feito para uma adolescente de vinte anos ter sua noite de Madonna, a noiva subiu nas mesas, abraçou as tias e as colunas, fez caras e bocas para uns vinte fotógrafos, ergueu a saia em várias ocasiões, trocou não-se-sabe-quantas-vezes de roupa e correu descalça livremente entre as fileiras de mesas repletas de italianos, amigos e familiares do noivo que, como se soube, pagaram a conta. Circe não se levantou mais da cadeira após servir-se do bufê de entradas. Foi preciso que Iracema a empurrasse para que ela completasse o prato, e a fila do bufê andasse. Iracema equilibrou na volta não um, mas dois pratinhos repletos de queijos e embutidos italianos importados – "Tudo! Aqui é tudo importado!", disse Iracema. "Tudo do bom e do melhor: menos esses italianos, *rá-tá-tá*!", disse para Circe, que não entendeu o "*rá-tá-tá*" da gulosa Iracema. Circe não se apeteceu por coisa alguma do bufê quente ou frio: patês, queijos, pães de todos os tipos, geleias doces e salgadas, terrines disso e daquilo, tartares, carpaccios variados, *pomodorini*, *zucchini*, *carcciofini* – e proseccos, champanhes, licores, vinhos – e pratos quentes (cinco tipos de massa!) e frios do bufê principal (dez tipos de salada!) – "Tudo do bolso dos italianos!" – Otto diria: "dos otários" – "Afffff... Iracema!" – nada agradava Circe, que não experimentou bebida alguma a não ser três goles de champanhe francês, tipo rosé, para desgosto de Iracema, que por princípio – por Otto – não encostaria o bico em nada que fosse francês.

Foram goles suficientes para que Circe flanasse para longe dali, sobrevoasse o vasto salão iluminado por lustres de cristal de três mil pingentes, revoasse sobre a orquestra com violinos e desviasse das colunas grossas de mármore, e se desse conta da urgência do tempo e que, naquele instante, tudo girava – as pessoas, a música, a noiva, que girava muito louca em cima de uma mesa redonda, Iracema, que também girava – ela subira numa das cadeiras da mesa, competindo com a noiva, farfalhando o vestido longo de cetim preto e manta vermelha entre os convivas – *"a minha alegria atravessou o mar..."* –, turbinada por litros de cerveja. Iracema, a ponto de despencar da cadeira, foi a última imagem que Circe teve da festa, ao olhar para trás, na beira da escada, antes de descê-la atabalhoada, em direção à saída lateral do Copa – um bom conselho de Celeste –, para dar de cara com a fileira de táxis que ficam ali, à espreita.

Teve sorte com o taxista que encontrou: ele a atendeu – ela disse: "tenho pressa!" – e acelerou o carro para dentro da primeira madrugada de julho; atravessou todos os sinais vermelhos que encontrou pela frente; e disse "sim" mais uma vez: diante do pagamento adiantado, o dobro do que marcava o taxímetro, ele a esperaria subir ao apartamento, sem arredar o pé da frente do prédio. Era uma noite ventosa, úmida, de nuvens carregadas que chegavam do oceano e estacionavam nas cabeceiras dos morros; o assobio do vento adicionava algo trágico à atmosfera. O porteiro do prédio despertou com a entrada de Circe; era o segundo despertar abrupto dele naquela noite – ele procurou dizer isso a ela – "que noite 'arretada' era aquela" –, mas não teve tempo. Circe desembestou pelo jardim para dentro do prédio. Tinha pressa de confirmar sua certeza: que o destino do táxi deveria ter sido outro, Laranjeiras, a uns vinte quarteirões dali; mas ela tinha de se certificar primeiro, tinha de conferir com seus olhos todos os sinais do sétimo andar: a porta da frente destrancada, a janela aberta, a sala vazia, a porta basculante escancarada! Uma culpa horrenda assomou-lhe no meio da sala do apartamento de Iracema, antes que entrasse no quarto: por que ela saíra justamente naquela noite? Ela que nunca saía havia uns vinte anos? E: por que a abandonara? Por que não marcara de uma vez por todas a sua diferença em relação à Iracema, ao bode, ao destino, a tudo que a cercava?

Penitenciando-se, suando a maquiagem que escorria pelo canto e borrava sua face seca, Circe caminhou até o quarto, conferindo, corajosamente, o que já sabia: Diana não estava mais ali. Num ataque agudo de dor, atirou-se aos armários – para se certificar de que a mala dela permanecia lá. Ela não fugira. O que aumentou sua indignação. Uma inconsequente! Uma egoísta! Como Diana ousava ter a criança sozinha?! Quem era ela, para achar que teria condições de ter e criar a nenê por conta própria?! O que Diana sabia da vida, uma traída, uma abandonada? Amancebada com um sujeito que... dele era melhor nem falar! E que encrenca era aquela, uma cabeça decepada? Quem sabe ela não estaria metida? E o bercinho, quem comprara? E o nome da menina – a sugestão do nome composto –, quem dera? E a plaquinha para pôr na porta do quarto da maternidade, onde estava? Diana ao menos se lembrara de levar a plaquinha que ela, Circe, encomendara? Sem conseguir imaginar mais nada, perturbada pela violência do vento que entrava pela janela, Circe teve uma última revelação, ao perceber, na penumbra, a mancha úmida nos lençóis desalinhados na cama. Desarmou-se ao ver o líquido, esqueceu-se de que fora traída, renovou o seu sentimento de urgência. Circe não tinha tempo e, apesar da poça, essa sim, de *mágoas* que a vida lhe trouxera, iria atrás de Diana imediatamente. Ainda que não encontrasse outro táxi na madrugada deserta, abandonada que fora – dupla, triplamente traída! – pelo taxista, que deveria estar esperando lá embaixo, na frente do prédio, como prometera – e ela confiara.

No meio da rua, caminhando, de salto agulha, no piso imperfeito, a silhueta fina e esguia oscilaria, mas se equilibraria antes da queda; a queda, dessa vez, não seria a sua! Chegaria à maternidade nem que fosse a pé, sem limpar a maquiagem borrada, nem trocar de roupa, nem disfarçar o medo estranho que sentiu (a menina nasceria bem... não nasceria?... perfeita?); levando na bolsa os bem-casados amassados que se lembrou de pegar, na saída do Salão B do Copa. Iria atrás de Diana assim como estava. Antes de sair do apartamento, teve tempo para um único gesto, o último – tudo essa noite era derradeiro: aproximou-se da cama e umedeceu a mão nos lençóis; em seguida, levou-a ao nariz e à boca. Não sentiu gosto de nada. Desembestou em seguida pelo corredor e desceu. Da janela do táxi que apanhara, por acaso, a duas quadras, observou o vento úmido bater no vidro; nem passou pela sua cabeça que o Infame poderia estar na maternidade antes dela. Intuindo que o trabalho de parto começara, procurou apressar o motorista. Se tivesse sorte e, àquela altura, apesar da bolsa d'água rompida, as contrações ainda estivessem no início – se o plano de Diana falhasse e ela, Circe, a flagrasse antes que entrasse sozinha na sala de parto –, ela conseguiria chegar a tempo e, com habilidade, conseguiria entrar na sala, tornando-se, quem sabe, a segunda pessoa – quem sabe, a primeira pessoa! – na face da terra que a pequena Maria Letícia enxergasse, na forma de um borrão, ao abrir os olhos – ainda que nem a nenê, assim como a mãe a amassem de imediato.

Por ora – e esta certeza atingia o ponto máximo ao avistar o letreiro da maternidade –, a ausência do Infame fazia com que Diana o enxergasse em cada atendente, reconhecendo-o nas bochechas e sobrancelhas de cada enfermeiro e médico com que ela topava, no caminho até a sala de parto – um enxame de infames por todos os lados. Pela psicologia, isso não seria improvável. Assim como Maria Letícia, ao abrir os olhinhos pela primeira vez, enxergaria nela, Circe, o papai Delúbio atrás daquele borrão – no devido tempo, Lili aprenderia: "papai Delúbio bobo! Papai Delúbio cretino!" Circe sabia que não havia como, nesse instante, escapar do encanto masculino. Porém, com o passar do tempo e com algumas ações precisas, cirúrgicas e implacáveis suas, Diana, que o abandonara, o esqueceria. A filha, essa não ia poder nem ouvir o nome dele! Diana sequer o reconheceria se passasse diante dele com a filha, enfiado entre tulipas de chope, numa mesa de bar.

Diana foi pega a duas quadras do apartamento da mãe. Voltava da farmácia, perto do meio-dia, e foi abordada enquanto esperava o sinal para atravessar a rua. Assim que a viu, o sujeito alto, de camisa branca folgada, largada no corpo e barba por fazer, levantou-se às pressas de uma das mesas que ficam dispostas na calçada do Planalto do Chopp, e saltou em sua direção. Diana olhou para trás, atraída pelos ruídos das cadeiras de alumínio em que ele tropeçou ao correr até ela. Era Antônio. Antes que tocasse a mão no seu braço, o que fez com desfaçatez, Diana identificou quem era – e quem estava por trás dos telefonemas mudos nas últimas semanas – ela nunca acreditou que pudessem ser do Infame – e de quem se tratava: de alguém que conspirara contra eles e pelo fracasso de tudo. Olhou para a mesa, para se certificar de que Antônio estava sozinho ou junto do irmão ou de qualquer outro da laia dele, dos que vira ao lado dele, na tevê, no episódio do sequestro horrendo. Virou-se para frente, para os lados, pensando em correr, em se arriscar no fluxo dos carros. Imagens e pensamentos colidiram na sua cabeça; havia algumas poucas certezas: ela não estava segura na casa da mãe; nunca estivera; nunca estaria; e uma indagação: o que Antônio trouxera?

Apesar de tê-lo visto em carne e osso apenas uma vez na vida, era visível que Antônio estava mais magro, com o rosto, antes balofo, agora seco; as bochechas, caídas e flácidas; os olhos, afundados. O aspecto jovial, de um meninão, era o mesmo, assim como a barba rala, de fiapos de pelos, que dariam charme e virilidade juvenil a um homem completo, a um homem íntegro, a um homem, enfim – não a alguém que se esconde atrás de telefonemas mudos. Como estava queimado de sol, com o pescoço avermelhado, Diana receou que ele estivesse no Rio havia algum tempo; certamente estivera nas redondezas do apartamento de Iracema, de tocaia, sabendo que ela sairia da toca e percorreria, mais dia, menos dia, a direção do Catete – seria o trajeto natural, para quem mora no quarteirão passando a praça São Salvador, ir até o hortifrúti ou a farmácia.

Não foi preciso Antônio abrir a boca e trair insegurança na voz, que se afinava na terceira frase, para revelar que algo grave sucedera a ele. A ele e a quem mais? Sem forças para perguntar ou correr, Diana abraçou a sacola de fraldas, como se se protegesse de um pivete; pensou em Lili, que a aguardava, faminta; o que a levou a pensar em si; o que por sua vez a levou a pensar em... – que notícias Antônio traria? Martirizou-se. Por permanecer imobilizada, carregada de sacolas e perguntas, diante do sinal fechado para os carros, verde para ela, à mercê de Antônio; por aceitar ser cumprimentada – beijada – na face por alguém como ele; e ceder ao convite para se sentar na companhia dele, na mesa de um bar como aquele, sem ser preciso Antônio insistir ameaçando-a ou arrastando-se atrás dela, que é o que ele faria se não fosse atendido.

Nada disso foi preciso, a ponto do próprio Antônio se admirar: Diana o recebeu forçosamente, era nítido, porém calmamente; não chegou a sorrir, o que seria um feito da parte dele; mas cedeu à abordagem, sem disfarçar que o reconhecera de imediato – e o receio que experimentava ao revê-lo – e aceitou sentar-se "por cinco minutos", como ele pediu, na mesa em que ele ocupava, na calçada, ainda que tivesse outros motivos que não a sua companhia para fazê-lo. Isso provocou em Antônio uma alegria infantil, quase demente: arrastou como um cavalheiro a cadeira de alumínio para ela sentar; chamou o garçom com orgulho patético para anotar o pedido da sua companhia recém-chegada; insistiu para que ela, além de suco de laranja, escolhesse algo para comer – "Traz umas batatinhas", ele disse, por fim, ao garçom – "Para abrir o apetite" –, ousando sugerir que eles poderiam estender o encontro para um almoço.

Porém, havia um peso na testa, nas têmporas, nos ombros de Antônio, e tensão represada nos músculos retesados do pescoço grosso; seu sorriso – ele sorria o tempo todo – era falso, procurava disfarçar seu verdadeiro estado de ânimo ao máximo – tentou convencê-la de que o encontro fora fortuito. Como Antônio era ridículo! Forçava um papo alto-astral, como se fossem conhecidos, falando sobre montes de coisas sem parar – a viagem, o trajeto, a descida da serra, a potência do carro, a orla, as belezas do Rio, o Corcovado, a violência, o Rock in Rio – Diana olhou para os lados, temendo aonde aquilo iria dar –, toneladas de obviedades, calorosas e insinceras. Ele preferira alugar um apartamento, em vez de ficar num hotel – uma informação que a aterrorizou. Viera sem Nenê: seu casamento havia, "felizmente", acabado – o que fez Diana considerar seriamente sair correndo –; abandonara tudo, "até a casa no condomínio!", disposto a enterrar seu passado em São Bernardo do Campo – e o que mais fora enterrado junto? E por que ouvi-lo? Antônio – ela observava – era do tipo que mentia para fora e para dentro; o tipo de homem que internaliza e incorpora a mentira; ele não apenas vivia da mentira, como um bom assessor de prefeito: mentia para viver, para buscar um copo d'água ou para ir ao banheiro. Como se precisasse estar sempre a postos para lutar contra os fatos ou para nunca correr o risco de falar a verdade e dar um passo em falso. Diana estava diante de um pântano:

– Sinto muito – foi o que Diana conseguiu dizer, imaginando sair logo dali. Preferiu não citar a Nenê, nem explicitar sobre o que ela sentia muito. Diana sempre tivera a sensação de que cada vez que abria a boca para falar algo, aquilo era um erro. Teria a certeza redobrada disso agora.

Omitir Nenê foi a deixa para Antônio erguer a voz e tentar ser misterioso, e dizer que ela estava "enganada sobre certas pessoas", pois custa descobrir "quem é a verdadeira pessoa com que dividimos uma vida" e ela deveria saber como se davam as separações hoje em dia. "As pessoas" – continuou Antonio – *que pessoas?* – demoram muito para "fazer o que tem que ser feito" e ter mais liberdade e "serem mais sinceras" com as outras pessoas – *???* – e, uma vez livres, e "a partir de um certo ponto", não há mais retorno, e o mundo mudou muito, "mas algumas pessoas não perceberam isso"; e – prosseguiu Antônio, entre goles de chope e perdigotos – "por mais dolorosas que fossem as separações, principalmente as que envolviam filhos" (!!) – o que não era, porém, o caso dele e Nenê, "como todos sabiam" – "Mas e se fosse, minha cara? E se fosse?" – não havia outra alternativa, a não ser seguir adiante, "seguir em frente", e dar uma nova chance "a nós mesmos", abrindo-nos aos "nossos caprichosos destinos":

– Aos nossos caprichosos destinos!

Ao contrário do que Antônio pretendia, Diana impacientou-se com a conversa, os subentendidos e o avançar do horário. Seu relógio biológico disparou o alarme da mamada de Lili, e ela levou incontinente a mão aos seios intumescidos, certificando-se de que estavam carregados. Ao perceber o gesto inconsequente dela, Antônio arregalou os olhos, como se enxergasse o fruto proibido do paraíso. Antes que uma situação completamente fora de propósito se desencadeasse na mesa, ainda que estivesse rodeada de testemunhas nas mesas do lado, Diana se levantou e disse que precisava ir – estava atrasada para "a mamadeira" da filha.

Antônio também se ergueu, excitado, atrapalhando-se para se desviar do labirinto de cadeiras e mesas, para acompanhá-la até onde conseguisse. Na ponta da calçada, vendo-a adiantar-se, suplicou um novo encontro; percebendo o tudo ou nada – ela parou ainda uma vez para ouvi-lo –, Antônio se valeu da última carta que acreditava ter na manga: disse que ainda tinha muito a falar com ela, havia "coisas" que precisavam ser ditas, "coisas" que ela precisava saber:

– Há coisas que eu preciso te contar.

Sabendo que continuaria a ser perseguida de qualquer maneira, uma vez que seu presente – endereço, telefone, hábitos –, e sabe-se lá o quê de seu passado, eram de conhecimento de Antônio, e tendo a chance de se livrar dele naquela manhã, pelo menos, Diana concedeu-lhe um "não sei". Por não adiantar enganá-lo, tentou ao menos confundi-lo, ao não garantir estar ali no dia seguinte, nem no dia seguinte ao seguinte, como ele sugeria, como opção. Deixou-o cercado com a dúvida e com as pombas, que ciscavam migalhas de pão na calçada, atiradas de uma das mesas, e olhou-o com o desprezo mais profundo que poderia ter quando Antônio perguntou, sorridente, como forma de se despedir, onde um homem solitário como ele poderia jantar naquela noite, uma noite de sábado, numa cidade "tão maravilhosa" como aquela.

– *Vor der kaserne...*
Ao se aproximar da porta do apartamento carregada de sacolas, Diana reconheceu a voz da mãe: entoava a canção favorita de seu pai, que vinha lá de dentro, e ecoava pelo corredor.
– *Vor dem...*
Diana pôs a mão na fechadura da porta e estacou – *... grossen Tor...* – para ouvir também seu coração.
– *Stand eine Lanterne...*
Quando ele chegaria?
(Diana adorava esse verso: *eine Lanterne!)*
– *Und steht sie noch davor...* – e o ritmo sincopado dessa parte, o saltitar das sílabas... que Otto executava tão bem:
– *Und-steht-sie-noch – davorrr...*
Ao fechar a porta atrás de si, Diana sabia que uma decisão a esperava. Ficar? Esperar? Partir? Naquela mesma hora?
– *Lá, rá, rá, rá...* – Iracema não decorara todos os versos.
Naquele mesmo dia?
– *Und steht sie noch...*
Na sala, deparou-se com a mãe comprimindo Lili entre os peitos, embalando-a na poltrona com a canção mais triste...
– *Lará, lará...*
... mais melodiosa.
– *Lanterne steh'n...*
"Canta a música da lanterna, pai!" – Diana pedia e Otto punha o compacto de 33 rotações na vitrola – o compacto fora uma das poucas coisas que vieram com ele na mala, além da roupa. Otto sempre a atendia e cantava "Lili Marleen" nos seus ouvidos quando ela pedia. Às vezes, à noite, antes dela ir dormir, criança ainda, depois de ser obrigada pela mãe a ir para a cama, quando o segundo quarto era o seu quarto, apesar de ter

servido também como quarto de costura, Diana se levantava para espiar, pela fresta da porta corrediça, o pai, solitário, na cadeira de balanço – a cadeira ficava na sala naquela época, assim como a vitrola –, olhando os morros pela janela, ou de olhos fechados, entoando a melodia como se ela brotasse lá do fundo do peito, murmurando versos soltos:

– *Dainen zieren Gang...* – "Teu lindo caminhar" – ele traduzia alguns versos para Diana, a contragosto da mãe, pois o "alemão" em casa só cabia a Iracema, era exclusividade dela. Versos que Iracema balbuciava agora; apesar dos anos ao lado de Otto, ela "falava médio" o alemão, só entendia (e como entendia):

– *Lá, lá, lá, lá, lá...*

Era seguramente uma canção de perdas! De um soldado que partira para a guerra e não voltara. Para ser cantada, como de fato foi, por soldados de qualquer um dos lados da batalha, e que caberia em qualquer guerra... Alguém que deixara alguém para trás... Mas foi *ele* que a deixara, não foi *ela*! – parecia ter sido composta para Diana aquela canção, como também para Iracema – seu jeito eloquente de cantar, sua voz rouca, seu "erre" arrastado – como o sotaque carioca, na sua boca, *casava* com o alemão:

– *Lanterrrrne stehe'n...*

Ficar ou partir?

– *Mit dir...*

"*Mit dir*": "contigo", pai?

Diana se aproximou para pegar Lili no colo, causando ruídos ao atirar as sacolas com as fraldas no sofá.

– *Pshhh!!!...* – Iracema lançou a ela um olhar severo de repreenda, e continuou a ninar Lili, cantando baixinho, como se precisasse fazer a canção sumir, e preparar Lili para entregá-la, sem acordar, à mãe:

– *Wie einst...*

Como outrora...

– *Lili Marleeeen...*

Diana segurou Lili nos braços.

– *... wie einst...*

Como outrora?

– *Lili Marleeeen...*

* * *

Outrora, Iracema se incomodava com aquela música, na cabeça dela a canção fazia Otto se lembrar de uma Lili, ou de uma Marlene, ou de ambas – juntas? Na mesma pessoa? Cada um ouvia o que queria em "Lili Marlene". E usava-a como bem entendesse – fora assim com os alemães, com os franceses e com Iracema, que agora a cantava como forma de se lembrar de Otto e dar as cartas com a filha, como se fosse um revide. Ou não foi inspirada na música que ela apelidara a neta – a contragosto de Diana – de Lili? De onde surgira a Lili? Desde quando "Lili" seria o apelido natural de Maria Letícia – não seria "Lelê"? Ou "Lelé"? Mais tarde, agarrada à sua Lili na cama – apelidos quando pegam... –, observando o sol de fim de inverno ir tristemente embora, Diana recuperou um pouco as forças, conforme o leite abundante se esvaía dela para a filha.

Ela esperaria?

Então ela teria que voltar ao Planalto do Chopp na manhã seguinte, sabendo de antemão o que teria de ouvir e enfrentar, e o que extrair de Antônio, entre as más notícias sobre o Infame que certamente viriam dele – haveria uma Lili? Uma Marlene? Uma Lili *e* uma Marlene? Pior: uma Lili Marlene? No aconchego da filha, o pensamento se perdeu e Diana apagou junto da sua Lili.

Ao despertar, no começo da noite, sentindo o respirar forte da menina bem entre seus peitos, e a brisa carregada de sódio inundando o escuro do quarto, colocou-a no berço e, disposta como se isso ocorresse há quinze anos, vestiu o biquíni vermelho-escuro que contrastava maravilhosamente com sua pele morena; estendeu a canga que sempre carregava consigo pelo chão frio do quarto e se entregou a um banho prolongado de óleo de amêndoas, esticando-se e massageando o corpo, o que lhe devolveu momentaneamente parte do encanto da pele que perdera – mas não de todo. A certa altura, saiu do transe em que entrava cada vez que se massageava daquela maneira, abriu os olhos e viu-se ainda indecisa: ir embora na manhã seguinte ou esperar? E por que deveria esperar? O que ainda teria de ouvir?

Ao espiar pela fresta da porta, Circe sentiu o aroma adocicado de amêndoas que impregnava o cubículo e encontrou Diana esparramada no chão, seminua, iluminada pelo lusco-fusco do início da noite: reluzente, azulada, linda. Uma onda de bem-estar sem precedentes tomou conta de Circe, que entrou no quarto sem pedir licença, desviou-se de Diana e debruçou-se sobre o berço, para admirar o sono de Maria Letícia; sua felicidade se intensificou e ela teve medo de explodir a partir daquela dose. Sem saber o que fazer, de tão plena, tendo como cenário uma noite tão deliciosamente bela, ficou indecisa entre sentar-se ao lado de Diana no chão, sentar-se na cama ou permanecer de pé ao lado do berço; sua presença despertou Diana, que lhe perguntou, com ironia, o que ela fazia ali, "parada como uma estátua". Circe reconheceu um certo desconforto na outra, como se tivesse sido apanhada em alguma situação embaraçosa: disse que ia pegar um copo d'água, e saiu do quarto, com a promessa não cumprida de trazer água para Diana também.

Era uma estranha comadre, dona Felicidade: Circe jamais imaginaria que junto com ela viessem, além de calma e mansidão, tamanha precariedade e turbulência. E que esses antagonismos se alternariam com tamanha velocidade e violência. Seu espírito só se acalmou, e parcialmente, e o coração só parou de bater descompassadamente, mais tarde, no sofá, diante da tevê, ao lado de Iracema quase totalmente ébria, sabendo que Diana amamentava a filha, imaginando-a pondo Lili para dormir no berço: por saber que elas continuavam dentro daquele quarto e estava tudo certo com o movimento do mundo.

Ao se despedir, perto das dez horas da noite, outro aspecto desconhecido de Circe veio à tona: por mais que vivesse o que vivia, por mais que obtivesse o que obtinha, isso não seria nunca o suficiente; o espírito completamente feliz, descobria (antes, tudo fora parcial na sua vida), era insaciável, sempre faminto. Circe desceu a escada comovida com a nova sensação, mais uma entre as tantas novidades que Diana e Lili lhe trouxeram nas últimas semanas, e que a confundiam a ponto dela perder a orientação diante de acontecimentos aparentemente banais; como o nervosismo da mão que trancou a porta do apartamento de Iracema, que Circe mal havia deixado para trás, um estalo metalizado que ecoou no escuro do corredor e que ela, descendo o primeiro lance de escadas, ficou indecisa entre ouvir e não ouvir.

Antônio, o calor e o Rio de Janeiro não combinavam, não formavam um triângulo amoroso; o desconforto era evidente pela maneira com que buscava, sem encontrar, uma posição para o corpo na mesa das que ficam na calçada do Planalto do Chopp: sem saber se se inclinava para trás ou se se debruçava para frente; se punha ou se tirava o cotovelo da mesa; se apoiava o queixo com a mão direita, se com a esquerda; se batucava algo com os dedos, descontraído, como imaginava que deveria estar, ou fechava os punhos; oscilava entre a borda da mesa e o encosto da cadeira, como se tentasse equilibrar a coluna. Estava estufado, empanturrara-se de feijoada (!) em Botafogo, na noite anterior. Antônio era, antes de tudo, um glutão. Ao se sentar diante dele, no segundo encontro, Diana se espantou com a quantidade de bolachas de chope empilhadas – umas quinze – sobre a mesa, na companhia de porções de bolinho de bacalhau (pela metade) e filezinho com mostarda – do filé sobrava apenas uma tirinha, metade dela gordura, que boiava solitária no molhinho ralo da travessa. O sino da igreja do largo em frente não havia nem soado o meio-dia e Antônio estava empanturrado novamente, suando em bicas, com marcas nas axilas, exibindo, pela camisa azul-clara, aberta até o terceiro botão, os pelos empapados e os peitos lustrosos.

Como era impaciente! Diana mal chegou e se sentou, e Antônio pediu licença para buscar algo que esquecera no carro, uma picape negra estacionada do outro lado da rua, na Senador Vergueiro, que estava à vista de qualquer ângulo desde a mesa que escolhera, na calçada; caminhou a passos largos em direção ao carro, como se procurasse chamar a atenção e ser observado; como se se revelasse, mostrasse o melhor de si naquele andar e se impusesse por meio de para-choques cromados, do relevo ousado do capô sinuoso, além da exótica cabeça de bode com chifres empinados, minúscula porém chamativa, que se erguia na ponta do capô, sobre o radiador, e da altura absurda do veículo em relação ao solo. Isso Diana pôde observar, da mesinha em que estava – viu Antônio se jogar para dentro do carro, com meio corpo – a bunda grande pendurada para fora da porta –, para apanhar qualquer coisa que deixara no banco de trás.

Antônio voltou com uma folha de papel nas mãos. Sentou-se e, entornando o resto de chope que havia no copo, sorriu, enigmático e lacônico, enfiando o papel no bolso, compenetrando-se, como se houvesse algo profundo a ser dito.

Diana estava com o peito vazio demais e a boca seca demais para se exprimir ou fazer qualquer comentário: estava ali para ouvir e evitar – sem saber o quê. O suor começava a lhe importunar os cantos do rosto – ela odiava suar, e nunca suava de calor.

– Me desculpe, tinha esquecido uma coisa no carro... – disse Antônio, ao sentar-se. – É como eu sempre digo: a gente só não esquece a cabeça porque ela está grudada no corpo!

Diana olhou para Antônio sem esboçar expressão alguma; quanto menos dissesse, e mostrasse de si, acreditou, mais rápido aquilo terminaria.

– É que a Land Rover ficou para ela, sabe?

Diana franziu o cenho.

– Para Nenê! – disse Antônio, como se Diana fingisse não saber de quem se tratava. – Na separação! Por isso eu estou com esse Dodge!

Diana não olhou para o carro.

– Na partilha dos bens! Meio que equivaleu, sabe?

– ?

– O Dodge pela Land Rover.

– ?

– No final das contas equivaleu... Garçom! Mas isso foi na boa! Quer dizer... A Fantasy foi outra estória! Garçoo-ôm?! Vocês chegaram a conhecer a Fantasy?

Fantasy não era um nome estranho para Diana, um dia...

– A nossa casa, no condomínio... vocês estiveram lá! Não estiveram?

... houve a promessa de um fim de semana numa casa de condomínio.

– Não, não estiveram! Você teria se lembrado se tivessem ido! Mas eu me lembro de vocês lá! E eu tenho uma *puta* memória...

Uma expressão de horror tomou conta de Diana. Se o *Infame* fora à Fantasy, fora sem ela... fora com outra pessoa!?

– Bom, não haverá uma próxima oportunidade... – Antônio precaveu-se diante da expressão intrigada dela; havia algo de errado entre ela e a Fantasy, com certeza! – Quer saber? Eu nunca fui tão infeliz como naquela Fantasy... Quem precisa de quatorze quartos? Quatorze suítes? Quatorze frigobares!

Procurou o garçom, para repor o chope.

– Quatorze frigobares! – repetiu, enfatizando o que pretendia criticar. – E olha que eu gosto de espaço, sabe? É das poucas coisas que eu gosto, sabe Diana? Que eu faço questão na vida. Das coisas materiais, eu quero dizer... *Rá-rá-rá!*

Antônio era capaz de ser *completamente* idiota.

– Tem coisas materiais, veja bem, de que eu não abro mão: espaço, sapatos, relógios e carros. E beber o meu vinho. O meu uísque. E canivetes importados. E pronto. Só isso. Não é pouco, no fundo?

Diana mediu-o; Antônio entendeu que estava sendo admirado.

– Eu gosto do melhor, mas sou um homem de hábitos simples, no fundo, sabe Diana?

Imaginou que ela diria algo a respeito: alguém ser rico e poderoso, e também saber ser simples!

– Mas eu me incomodo com aperto, de me afundar quando eu sento num carro baixo... ahh, com isso eu me incomodo, sabe?

Sobre isso, ela estaria de acordo?

– Então...

O que ela achava disso? Dele não suportar carro baixo?

– Poxa, mas que serviço!? É tudo demorado assim no Rio de Janeiro? Como na Bahia?

Ela deveria pelo menos responder às suas perguntas!

– ...

Alguma coisa ela deveria dizer! Tipo: quando eu estive na Bahia...

– Meu Deus! – enxugou-se Antônio com um lenço que tirou do bolso. – Como faz calor aqui!

Diana cruzava as mãos sobre o colo; Antônio não conseguia engatar um assunto. Na cabeça dele, não era razoável nada sair da boca de Diana. Uma certa dose de mistério feminino, tudo bem! Que homem não gostava disso? Ele estar ali era a prova disso. Mas um mínimo de palavras... um mínimo de educação – concordar com algo pelo menos –, ela deveria ter. Ele era praticamente uma visita!

– Como vocês aguentam?

O maxilar dela se movera algum dia?

– O calor, Diana! O calor!! Deixei o ar-condicionado no máximo a noite toda... – olhava em volta, à procura do garçom. – ... E isso porque tive a sorte de alugar um apartamento de frente para a praia!

Diana arregalou os olhos, sem acreditar no que ouvira. Aquilo estava se tornando, por motivos opostos aos dele, demais para ela também. Como ele ousara alugar um apartamento no Rio de Janeiro? Onde? Perto? Longe? Por quanto tempo? Alugou decorado?

– Garçom... cara! – Antônio chamou o garçom, com novo entusiasmo; ao menos provocara expressões nela! Atraíra-a com a notícia do apartamento de frente para o Aterro.

– É de frente para o Aterro – continuou, orientando o garçom que chegava carregado de tulipas. – É praia, não é, o Aterro? Não aterraram? Dois chopes, moço! Você toma um comigo, não toma? À nossa *saúde*, Diana. Quer ir comigo ver o apartamento? É logo ali embaixo...

Diana, por fim, cedeu; abriu a boca e falou:

– Antônio (pronunciou seu nome!), não, não... (não quer chope? um suco?!)... não quero nada (por ora!), não vim aqui pra tomar nada (na próxima?)... Eu...

– Diana! Toma um chope comigo, toma. Vai ser o primeiro de muitos! Tranquila, Diana, tranquila... É por minha conta!

Antônio acreditou que a fisgara:

– Eu preciso te falar desse apartamento que eu aluguei, Diana. O excelente negócio que eu fiz. Eu nem imaginava que ia chegar aqui como cheguei, no estado em que eu cheguei... porque eu...

Decidiu avançar mais:

– Eu me cansei, Diana! Cansei! Cansei de tudo! Do que vivi esses anos todos! Me cansei do trabalho, das pessoas! Me cansei do poder, Diana, é isso!

– ??

– Pronto. No fundo é isso. Me cansei do *po-der*! O poder cansa, você sabia? O poder te esgota! – o último gole, para refrescar! – E, antes que eu me cansasse também de mim mesmo, sabe? – imaginou estar sendo *profundo* –, eu resolvi... mudar! Mudar tudo. Mudar de ares! – olhou em volta, à procura do garçom para mais um chope, o décimo sexto chope. – De ramo de negócios! E para isso é preciso dar um tempo. E aqui no Rio acho que vou ter esse tempo!

– ?!?

– Eu precisava demais... desse tempo para mim!... Acho que terei esse tempo aqui, sim! E espaço! Amplo! Para me permitir recomeçar, sabe? Reaprender a viver, sabe?! E escrever os meus poemas.

Conseguiu deixar Diana boquiaberta, diante de uma situação que fugia de seu controle; temeu que não escaparia ilesa; olhou para o lado: achou que viu o Infame, de costas, numa das mesas – era um barbudinho gorduroso de olhar estranho. Um brinde – e ela viraria o chope na cara de Antônio, estraçalhando o copo no crânio dele! Na esquina, no farol, um moço alto de camisa larga e barba rala – Delúbio? Deixara a barba? – vendia balões coloridos, inchados de gás hélio, que se espetavam para cima, doidos para levantar voo e se misturarem aos pássaros, que faziam rasantes e pousavam na calçada em busca das migalhas de pão que vinham disputar com as pombas.

– Você podia levar sua filhinha lá... – disse Antônio. – No parquinho do meu prédio...

... prédio... parquinho... filhinha... onde ele chegaria?

– ... tomar sol! Não podia? O apartamento fica bem perto! E a casa da sua mãe é logo ali, não é? Duas quadras, virando a esquina? De lá até o meu apartamento, no meu GPS, são vinte quarteirões! Veja bem, de carro, confortavelmente, no ar-condicionado individual, que a gente pode direcionar o ventinho na nenê... o que são vinte quarteirões?

Apavorada – ele contara os quarteirões! –, Diana empurrou a cadeira com o corpo para trás, arrastando o metal na pedra da calçada: ela iria se levantar – e correr. Sentindo a iminência disso acontecer, Antônio se esparramou sobre a mesa, afastando as bolachas, e mudou o tom, como se tudo até ali fosse um preâmbulo para o que ele tivesse a dizer:

– Olha, Diana, eu sei como essas coisas são... eu imagino o que você passou... eu também passei!... Ele traiu a mim também!

Diana afastou mais a cadeira... pasma. Ele traiu... Antônio também?!

– Diana!... – Antônio se atreveu a segurar as mãos dela, sobre a mesa. – Espera! Eu tenho algo a te dizer! Algo que eu escrevi...

Diana recolheu as mãos, atônita.

– Não se vá!... é importante! Deixa pelo menos eu ler o que escrevi para você. Eu me expresso melhor com palavras escritas!

– Eu componho haicais, sabe?... – Antônio disse, retirando o papel que guardara no bolso da camisa. – É um passatempo meu... na verdade, é mais do que um passatempo.

Diana permaneceu imóvel, sentada na ponta da cadeira, não correu por um triz.

– É quase um vício. É mais que um vício! É uma necessidade, eu diria.

Abriu lentamente a folha de papel, procurando ganhar tempo.

– Você sabe o que são haicais, não sabe? Conhece? Aqueles poemas japoneses curtinhos... de duas, três frases no máximo? Os japoneses são experts nisso.

Subitamente, sem motivo racional, Diana se preocupou com sua aparência; levou as mãos à cabeça, temendo estar despenteada, como se fosse louca. Sentiu o tampo da mesa esquentar, com o sol que atravessava os prédios do largo, fritando, por onde passava, mesas, cadeiras e pessoas – incluindo o cérebro das pessoas! –, cabeças que borbulhavam como camarõezinhos afundados no óleo. Tudo passou a receder a óleo, em ondas de cheiro de gordura que vinham lá de dentro, da cozinha, e das travessas de frituras que exalavam aromas nas mesas; esturricavam ali no Planalto o mundo e os seus próprios pensamentos desencontrados: empanados!; mergulhados em óleo!; como torresmos! Diana ajeitou o cabelo, com receio de engordurá-lo, sem saber mais o que tinha ido fazer ali.

– Hã rrrãm!... – Antônio pigarreou, limpando a garganta para garantir que, pelo menos de sua parte, as palavras saíssem claras, fossem entendidas. – Haicais são poemas curtos, ok? São *feitos* para serem curtos, ok?

– ?

– Não estranha o tamanho, então...

O sino da igreja, ressoando o meio-dia, perturbou Antônio – e interrompeu o cozimento dos pensamentos e dos miolos de Diana.

– O haicai se chama...

– ...

– Rã-rãm... – Antônio pigarreou novamente, contrariado com as badaladas do sino.

– O *Urutau*! – disse, e olhou para Diana, e em volta, para as pessoas nas mesas, e para o alto, como se com isso fosse apressar, ou interromper, as badaladas do sino.

Após mais duas ou três badaladas, ansioso demais para esperar quieto que o sino se calasse, quis fazer o tempo passar:

– Eu estou trabalhando nele ainda, sabe? Você não imagina o quanto um haicai dá de trabalho. Apesar do tamanho reduzido! Mas, tudo bem, vou mostrar pra você como está... assim, nesse estágio!

Como se Diana estivesse ansiosa para ouvi-lo! Antônio fez uma nova pausa, olhando empertigado para trás, para o largo, como se desafiasse o sino: a ousadia daquele sino (daquele pároco!), na esperança de que as duas ou três próximas badaladas, que ressoavam como se fossem colocadas de propósito por um ente divino entre ele e Diana, atrasando o poema, fossem as últimas.

– Urutau, ok? – três sofridas badaladas depois, as derradeiras, Antônio sentiu o terreno livre para o seu haicai.

– Hû-ûrmpf!... – pigarreou.

Empertigou-se:

– *O Urutau gigante...* – começou. – *... solto na mata escura...*

Sua voz era grave, solene; os olhos, bem abertos, grudavam no pedaço de papel que ele segurava com as duas mãos.

– *Se ergue e se alevanta, altivo, para a lua.*

Diana notou as mãos nervosas de Antônio balançarem a folha de papel.

– *E jacta!...*

Antônio ergueu a voz e o braço direito, o que chamou a atenção das pessoas na mesa do lado.

– *... diante da fêmea efêmera,...*

– !

– *... nua!*

E procurou Diana com os olhos imediatamente!; limpando, com as costas da mão, o suor da testa, como se o suor atestasse o esforço não apenas de fazer o haicai, mas também o esforço de ler o haicai; afinal, aquela era a estreia do seu poema!

A expressão de ansiedade auspiciosa, Antônio perdeu à custa de uma dor incrível que sentiu – o pavor de ver que Diana não olhava, como não olhara, para ele, enquanto ele declamava o seu poema. Um poema tão curto! Um haicai!

– Você... entendeu... o *Urutau*, não entendeu, Diana? – perguntou, abatido, tateando o terreno, doido para estar errado, apelando para o entendimento dela, no que havia faltado ao coração. – Entendeu o que eu quis dizer com "urutau", não entendeu?... não apenas com urutau... mas com o haicai como um todo... Você percebeu, não percebeu?

Deveria declamar de novo?

– Porque as pessoas às vezes não entendem, sabe?... o que a gente quer dizer com os poemas – disse Antônio, cada vez mais nervoso diante da fugidia Diana. – Haicais também são bastante complicados, sabia? Quer dizer: podem ser bastante complicados... Apesar de serem curtos! E parecerem simples. Eu pesquisei bastante isso... essa invenção dos japoneses! Pô! Os caras inventaram tudo! E quando não inventaram, melhoraram. O micro-ondas, por exemplo!

Diana pensou em contar até dez... Nesse meio-tempo, lá pelo número cinco, lembrou-se de um namorado argentino, que tocava clarineta... e escolhia compositores brasileiros, para agradar... nada a irritara tanto quanto o argentino tocando chorinho... nada, nada, até surgir...

– ... olha Diana, por exemplo, voltando: para você ver a quantidade de trabalho envolvido nisso: o *Urutau gigante... na mata escura...* até aí sem problemas!

Além do quê, ela detestava perguntas que eram respostas. Perguntas afirmativas!

– ... E depois: *se ergue e se alevanta...* Ok? Estamos falando do urutau, ok? Que está diante de uma "fêmea efêmera", certo? *E jacta!...* jactar! De: eu me jacto! Tipo: eu me orgulho. Mas também de num sentido mais informal: soltar o jato. Jactar, jactar: o que solta o jato!

O sol atingiu o vértice do largo, uma rajada alegre de vento, vinda do Aterro, invadiu-o: as folhas secas do chão, numa algazarra feroz, jactaram-se junto com os pássaros:

– Casa comigo? – disse Diana, olhando subitamente nos olhos de Antonio.

Antônio foi acometido por um espasmo.

– Você... casa comigo?

– ?

– Você quer casar comigo??!! – ela ergueu a voz.

E sorriu; um sorriso estranho, de loucura, de inconsequência, de quem estava ali e dizia aquilo, mas que poderia estar em outro lugar dizendo qualquer outra coisa:

– Você: ca-sa co-mi-go!? – repetiu, fazendo graça.

– !

– Casa?

– !?

– Comigo!

– !?!

– Casa-casa?

– !!!???

– Casa comigo, Antônio, casa?!

Antônio, perplexo, tentou pegar nas mãos dela, para detê-la, para estimulá-la, mas Diana as retirou rápido do seu alcance, assim que a tocou, como se brincasse – judiasse – dele.

– Larga! – ela disse.

Antônio desconcertou-se diante dos olhos cediços dela; quase baços.

– Eu estou brincando!

– !

– *Hellôu!* Eu... estou...

– ?!

– ... brin-can-dô!

Diana abaixou a cabeça, deixando-a cair e enfiando-a entre os braços, encolhendo-se sobre o corpo, e emitiu ruídos abafados, próximos do choro, engasgando-se entre fios de cabelo.

Antônio, apoplético, demorou ainda alguns segundos em transe, ouvindo e imaginando coisas, perdido diante da sua *fêmea efêmera* e das emoções que havia provocado nela. Quando ele se tocou que Diana ria, e não chorava, que, na verdade ela *gargalhava*, que a proposta de casamento que lhe fizera não existia, que aquela cena era verdadeiramente uma *palhaçada* e era dele e apenas dele que ela ria despudoradamente ao erguer o rosto, rindo alto e desbragadamente agora, na cara dele, diante dele, para ele e para que todas as mesas em volta dele vissem o idiota de São Bernardo do Campo que ele era, era tarde: Diana atravessava a rua, e se punha fora do seu alcance.

Antônio conseguiu alcançá-la no meio do caminho até a praça São Salvador, saindo do largo:

– Diana!

A dez metros dele: apressada, linda, de costas, reparando na calça vermelha justa, de lycra, que ela usava, e a blusinha branca de algodão solta no corpo, que revelava as formas convalescentes, mas não tão convalescentes – um corpinho rijo para uma grávida recente como aquela: de quem não optou pela cesárea.

– Diana! – estimulou-se. – Não fuja de mim, Diana. Não é necessário!

Diana apertou o passo, numa situação delicada e difícil: não podia correr e se mostrar perseguida, mas também não poderia caminhar de maneira normal, pois estava sendo perseguida: deveria, portanto, chegar sem correr ao prédio da mãe, faltando ainda três quadras, passar direto pela guarita, e entrar no hall antes que ele chegasse ao portão.

Em uma quadra ele caminhava a seu lado:

– Para, Diana, e me ouve!

Diana segurou o passo, porque foi segurada pelo braço.

– Me larga! Me solta!

– Para, Diana, e me ouve!

Estavam em frente a uma loja de cópias, cujas portas de ferro estavam fechadas. Por sorte, ou azar, era domingo, e poucos estabelecimentos estavam abertos: bares, a farmácia, uma casa de sucos e o supermercado, do outro lado da praça. Muitos velhos estavam na praça naquele horário, além de crianças e empregadas. Antônio se esforçou para demonstrar controle – alguns olharam para eles, até desviarem o olhar para outros cantos. Como se tivesse apenas um minuto – tinha menos que isso – ele retomou o discurso.

– Por que não podemos curtir o domingo juntos, Diana? Está um dia lindo. Essa cidade é linda!

– !

– A gente podia pegar a menininha e levar ela para tomar sol no meu prédio...

Diana apertou o passo, espantada com a ousadia de Antônio.

– A gente pode ficar numa boa. Esquece casamento por agora! Por que falar em casamento, Diana? Podemos subir na piscina, na cobertura. Tem piscininha de criança lá também. Eu verifiquei isso também! Ela vai curtir pra caramba a piscininha!

– ...

– E depois a gente pode almoçar juntos, ir num rodízio... de frutos do mar... olha, eu...

Diana virou as costas e atravessou a rua, não suportaria ouvi-lo mais. Avançou pela calçada; não fugiu, não correu: andou a passos firmes, rápidos e miúdos. O que foi entendido por Antônio como mais uma vitória: não seria uma guerra total aquela, uma *blitzkrieg*; a conquista seria feita de pequenas batalhas, e vitórias árduas e seguidas.

– Então... – caminhando passo a passo ao lado dela novamente – A gente pode e deve ir com calma Diana... pega a menina com calma... vai dar de mamar, faz como você quiser...

– Vai embora! – Diana fez um grande esforço para olhar de lado e dirigir-se a ele sem gritar. – E não fala mais nada sobre ela! Esquece a minha filha!

– Diana...

– Ela não é da sua conta! – E mudou de calçada, atravessando a rua novamente.

– Diana!... – Antônio atravessou a rua, para a calçada da praça, para estar lado a lado com ela. – Diana, espera!

– Suma! – disse Diana, caminhando na direção da farmácia da esquina, sem olhar para ele. – Desapareça!

Isso, no entanto, era o pior para ela: Antônio preferia que ela o ferisse; o atacasse, o mordesse. Fosse sua inimiga. Entraram no quarteirão derradeiro da rua São Salvador; Antônio viu seu tempo e suas chances se esvaírem: uma quadra é o que lhe restava.

– Ele não quer saber de você, Diana! – gritou, bem atrás dela. – Você não está enxergando isso? Que ele não quis nunca saber de você?! Nem da menina! – Antônio começou a lacrimejar enquanto gritava, saía de si. – Ele não te merece, não serve pra você, nem pra sua filha!

– !

– Ele é um infame, Diana!

Parou, com a voz embargada; Diana apertou o passo na sua frente.

– ... ele estava aqui quando você precisou? Quando a menina nasceu? Estava? Eu estou! Ele não te traiu? Fala!! Reconheça!! Ele traiu todo mundo, Diana! Ele é um traíra! Não foi só você que ele traiu não! Ele traiu todo mundo! Traiu a nós todos!

Limpou a boca molhada de saliva com as mãos – Antônio babava; ao perceber que Diana avançava demais, retomou o passo em direção a ela.

– Fui eu que o contratei! E ele me traiu! E traiu o Tetê, traiu todo mundo! – começou a berrar. – Ele não merece você, Diana!... ele não tem condições de ser o pai dessa menina!

Diana correu, saindo em disparada, aturdida, atravessou para o outro lado da rua, atirando-se no meio dos carros, desencontrada. Ouvia os gritos de Antônio agora, como estampidos atrás dela.

– Você sabe tudo o que aconteceu? *Tudo?* Eu te conto! Para Diana, eu tenho coisas para lhe dizer...

Diana desviava das palavras, como se fossem atingi-la pelas costas: passavam raspando por ela.

– ... depois que você saiu!... O que aconteceu! Ele não presta, Diana! Todo mundo sabe disso, Diana! Nunca prestou, Diana... para!... o pai dele não presta... a mãe não prestava! – Diana apertou o passo. – A mãe quis denunciar o bosta do pai dele! A própria mulher! Você sabe como teu sogro comprou o sítio? Sabe? Lá em Minas? Com que grana? Teu sogro não presta, Diana! Calou a mulher na muca! Delúbio presta menos ainda!

Diana estremeceu ao ouvir o nome do seu Infame na boca de Antônio! Associado a tudo o que havia de pior em matéria de impropérios: ladrão, mentiroso, bandido, traidor, cagueta, corrupto... aos berros, Antônio referia-se ao dinheiro que Delúbio recebera, que não era dele, à cabeça da menina, decepada por causa dele, a um projeto de milhões que afundara – tudo culpa dele!

Antonio conseguiu passar na frente dela, caminhando de costas, de frente para ela, tentando, num último lance, impedi-la de prosseguir, agora não apenas pelas palavras, mas obstruindo-a com o corpanzil: tentando encurralá-la, aproximando-se, buscando sentir o cheiro dela, a partir da respiração ofegante; como se fosse ter a chance de abraçá-la, envolvê-la pela cintura, e encostar-se com ela na mureta azul caiada de um casarão, de portões de ferro pintados de branco, que se estendiam de ponta a ponta da fachada. Como se fosse tentar beijá-la! Diana sentiu tontura ao vê-lo na sua frente, barrando o seu caminho, sem entender o que ele falava, o que saía de sua boca larga, de suas bochechas transfiguradas. Empurrou-o, sem temer que as pessoas que iam e vinham nas calçadas se dessem conta do que se passava, e avançou, desviando-se.

– Diana! – ele gritou. – Eu não terminei... o que eu tinha... pra falar com você! Você não me conhece, Diana!

Diana ziguezagueou para o outro lado da rua, atirando-se novamente por entre os carros; Antônio foi atrás; porém, não avançou tudo o que poderia; com isso, ela também não correria; porém, sabia que estavam a poucos metros do prédio:

– ... nós podemos mudar de apartamento se você quiser. Tenho um praticamente acertado em Miami! *Miami!* A gente pode tudo, Diana! Podemos ir pros Estados Unidos se você quiser!

Sem olhar para trás, e sem correr, pois Antônio mantinha uma certa distância, Diana avistou o porteiro dentro da guarita do prédio da mãe. Ao perceber que ela caminhava para a guarita, e que ela desapareceria ali dentro, ele avançou mais – nunca mais a veria?

Quando Diana deu por si, estava lado a lado de Antônio:

– Nós podemos ser felizes, Diana!

Antônio estendeu os braços, para segurá-la. Diana correu para a guarita. Atordoado, Antônio tentou imaginar o que havia dito de errado, mas não encontrou nada que houvesse dito de errado! Então, indignou-se e enfureceu-se com ela, que tivera – e recusara – a piscininha, a cobertura, o ar-condicionado individualizado no carro, Miami, os Estados Unidos, ele:

– O Delúbio comeu a Sodré! – rugiu, destemperado. – ... *antes* de você fugir, sua idiota!

Diana sacudiu as grades do portão, para destravá-la.

– E continuou a comer!... – Antônio chegou ao portão, aos gritos. – ... a Sodré! Ele não te ama, Diana! Você foi trocada! Eles fodiam na sua cama, você sabia?!

* * *

Diana sumiu para dentro do hall, no instante em que o furgão branco estacionara na calçada; era difícil conseguir uma vaga em frente ao prédio, mas Circe, que estava do lado do passageiro no furgão, teve sorte: dali seria mais fácil carregar para cima a cômoda nova de Lili, que ela saíra para comprar naquela manhã.

Circe chegou a tempo, ao estacionar, de enxergar Diana no fundo do jardim, correndo para dentro do prédio; e viu, com espanto, um homem alto e corpulento chegar até o portão, de olhos arregalados e vermelhos, aos berros:

– Vem cá, sua puta!

Circe duvidou de que aquilo estivesse acontecendo; do que via e ouvia: se aquela era Diana, se o sujeito era... Delúbio? O Infame? Se o prédio, na frente do qual o Delúbio-Infame gritava e abria os braços, atirando-se sobre as grades, era o seu prédio: se o motorista não se enganara de prédio!

– Vagabunda!... – ele berrava. – Volta, vaca!

O Flamengo ouvira de tudo na sua gloriosa história; não havia insulto que faltasse ser dito nas suas ruas, avenidas, vielas, bibocas – nas suas entranhas: não havia vulgaridade, nem barbaridade alguma que não houvesse sido dita e repetida entre o Aterro e a Glória. Nesse sentido, Antônio pouco contribuía; mas não desperdiçava as balas da escopeta, na direção do prédio: dedos enfiados nisso e naquilo, aberturas as mais variadas, genitálias femininas e masculinas, líquidos, excrementos, preenchimentos variados e torpes, legumes ali, chifres acolá, ameaças de coisas pontiagudas, como lanças!, um grande arsenal anatômico disparado na frente de Circe, que saía do furgão, perplexa:

– Vadia, garota de programa!

Porém, ele trazia coisas novas e Circe começou a estranhar o que ouvia, e de quem ouvia:

– Atriz e manequim da porra! Levantei toda a sua ficha! Sua, do seu pai, da sua família!

Não era Delúbio que estava ali:

– Do alemão assassino do seu pai, vagabunda!

Antônio virava a cabeça para os lados, dividindo argumentos com quem passava perto dele, desviando-se dele.

– Do Delúbio! Do ladrão! Descobri tudo sobre ele também. E o ladrão do pai dele também! O sítio em Minas, ok? A treta no cartório com o Tetê, ok? Foda-se o Tetê, ok??

Circe ficou uns instantes imóvel, na frente do furgão; precisava pensar, refletir: havia informação demais ali – o que seria, por exemplo, "o Tetê?" –, soterrada pelos xingamentos. Evidentemente, era ao Infame que o sujeito que gritava e babava na camisa e nas pedras da calçada se referia. Sem limitar os impropérios a ele, contudo:

– Açougueiro! Carniceiro! Eu fui até lá, sua *bosta*!... na fábrica da Volkswagen!!... sua vadia!

Súbito, como se fosse acometido de um disparo do coração, Antônio arrefeceu: deixou cair os braços, olhou para os lados, para trás e viu Circe, diante do furgão, de olho nele. Como se não a visse, virou-se para o prédio e prosseguiu:

– Eu conheço pessoas lá... na Volkswagen, ouviu?! – continuou, em tom mais ameno, olhando para o alto, como se conversasse com Diana agora, e ela o ouvisse lá do sétimo andar – cujas janelas foram fechadas.

– Pessoas do alto escalão, ouviu? – berrava, caso ela não conseguisse ouvir. – E no cartório me passaram tudo do Zé Moreira também, ok? Não há portas fechadas para mim, ok?

Circe desencostou do furgão, mas se conteve.

– Não adianta se esconder, entendeu?! – Antônio subiu o tom. – Nós sabemos o tanto de gente que seu pai matou, ok? Na França, ok?? Canadenses e franceses inocentes, ok?? – excitou-se, tornando a erguer a voz:

– ... vagabunda!! Eu tive acesso... Provas! Documentos! O passaporte suíço do caralho... Ok? Os cento e cinquenta e seis canadenses que ele queimou, ok? Cento e cinquenta e seis!! Na frente de uma igreja, ok??

Olhou para os lados, deu uma olhada rápida para trás, para Circe, cuspiu quase no pé dela:

– ... e essa pensão da Alemanha para a vaca da tua mãe, como é que fica?!

E começou a sacudir a grade do portão, diante do porteiro indiferente...

– Assassino! Ladrão!

... gritando a esmo:

– Puta! Açougueiro! Corrupto!

Despejando tudo o que havia...

– Filho do Zé Moreira! Um filho de uma puta...

... acumulado no cólon por toda uma vida:

– ... junto com uma filha da puta de um nazista! Ok?

Toneladas de merda...

– Filha da puta! Assassino! Judeu!

... descontroladas...

– ... tudo ladrão-filho-da-puta-assassino-judeu! Sua vaca-bandida-puta-escrota! Nazista! Corrupto!

Nessa altura, duas ou três cabeças haviam saído das janelas do prédio, e se divertiam com os gritos vindos lá de baixo...

– Boceta! Caralho! Judeu!

... como se viessem da boca de alguém muito louco que ficara para trás de um bloco de carnaval, desses que passam lá embaixo.

– Tenho documentos comigo!... lá no carro!... filha da puta nazista jud... – o aperto da mão de Circe no braço de Antônio foi tão forte e tão preciso, e tão eficaz para imobilizá-lo, que ele não conseguiu completar a frase, nem adicionar nada ao que havia despejado; não esboçou reação diante daquela mulher minúscula de cabelos castanhos intensos e armados, que deu o bote detrás dele como se o apanhasse em flagrante.

Seus músculos derreteram na mão de Circe, que o viu desmoronar fisicamente e moralmente diante dela. Circe não sabia ainda quem ele era, nem o que fazia ali – mas que ele trazia um novo presente, caído no seu colo, ela adivinhou na hora.

O que era pior para Diana? Os gritos a céu aberto de Antônio, levados pelo vento para o Flamengo todo ouvir? Os gritos abafados de Iracema – "vai embora!", "pega sua filha e suma!" –, que se trancara no quarto e não sairia dele enquanto ela estivesse no apartamento do sétimo andar? Ou os espirros estrondosos, calamitosos de Circe, que sofria de rinite alérgica e que ribombavam do quarto dela para o corredor do apartamento do quinto andar, e de lá para o quarto de hóspedes que fora ocupado por Diana, quando Circe se levantava, todas as manhãs?

Os espirros eram piores. Bem piores. Na medida em que tudo sempre pode ser pior. Porque eram assustadores e intermitentes, e ainda mais intensos nas manhãs estranhamente frias e secas de agosto, na ressaca carioca do inverno, um inverno que não houve, como nunca há, na verdade, mas que não precisa existir para provocar a rinite de Circe. E, como se tratava de um apartamento empoeirado e que dava, além do mais, para os fundos do prédio, e era, portanto, abafado, e claustrofóbico (não contava com o alívio e a ventilação natural de uma janela que pelo menos desse de frente para uma rua que, de alguma forma, conduzisse à orla), o resultado dos espirros e catarros, do ponto de vista *otorrínico* – sem falar do psicológico –, era catastrófico.

A velha – mais de perto, vista em seu íntimo, na companhia dos móveis e tendo como pano de fundo a rugosidade e a poeira das paredes do apartamento, Circe deixava de ser aquela mulher lépida e aprumada, e envelhecia – acordava *arretada*, como ela mesma dizia, o que na prática queria dizer outra coisa: acordava mal-humorada, como se fosse morrer de espirrar e tossir. E não fazia isso trancada no quarto, ou enfiada no banheiro; como se ainda morasse sozinha – e não tivesse, havia uma semana, novos hóspedes ocupando o segundo quarto – Circe espalhava bactérias por todos os cantos: amanhecia espirrando e tossindo no próprio quarto, e logo estava espirrando e tossindo no caminho para o banheiro – lá dentro se esgoelava de tanto espirrar e tossir –, e ao sair – desassoreando os tubos respiratórios carregados de catarro – continuava a assoar o nariz pela casa, em toalhinhas de papel fabricadas a partir do rolo de papel higiênico – fazendo bolinhas de catarro que ela depositava nos cinzeiros! E ainda esquecia as bolinhas sobre os móveis, e também pelos cantos! – e, horror dos horrores para Diana, continuava a espirrar e tossir na cozinha. Na cozinha ela "catarrava", espirrava e tossia! Por uma boa meia hora! Diante dos apetrechos de Lili – que ela própria, Circe, tão cuidadosa, como se fossem da sua própria filha, arrumara no cantinho do aparador de mármore da pia: as mamadeiras, o reforço de leite em pó, a bacia com as chupetas, os babadores bordados nas pontas e o conjuntinho de travessas, potes e canequinhas com motivos de flores e bolinhas. Devidamente cobertos agora pelas tossidinhas e espirros de Circe – não da "titia Circe", que Circe morreria se fosse chamada de titia: apenas "da Circe", a "enfisemada" Circe, a pós-cancerígena Circe, a sobrevivente e catarrenta Circe – a Circe isso, a Circe aquilo, e Diana jamais vira alguém com tanto isso e aquilo quanto Circe.

Alguém com tantas manias: a hora de se levantar, o passeio pela manhã, o banho de três horas na volta, o lugar insólito das coisas pela casa. Não que tudo fosse limpo e perfeito, ao contrário: não havia ali o cuidado com a limpeza que havia na casa de Iracema, por exemplo. Havia séculos o alto daquelas paredes não via um esfregão, era pó para todos os lados e sujeira mais do que aparente nos vãos dos azulejos da cozinha e dos banheiros; a atmosfera do apartamento era, por isso, carregada, sem o cheiro bom de desinfetante saindo dos ralos e dos banheiros, sem o brilho dos pisos e azulejos. Havia um tom amarelado impregnando as paredes do apartamento todo, amarelado como os dentes de Circe, que havia fumado por mais de trinta anos. E havia, nessas condições, visitantes estranhos no apartamento, besouros, mosquitos e uma ou duas baratinhas que, logo no segundo dia de Diana, apareceram pelos cantos da pia da cozinha, como se, apesar de observadas, não corressem risco, seguindo a trilha até se enfiarem numa rachadura da parede coberta de fuligem e gordura, atrás do fogão.

Diana nada falou sobre as baratinhas para Circe na ocasião, e continuaria sem falar nada se tornasse a vê-las agora, passeando pela pia e passando ao largo dos pertences da nenê; não falaria nada nunca, ainda que elas passeassem sobre os apetrechos, assim como jamais falara algo sobre as loucuras de limpeza da mãe: sobre sua arrogância, sua ignorância, seu varrer as coisas para debaixo do tapete; como nada falara ao ir embora, carregando as coisas e a filha nos braços, deixando o sétimo andar sem olhar para trás. Sem se despedir. Como da primeira vez. Como em outras partidas...

Na segunda investida, o mosquito que a atazanava tirou-a de si: veio por trás, como se surgisse das mechas de cabelo que formavam dunas sobre o travesseiro, e estivesse entocado ali: ergueu-se frente a frente com ela, para descer, num ataque rasante, fulminante, em direção ao lóbulo quente da sua orelha esquerda, um ataque que seria perfeito – Diana adormecia o lindo sono do meio da manhã – se o mosquito resistisse a si próprio e não ligasse a sirene. Incomodada, Diana ergueu o tronco e com movimentos bruscos do rosto e das mãos afastou-o – imaginando tê-lo jogado para o alto –, levantando-se da cama transtornada e possessa de uma raiva um tanto desproporcional contra um invasor mínimo: esquecera de Lili, que dormia no berço, de proteger a pele suave e macia da intempestiva Lili – a tez virgem cor de pêssego das faces redondas e inocentes dela, tingida pela natureza, como a sua fora, para ressaltar os cabelos lisos e de um dourado escuro e intenso, como fora o seu dourado nos primeiros anos.

Os cabelos de Lili iriam clarear, é verdade, como acontecera com Diana; aconteceria o mesmo com o castanho-esverdeado dos pequenos olhos puxados, que iria pender mais para o verde em poucos meses; quanto aos lábios, quase lilases, eles iriam permanecer escuros, iguais aos do pai; seria uma mistura linda e encantadora, de um bebê que, no entanto, chamou pouca atenção na maternidade, no meio de outros trinta bebês, por atrair poucas visitas, e poucas câmeras, ao contrário dos vizinhos de berço, que lotaram o hospital de gente barulhenta e filmadoras.

Em pouco tempo Lili chamaria toda a atenção para si: ganhava cor, peso, volume e desembaraço, além de revelar uma personalidade agitada, indócil, imprevisível. Para Iracema, o problema estava no sangue, uma mistura "difícil", como havia percebido – e alertado –, com a concordância tácita de Circe, e a desconfiança de Diana. A nenê alternava, independentemente da hora do dia, ruminações, expressões e choros – às vezes, intensos – e alterações bruscas de estados de espírito sem nenhum motivo aparente; assim como as cólicas e desconfortos, que mal tiveram início e não respeitavam qualquer lógica, conveniência, horário das mamadas e cansaço das habitantes do sétimo andar, e agora do quinto andar, podendo ocorrer tanto ao acordar – Iracema nunca viu isso antes: cólica ao acordar! – quanto antes de dormir, estendendo-se por longas horas, pela manhã ou madrugada adentro; além de sua fome, aleatória, intermitente, que volta e meia era apenas uma ânsia caprichosa pelos peitos da mãe, num voluntarismo precoce para um ser com tão poucas semanas de vida.

Muitas vezes, o choro de Lili era para coisa nenhuma, era só para tirar a mãe da cama, a avó do sossego, a Circe do sério – Circe se perdia pela casa ao ouvir o choro da menina –; era para que lhe deixassem mordiscar os mamilos de Diana, acalmando os instintos conflituosos que, segundo Iracema, trabalhavam – confabulavam – em ebulição dentro dela. Tinha sangue alemão e índio, glóbulos que vieram da Prússia Oriental encontrar-se gostosamente com os do Alto Xingu, além dos que desceram pelo São Francisco e passaram por Minas e Goiás – para se cruzar, nos descaminhos e desvarios de seu sistema linfático e sanguíneo – além do sistema nervoso –, a vários outros, provenientes de lugares nenhuns da costa do Atlântico e encravados no sertão, ao norte de Mato Grosso – Lili era uma festa para antropólogos, uma alegria para etnólogos – e um banquete para pernilongos.

Diana apanhou, na mesinha de cabeceira, a revista com os resumos das novelas a que ela não assistia, pois não se ligava a tevê no quinto andar, ao contrário do sétimo; enrolou-a com determinação, formando um canudo maciço; ao ouvir a sirene novamente, um duplo ataque, e movimentando os braços de um lado para outro, com o canudo nas mãos, acabou atingindo o mosquito às cegas, em cheio. Ele desabou, desaparecendo no escuro do chão de sinteco enegrecido; Diana imaginou ouvir o ruído da queda, cortando o silêncio do quarto. Maria Letícia nada sofreu, dormia indiferente aos embates que a mãe promovia no quarto.

Diana se aproximou do berço, para conferir que tudo estava bem; apesar da falta de um mosquiteiro; e de uma cortina na janela, para proteger do sol, que avançava; e um aromatizador, para disfarçar o mofo; e daquele quarto não ser seu, nem da filha; pois, apesar dos esforços de Circe, e de si própria, ela não tinha, como nunca tivera, um quarto que fosse exclusivamente dela, ou que tivesse o que ela precisava: não havia propriamente do que sentir falta.

* * *

A falta do que jamais tivera era um sentimento novo para Diana; novo e estranhamente familiar; somava-se à ausência, que também começava a sentir, de coisas desaparecidas e concretas, que existiram e ela deixou para trás, e que reapareciam como se estivessem de tocaia, surgidas como mosquitos de trás de suas madeixas.

Como o quarto que ocupou no sétimo andar: não era seu, nem da filha; Iracema nunca disfarçara isso; não havia como sentir falta daquela janela. E, se Diana rememorasse mais, voltando alguns anos no tempo, antes da sua saída de casa e a ida para São Paulo, por exemplo, poderia se recordar que nunca teve, em casa – nem fora de casa –, espaço algum para si, que ela tivesse tido vontade ou condições ou oportunidade de arrumar e fazer ficar do seu jeito; que fosse, portanto, seu de verdade, e não improvisado, como sempre fora tudo à sua volta: cômoda, penteadeira, tapetinho, cama.

O que Circe fez, a cômoda que comprou, a mesa de cabeceira que ela trouxe do seu próprio quarto, separando-a da sua mesa gêmea, o pequeno abajur rústico de copa creme que ela colocou sobre a mesa de cabeceira e o canto do bebê que montou: o tapetinho rosado de fiapos soltos sob o berço e as almofadas coloridas que jogou no chão, sobre o tapetinho – havia também a cortina que ela encomendou, mas que Celeste prometeu para a semana seguinte – tudo isso era inédito para Diana, e também conhecido: eram dela, sem ser dela; como se lhe dessem uma atenção e um conforto que ela jamais recebera na vida, mas que nunca pedira; porque nunca tivesse precisado de nada daquilo; ou nunca teve a esperança de ser atendida; e que, por conta desse sentimento que descobria, quando deixasse tudo para trás mais uma vez – mesinha, cômoda, cantinho do bebê – isso um dia poderia lhe fazer falta.

Momentaneamente, porém, nas primeiras horas dos primeiros dias da primeira semana na casa de Circe, o improvisado e o provisório pareceram seus e bastaram a ela. Isso deu a ela a calma necessária para fazer Lili engordar e ela emagrecer – e se bronzear no meio da manhã, aproveitando o sono de Lili e os raios de sol, que entravam pela janela, no canto oposto ao berço, cobrindo a metade do piso. Diana puxava o tapetinho rosado de debaixo do berço mais para o centro do quarto e, ajeitando uma almofada e a canga sobre o tapetinho, preparava uma base macia para se deitar e esticar o corpo, como se estivesse no Arpoador, em Ipanema, ou no Pepino: só de calcinha, estirada sob o sol, passando óleo de amêndoas calmamente pelo corpo. Pelo corpo todo. Todos os poros e todos os cantos, até os recônditos, um ritual de meio da manhã – às vezes também no entardecer, após o segundo banho, quando tivesse tempo e Maria Letícia não destampasse em cólicas e choro.

Com a massagem, ela recuperava o tônus do seu corpo de antes da gravidez, e devolvia à sua pele brilho e maciez; a delicadeza, o calor e o aroma do líquido viscoso e os movimentos tranquilos dos seus dedos finos e compenetrados, espalhando-o, a entorpeciam; ela flutuava, estirada sobre o tapetinho, embalada pelo odor de amêndoas que emanava de todo o corpo e que evaporava com seu próprio calor, borrifando a atmosfera radiosa do quarto, impregnada de odor de amêndoas.

Numa dessas manhãs, ao abrir-se, expandir-se, num espasmo dos braços, sem querer, ela derrubou o frasco de óleo no piso: ao abrir os olhos, o líquido havia escorrido metade para fora do vidro, esparramando-se e acomodando-se entre os vãos dos tacos. Circe não estava em casa, retornaria de suas caminhadas matinais perto da hora do almoço. Chegaria carregando um mosquiteiro, e algumas outras necessidades para o quarto da nenê. Sentiria o cheiro do corredor – o aroma teria atravessado paredes e contaminado o prédio.

Circe enlouquecia ao imaginar o que ocorria atrás daquela porta. O cheiro de amêndoas, após capturá-la, não a abandonava: acompanhava-a onde quer que estivesse e o que fizesse: na cozinha, descascando cebola, destrinchando o frango; no banheiro, debaixo do chuveiro; dentro do quarto, tentando dormir, de porta fechada.

Fisgada pelas narinas, era capaz de plantar-se atrás da porta do quarto de hóspedes, correndo o risco da visita abri-la de repente e... lá estava Circe, arcando as costas ainda mais para espiar pela fechadura, contorcendo-se por não ver nada pelo buraco e contentar-se com o cheiro; excitando-se diante dos riscos elevados, como ser pega de quatro, como cogitou ficar outro dia, doida para enfiar seu nariz pelo vão embaixo da porta; para espiar a qualquer custo o que se passava lá dentro, poder ver parcialmente, pelo menos, os movimentos de Diana – os pés de Diana –, dilacerando-se por aspirar tanto e ver tão pouco. Só de pensar em ser apanhada, em meio a vários outros pensamentos, seu diminuto coração disparava.

Duas vezes por dia, Diana saía do quarto banhada em óleo, em direção ao chuveiro, com o corpo respingando gotas perfumadas de amêndoa e suor.

Circe, afastada da porta, fingia que não a observava sair, disfarçando o que os olhos descarados traíam: o sentimento de que valera a pena ter vivido seus mais de cinquenta anos, e ter sobrevivido ao pai dominador, à infância no interior, às crises, às sacanagens, às antessalas, ao Jango, aos militares, ao câncer, a tudo. Bendizia o regozijo de estar viva, e de poder comprar remédios, e de poder viver mais anos, para poder observar Diana flutuar em seus domínios, caminhando envolta em uma nuvem de aromas que se espalhavam pela casa. Bendizia a alegria que sentia somente por Diana existir e passear diante dela, enrolada na *sua* toalha, caminhando em direção ao *seu* banheiro, deixando Lili sonhando tranquila no *seu* quarto de hóspedes, dentro do *seu* berço – que *ela* comprara –, feliz, enfim, por ter libertado a *sua* Diana do sétimo andar, de Iracema e das lembranças amargas de Otto; assim como a protegera de Antônio e protegeria Lili dos mosquitos.

O interfone anunciou a chegada de Delúbio. Diana ouviu-o tocar deitada, no quarto. Circe, que estava na sala, caminhou veloz até a cozinha, para atender às pressas o aparelho. O aparelho chegava a ficar semanas em silêncio; quando tocava era um acontecimento, mas nenhum como esse: no primeiro toque, ambas sabiam de quem e do que se tratava. Porém, só Circe foi pega de surpresa, e só ela interrompeu bruscamente o que estava fazendo no momento. Diana acompanhou sua reação e movimentos, apesar da porta fechada do quarto; do chão, deitada no tapetinho para o bronzeamento matinal, ouviu os passos rápidos da outra até a cozinha, a retirada do aparelho do gancho e o balbucio, mas não entendeu quais foram as duas ou três palavras ditas por Circe. A brevidade da conversa deixou nela poucas dúvidas, no entanto. Em seguida, ao ouvir Circe entrar e sair do quarto dela, pisando com cuidado o mocassim no piso da sala, andando de mansinho para não ser ouvida, abrindo e fechando com cuidado a porta do apartamento, Diana confirmou sua suspeita: Circe iria até o sétimo andar, na casa de Iracema – onde Delúbio foi bater, à sua procura e à da filha.

Em meia hora, Circe estava de volta. Entrou apressada, como se esquecesse que não deveria fazer ruídos para Diana não ouvir dentro do quarto. Diana acompanhou os movimentos nervosos dela na cozinha. A dúvida era apenas onde Circe o teria encontrado, e quanto levaria para a ilusão de Circe – de que Delúbio se assemelhava a Antônio – desmoronar, antes de desmoroná-lo. Antônio estava fora do baralho. Diana soubera que Circe encontrou-se sozinha com ele algumas vezes, na sequência do escândalo insano na porta do prédio, mas nada foi dito nos detalhes para ela. Sabia, porém, que Circe afugentara-o; ameaçou-o de algumas coisas: iria denunciá-lo, sabe-se lá do quê; acabou por ajudá-lo: Antônio era um covarde a caminho de Miami; Circe pavimentou o caminho dele. Com Delúbio, tratava-se de obstruir o caminho.

Durante o almoço, nada se falou sobre a saída relâmpago de Circe, nem sobre a falta, naquele dia, da longa caminhada matinal dela; foi uma refeição silenciosa e tensa: comeram sem olhar uma para a outra. Circe ficou longos segundos mirando o fundo do prato; cutucava o arroz e o feijão-preto, de um lado para outro, como se estivesse insatisfeita com a disposição dos alimentos; perfurava os ovos fritos como se os detestasse e enrolava e desenrolava a couve no garfo com desalento, sem fome, esperando passar o tempo regulamentar da refeição para se levantar. Diana levantou-se várias vezes da mesa para cuidar da filha: Lili estourava de chorar no quarto, estava particularmente inquieta nesse dia. Após o almoço, Diana trancou-se e passou a tarde enrodilhada com a filha, mudando Lili de lugar, entre o berço e a cama para acalmá-la. Circe não apareceu para acudi-la. Diana sabia que, a partir dali, Lili não lhe interessaria mais.

À tarde, quando Diana saiu do quarto para esquentar a chaleira, as duas se cruzaram constrangidas no corredor; não se olharam, não se falaram, nem à noite foi dita qualquer coisa. Também não interessava à Circe, após aquela saída, ficar puxando assunto com Diana à noite, na porta do quarto de hóspedes, que era o que Circe gostava de fazer agora que não subia mais no sétimo andar para ver tevê com Iracema. Ficava estacionada horas na porta do quarto, parava ali por qualquer coisa, cansando Diana com as suas histórias. Nessa noite, Circe retirou a louça da mesa do jantar – jantara sozinha – e foi se recolher.

Diana teve uma noite maldormida, povoada por sonhos dos quais ela não se lembraria. Não pensou mais do que três minutos em Circe: como ela podia fazer o que fazia com o que não era dela? Nem da conta dela? Que direito ela tinha de tramar coisas em nome de outras pessoas, sem cerimônia alguma, e procurar disfarçar, como se as pessoas não vissem, não soubessem, nem sentissem, e fossem burras. Burra era ela! Acreditou em tudo o que ouviu de Antônio, decerto. Acreditou de tonta! O que Circe imaginou? Que ela poderia tomar o lugar de alguém que ela ouviu dizer da boca do Antônio que se fora! Que sumira! Que desaparecera e que não voltaria mais? E que aquele quarto no quinto andar seria o seu novo lugar? Seu e de Lili? E quem disse a Circe que ela, Diana, estava bem no quinto andar? E aquele sutiã bege asqueroso no banheiro, por exemplo, o que dizer dele? O sutiã que Circe deixa pendurado de um dia para outro na torneira do chuveiro, secando, gotejando, como se não houvesse mais ninguém no apartamento para tomar banho... e tudo bem! Um sutiã com enchimento num dos lados, que incomodava Diana mais do que ela imaginava ser possível, que pesadelo virou a hora do banho, que medo de entrar naquele boxe de acrílico! – a ponto de Diana temer encostar no sutiã enrugado, úmido, cremoso, carnoso, vivo, como um polvo pendurado num gancho. Ela jamais dava as costas para aquilo durante o banho: temia que ele pudesse se arremessar sobre ela e agarrá-la na garganta com suas ventosas, asfixiando-a, como nos filmes com monstros, a cada dia mais surpreendentes e estranhos.

Na madrugada, entre um pesadelo e outro, ao erguer a cabeça para verificar se Lili dormia, apesar da respiração ofegante, Diana observou, no escuro, a cômoda comprada por Circe, na parede oposta ao berço – uma cômoda barata, que apresentava problemas! –; contou as gavetas: uma, duas, três, quatro, cinco gavetas. E tudo o que era dela estava naquelas cinco gavetas! E caberia confortavelmente, em poucos minutos, na mala pequena que estava embaixo da cama, e na sacola grande que estava dentro da mala, incluindo as coisas de Lili. Carregaria facilmente suas coisas, que passariam facilmente pelas duas portas – a do quarto, a da sala –, e pelo portão do prédio, passando reto pela guarita de vidro fumê, na portaria. Sem precisar de nenhum tipo de ajuda.

Havia sido um erro terrível de cálculo por parte de Circe não perceber isso – Diana não era dona da cômoda, mas era dona da sua própria vida! Ao contrário de Iracema, que sempre soubera disso. E do Infame, que aprendera. Ter ou não ter alguém lá embaixo do prédio para ajudá-la, portanto, não faria a menor diferença. Ajuda era algo de que ela não precisava.

Diana poderia sair dali e bater à porta da sua amiga, a Cuca, em Niterói, que sempre fora maluquinha, mas desde que perdera a mãe ficara ainda mais frágil e mais maluquinha, e que ela não via nem ouvia há muito tempo – Cuca era atendente de telemarketing, como Diana fora também por uns tempos, e ninguém nunca soube disso. Uma menina que tinha uma voz linda, que cantava, mas que não se valorizava, ao contrário de Diana. Que dava e não recebia, ao contrário dela. E que achava que a vida era assim – ao contrário dela. E se a Cuca não morasse mais lá, ou estivesse casada, subjugada ou morta, assassinada e jantada pelos doze cachorros que herdou da mãe junto com a casinha? Diana, então, tomaria um ônibus, e outro, e quantos ônibus fossem necessários e houvesse para ser tomados. Tomaria sessenta ônibus!

Desceria no dia seguinte, ou um dia após o dia seguinte, ou dois dias, ou uma semana, ou um mês, em São Paulo, ou Porto Alegre, ou Campina do Rio Grande, ou Santos, e alugaria um quarto numa pensão qualquer; por pouco tempo, ou por muito. Em uma semana arrumaria algo, um bico diurno – ou noturno. A dona da pensão, ou uma hóspede, tomaria conta de Lili, por alguns trocados. E alguns trocados restavam para isso. Tudo estaria, como sempre estivera, na ponta dos seus dedos, dos seus lábios. Não faltariam, de qualquer modo, e se fosse preciso, homens como Antônio, prontos a lhe dar tudo, e mais do que dar tudo, prontos a lhe perdoar tudo, principalmente o que não havia para ser perdoado; ou homens como Arlindo, o – como ele se apresentou? – "secretário municipal de Saúde de São Bernardo do Campo" – esse também estaria sempre lá, a um estalo dos seus dedos, sempre disposto, por sua vez, a tocá-la e ajudar no que fosse preciso – e no que não fosse preciso também: de Arlindos e secretários e subsecretários ela tiraria muito. Isso se quisesse, nunca se precisasse. O mundo masculino era um capricho dela: óbvio, meio sem cabimento e fácil. O incômodo de Lili no berço, com o dia nascendo, lhe pareceu sem sentido – *O que te incomoda, Lili?* –, e interrompeu momentaneamente seus planos.

Quando o avistara, pela manhã, numa das mesas externas do Planalto do Chopp, Circe achou Delúbio a cara daquele outro, o que aparecia dias seguidos na tevê, enrolado até o pescoço. Num primeiro momento, se confundiu: errara de mesa. Errara de Delúbio! Havia dois Delúbios no Planalto do Chopp?! Por um segundo, chegou a olhar contrariada para os lados, à procura do Delúbio com quem marcara o encontro – era Delúbio demais para o seu gosto! Circe sempre tivera problemas com essa coincidência, que considerava estranha: dois encrencados infelizes com o mesmo nome exótico, para dizer o mínimo. Se havia um significado naquilo, uma mensagem do destino – ou uma sacanagem do destino –, ela ignorava. Não tinha condições de pensar nisso. E, fisicamente, eram bem parecidos! A mesma barba tosca de um e de outro: ao vivo, parecia postiça, como se tivesse sido nutrida para disfarçar os traços do rosto de um homem bonito – provocando, curiosamente, o efeito contrário: salientando, ao invés de esconder, o nariz comprido, as bochechas cheias, os cabelos lisos, desbotados, como se tivessem amanhecido cinzentos de um dia para o outro; e mal cortados, caindo assimétricos sobre orelhas salientes, de abano.

Mas... e os dentes da frente, eram separados? Passava da meia-noite, e Circe se inquietou: não tinha clareza, imersa na escuridão do quarto, sobre esse ponto. Como ela não reparara nisso, na meia hora em que esteve com Delúbio pela manhã, no Planalto: era esse que tinha os dentes superiores da frente separados? Ou era o outro, o da tevê? Ou ambos?

Circe era assim: passaria a madrugada em claro, atormentada, se uma dúvida banal se enfronhasse na sua cabeça. E a devorasse, como uma bactéria. Podia ser a coisa mais tosca, mais imbecil: pão de ló leva fermento? Ela tomara a segunda dose de hormônio? O condomínio fora pago? Hoje era dia 5? Os dentes da frente daquele idiota eram separados?

Como ela não reparou nisso? Logo que se sentou diante de Delúbio, ela se empenhara tanto em ouvi-lo, em decifrá-lo! Precisava conhecê-lo por inteiro. Não que fosse fácil. A respiração dele era descompassada, ofegante, como a de um animal que, por ter perdido o olfato, fuçava para os lados. Circe ouvira falar de muitos outros na situação dele, que se enroscam e perdem o olfato. E vivem sorrindo! Como Delúbio sorriu, o tempo todo, exibindo os dentes sujos, de tártaro e cigarros.

Dentes separados?

Durante a meia hora em que estiveram juntos, Delúbio fumou meio maço de cigarros. Não disfarçava o nervosismo, como se soubesse que tudo o que falasse para Circe, chegaria a Diana com o sinal trocado. No entanto, parecia querer falar o máximo possível, atropelando argumentos para justificar... o injustificável!

Justo para Circe, que vira e ouvira de tudo. Que conhecia tanto. Que presenciara negociatas incríveis atrás da porta, nas antessalas! Delúbio era menos uma esfinge para Circe do que um aborrecimento. Mesmo porque, ele entregava tudo: sobre dinheiro, por exemplo: ele nunca recebera os sessenta mil reais combinados – não havia nem trinta mil no envelope que Silvio...

– Silvio? – perguntou Circe.

– Silvio – respondeu Delúbio –, irmão de Antônio!

... entregara-lhe, como parte do pagamento. E ele não foi informado por Antônio – e nem por ninguém! – sobre os repasses que ele teria de fazer, de posse dos trinta mil, para o Kleverson.

– Kleverson?! – Circe perguntou.

– Sim. Kleverson. Por quê?

Porque há sempre um nome ridículo nesses casos! Ou mais de um. Um Wellinfrom, um Chesterlon, um... Kleverson! No caso, alguém responsável por uma "remoção de favelados". Ou um "reassentamento de favelados", conforme Delúbio se corrigiu – que teria dado errado, assim como o desfecho do sequestro – *Aahá!* – Circe juntava as peças – da pobre filha do rico dono dos postos de gasolina... Mas o fato dele ter confidenciado para Gianni sobre um outro assunto... como isso poderia ter causado aquele desfecho trágico com a cabeça da menina?

– Espera! – interrompeu Circe – quem é Gianni?

Gianni: o melhor amigo de Delúbio; a quem Delúbio confidenciou sobre uma grande intervenção que seria feita em São Bernardo do Campo, que envolveria inclusive a Microsoft...

– A... Microsoft?

– E o Bill Gates! – completou Delúbio.

... mas que não convidaram o pai de Gianni para entrar no negócio! Desvalorizando os depósitos do pai de Gianni no fundo do terreno onde teria lugar a intervenção e que seria comprado...

– Pela Microsoft? – adivinhou Circe, em tom jocoso.

– Não! Por empresas e ONGs de fachada! Que depois venderiam a área para a Microsoft! Ou, dependendo... para os franceses do Minitel!

Circe olhou o relógio. Aquilo se estenderia muito! Muito além do razoável! Mais um pouco e Diana desconfiaria de que aquele encontro poderia estar acontecendo. Circe não teria mais que alguns minutos. E Delúbio começaria a dar voltas... e voltas. Nossa Senhora! *Como essas histórias dão voltas!* E a invasão da sua casa por Kleverson e seu bando cobrando a parte deles do dinheiro; e a tortura que Delúbio sofreu, a queimadura de cigarro na mão –, ela podia ver a cicatriz –, ao se recusar a entregar o dinheiro – que havia inclusive sido gasto! No Corolla 2001 branco perolado, "veja", estacionado na esquina com a Senador Vergueiro.

– Bonito.

– Obrigado!

Por acaso os trinta mil – que não eram trinta mil, havia menos do que isso no pacote – não eram dele? Ele não trabalhara para Antônio durante três meses, a dez paus por mês? O combinado não fora sessenta paus, em seis meses? Proporcionalmente: três meses, trinta mil!? É preciso uma calculadora para deduzir isso? Ele foi, isso sim, espoliado e torturado, é o que ele foi:

– Fui espoliado!

Na verdade – Circe tinha mais três minutos –, fora o tal Flores, "Marco Antônio Flores", um arquiteto, um gordo...

– Isso eu aprendi, Circe: a não confiar em gordos!

... que lhe abriu o jogo, chamando-o à sua casa, uma mansão com piscina num "senhor condomínio fechado", para lhe revelar, à beira da piscina, vestindo roupão de banho, o esquema, os repasses de dinheiro gigantes que eram previstos, e não apenas para os representantes dos favelados – esses ficavam só com o troco! –; e quem recebia o quê e todos os nomes dos que estavam envolvidos, além do papel central de Antônio, um operador daquilo tudo:

– Quem "operava", sabe, Circe... "operava"?

– Sei: "operava?"

– ... era o Antônio!

Circe pigarreou. Aprumou-se, para levantar e sair. Que ingênuo esse Delúbio! Ela sabia o que "operar" quer dizer. Que "operar" não significava abrir as tripas de alguém! Ele é que não sabia que Antônio estivera lá, naquela mesma calçada, quase naquela mesma mesa "operando" antes dele – contra ele. Como "operar" a partir disso é o que Circe precisava refletir. Propôs um novo encontro para a manhã seguinte. Circe precisava pensar, sem dúvida, como operar, principalmente o episódio "Sodré".

– Mas veja...

Ele, Delúbio, não imaginara, naquela tarde quente, na beira da piscina, que as revelações de Flores teriam um preço: que o roupão do gordo se abriria de súbito! Porém... "fazer amor com o Flores" – "!?!?!" –, como este suplicou aos seus pés, com o roupão meio aberto, meio fechado, estava completamente fora de cogitação! Ele, Delúbio, podia ser tudo, mas não era um veado!

– Ok, Delúbio, chega...

E como ele poderia imaginar, depois de dizer isso ao Flores, afastando-o de cima dele, dizendo que ele, Delúbio, não era veado, até com um certo jeito – dado Flores ter se jogado em cima dele, sem nenhum respeito –, como imaginar que isso magoaria tanto um homem daquele tamanho, a ponto do Flores vir aos gritos atrás dele, pedindo desculpas e gritando não ser homossexual – "pode ser que eu seja bissexual, Delúbio, como todo mundo!" – e nem ter estrutura para suportar "tudo aquilo que acontecia em torno de Antônio":

– Eu não tenho estrutura para suportar São Bernardo, Delúbio!

Para, dali para frente, Flores espalhar versões e maledicências a seu respeito, incriminando-o por tudo que deu errado... Mas não foi ele, Delúbio, quem vazou o sequestro para a imprensa, nem o reassentamento dos favelados, entende? Ele, no máximo, chamou a atenção de Gianni sobre a questão dos depósitos. E o pai do Gianni, o velho Tornattore, teria ficado "puto, puto, puto". De estar fora do jogo. Com a Microsoft e os franceses do Minitel. Entende?

– Então... Circe?... continuando...

* * *

Mas... os dentes da frente... eram... juntos? Ou separados? Circe se esforçava, tentava focar, no escuro do quarto, toda a atenção para o fundo da sua memória, disparando flashes sobre as imagens desencontradas: o sorriso largo de Delúbio – de qual Delúbio se tratava? Ela não tinha condições de distinguir: podia apenas imaginar, no breu, um sujeito não plenamente identificado... a sorrir... sorrir... e revelar... dentes... espaçados?! Ela ficaria louca! Quatro horas da madrugada, uma história mal contada dando voltas na sua cabeça – ele fugira depois da confusão toda em São Bernardo para o sítio em Minas Gerais, era isso? –, e os ouvidos tentando captar o que acontecia para fora da porta do quarto, para detectar qualquer movimento suspeito no apartamento – Diana dormia quieta no quarto? Desconfiara de alguma coisa naquela manhã? Ou pensava que o encontro tinha sido com Antônio, como Circe pretendia? E a menina endiabrada, apagara, finalmente? Ô menina inquieta! Como chorava essa Lili. Como trocava de fraldas! Era uma nenê chatinha, coitada. Então, Diana dormia. E ela, Circe ganhara o tempo de que precisava. Até a manhã seguinte, para a nova rodada de conversas com Delúbio. Conseguiria então afastá-lo dali... como fizera com Antônio. *São o quê, umas cinco da manhã?* – afastando Diana do perigo... de se deixar levar pelo sorriso... por aquele sorriso largo... continuado... cínico... dentes... *juntos?* ... e Circe teria habilidade para fazer tudo recair sobre a única coisa que realmente importava... *separados?*... a Sodré, naturalmente!... algo sobre o qual Delúbio não sabia que Circe sabia!... e ele aí sim não teria escapatória!... sobre isso... o que ele teria a dizer... nada?... e continuaria a sorrir?

Grudados?... Espaçados?... Circe realmente gostaria de se lembrar... nem que passasse a noite toda acordada... imaginando... nossa, que maldição isso! Essa mania de querer saber tudo. Em detalhes mínimos. Uma noite inteira pensando nisso!

Acordou sobressaltada, às oito e meia da manhã – marcara o novo encontro com Delúbio às nove, no Planalto do Chopp. Não precisou se erguer da cama para saber que Diana não estava mais no apartamento. Circe se deu conta disso ao abrir os olhos, no segundo a mais de silêncio que desabou sobre ela. Diana se fora! Não havia ninguém em casa! Ingrata! Oportunista! Pérfida! Ladra (como ela arrumara o dinheiro que carregava na pochetinha, imaginando que ninguém sabia o que havia lá dentro? Imaginando que ninguém... fuçaria lá dentro?). Aproveitadora (quem lhe proporcionou condições mínimas para ela ter a filha?)! Fugira! Quem ela pensava que era? Melhor que as outras mães perdidas como ela? Como sobreviveria? Não sabia fazer nada! Nossa! Nem lavar mamadeira ela sabia! O que Diana sabia fazer era *fugir*: para fugir é preciso deixar alguém para trás, de supetão, partir na hora em que esse alguém bobeia, como ela, Circe, bobeara, naquela meia hora em que a exaustão chega e o sono impede que se ouçam malas sendo arrumadas, portas sendo abertas, portas sendo fechadas, pessoas indo embora.

Fugira duas vezes da casa da mãe, fugira do Infame, fugia dela... Com quem Diana aprendera? A arte da fuga! Circe olhou do lado e estendeu, sem se levantar, o braço na direção da mesinha de cabeceira. Apanhou na gaveta a fotografia que estava guardada de um rapazinho loiro, de cabelo raspado sob o quepe, olhando de lado, para o alto, esperançoso diante de algo situado no infinito. Orgulhoso, provavelmente, do seu uniforme bonito do exército, com as iniciais reluzentes brilhando no colarinho: dois "esses" estilizados, como dois raios. Otto Funk, aos dezoito anos! Que nariz empinado, desde cedo, parecido com o da filha – cara de um... Que presente valioso fora esse de Antônio! Um carniceirinho, imaginando os estragos que iria fazer com os canadenses no futuro!

Circe pregou os olhos no teto, contorcendo os miolos. Carregaria essa foto a vida toda consigo? Olharia para Otto em busca de Diana, de vez em quando? Mas Diana poderia passar reto por Delúbio lá embaixo! Quem sabe, vendo-se sozinha, com a filha no colo, e com pouco dinheiro, ela desistisse, e voltasse. Não subiria jamais até o sétimo! Pararia no quinto. Ou ela poderia tomar outra direção, saindo do prédio, que não virando à direita, evitando assim o trajeto até o Planalto do Chopp, onde o bode estaria, a essa altura, numa das mesas da calçada... O que seria improvável! O Centro era para lá, a rodoviária era para lá, as pensões baratas eram para lá, e os puteiros! Talvez Diana não o enxergasse na mesa do bar, obstruído pelas tulipas, e seriam muitas tulipas já nesse horário; ou atravessasse pela outra esquina, aventurando-se pela Praça José de Alencar. Ou então – uma última esperança – não o reconhecesse se o visse, quando passasse diante das mesas da calçada; achasse que fosse uma outra pessoa – o outro Delúbio, quem sabe?! E seguisse em frente, em direção ao Catete, até que se arrependesse e voltasse. Que tonta, Circe! *Para de ser tonta, Circe! Ela não irá voltar nunca mais, Circe!* Diana iria embora com o outro Delúbio mesmo, se fosse o caso.

São Bernardo

A coisa entrou voando pela janela, como um projétil, passou zunindo rente ao nariz de Delúbio – e se espatifou na porta de vidro, com um estampido. Delúbio estremeceu... como se o tivessem pego! Como se levasse um tiro nas costas. Mas foi só um susto, um choque nos nervos. Esticou o pescoço e olhou para o chão, à esquerda, para ver o que havia caído: um pássaro preto, estatelado sobre o carpete verde-musgo. A mancha viscosa na porta de vidro, no local do choque, chamou sua atenção: havia um vermelho de sangue borrado ali; o pássaro teria... arrebentado o crânio? Tornou a olhar para o chão, onde o pássaro ferido se encolhera, amarfanhado, provavelmente morto; de asas fechadas, enrugado e feio como um morcego. Delúbio se empertigou na cadeira e olhou à direita, para a janela por onde o pássaro havia entrado por uma fresta, em voo cego. Ouviu o ruído de outros pássaros lá fora, uma pequena algazarra em torno de uma caixinha de alpiste colocada no tronco da árvore do pátio. Ao virar-se à esquerda, indagando-se sobre o como e o porquê daquilo, não havia mais sinal do pássaro.

Delúbio ergueu os olhos na altura da porta de vidro fumê, em busca da mancha viscosa no ponto do choque, para averiguar se aquilo não havia sido um sonho, ou pesadelo. A mancha continuava ali e ele reconheceu de forma mais nítida o ponto de sangue sobre o vidro escuro. Havia, portanto, um pássaro ferido no recinto, possivelmente, com o crânio rachado. Da cadeira em que estava, no fundo da sala ampla, na cabeceira da longa mesa de vidro, uma mesa de reuniões de quatorze lugares, Delúbio lançou um olhar panorâmico à procura do pássaro. A mistura incomum de cores escuras nas paredes e a profusão de objetos multiformes dificultavam, porém, a busca. O pássaro poderia facilmente ter se enfiado no meio da estante de equipamentos de som ultrapassados: *receivers,* toca-discos, caixas acústicas altas com alto-falantes gigantes, no canto esquerdo do seu campo de visão; ou ter se escondido embaixo das pilhas de revistas e objetos metálicos – troféus? – dispostos sobre o aparador que ia de ponta a ponta da parede, no canto oposto da sala. Porém, seria difícil que ele tivesse levantado voo e se enfiado no meio dos jarros, vasos e tufos de plantas ornamentais que preenchiam o canto direito da parede, sem que Delúbio tivesse percebido, enquanto espiava a algazarra dos outros pássaros lá fora. Ou poderia?

Uma impaciência começou a tomar conta de Delúbio: o pássaro poderia ter rastejado até debaixo das plantas? Arrastando-se uns... dois metros e meio, três metros? Somente para... se esconder? Ao erguer a cabeça, notou o ventilador de teto, de lâminas afiadas, em movimento. Quanto perigo havia ali para um pássaro! A inquietude deu lugar à aflição. Como pôde um pássaro entrar pela janela, se espatifar numa porta de vidro e... sumir? Delúbio avançou o corpo sobre o tampo de vidro, para ver se o surpreendia embaixo da mesa, mas a complexa estrutura metálica que sustentava o tampo e as pernas de metal cromado das quatorze cadeiras se emaranhavam de tal forma que impediam uma verificação precisa sobre o que quer que se aninhasse ali. Delúbio, então, afastou a cadeira e se enfiou sob o tampo, para espiar lá embaixo – como se tivesse doze anos! E a maldita ave media o quê? Quanto mede um pássaro preto? Quinze, dezesseis centímetros? O tamanho de um.... cacete! Seria possível quinze centímetros de ossos e penas se manterem escondidos eternamente entre pernas de metal e sustentáculos que se entrelaçavam? E, para encontrá-lo, ser necessário se enfiar embaixo de uma mesa, a cabeça, o corpo, e se agachar e... um farfalhar de asas!, um levitar de algo... o pássaro preto! Solto pela sala! Voando!

Delúbio quase bateu a cabeça no tampo ao se erguer, para observar, entre atônito e puto, o voo baixo e circular do pássaro – como se, precavido, ele reconhecesse um campo inimigo. A ave nitidamente continha o movimento das asas, calibrando a potência do voo; dava voltas pela sala, circunscrevendo todo o interior do retângulo, fazendo círculos imperfeitos ao se desviar das estantes e das plantas dispostas nos cantos. O ventilador, no teto, girava em seu eixo. O pássaro sincronizava o movimento e a altura com as pás do ventilador, e para o observador aturdido isso pareceu um sinal de que ele havia recuperado os sentidos, dado que mantinha uma distância prudente do que seria, seguramente, o pior cenário:

ser estraçalhado pelas pás. E Delúbio não merecia passar por isso: aquele pássaro não se partiria em mil pedaços!, espalhando sangue por todos os lados!, atingindo – e tingindo – sua camisa branca, não propriamente imaculada, mas lavada e, provavelmente, passada – e amarfanhada por ele ter se metido embaixo da mesa – para o encontro que teria, naquela sala, sentado naquela cadeira, vestindo aquela camisa, em poucos – muitos? – minutos; o que seria um péssimo agouro numa vida que, em instantes, teria todas as probabilidades de alçar outros voos e... O pássaro mudou a rota, abandonando os movimentos circulares e passando a traçar linhas retas e nervosas entre os cantos do retângulo, desviando-se perigosamente das pás do ventilador que girava pouco acima dele, começando a... encher profundamente o saco de Delúbio! Seu voo não era mais contido, mas nervoso. A ave se lançava de um lado a outro da sala, arrancando no ar e abrindo as asas, para desacelerar ao chegar perto de uma parede, ou do vidro da porta, ziguezagueando pelo ambiente, sendo acompanhada pelo olhar atento e incrédulo de Delúbio. Ela buscava uma saída, isso era certo.

Delúbio pensou em se levantar e abrir a porta de vidro, desligar as pás, chamar alguém, mas antes que tivesse tempo o pássaro se lançou na direção da janela por onde havia entrado. Aboletou-se no parapeito, distante da fresta, e grudou-se no vidro, tentando transpassá-lo, amassando os olhinhos na superfície lisa – que pássaro estúpido! –, como se ouvisse os amigos brincando ao redor do alpiste lá fora, e quisesse ir ter com eles, repetindo o bater frenético das asas. Os movimentos fraquejavam; o corpinho abatido subia pelo vidro, e descia, perdendo altura; por fim, despencou no parapeito, e ali ficou, imóvel, ferido, exausto, separado, pelo vidro, do pátio e da vida lá fora. *Por que ele havia entrado ali?* – pensou, inconformado, Delúbio – *a única coisa aberta na sala?* Sendo que ninguém o atraiu e abriu a janela para ele entrar... ninguém o obrigou a nada. Tudo o que havia era uma fresta! O alpiste, as frutas, as pequenas larvas, as folhas... os outros pássaros pretos... as fêmeas... estava tudo lá fora, no pátio. Delúbio cogitou atirá-lo de volta por onde entrara, para a liberdade atrás da janela de vidro. Mas ele teria que lavar as mãos depois, meladas e viscosas... e ensanguentadas, teria que sair da sala de reuniões, atravessar o corredor, ir até a recepcionista no hall de entrada e perguntar pelo banheiro, o *toalete*. Nesse meio-tempo, Antônio seguramente teria retornado do almoço e procurado por ele na sala de reuniões. A reunião fora marcada para as duas horas e seriam o quê?: duas e quarenta e cinco? Três horas da tarde? Antônio só poderia estar chegando. E, ao entrar na sala – nada de Delúbio! Ajudar o pássaro significava correr o risco de um desencontro. E um desencontro sempre dá margem a outro! Se ele, Delúbio, não estivesse na sala de reunião, onde foi acomodado por uma das duas secretárias de Antônio – não a morena, mas a loira de cabelos compridos – belo corpo! e que peitos! –, quem sabe o que poderia acontecer? Antônio poderia perfeitamente cancelar o encontro! E teria todo o direito de fazê-lo. Um profissional soterrado de afazeres como Antônio! E Delúbio perderia sua chance de... de algo. Por causa de uma porcaria de um pássaro preto e miserável!

Por outro lado, o moribundo animal, abandonado à própria sorte, poderia tumultuar o encontro, causando um transtorno irreparável. Toda a calma e a circunstância exigidas nos acordos, nos contratos, poderiam ser comprometidas pela parvalhice do bicho no parapeito. E se o pássaro, no meio da conversa, levantasse voo? E se esse inconsequente, esse desvairado, ao fazer isso, acertasse... a nuca ou o nariz de Antônio? Ou viesse pela frente e perfurasse os olhos de Antônio? E se esse atrevido resolvesse alçar voos mais altos... e fosse estraçalhado pelo ventilador... espalhando sangue, penas e ossos por todos os lados?! E se a sua cabecinha oca despencasse do teto e caísse no meio do tampo da mesa, emporcalhando e assombrando a todos?

Antônio empurrou a porta de vidro fumê com força e entrou de súbito na sala, causando um pequeno estrondo, falando ao celular e, aparentemente, não se deu conta de Delúbio – nem do pássaro. Delúbio foi pego de surpresa ao vê-lo surgir dessa maneira, pois mantinha o olhar fixo no animal, no parapeito. Antônio deu a volta pela mesa, na cabeceira oposta à que Delúbio estava, e parou a poucas cadeiras dele, apoiando um braço no tampo da mesa: falava sem parar no celular, agitado e nervoso. De quando em quando, olhava através da porta de vidro fumê e, em seguida, para Delúbio. Mas era como se não o visse, como se o visitante também fosse de vidro e Antônio enxergasse através dele. Não esboçou reação ao vê-lo, não o cumprimentou, continuou falando, apoiado na mesa, e isso durou bons cinco minutos. Era muito tempo para ser ignorado. Delúbio ficou desconcertado. Não sabia se acenava com a cabeça, se sorria, se se levantava e se dirigia até Antônio, que não parava de falar sobre prazos, faturas e alguém que, pelo visto, havia desaparecido. Não sabia também se deveria desviar o olhar de Antônio quando este o encarava, se isso seria visto como indiferença, um sinal grave de falta de interesse ou de respeito. Por algum motivo, Delúbio achou que seria de bom-tom mostrar, de início, que ele estava atento ao conjunto dos prazos, das faturas, dos desaparecimentos, enfim, dos problemas de Antônio. Seria, talvez, um bom começo para um relacionamento que exigisse entendimento mútuo. Mas Antônio poderia achar o contrário: o interesse na sua conversa poderia soar como uma intromissão inoportuna em seus negócios complexos, uma bisbilhotice suspeita por parte de um estranho. Quando Antônio desligou o celular e o enfiou na pochete presa no cinto da calça, e virou-se bruscamente e sem motivo algum para trás, para a janela de vidro, Delúbio temeu o pior: que Antônio visse o pequeno embrulho encolhido no parapeito e teimasse em tirá-lo dali, tumultuando o encontro.

Antônio, porém, era um homem de cenários mais amplos. Aparentava uns quarenta anos, como Delúbio, e não fosse pelo desleixo com o físico, que uma calça de cintura alta e o cinto apertado procuravam ocultar – auxiliados pelos ombros largos e a altura acima da de um homem médio –, exalava um espírito leve, empreendedor, jovial até. E incisivo. Assim pelo menos pareceu ao interlocutor, uma impressão reforçada pelo diálogo travado havia pouco no celular, em que Antônio se mantinha aparentemente firme em questões prementes e complexas. Foi uma nova surpresa para Delúbio, num início de tarde tão cheio delas, o olhar ameno e agradável que Antônio lhe dirigiu, após um breve suspiro em direção à janela, onde detivera sua atenção por alguns segundos – como se se recompusesse e ganhasse a leveza dos pássaros que brincavam lá fora.

Antônio se desculpou, educado, pelo atraso, pondo a culpa e dando detalhes do vinho que tomara no almoço – ouvir amenidades agradou Delúbio. Ele notou também uma certa malemolência na voz de Antônio, que não podia ser creditada somente ao vinho; as palavras que saíam de sua boca, graves de início, ganhavam sequências de notas mais altas e melodiosas, como se fossem pronunciadas sem muito esforço. Antônio afinava a voz ao final das frases mais longas, quase cantando. Antônio acalmou Delúbio. Sentou-se ao seu lado, na primeira cadeira ao lado da cabeceira, de costas para a janela e para o caramujo aveludado que permanecia, para o bem geral, encolhido no parapeito. A expectativa do interrogatório sobre a sua pessoa, que deixara Delúbio naturalmente apreensivo, não se confirmou de imediato; o início da conversa centrou-se em aspectos amenos da existência agradável do próprio Antônio. A decoração da sala de reuniões foi o pretexto utilizado por ele para quebrar o gelo – e fazer um passeio sobre sua rica, em vários sentidos, história pessoal, e também a de seus familiares. Um passeio que Antônio imaginava, para o ouvinte, ser aprazível: discorreu com prazer genuíno sobre as porcelanas que ocupavam as prateleiras mais altas da estante – acima, portanto, dos aparelhos eletrônicos –, na parede do fundo: "foram pintadas por Catarina", disse Antônio, aproximando-se dos ouvidos de Delúbio, "a Nenê" – como fora carinhosamente apelidada na infância e cuja alcunha pegara para valer no decorrer da vida, grudando nela. Uma esposa que encontrava tempo, dada a dinâmica de seus afazeres, para desenvolver o seu talento inato para representar, em tons amarelo-queimado, violeta, mostarda e marrons – seus tons preferidos: os terrosos – as flores, folhagens, carroças e pastagens que ornavam jarros, travessas, cinzeiros, potes, vasos, tigelas e ânforas; nem mesmo filhos, se eles os tivessem tido, Antônio confidenciou, teriam sido capazes de deter, com a profusão das atividades educativas e recreativas modernas e horários familiares conflituosos, as febris pinceladas de Nenê – e, nesse ponto sensível da vida do casal, Delúbio notou um certo ressentimento na voz de Antônio.

Teriam se estendido, sugeriu Delúbio, abrindo as asinhas e decidido a manter a conversa num patamar emocionalmente confortável para Antônio, as febris pinceladas de Nenê às três estátuas femininas de um metro de altura que se alinhavam, enfileiradas, como três irmãs, alaranjadas e radiantes diante da parede turquesa, nas suas costas? "Foi Nenê quem pintou as estátuas?" Antônio olhou para as estátuas, surpreendido pela pergunta, como se não se lembrasse mais das peças, e abriu um sorriso condescendente. Ora, havia sido justamente este o motivo principal da viagem do casal à Índia!, explicou, para onde viajaram na companhia de casais amigos, havia uns dois anos. Ideia surgida no grupo de cerâmica de Nenê, uma trama urdida em silêncio por mulheres, durante meses, longe dos maridos. E que se materializou numa viagem incômoda, é verdade, sob muitos aspectos, no quesito gastronômico e intestinal, principalmente – especialmente para os maridos. Mas que provocou tanto impacto em Nenê e nas outras mulheres do grupo. Talvez mais em Nenê! E, como fruto desse impacto, trazer as três estátuas foi uma exigência dela, além de um desafio e tanto. Ele teve de ceder àquelas três figuras enigmáticas esculpidas em madeira, e fazê-las cruzar o hemisfério; foi a maneira que encontrou para evitar o pior: trazer estátuas de mulheres com tromba de elefante. Delúbio poderia imaginar, Antônio perguntou, o desastre que seria junto aos funcionários, aos fornecedores, aos clientes? "Aquela agência... com estátuas de mulheres com tromba de elefante?!" Ao fim de uma negociação tensa, que envolveu duas ausências seguidas de Nenê ao café da manhã do hotel, como forma de boicote, e uma mesa-redonda com todos os integrantes da viagem, no saguão do Índia Palace Hall, cruzaram os oceanos os três exemplares dessas estátuas mais simples, de um deus, ou uma deusa, ou sabe se lá o que sentado sobre as pernas cruzadas e orando com uma das mãos no peito e as outras três mãos para cima – "Quatro braços são mais palatáveis do que uma tromba!" –, as mesmas que Delúbio observava virado de costas, na cadeira, com os olhos voltados para a parede do fundo da sala.

Foi preciso acionar amigos poderosos na alfândega, revelou Antônio: vieram, no contêiner, além das estátuas, tapetes, biombos, cortinas, luminárias, jarros, máscaras, uma namoradeira de ratam, espreguiçadeiras de junco, cadeiras de bambu, uma *chaise* redonda de vime – "para a mulher do Chinelatto, que mal cabe nela!" – e cestos, tecidos, velas, mesinhas revestidas de lâminas de chifre "de algum bicho", além de objetos menores, mas não menos importantes: como turbantes e gaiolas, e outros que Antônio não se lembrava da função e nem do nome, mas que chegaram e passaram sãos e salvos pela alfândega e hoje decoram a casa de campo do casal, aquela que Delúbio podia observar no pôster que estava pendurado na parede, acima das três estátuas.

Com o pescoço virado para trás, próximo de um torcicolo, Delúbio ergueu a cabeça, num contorcionismo digno de um hindu: sim, havia na parede uma foto que ele não tinha notado, um pôster, quase um painel, de uma casa grande, uma dessas construções térreas ajardinadas, abertas e convidativas – para dias felizes? – de condomínio fechado.

O que mais chamou a atenção de Delúbio na fotografia, além da casa toda envidraçada, foram os carros: havia, pelo que pôde perceber, três automóveis na garagem e um deles, se Delúbio não se enganava, era uma Land Rover brilhosa. Porém, era difícil precisar cem por cento a marca numa foto desfocada. Por ter sido tirada na contraluz, de forma amadora, havia pouca nitidez nos detalhes e a luz avermelhada do entardecer que envolvia todo o cenário se misturava com a luz acesa dos cômodos internos, compondo um brilho geral pastoso. Apesar do contentamento em ser apresentado de cara a um aspecto íntimo e, pelo visto, significativo, da vida de Antônio, Delúbio estranhou uma foto daquelas em um local de trabalho. Ainda que fosse uma agência de propaganda. A única justificativa seria o prazer que ela proporcionava a Antônio, que não poderia ficar longe da casa. E talvez fosse isso mesmo: um homem são seus prazeres, e não apenas afazeres – é no que Antônio parecia acreditar, pois chegou a se levantar e se colocar de pé ao lado do pôster, e apontar cômodo a cômodo, detalhe a detalhe, o espaço interno da obra, e explicar como a casa, construída em forma de U, escondia um pátio interno para onde davam todos os ambientes, onde se localizava a piscina, da qual Delúbio poderia ver a ponta se se levantasse da cadeira e observasse pelo vão da sala, entre as colunas. E, se Delúbio se aproximasse um pouco mais – "Venha cá... Delúbio, correto?" – "Sim, correto, Delúbio" –, poderia ver as portas-balcão dos quatorze quartos da casa, que davam para a piscina.

Delúbio encarou Antônio, verdadeiramente impressionado. Sim, ele podia ver a piscina, talvez não por inteiro, mas pelo menos uma parte dela – e também alguns dos quatorze quartos – Delúbio contou cinco –, a partir das portas-balcão que, na fotografia, abriam-se para a cavidade interna do U; e tudo o mais. Antônio notou um interesse maior de Delúbio pela propriedade do que imaginava que fosse despertar, e se aproximou dele. Como se fosse revelar algo precioso, disse que ele e Nenê costumavam receber muitas pessoas na casa, praticamente todos os finais de semana, sugerindo, num sorriso enigmático e num tom cúmplice, haver algo especial nesses encontros. Disse também, chegando bem perto dele, que Delúbio poderia conhecer essas pessoas em breve – sem dizer com todas as palavras, mas sugerindo, pelo condicional, que isso poderia ocorrer se eles chegassem, como Delúbio esperava (agora, mais do que nunca), a um acordo satisfatório sobre o motivo afinal de Delúbio estar ali: o serviço que deveria ser feito. Delúbio sentiu o hálito morno de Antônio.

De volta à mesa, Delúbio sentiu um impulso de falar de si, algo que lhe dissesse respeito, fatos sobre a sua pessoa, também relacionados... aos seus prazeres. Que não teriam o impacto de uma casa de campo, isso certamente não... Mas o interesse e a oportunidade teriam de partir de Antônio. Felizmente, a oportunidade foi dada quando Antônio se sentou e cruzou as mãos sobre o tampo de vidro e perguntou que tipo de relações Delúbio mantinha com Gianni, o amigo em comum que o havia indicado para aquele trabalho. Delúbio se animou e começou a falar da sua amizade com Gianni, que vinha desde os tempos da faculdade, em São Paulo, havia uns vinte anos, mas foi bruscamente interrompido: Antônio quis saber se, naquela época, Gianni já era um "nada-faz", um "à toa". Fez a pergunta sorrindo, o que desorientou Delúbio, sem ter certeza do que ouviu. Pois, mesmo nos seus vinte anos de convivência com Gianni – descontínua e feita praticamente de baladas, é verdade – e de nunca ter ouvido falar de Antônio durante todo esse tempo, Gianni tinha lhe dito que ele e Antônio eram grandes amigos – *passavam finais de semana juntos?* –, e que o grau de intimidade permitia que ele o indicasse para Antônio, que precisava de alguém para um serviço. Gianni, então, era um nada-faz, um vagabundo? Antônio só poderia estar brincando! No entanto, Antônio prosseguiu, abandonando qualquer amabilidade, erguendo a voz e lançando desqualificações e até acusações sobre Gianni: que ele era uma figura triste e desorientada, que ele vivia à custa da família e de pequenas negociatas (!), que ele não servia para nada e, "atenção, Delúbio": Gianni era um sujeito mesquinho e sem caráter, e nem um pouco confiável para nada que fosse importante e sério e que envolvesse... dinheiro. Disse mais: Delúbio, sentado bem na sua frente, lhe parecia um sujeito direito e decente, "apesar de ser indicado por Gianni", mas ele não poderia confiar e contar nada a Gianni dali em diante, se quisesse aceitar o que ele tinha para lhe propor. E que não era qualquer serviço!

Delúbio não soube o que responder de imediato. Custou a crer que tivesse ouvido o que ouvira. Desnorteado, esqueceu-se de si mesmo, e passou os olhos pelo ambiente, como se planasse no vazio da sala. Titubeou, e preferiu não encarar diretamente Antônio. Divagou, como se cruzasse o teto, em voo cego, sob as pás do ventilador. Temendo ser estraçalhado pelas pás! Antônio percebeu sua indecisão, e sorriu, ainda mais enigmático, alisando com a ponta dos dedos a penugem preguiçosa e rala que cobria suas bochechas infladas, como se desse tempo a Delúbio para se constranger mais um pouco.

Delúbio sentiu o estômago roncar. Se tivesse um copo d'água na sua frente, ele o viraria pela goela. Remexeu os bolsos. Inquietou-se, descoberto nas costas, como se os doze ou quatorze braços das estátuas fossem agarrá-lo. Olhou na direção de Antônio, mas não para vê-lo: imaginou se o pássaro ainda estava encolhido no parapeito. Não seria má ideia o animal despertar, e se espatifar no ventilador do teto! Sentiu-se, no fundo – talvez nem tão no fundo –, um prosaico; um serviçal para pequenos trabalhos; um office boy de luxo; um faz-nada e faz-tudo; um manda-que-eu-obedeço; de que outra forma Antônio poderia enxergá-lo? A discrição de sua magreza, a aspereza do *voil* da camisa branca que caía sobre os ossos salientes e o jeans surrado – tudo nele era tibieza, para não dizer ignorância. Se a existência fosse uma casa de campo em U, ele ocuparia o quarto dos fundos, longe da piscina, próximo da casinha de serviço. Ele não tinha, portanto, nada a dizer, nem a revelar sobre Gianni. Como poderia?

Porém, havia uma brecha, um segundo caminho, um outro Delúbio; displicente no seu jeito de ser e de se vestir, movimentando com ênfase os braços longos e dedos finos e compridos, hábeis e perversos, amparados pelos músculos tensos e precisos; um adolescente aos quarenta anos, de pele morena e tostada pelo sol, e lábios finos e escuros, que apreciava a vida e as mulheres, não necessariamente nessa ordem, e que sabia tirar proveito disso; que tomava banhos quentes, tinha as tardes livres e ganhava por não ter nada a perder. Visto dessa forma, Delúbio se mostrava um sujeito, ainda que errante, potencialmente útil – o suficiente para pelo menos erguer a cabeça e encarar Antônio.

Como qualquer dos Delúbios aceitaria o que fosse oferecido, o rapaz na cabeceira da mesa, com três estátuas e uma casa de campo atrás de si acenou positivamente para Antônio, sem dizer, nem desdizer; sem dar respostas, nem fazer perguntas; e sentiu-se bem ao proceder assim: ele não confiaria em Gianni e ponto.

Antônio explicou que um "material informativo substantivo" deveria ser produzido nos meses seguintes, que serviria de base para uma grande operação em torno de um "grande projeto transformador" que estava em andamento em São Bernardo do Campo; seria necessário um trabalho de coleta de dados e informações com funcionários da prefeitura e outros envolvidos, e todos seriam previamente contatados para as conversas. "Não seria o caso de sair por aí perguntando coisas", advertiu Antônio. Uma vez coletado, o material poderia ganhar vários formatos, a partir de relatórios que seriam produzidos. Não havia ainda um consenso sobre o que deveria ser feito com as informações – e nessa altura da explicação Antônio percebeu que Delúbio já não o ouvia. Delúbio olhava para ele, mas não diretamente: como se procurasse ver através dele, ou mirasse a janela, nas costas dele; e então olhava para o teto, como se acompanhasse o movimento das pás do ventilador.

Antônio se ergueu de súbito, procurando chamar a atenção de Delúbio. Incomodou-se em não ser objeto da sua atenção. Como ele se atrevia a isso? Talvez fosse o caso de mandá-lo embora dali, despedi-lo antes de contratá-lo. Mas o olhar que Delúbio devolveu para Antônio, fixo nele, e na janela, e nas pás, e de volta para ele, era de alguém que tivesse um problema... algo que não estava muito bem e fugia ao seu controle... o que desorientou Antônio. Havia um mistério em Delúbio. Talvez lhe faltasse estudo. Além de dinheiro. Um sujeito de nome incomum, que ele jamais vira na cidade, e que apenas lhe recomendaram. Isso fez com que Antônio erguesse a voz e o corpanzil, e desfilasse em volta da mesa, procurando se exibir, disposto a explicar... O que sabia Delúbio dos grandes projetos transformadores? O que ele entendia disso? Se eles fossem ter as parcerias previstas no projeto, com o Bill Gates, com o pessoal do Minitel, os franceses, o que ele poderia acrescentar? E, se ele falava espanhol, como dissera Gianni, por conta de viagens que fizera – "não é como falar inglês, mas é alguma coisa" –, para que países ele havia viajado?

Delúbio acompanhou com o olhar... a figura inquisitiva de Antônio em volta da mesa... sua voz fazendo eco na sala fechada... o sumiço do pássaro no parapeito, como ele desconfiara... Como o desgraçado sumira?... E o que responder a Antônio? Como justificar... seu próprio voo errático pela sala fechada? Por que raios ele entrara pela fresta? Bill Gates era o da maçã? O Minitel – do que se tratava?

E o que sabia ele, Antônio repetiu, na outra ponta da mesa, "concretamente", sobre grandes projetos transformadores? Qual o grande projeto transformador em que ele estivera envolvido, ou de que tomara conhecimento? Ele poderia ao menos imaginar o que os franceses do Minitel e o Bill Gates, juntos, poderiam fazer – transformar! – na vida das pessoas!? "Fazer de fato um mundo melhor para as pessoas?" O Minitel: um aparelho revolucionário que, acoplado aos telefones públicos, como, parece, foi feito na França... prometia conexão... a computadores e aos cabos e a isso tudo!? *Hein?* Os computadores do Bill Gates! E isso era – Antônio quase gritava – para Delúbio ter uma ideia do que ele queria dizer com *transformação*, a *grande transformação* que teria lugar em São Bernardo do Campo – cabos ópticos subterrâneos, redes de tráfico de dados, sistemas computadorizados; online e ópticos, ligados ao Minitel e – Antônio deu a volta completa na mesa e pousou ao lado de Delúbio; olhou para trás, para a casa de campo, como se estivesse cansado, em busca de um pouso...

– E projetos assim têm naturalmente obstáculos, Delúbio.

Delúbio olhou para fora... pela janela... a algazarra danada de pássaros... E para que países Delúbio havia viajado?

– Foram vários países –, respondeu Delúbio, incomodado com Antônio nas suas costas (quatorze ou dezesseis braços atrás de si agora, contando as estátuas...), mas lisonjeado por saber que Gianni e Antônio haviam conversado sobre o único aspecto relevante de uma biografia, afinal, irrelevante, com o "caminho de Santiago de Compostela" na ponta da língua, desperto por ter a oportunidade de elaborar esse aspecto em detalhes diante de um interlocutor culto, porém oculto – o que Antônio fazia plantado atrás dele?

Antônio reapareceu à sua direita, aparentemente satisfeito com a generalidade da resposta – "vários países" –, porque empurrou bruscamente a cadeira para embaixo da mesa, sinalizando que estava de partida e a conversa... bem, a conversa terminara; interrompendo a rara oportunidade de Delúbio de falar um pouco mais de si. Como se o fato dele ter estado em vários países fosse tudo o que Antônio quisesse saber, sem querer se aprofundar nadinha nisso, saber que países foram estes, e o que fizera ele nesses "vários países" além de beber, trepar e fumar; quando fora e quando voltara; se se purificara; em qual hemisfério estivera, pelo menos. Antônio estava pronto para partir quando lhe ofereceu à queima-roupa dez mil reais por mês pelo trabalho...

– ?!?!?!

... palavras que soaram como um novo estampido no vidro – e nos ouvidos de Delúbio.

– Dez mil reais por mês, ok, Delúbio, pelo trabalho.

Uma comichão e uma onda de calor começaram no meio das pernas e subiram pelo pescoço de Delúbio, deixando os pelos da nuca eriçados; os olhos, sempre cansados, adquiriram um brilho intenso e súbito; todo o seu esqueleto se empertigou e o maxilar caiu dois centímetros. Era algo que ele nunca havia recebido na vida, uma quantia que ele jamais havia ganho – nem imaginaria ganhar – por nada que tenha feito ou pudesse fazer. Como lavar carros. Como entregar papéis entre escritórios. Como tirar xerox. Passar fax. Ligar cabos. Como conferir assinaturas. Como preencher guias. Como arrastar caixas. Como fazer... porra nenhuma!

Ao mesmo tempo, ao ouvir isso, sua cabeça e toda sua inteligência se transformaram numa máquina instantânea de fazer cálculos. Antes que Antônio desse a volta na mesa – *Antônio sairia da sala? Ele daria mais uma volta em torno da mesa?* – Delúbio multiplicou os dez mil pelo número de meses do que seria... um serviço? Um... emprego? Um bico? Era uma questão fundamental que se impunha, dada a diferença não desprezível – em meses, em reais, em benefícios, em feriados prolongados! – entre um emprego e um bico... e Antônio não explicitara – Antônio saía da sala! – quantos meses duraria o projeto. Porém, grandes projetos – *aprenda, Delúbio!* – exigem grandes prazos. Pelo menos seis meses deveriam estar garantidos!

E sessenta mil reais no bolso era algo que Delúbio não havia imaginado. Pessoas têm tamanhos. Aprendera isso com seu pai: um homem que sempre lhe pareceu um sujeito menor. A falta de imaginação dele – quanto se tira num cartório? – contribuíra bastante para a falta de espaço da casa em que moravam, na 24 de Fevereiro. Há quem imagine bilhões – como Bill Gates – e ocorreu a Delúbio, num ínfimo instante, com Antônio a um passo da porta, um pensamento revolucionário: sessenta mil *parece pouco*. Tanto, e tão pouco. Outro meio segundo de cálculo foi o suficiente para Delúbio imaginar mais, imaginar concretamente o que sessenta mil *não iriam proporcionar a ele:* a casa de campo que aquele dinheiro não iria lhe proporcionar; a Land Rover que aquele dinheiro não iria lhe proporcionar; o contêiner de artefatos indianos para sua querida Diana que o aguardava em casa para fazer amor e sexo com ele e que aquele dinheiro não iria lhe proporcionar; coisas que, se não fossem obtidas de Antônio debaixo do ventilador, e antes que ele saísse pela porta de vidro – quando seriam? Para todo o resto, sessenta mil reais eram um troco.

Foi um pensamento rápido e daninho. Delúbio percebeu que se aproximava de um pântano. Ele se satisfaria com o dinheiro oferecido por Antônio, os sessenta mil reais, no mínimo – era tudo o que sua imaginação podia suportar naquele momento.

Antônio estava com metade do corpo para fora da porta de vidro, retirara o celular da pochete e procurava um número na agenda do aparelho. Antes que se completasse a ligação, virou-se e disse algo sobre um novo encontro, naquele mesmo local, na manhã seguinte; e saiu, deixando Delúbio para trás, sozinho na sala de reunião. Como se ele estivesse contratado e fosse parte da sala, como os vasos e as estátuas, e soubesse sair dali por si próprio.

Sessenta mil reais, em parcelas mensais, porém: sem ficar acertado se eram tantos meses, ou ainda mais meses, e o que ele deveria desempenhar no trabalho, ou no serviço: a parte que lhe caberia, especificamente, no grande projeto de intervenção, a ele e a seu portunhol, diante de Bill Gates e do povo do mini... os franceses, do mini... ou seria uni... unipel?... No uni... no mini... mini o quê mesmo?

No caminho de volta para casa, Delúbio culpou a tocha que acendeu antes da reunião por este e vários outros lapsos.

Teria sido um problema para Delúbio se Antônio o acompanhasse até a calçada, na saída do prédio de dois andares que abrigava a agência de propaganda, ou a incorporadora, ou o que quer que fosse aquele negócio do qual agora fazia parte, e o visse entrar no carro estacionado bem em frente à entrada. Nem bem o contratara – se é que fora uma contratação –, e Antônio poderia pensar coisas desagradáveis dele: que ele, Delúbio, estava longe de ter o perfil para fazer parte de um projeto de porte que promoveria uma grande transformação; que ele era, visivelmente, um negligente, um miserável incurável de quarenta anos, além de potencial homicida doloso, por colocar em risco não apenas a sua vida, mas a de outros, um nada-faz, um zé-ninguém, um Gianni. Porque alguém talhado para um projeto grandioso não andaria pelas ruas em um... Fiat Uno 95. Um automóvel ultrapassado em dez anos! Uma má compra, sob qualquer ótica: de pintura ocre, que um dia fora metálica, descascada e opaca, com o brilho original gasto por anos de relento, chuva e merda de todo tipo de pássaro; de aros enferrujados nas rodas tortas envolvidas por pneus esfarrapados; espelhos laterais frouxos; lataria amassada e carcomida em vários pontos; por dentro, tecidos puídos e rasgados cobrindo bancos capengas; um veículo aos pedaços. Já não era propriamente um carro, mas Delúbio também não fora propriamente um comprador. Não havia sessenta mil reais no seu bolso nem no horizonte na época da aquisição, e havia problemas incontornáveis também no câmbio e na ignição. Por isso, quando o motor pegou após cinco ruidosas tentativas de dar a partida naquele doente terminal, Delúbio manobrou rápido, antes que o carro morresse de novo – e seriam outras dez tentativas –, e arrancou olhando para o retrovisor e para os lados, temendo ter sido ouvido lá dentro do prédio forçando a partida, por alguma das moças da recepção, ou pelo próprio Antônio.

Se o destino se revelasse implacável e Antônio saísse para tomar um café ou comprar cigarro, Delúbio não poderia correr o risco de acontecer o pior: ser surpreendido dentro daquele asno.

Delúbio acelerou e atirou o carro na pista, sem sinalizar com o pisca, obstruindo o caminho de um Peugeot que vinha até então tranquilo pela avenida, e teve de frear de súbito, surpreendido pelo Uno, o que atirou a mulher que o dirigia para a frente do banco. Felizmente, ela usava o cinto. E o sem-cinto Delúbio conquistou um lugar no fluxo, escafedendo-se da frente do prédio e de Antônio.

Mas antes que desse asas ao seu novo pensamento fixo – os dez mil reais por mês e se dez mil por mês daria conta também disso: da troca do jumento –, foi surpreendido por um Vectra que vinha em sentido contrário. Um Vectra novíssimo! – *Como em sentido contrário?* – reagiu Delúbio. Um Vectra em marcha a ré – em plena avenida, procurando estacionar, e foi a vez do Uno frear bruscamente, causando um novo transtorno para o Peugeot que vinha atrás; um segundo a mais e estariam todos engavetados – talvez mortos! – todos – os novos e os usados. E isso a uma quadra da agência, ou imobiliária, ou seguradora – a uma quadra do *nariz* de Antônio. Delúbio suou frio, olhou pelo retrovisor capenga, ao ouvir o derrapar dos pneus do Peugeot, e teve a impressão de que atrás do Peugeot vinha... uma Land Rover... – *Antônio?!?* – Ele também teria freado? Estava de cinto? Então manobrou rápido mais uma vez, agora atirando o carro para a esquerda, invadindo a segunda pista da avenida, a pista contrária, constrangendo assim, por sua vez, uma Toyota Hilux (bege ou prata?) que teve de frear de súbito... diante de uma bosta de um carro 95 – que acelerou fundo e, voltando com uma manobra violenta à pista da direita, saiu desembestado pela avenida.

Atirou o carro numa réstia de sinal verde no cruzamento, refletindo, num suspiro, que escapara por pouco de ser surpreendido pela Land Rover dentro *daquilo* – e calculando se sessenta mil reais, em seis meses, no total (a princípio), se não fossem mais, mais meses e mais dez mil reais a cada mês – 120 mil pilas no total, se fosse o dobro! –, seriam suficientes para trocar de carro. E se o trabalho/serviço/nessa-altura-emprego durasse uns oito meses – *o que seria bastante provável, bastante razoável, nenhum projeto verdadeiramente grande deveria levar menos de oito meses* –, considerou, mesmo ciente de saber muito pouco sobre grandes projetos

– tinha ciência apenas de grandes bundas, ou grandes peitos – estariam garantidos pelo menos oitenta mil reais ao todo. Por que ser tímido no cálculo? Por que calcular para menos? Por que não imaginar mais, e ser mais – enfim, oitenta mil pilas – ele faria um estrago numa concessionária com isso, pensou, ziguezagueando entre pistas e carros.

Ainda que fossem sessenta mil reais, em seis meses, isso deveria ser mais do que o suficiente para trocar o escaravelho. Porque com um carro desses não se conquistam grandes trabalhos, grandes empregos, grandes serviços e grandes mulheres – é o que seu pai certamente teria dito a ele, o estraga-prazeres do seu pai, se estivesse por perto, mas o que dizer então da proposta feita por Antônio? E em relação a grandes mulheres, o que não significa necessariamente uma mulher ser grande, podendo ser mais-para-mignon, como a sua, que o esperava em casa – não estaria Diana ávida por ele? O que diria dela o velho empata-fodas-e-prazeres invejoso do seu pai? Delúbio acelerou confiante em direção ao coração de São Bernardo, disputando espaço e desviando com habilidade de Corsas, Vectras, Stilos, Monzas, Golfs, Citroëns, Hondas, Volkswagens e uma Blazer MXG preta-quase-azul-marinho que freou de súbito na sua frente, no cruzamento com a avenida Faria Lima. Espremido entre a Blazer, um Fiat Strada – lançamento? – do lado direito e uma Parati a la Uno 95 verde-alguma-coisa – verde-bosta – do lado esquerdo, Delúbio desafiou o pai em pensamento. Porque ele precisou apenas de um Uno 95 caindo aos pedaços para conquistar Diana e levá-la às nuvens nas bordas da represa, antes de levá-la definitivamente para casa. *Talvez fosse preciso evoluir para mantê-la*, replicou o velho.

O sinal se abriu, e Delúbio, acelerando também os pensamentos, retomou contentemente os cálculos. Seis meses de trabalho, no mínimo, garantiriam a ele sessenta mil reais – limpos? Sem impostos? Ok, sem complicar demais as coisas, sem entrar nessa questão de impostos: sessenta mil estavam certos, ninguém falou nada sobre impostos – não existem impostos. Quanto sobraria para a troca de carro tirando as despesas, levando-se em conta que, nos últimos dois anos, ele levou a vida numa boa, ou foi levado por ela numa boa com... com quanto? Delúbio se embrenhou no anel viário em torno da prefeitura, na confluência de vinte semáforos, e nos números: somou e dividiu quantias improváveis para ter uma média igualmente improvável de rendimentos esparsos, fruto de trabalhos também esparsos – bicos – que não indicavam o menor sinal de uma média aceitável de rendimentos. Deu-se conta de que havia vivido, depois que a mãe morrera, com pouco mais de – e isso contava retiradas de uma poupança e um seguro de vida deixados por ela – uns mil e quinhentos reais por mês, nos últimos dois anos. Delúbio se espantou, ao desembocar na subida que dava para o estádio Primeiro de Maio, não sem antes de, ao fazer a grande curva à esquerda, ser fechado brutalmente pelo avanço, no cruzamento, de mais um Vectra – verde-água? –, desprezível como todos os Vectras. E os Astras. E os Corsas. E os Omegas. Os General Motors de forma geral! Os Chevrolets! Assim como foram desprezíveis os Monzas, os Opalas, as Caravans, os Chevettes – sobretudo os Chevettes – e um bosta só é verdadeiramente um bosta a bordo de um Chevette! O malfadado Chevette Jeans, então: o carro oficial dos cara de cu! E, refazendo as contas, com as torres do Primeiro de Maio despontando no seu horizonte – foi só com isso que ele viveu nesses dois anos? Viver a vida com apenas mil e quinhentos reais por mês – num cálculo médio generoso? Um custo fixo que se elevou muito no último mês, é verdade – trezentos reais adicionais mensais, para ser exato, que é o que custava a ele uma faxineira duas vezes por semana – uma vez por semana seria sóbrio, pelo menos. Um gesto um tanto descabido para alguém das suas posses – o fodido que emprega fodidos, o escravo que tem escravos –, mas peremptório, como se convencera e, principalmente, fora convencido, dado o estado de Diana, que inspirava cuidados. Mas como manter Diana e o aparato doméstico, ainda que modesto, com mil e quinhentos reais por mês? E, se o velho estivesse correto, como estivera correto sobre Chevettes e Corsas e Opalas e a General Motors como um todo (um belíssimo preconceito automotivo transmitido de pai para filho), como seria possível evoluir com esse valor?

Nem bem entrou na rua de casa, Delúbio observou o cinzeiro do carro, lânguido. Apanhou a ponta que jazia ali e sorveu uma última tragada de baseado. Enfumaçou-se todo, e abriu as janelas do carro. Assoprou a marofa linda e consistente pelo vidro aberto. Da praça, lá de cima da rua, descia um vento danado. Um redemoinho de pensamentos! Talvez tenha sido melhor não ter se estendido com Antônio sobre si mesmo. O que seria um resgate divertido das suas andanças e experiências, poderia descambar para as festas – ele poderia chegar a isso, no papo –, o que seria uma oportunidade para divertir alguém da estatura e dos afazeres de Antônio, tensos e complexos; mas poderia ser também um risco desnecessário, e ter se tornado uma cortina de fumaça, um encobrimento, como a marofa que ia embora com o vento, apenas temporário de seu estado verdadeiro. Porque cada suposta conquista de vida, que teria sido narrada naquela sala de reuniões numa tonalidade metálica e vibrante, como a pintura da Cayenne Splendour-X, uma rã gigante que ele deixara agora há pouco para trás no farol, lá embaixo, desmoronaria diante do escaravelho. Ou da casinha geminada que ele habitava – herdara – na 24 de Fevereiro, ao lado do Primeiro de Maio – vizinha de um estádio de futebol! De onde se pode sentir o cheiro de mijo aos domingos, empoçado sob as colunas altas de concreto. De uma maneira ou de outra, ele se trairia diante de Antônio.

Os dois anos passados em vários países, por exemplo, o "périplo delubiano" – Antônio não ouvira falar sobre o périplo e não havia ficado impressionado com isso? Antes mesmo que os detalhes fossem narrados? Mesmo os sórdidos? Antônio sabia que o "périplo delubiano" durara dezoito meses, o que é praticamente dois anos? E o que mais Gianni contara do périplo? Havia contado que dois anos foram passados... como passa o tempo!... em festas, mas também em bicos em locais como... um lava rápido? E que, partindo de Santiago, devidamente purificado, foram dois verões – *si!* – em Ibiza – *si, si!* –, na balada – *siii!* – pulando de casa em casa, hóspede de novos amigos muito ricos – e muito loucos? Retribuindo a hospitalidade e o desprendimento dos novos amigos, apresentando umas meninas aqui, trazendo uns pacotinhos para uma festinha ali, botando um sonzinho... Ao subir a rua, de um quarteirão, à esquerda do estádio, na direção da praça, Delúbio avistou, na sexta casa, o vizinho de sempre, vestindo o terno de sempre, entrando com o Corolla de sempre para dentro da garagem de sempre. E acontecia o milagre de sempre: o Corolla caber dentro daquela garagem. "Engravidaram" o portão para realizar isso, uma proeza da tornearia: uma barriga saliente formada pelas grades para encaixar a traseira de um sedã, cuja bunda saltava para fora, invadindo a calçada. E quanto custava um Corolla 2001, 2002 como aquele? Menos de sessenta mil? Uns quarenta mil? Trinta e cinco mil? Se mesmo quem morava em casinhas geminadas praticamente iguais à dele, como aquele sujeito, poderia ter um? O sujeito pode viver com sala, cozinha, dois quartos pequenos, um banheiro (que dá para a sala) e um quintalzinho com um banheirinho e tanque nos fundos e mesmo assim ter um Corolla prata-perolado seminovo na garagem. Mesmo que fosse apertada... e tivessem que "engravidá-la".

Se ele estacionasse os rendimentos em apenas sessenta mil – o que era improvável –, os gastos mensais certamente se elevariam dali pra frente, mesmo ele era capaz de admitir isso. Não seria razoável viver com apenas mil e quinhentos reais por mês, não havia sido razoável nos últimos dois anos e seria ainda menos razoável com uma grávida esperando-o em casa e com, dali a seis meses, inapelavelmente, o nascimento do filho. Mesmo porque, após o encontro com Antônio e o acerto – fechando em seis meses, para efeito de cálculos! –, Delúbio teria condições de, felizmente, poder oferecer um pouco mais do que mil e quinhentos mensais a si e aos seus. Teria condições de evoluir do carpete roto dos quartos, por exemplo, que deixavam à mostra o piso original de tacos soltos e machucados pela falta de sinteco, ainda piores dos que estavam descobertos na sala, para um carpete novo e melhor – e sem ácaros. A casa era pequena – quatro ou cinco cômodos? –, havia controvérsias sobre se o banheiro lá de fora constitua um cômodo – mas, mesmo que não fosse tão pequena, de qualquer forma sempre se pode parcelar uma aquisição de porte, como um carpete novo. Se bem que nem Diana nem ninguém nunca havia tocado no assunto carpetes. Diana era como sua mãe nesse aspecto: que havia vivido muito bem e com dignidade naquela casa durante anos, o que incluía viver bem com o carpete apodrecendo nos quartos.

Ele, magnânimo, abriria mão de alguns acessórios, não as rodas de liga leve, e trocaria o carpete, incluindo o do segundo quarto, que estava num estado ainda pior do que o do primeiro. No segundo quarto, se instalariam o berço e uma cômoda-trocadeira (era esse o nome?) para... para a fralda da criança, lógico. Ok, se era esse o caso, se fosse assim necessário, assaz necessário, ele providenciaria isso. Está bem: uma cortininha também. E uma piscininha, baratinha, de plástico, para colocar no quintalzinho dos fundos. E um véu azul-claro para colocar sobre o berço, desses que penduram no teto – um pedaço de pano pendurado, no fundo era isso – e pronto. A diarista seria mantida, duas vezes por semana, no máximo, e o Corolla, seminovo, 2000 ou 2001, no mínimo – não muito menos que isso, para não cair de modelo – estaria garantido. Ao chegar em casa, a décima primeira da rua, subindo a partir do estádio, embicar o carro na garagem e descer para abrir o portão, fazendo igual ao sujeito cinco casas abaixo, porém sem terno e sem Corolla, no seu caso, Delúbio repassou os últimos cálculos, com os neurônios fritos: com as novas necessidades, e eventuais prestações, os gastos mensais subiriam, ele estava ciente e preparado, matematicamente e espiritualmente: passariam de tímidos, vergonhosos mil e quinhentos reais para... uns três mil, contando tudo, carpete e banheirinha, no máximo. Sobrariam, portanto, sete mil reais mensais, totalizando, em seis meses, quarenta e poucos mil reais para trocar de carro. E que poderiam ser mais, mais de cinquenta mil reais! – um Corolla 2003? –, caso os oito meses mínimos necessários para grandes projetos se confirmassem e...

Seria isso mesmo? Delúbio Moreira fechou o portão da garagem temente – de errar nos cálculos, de não merecer tanto, do dinheiro ser pouco, de estar num sonho, de haver um buraco na entrada de casa levando-o para um abismo, num redemoinho louco de pensamentos, com a pressão lá embaixo, e o pau tiscando, faminto como um lobo, abrindo a porta da frente da casa fazendo propositalmente ruídos com o molho de chaves e empurrando com força a porta emperrada de ferro e vidro, para ser ouvido e percebido por Diana lá dentro... *Meu bem! Estou chegando com novidades do trabalho!*... calculando, calculando: seis vezes sete mil seriam... quarenta e quantos mil reais de sobra, no total, em seis meses, pelo menos, pelo serviço?

– Quarenta e três ou quarenta e nove?

Diana, seminua e semiadormecida no sofá, despertou diante de uma pergunta descabida para uma mulher sonolenta, apanhada de surpresa por uma... tabuada.

– Quanto é... seis vezes... sete... fala... – sussurrou, diante de sua mulher linda e mal-humorada, arriscando-se – sabendo de antemão que só mulheres lindas como Diana têm esse direito: o de acordar de mau humor, aproximando-se com cuidado da leoa de bronze que esperava por ele, para devorá-lo em seu próprio sofá. Antes que Diana abrisse completamente os olhos e respondesse concretamente quanto poderiam ser seis vezes sete – quarenta e dois, quarenta e sete ou quarenta e nove –, Delúbio se aconchegou nela, para sentir a respiração dela, o bafinho dela, a temperatura dela, a paixão dela, como se ela fosse um porto seguro para seus neurônios estimulados. Como se só o calor dela pudesse dar conta da pressão arterial dele, e foi só ele abrir a boca para começar – a contar sobre a sua tarde, o encontro, o serviço, Antônio... e chegar perto dos sessenta mil reais, que talvez pudessem ser oitenta mil – para que Diana fizesse um sinal para que ele parasse de falar, franzindo o cenho, como se ele fosse inoportuno. Ruídos lá dentro indicaram que Niddi estava na cozinha, e não foi preciso Diana dizer mais nada para que ele se erguesse e intuísse que certas coisas, como números, deveriam ser conversadas de portas fechadas, longe do alcance das empregadas. Ao fechá-la, Delúbio notou que havia mais alguém no quintal, e voltou para o sofá, para a sua leoa bravinha, que continuava de cenho franzido, o que ele entendeu como uma advertência continuada, como se ele não tomasse jeito nunca e nunca aprendesse certas coisas – como a fechar a porta da cozinha, *mesmo que ele acabasse de aprender a abrir certas portas*. Ok, se ela não queria ouvir, não seria ele que faria força para contar – e, por algum motivo, achou que as coisas caminhariam melhor desse jeito.

Não que ele não confiasse em Diana. Não que ele duvidasse do caráter de alguém que ele conhecera havia... uns seis meses? E teria inclusive um filho com ela. Que ele tentou tirar, é verdade, tentou que ela tirasse, e tentou convencê-la a fazer isso não uma, mas umas dez vezes. Porém, o fato de Diana sempre se voltar para dentro de si, sempre se encolher, e se encasular, quieta, ouvindo ele imprecar, no fundo, não contra ela, nem contra o filho, mas... contra... ele mesmo... seus próprios medos... seu próprio tamanho... enfim, o silêncio de Diana deixou tudo tão mais complexo: como se ele quisesse abortar a si próprio. E o tempo foi passando, passando... Tão rápido. É só ter um nenê para se descobrir isso! Três meses, então, passam voando... e é só deixar o tempo passar que ele faz... os maiores estragos! Ou traz as melhores bênçãos? E o tempo da gravidez foi passando... e Diana foi se aconchegando em Delúbio... se aconchegando... Delúbio sentou-se no sofá e trouxe a cabeça de Diana sobre o colo – sim, magnânimo – como se ele se chamasse Alexandre e seu nome brilhasse em letras maiúsculas e garrafais aos olhos dela. Como se soubesse que a persistência do mau humor dela devia-se a outros fatores que não ele e sua imprudência de falar coisas com a porta da cozinha aberta: à mudança da lua naquela madrugada, às frentes frias de abril e maio, à presença do garoto Francenildo na casa. Diana pousou os cabelos castanhos, claros e lisos, quase loiros – que ela destacava fazendo reflexo, em alguns pontos – sobre o colo voluptuoso de Delúbio, entregando-se, como se se desculpasse do mau humor.

Quando Niddi trazia o filho para o trabalho, Diana explicou, em suspiros, quase choro, no meio das pernas do seu companheiro, aquilo era um martírio para ela! Não havia paz possível em casa com a presença do Francenildo. Havia uma energia estranha naquele garoto. Francenildo falava demais, abria portas demais, comia demais, se movimentava demais entre a cozinha e o quintal, o quintal e a cozinha, a cozinha e o quintal, *ele por muito pouco não vinha na direção dos quartos!;* e ficava horas encostado na porta da sala, assistindo a ela assistir à televisão. Aquilo a enlouquecia! E a ignorância de Niddi se somava à ignorância do Francenildo! Diana destampara naquela mesma tarde, para Delúbio ter uma ideia do que acontecia, para ele ter uma ideia do que ela sofria: na hora do lanche, que ocorreu menos de duas horas depois do almoço, ela estava na cozinha e testemunhou Francenildo apontar o queijo prato ao pedir o presunto!! Sendo que o moleque, mesmo tendo vindo do Amapá havia pouco tempo, como a mãe, tinha bem uns oito anos e era bem grandinho *e seria possível que no Amapá não existisse queijo prato e nem presunto?* E que ele não tivesse conhecimento do que era um queijo? Delúbio, sorrindo, respondeu que ele não tinha como saber aquilo: ele nunca havia ido ao Amapá, e ir ao Amapá conferir se eles sabiam, os amapaenses, ou amapauenses, "ou o caralho", o que era queijo prato e o que era presunto – talvez tivesse outro nome, o presunto, no Amapá! – bem, ir até lá não estava, definitivamente, nos seus planos, nem nos planos dela, pelo que ele imaginava, por isso Delúbio sugeriu a Diana, olímpico, que simplesmente esquecesse Niddi, Francenildo, o queijo e o presunto; eram mais de quatro da tarde e os dois estavam para ir embora de qualquer maneira – e que ela lhe desse um beijo.

Deitada sobre o colo dele, Diana olhou para cima, e viu de ponta cabeça o rosto de um homem moreno e atraente – o seu Delúbio – estampando um sorriso carinhoso para ela. Quase rindo da cara mal-humorada dela. Como se ela fosse... uma boba. Uma bobinha bravinha. Que ele adorava! Ela não se importou em levantar o tronco para se aproximar dos lábios escuros dele, mesmo que isso significasse contrair o abdome e sua protuberância incipiente. Delúbio, hábil, poupou-lhe esforço; ele abaixou a cabeça, e os lábios se encontraram no meio do caminho. Durante o beijo, ele se dobrou para alisar a pequena saliência na barriga dourada dela, encantando-se com as novas curvas; seus dedos escorregaram por elas, deslizando pela superfície ondulada, derrapando na altura da virilha. Diana se encolheu ainda mais no seu colo, abraçando-o ao sentir o movimento firme e delicado das mãos dele deslizando por ela, envolvendo-a na cintura; Delúbio conteve o ímpeto, satisfazendo-se em brincar, como uma criança, com as novidades daquele corpo. Diana, de tão entregue, mal percebeu o recuo dele. E ambos, enroscados como estavam um no outro, mal perceberam, no pequeno corredor lateral que saía dos fundos da casa, pela direita, em direção à rua, a partida ruidosa de Niddi e Francenildo.

Tiveram uma refeição atípica naquela noite: quase um jantar. Normalmente, não havia o que se pode chamar de um jantar na vida de Diana e Delúbio. Diana não cozinhava, Delúbio fritava ovo. Arrumavam-se uns pratos sobre a mesa de canto na cozinha, da geladeira saíam um tomate, queijo prato e presunto, um resto de algo cozinhado por Niddi no almoço, se houvesse, era aproveitado, e com um pãozinho ambos estavam satisfeitos. Diana quase sempre fazia o prato e ia comer assistindo à tevê na sala, o que irritava Delúbio. Ela não tinha paciência para refeições em geral, incomodava-se com o silêncio de Delúbio na mesa e argumentava que muita comida, e à noite, fazia mal ao corpo, ao estômago, a tudo. Delúbio entendia do seu jeito o "a tudo", e quando ela dizia isso segurando o pratinho e caminhando rebolandinho em direção ao sofá, olhava para as costas dela, sensibilizado por ela comer tão pouco – deixava-se levar pelas marcas de sol que saltavam do shortinho, resquícios dos biquínis que ela usara. Diana soube desde cedo do que lhe fora dado, e que isso pavimentaria seu voo, mas exigiria dela, também, cuidados e manutenção. Que esse presente não seria suficiente para garantir outros – como um apartamento próprio, por exemplo –, foi algo que ela descobriu aos poucos. Delúbio a conheceu e se aproximou dela numa feira de automóveis, na divisa de São Bernardo do Campo e São Paulo, onde ela fazia um bico num estande de carros, colocada ali com outras "modelos" para atrair clientes, e não curiosos, como ele. Mas ele deixou o carro de lado e começou a falar sem parar no ouvido dela, coisas engraçadas, que ele improvisara na hora, e ela não lembrava mais o que eram, mas que nada tinham a ver com características do veículo. Diana enxergou nele o que ele era: um cara engraçado, que a deixou leve por alguns minutos, de hálito fresco, um sorriso largo; achou-o alto, quase atlético; dali ele a carregaria para regiões do hemisfério íntimo onde ela ainda não havia estado.

Foi tão banal e ao mesmo tempo tão intenso e libertador para Diana o encontro que, posteriormente, quando os dois saíam juntos e amavam-se todas as noites, ela passou a se incomodar quando ele se lembrava, para se divertir, de como ela havia caído na lábia dele no primeiro encontro, ou mencionava os bicos que ela fazia, como o de modelo-recepcionista em feiras de carros. Não porque se envergonhasse: Diana preferia começar sempre do zero.

Eram quase oito da noite, e Diana se adiantou para preparar uma salada de alface e tomate, movendo-se com desconforto no interior da cozinha; ao se abaixar para abrir a porta do forno, para esquentar dois pãezinhos que haviam sobrado, um da noite da véspera, e outro do café daquela manhã, sentiu o desenrolar de algo na barriga, como se prendesse gases e os órgãos mudassem de lugar; ergueu-se num arremesso e soltou a porta do forno, que se fechou com violência. Teve uma ligeira tontura. Delúbio, que saía do banho enrolado na toalha, atravessando a sala, em direção ao quarto, ouviu o estampido da porta do forno batendo, mas entrou no quarto sem perceber que Diana se amparava na pia, onde ficou, apoiada, zonza, por alguns minutos. O enjoo passou logo, mas ela se incomodava com tanto enjoo. Disseram-lhe que no segundo mês ela estaria livre deles, mas estava no final do terceiro mês e era recorrente enjoar-se, como no início. Ao vê-lo entrar, limpo e perfumado, na cozinha, Diana se recuperara e pediu calmamente a Delúbio que apagasse as luzes da sala. Delúbio agiu como se houvesse uma comemoração de verdade, um bolo surpresa talvez, escondido na geladeira e esperando por ele, como se fosse o dia dos seus quarenta anos. Mas isso só ocorreria em setembro, e eles estavam ainda em abril. Diana queria, por ora, apenas um jantar com velas: um jantar à luz de velas.

Não que isso fosse pouco. Delúbio se entusiasmou com a ideia – ela havia sugerido algo semelhante havia alguns meses, na Era do Fogo; logo, para Delúbio, uma coisa levava naturalmente à outra – e assim era Diana, ele constatava: não fazia nada, até fazer alguma coisa – como trazer as coisas dela – um edredom, duas mochilas, alguns potinhos – e se instalar em sua vida. Como não havia sinal de uma garrafa de vinho na casa – cheia ou vazia, para se enfiar a vela –, que seria a bebida mais adequada, Delúbio apanhou duas latinhas de cerveja que estavam dando sopa na geladeira e colocou-as, animado, solícito, sobre a mesa, enquanto Diana acendia as velas, sobre os pires de café. Sentaram-se frente a frente, na penumbra, separados pelo par de velas acesas, a travessa de salada, os pães, os frios e as cervejas. Diana estava agora tranquila e curiosa. Queria saber os detalhes do encontro daquela tarde, enquanto servia Delúbio; solidarizou-se com Antônio, tentando imaginar a dificuldade de importar as estátuas indianas, com tantos braços, e achou ridícula a questão de Nenê – achou uma graça idiota nesse apelido – de querer trazer estátuas com tromba de elefante. Se fosse ela, jamais escolheria estátuas com trombas e Delúbio se divertiu e se deliciou com Diana imitando uma tromba com as mãos, sobre o nariz arrebitado; Diana bebericando de leve cerveja na latinha, abraçada aos joelhos, sobre a cadeira, sorrindo; Diana soltando faíscas pelos olhos vivos, sob o brilho das velas.

Delúbio então se lembrou do pássaro preto que se espatifara na porta de vidro – e se incomodou por, a certa altura do encontro com Antônio, ter se esquecido completamente do pássaro, tendo-o abandonado na sala de reunião. Diana tranquilizou-o, argumentando que, se o pássaro conseguiu voar depois do impacto é porque havia se recuperado e sobreviveria. Como se ela conhecesse a lógica dos pássaros! Delúbio se entristeceu, com os sentimentos amaciados pela cerveja, e revirados pela réstia do baseado, o que formava na sua cabeça um redemoinho: o pássaro não iria conseguir sair da sala, o cansaço iria minar suas forças, ele morreria lá dentro, caído no carpete escuro, esquecido, pisoteado. Diana quis confortá-lo, o bom Delúbio: a ave sairia pela fresta da janela, que havia ficado aberta, pelo que ele dissera; ele encontraria a saída por si próprio – Diana olhou para o lado, despertando para a brisa que entrava pela fresta da janela da cozinha, e que fazia oscilar suavemente a chama das velas. Delúbio não se mostrou tão certo quanto à escapada do pássaro, mas procurou se contentar com esse argumento, vindo de tão lindos lábios – e tão sábios –, e Diana mudou de assunto.

Não perguntou nada sobre o trabalho em si, mas quis saber de todo o resto, como os detalhes da casa de campo, a decoração, os encontros que aconteciam ali nos finais de semana, o tal pátio interno em U, como seria?, e quis saber se, algum dia, eles estariam entre os convidados. Delúbio se contentou pela conversa ter tomado esse rumo, o rumo feminino: se por um lado ainda era cedo para imaginar um convite, por outro lado Antônio não teria contado tantos detalhes, como a descrição dos cômodos, a decoração e os hábitos dele e de Nenê em relação à casa, como as festas e os finais de semana, e nem revelado a intimidade da casa – os quartos em volta do pátio em U, a piscina, os objetos que vieram da Índia, em contêineres etc. – com tanto empenho, se não tivesse a intenção de, um dia, convidá-los; muito bem, Antônio faria tudo isso se ele estivesse, de alguma forma... cagando pra eles? "Não, não, não", disse Diana, rindo à vontade, como se ela é que não estivesse nem aí para Antônio, para Nenê, para a casa de campo, e também para Delúbio – Delúbio adorava isso nela: o cagar para tudo – fazendo uma tromba desengonçada com as mãos com a lata de cerveja na ponta dos dedos, e se levantando para apanhar mais uma latinha na geladeira –, como se não levasse nada nunca tão a sério, bebendo cerveja na gravidez, por exemplo, e apenas brincasse com possibilidades.

Delúbio olhou em volta, para respirar, para se preparar para mais um round, e observou o cinzeiro no parapeito da janela da cozinha, ao alcance da sua mão; a ponta de um baseado saltava para fora, apanhou-a e acendeu-a alegremente, sorvendo até o talo da guimba, animando-se mais um pouco – somando a maconha à cerveja –, docemente invadido por um bem-estar e uma satisfação completa, como se atingisse a felicidade plena – maconha, cerveja e Diana: o nirvana, deixando o pensamento ser levado pela agradável queda de pressão e pelo calor das chamas das velas, pelo ventinho que vinha da janela e pelas curvas ora leves, ora acentuadas de Diana, que voltava para a mesa, sua sombra tremulando na parede da cozinha como as sinapses dele.

Ao sentar-se, e colocar a latinha sobre a mesa, a última que havia na geladeira, Diana não se importou de quebrar o silêncio ao exclamar que ela estivera pensando muito no assunto enquanto ele tomava banho, e que pelos seus cálculos, se ela não se enganava, a resposta correta era quarenta e dois.

– Quarenta e dois?
– Seis vezes sete!
– Seis vezes sete...?
– Seis vezes sete dão quarenta e dois!

Ambos explodiram de riso, numa gargalhada conjunta borrifada de cerveja que durou uns dois minutos, e Delúbio se ergueu da cadeira para duvidar, com a voz solene e embargada, "pelos meus cálculos", seis vezes sete davam...

– Quarenta e nove!

– Não! – protestou Diana – Sete vezes sete são quarenta e nove!

"Seu burro" – ela disse, e ela tinha certeza de que seis vezes sete totalizavam quarenta dois e que quarenta e dois era um número melhor do que trinta e seis, que seriam "seis vezës seis, seu tonto" – Delúbio virou a lata de cerveja e apertou a guimba até queimar os dedos e riu, riu e quis então saber se Diana, que se achava tão sabichona, saberia dizer à queima-roupa quanto seriam sete vezes oito.

– Sem pensar!

– ...

– Sessenta e nove! – respondeu Delúbio, antes de ela responder, numa nova explosão de riso elétrico e malicioso e ávido – e, tornando-se repentinamente sério:

– E sete vezes dezoito?

– Para!

– Quanto são sete vezes dezoito, Diana?

"Cento e sessenta e nove!", respondeu Delúbio, aos soluços, para a sua Diana que se dobrava na cadeira de rir, com os dedos queimando-se com a guimba e seu olhar se transformando no olhar lascivo do velho Delúbio lobo e aritmético, pródigo em cálculos e...

– E duzentos e três vezes nove?

– Para! Já disse!

Diana suplicava, para que ele parasse com a brincadeira, porque ela não podia rir tanto assim porque...

– Mil duzentos e...

– Não!

– ... sessenta e nove!

... isso poderia "fazer mal à menininha" que ela apertava dentro da barriga, ao se contrair.

O telefone quebrou a penumbra e o encanto. Que Diana fosse tão atenta a números, escapou a Delúbio – mas não o fato dela saber de antemão que carregava uma menina, sendo que o primeiro ultrassom estava marcado para dali a uma semana. O toque chacoalhou Delúbio, como se disparasse um alarme dentro dele, e arrombasse a porta dos seus sentidos frouxos. Um telefone que nunca tocava, tocava nesse instante. Diana se retraiu, não tanto pelo trinado, mas pelo espanto que viu estampado em Delúbio. Que logo imaginou ser Gianni atrás dele, para saber no que dera o encontro com Antônio naquela tarde. O curioso e inoportuno Gianni, só poderia ser ele. Nervoso, numa sensação estranha de não saber o que dizer, com o pouco que conseguiu pensar, Delúbio pediu a Diana que atendesse ao telefone por ele, alertando-a de que, se fosse Gianni, dissesse que ele não estava em casa. Porém, disse isso de uma forma rude, sem olhar nos olhos dela, como se não houvesse entre eles as velas, a mesa, a ocasião, as cervejas. Diana quis saber, impaciente com o toque continuado do aparelho, o porquê de ela ter de mentir para Gianni – e, se ele não estava em casa, onde poderia estar? – é o que Gianni poderia perguntar a ela, e ela não saberia o que dizer. Ela não estava disposta a mentir para Gianni, ainda que mal o conhecesse. Delúbio ficou mudo, sentindo-se nu. O telefone chacoalhava na mesinha da sala, como uma ave de mau agouro, incomodando no escuro; Delúbio teve a impressão de que o trinado balançava a chama das velas. Enervou-se com Diana, alterando a voz ao pedir – ao mandar – que ela simplesmente atendesse ao telefone e dissesse o que ele pedia – ordenava –, e pronto. Diana nunca gostou de receber ordens, menos ainda a depender do tom em que ordens são dadas, e menos ainda de ordens vindas de homens, e menos do que tudo, menos do que qualquer outra coisa na vida, de ordens vindas do seu homem – e sua voz também se alterou: ele que atendesse ao telefone e se entendesse ou não com Gianni ou com quem quer que fosse, sendo que ela não poderia imaginar o que havia ocorrido entre eles a ponto dela ter que mentir – levantou-se da mesa, e prosseguiu: pelo que ela sabia, eles sempre foram amigos, era, aliás, o único amigo dele que ela conhecia – e mal conhecia, pelo visto. Delúbio ergueu mais a voz, como se agradecesse a oportunidade de falar bem alto e mandou dessa vez que ela atendesse "à porra do telefone" e dissesse a Gianni que ele não estava na "porra da casa", e isso – ele havia... gritado? – era devido a um bom motivo, e não cabia a ela questioná-lo, e a porra do telefone ainda estava tocando na porra da mesinha da sala. Em vez de ir até a sala atender, Diana tomou cinicamente – na avaliação de Delúbio – o caminho oposto: o da área de serviço, e despejou os restos do seu prato de salada no lixo do lado de fora da cozinha, e não no que ficava em cima da pia; ao abrir a porta, o vento que entrou em nada esfriou o ambiente. O telefone desistiu de tocar e um silêncio amargo tomou conta da penumbra.

Delúbio calou-se, apoiando o cotovelo sobre a mesa e a cabeça numa das mãos, diante do murmúrio da vela, observando Diana, de costas, iluminada pelo brilho da chama, de pé na porta, olhar para o céu lá fora. O telefone recomeçou. Delúbio nem teve tempo de se espantar; inflou-se de um ódio instantâneo. Ergueu-se, empurrando a cadeira para trás e foi para a sala, como se fosse partir para cima de alguém. Passou reto, porém, pelo aparelho e trancou-se no quarto, fechando a porta com um estrondo calculado.

Deitado na cama, sem tirar roupa nem sapatos, esticou-se, imóvel, olhando para o teto, na escuridão plena. O telefone parou após uns quarenta toques. Talvez Diana estivesse louca na cozinha e tivesse cortado os fios do aparelho. Delúbio respirou fundo por longos minutos, no escuro. Então, levantou-se, achou a porta, e saiu na sala, curioso para saber o que não estava acontecendo. Encontrou a cozinha e a sala desertas, e um filete de luz saindo de baixo da porta fechada do banheiro. Entrou na cozinha, sorrateiro; as chamas da vela dançavam no vácuo de um baile terminado. Apanhou a guimba no cinzeiro e voltou para o quarto. Pode ser que estivesse exagerando ao temer uma conversa com Gianni; e tivesse exagerado com Diana também.

Ao fechar os olhos, bolinhas vermelhas se apagavam e se acendiam no fundo da retina, cintilando como vaga-lumes. Bastava dizer, se Gianni perguntasse, que Antônio o havia contratado, mas que não havia explicado exatamente qual seria o serviço – o que seria um pouco verdade, e era isso. Ou não – mentir não seria tão simples. Gianni iria insistir para saber pelo menos o que eles haviam conversado, qual o tipo de serviço para o qual ele havia sido contratado: ninguém contrata alguém sem um serviço palpável. E a indicação fora de Gianni. Saber era quase um direito dele. Gianni poderia... ficar enciumado! Poderia inclusive perguntar sobre valores, e Delúbio também não imaginava o que poderia dizer em relação a isso – fora de cogitação falar em sessenta mil para Gianni. Delúbio poderia perfeitamente desconversar – não havia sido firmado contrato algum entre ele e Antônio naquela tarde. Dizer: "não firmamos nada ainda... Apenas conversações. Conversações iniciais." Mas alguém no seu status dificilmente se mete em "conversações". Um lavador de carro que esteve no posto de gasolina para "conversações". Um office boy de luxo que passou a tarde num escritório em "conversações". Ninguém ali era idiota a esse ponto! Além do mais, e se Gianni e Antônio tivessem conversado depois que ele se fora, à tarde? Tivessem tido "conversações"? Eles eram da mesma turma, a turma da alta, como Delúbio sabia bem, *e esse povo da alta se encontra e se fala, e se conversa pra caralho*, imaginou Delúbio. Apesar de que Antônio havia sido enfático: não confiava e ele também não deveria confiar em Gianni, se quisesse o trabalho / serviço / emprego. E Delúbio concordara com isso; estabelecera, portanto, um pacto. E o projeto, pelo que ele entendeu da conversação com Antônio, era quase um segredo de Estado. Não seria Antônio que iria quebrá-lo. Por outro lado – *Diana não vai curtir nada nada o fumacê dentro do quarto!* –, por outro lado, um projeto de Estado como aquele deveria ser do conhecimento de Gianni! O pai de Gianni, o velho Tornattore, era um homem atuante e influente, e mesmo Gianni, que apesar de não ser um sujeito muito informado e não ter uma ocupação fixa – no que ele estava cem por cento de acordo com Antônio –, era um sujeito bem relacionado. E tremendamente curioso! O ócio é o pai dos vícios – como bem sabia Delúbio. Gianni saberia, mais dia, menos dia, do projeto que seria erguido. Ou não? Qual era exatamente o projeto? E como se mantêm em segredo projetos complexos, grandiosos? E que diabo de segredo era esse sobre o qual ele próprio, que mal chegara na roda, um zé-ninguém como ele, tomara conhecimento? De qualquer forma, se Gianni não houvesse tomado conhecimento do projeto, não seria ele quem iria informá-lo. Ainda mais sendo Gianni um "sujeito pouco confiável", como garantira Antônio – e Delúbio talvez não tivesse, assim como não tivera naquela tarde, condições de contestá-lo; jamais tratara com Gianni de algo minimamente sério e complexo. No máximo, eles dividiram garotas – e baseados. Sendo que, em pelo menos uma ocasião, em se tratando de garotas, Gianni fora muito pouco confiável! Sim, nada confiável! Pensando bem, ele precisava ganhar tempo para elaborar melhor a versão do tipo de trabalho que teria sido encomendado por Antônio, e também a remuneração – e essa versão ele e Antônio deveriam tramar juntos! O que iria... aproximá-los?!

Bolinhas vermelhas continuavam a piscar quando Delúbio abriu os olhos, no escuro: não havia como atender ao telefone nessas condições, uma história com tantos furos, e Diana deveria entender isso, sem que fosse necessário ele ter de explicar a ela o motivo. Algo o constrangia em ter que aclarar para Diana que ele, a partir daquela tarde, deixara de confiar em Gianni, um amigo de muitos anos. Talvez isso lançasse, aos olhos dela, suspeitas sobre Antônio – que Antônio o teria induzido a desconfiar de um velho amigo, envenenando-o – o que com efeito aconteceu, mas foi por bons motivos. Por outro lado, não seria nada bom que ela achasse isso, diante da perspectiva de futuros encontros entre casais – na casa de campo? – e isso talvez destilasse nela outras suspeitas de que coisas ocorridas naquela tarde também estivessem sido omitidas dela própria. Diana não embarcaria junto com ele numa mentira para Gianni sem um motivo palpável, isso era certo. Revelar a ela todos os detalhes do encontro com Antônio – os segredos, as dimensões, as quantias – as traições – estava fora de cogitação, por enquanto. Até ele trocar de carro, pelo menos. E inventar duas mentiras – ou omissões – improváveis e palpáveis para duas pessoas íntimas dele, numa mesma noite, no espaço de dois minutos, com a cabeça cheia de cerveja e fumaça – isso estava muito além da imaginação e das forças de Delúbio.

Pregado na cama, caçando vaga-lumes no escuro, Delúbio temeu que o aparelho recomeçasse a tocar; e Diana se irritasse para valer, atendendo ao telefone num impulso e abrindo a porta do quarto aos gritos, constrangendo-o a falar com Gianni, desmascarando-o. Ela faria isso? Quem era ela? Ela seria capaz disso? Seis meses de namoro e um filho na barriga. Seria uma menina, era isso? Foi um alívio para ele perceber que, após os longos minutos, o silêncio foi quebrado pelos ruídos da televisão que era ligada na sala, ruídos que entravam, junto com a luz azulada, por debaixo da porta do quarto.

Aos poucos, Delúbio saiu do transe em que se metera; percebeu que estava de roupa, de sapatos, e suava; sentiu o cheiro de amaciante no edredom sobre a cama – o edredom macio que Diana trouxera. Com o ruído da tevê, o clima na casa caminhava para a normalidade neutra de uma noite qualquer de quarta-feira. Concluiu, num supremo esforço imaginativo, espremendo o cérebro, temendo explodir se pensasse muito no assunto, que a saída para o impasse era combinar uma versão com Antônio logo no início do encontro que eles teriam na manhã seguinte: algo que fosse plausível para Gianni e para todos; e dizer a Gianni que ele e Diana não o atenderam porque faziam amor naquela noite – se por acaso fosse ele quem houvesse telefonado. Uma versão altamente verossímil! Gianni decerto não comentaria nada com Diana; eles nunca se viam e não haveria outra ocasião para um novo telefonema. Para Diana, ele diria uma coisa qualquer sobre Gianni; simplesmente que andava com o saco meio cheio dele; ele teria um dia inteiro para inventar um motivo mais ou menos assim – *e elas acreditam em bem pouco, se esse bem pouco é bem contado*. Detalhes do projeto ele falaria aos poucos para ela, na medida do possível e do interesse feminino, que seria, naturalmente, mínimo; sobre números, falaria só depois de aparecer com o carro. Com Diana, ele daria um jeito.

Restava um problema imediato: fazer amor depois da guerra, e não estragar inteiramente o jantar e uma noite que haviam sido, até o telefonema, ótimos. Delúbio saiu do quarto confiante em como fazer isso. Aproximou-se, quase tímido, de Diana, deitada no sofá, diante da tevê; como se nada, ou quase nada, houvesse acontecido, como se esse fosse o seu jeito desde sempre: pedindo, como um cão vadio, um espaço no sofá. Ela cedeu, contrariada, e ele se acomodou, esticando-se lado a lado com ela, corpo a corpo, aliviado e feliz por não ser nada, por não ter vergonha alguma, guardando loucamente dentro de si o sentir – o pulsar – de que haveria algo mais naquela noite –, acreditando que o melhor da noite estaria por vir. Faltava apenas algo mais específico para quebrar o gelo: uma desculpinha à toa, uma bobagenzinha, um nadica de nada, um estopim.

Delúbio lembrou-se, então, de que, havia mais de um ano, quando ele e Diana ainda nem se conheciam, ele topou por acaso com a apresentadora que aparecia na tevê naquele momento num restaurante japonês, em São Paulo, "dos que ficam na Liberdade, aquele bairro japonês". A apresentadora estava acompanhada na ocasião de um ator estrangeiro famoso, um astro de cinema americano, "um fortão fodão canastrão tipo Van Damme" do qual ele não se lembrava o nome, "talvez fosse o próprio Van Damme"; e o Van Damme engolia a apresentadora na vista de todos em pleno restaurante, lambendo-a de alto a baixo, numa mesa de canto, mas não tão de canto assim. Na saída – continuou Delúbio, encostado em Diana, falando em seus ouvidos agora –, ele e seus amigos se depararam com o casal lá fora, o Van Damme e a apresentadora, que continuavam com os amassos e a "começão" dentro do carro, estacionado na calçada bem em frente ao restaurante, e indo muito além nos amassos do que todos haviam presenciado lá dentro, cenas incríveis que podiam ser observadas mesmo com os vidros do carro embaçados. Foi quando um dos amigos que estavam com ele se aproximou do carro e bateu o punho com força no vidro lateral, do lado do passageiro. O casal, principalmente a apresentadora, se assustou com as batidas e esse seu amigo, "um verdadeiro filho da puta", gritou, em português mesmo, que o Van Damme não deveria apertar tanto a apresentadora, se não ela poderia soltar um peido – o famoso "não aperta que ela...". Diana não se conteve com a história, e deu um beliscão forte e duradouro no braço travesso de Delúbio, cujas mãos subiam pelas coxas dela, erguendo o vestidinho, e ela teve tempo apenas de rir e perguntar se aquilo aconteceu antes ou depois da apresentadora ter o filho.

— *Delubius!!*

Gianni entrou com espalhafato no hall de entrada da agência, pegando o maldormido e mal acordado Delúbio completamente de surpresa. Não era para o "pouco confiável" Gianni estar ali naquela manhã, junto com Antônio, que vinha logo atrás. Delúbio esperava sentado diante de recepcionistas que aparavam as unhas quando ele chegou, quinze minutos mais cedo da hora marcada para o encontro – Antônio, por sua vez, atrasara vinte minutos.

— *Delubius Priapicus!* – repetiu Gianni, em seu melhor, ou pior, estilo, como Delúbio temia, vindo alegremente em sua direção, para um abraço.

As recepcionistas ergueram as sobrancelhas; Antônio falava ao celular e apenas sorria, como se soubesse de antemão a quem e a que Gianni se referia – como se entendesse "latim" – e se encaminhou para o corredor, como se coubesse a Gianni a tarefa de conduzir Delúbio lá para dentro. As recepcionistas acompanharam tudo atrás do balcão, e Delúbio, vingando-se de não ter sido servido de café ou água, não percebeu que, ao passar de queixo empinado, atrás de Gianni, se indispunha com elas, na primeira manhã do novo serviço / emprego / trabalho. Quem era *Delubius*, para não precisar ser anunciado?

O corredor interno era longo, e Gianni falou sem parar sobre como a chuva atrapalhara o trânsito. Delúbio, vindo atrás no trajeto sombrio, aproveitou a deixa para também culpar a chuva, como se também se desculpasse – e fosse ele que estivesse atrasado. Culpou a Anchieta pelos atrasos em geral, uma vez que, para qualquer lugar que tivesse que ir, era a Anchieta que deveria pegar. Se as entradas da Anchieta cortassem São Bernardo não em três pontos, mas em seis, até para ir à esquina Delúbio iria pela Anchieta. E ele precisou falar da Anchieta porque esse era um código para Gianni – seria também para Antônio? Porque ele e Gianni viviam e respiravam a Anchieta, que era mais que uma rodovia: era a artéria principal de suas vidas, utilizada por eles milhares de vezes juntos, sentindo como primos a amplitude, a vastidão anunciada pela Anchieta, e a Anchieta que aguardasse – pensou – os quarenta e nove mil reais economizados, em seis meses, para o carro novo, ainda que usado.

Quando Gianni o encontrou sentado no banco da entrada da agência, impaciente, balançando as longas pernas cruzadas, coçando-se imprudentemente perto da virilha, na frente das moças, olhando o tempo todo para o relógio da parede e para a garrafa térmica de café que ficava no canto da recepção, embaixo do relógio, tomando coragem para servir-se ele próprio do café, poderia adivinhar o que Delúbio imaginava atrás de seu olhar platônico: sair fora e apertar um e descer a Anchieta. E apertar um na volta e subir a Anchieta. E curtir sem freios a Anchieta! Pois era preciso estar vivo e ser do ABC, nas décadas de 70 e 80 – depois tudo mudou, sem mudar tanto –, para entender aquele latim e o ir e vir de *Delubius Priapicus* pela Anchieta, carregando consigo o mulherio completo do ABC e também do D, de Diadema, o abecedário *delubianus*. Era preciso estar vivo e ser dali e conhecer a Anchieta para saber as artimanhas e escapar dos pedágios, e entrar no ângulo certo da onça, na Curva da Onça – e diminuir a velocidade sem brecar, e sentir meio corpo para fora do carro, e saber sofrer no fundo da alma quando as coisas não dão certo – como não deram para o Zumba e para o irmão mais novo do Zumba, na onça justamente, estraçalhados de encontro à encosta. E os gritos da mãe deles entre os dois caixões dos filhos no velório, apontando que a culpa não era só do Zumba, que era um maria vai com as outras, mas de toda aquela turma dos rachas na Anchieta, gritos que são ouvidos até hoje nas encostas pedregosas da rodovia, e que ninguém fazia nada em relação àquilo e eles todos – Delúbio, Gianni – tiveram de se retirar do velório sob olhares acusadores, como assassinos – mas quem deu o Passat para o Zumba? Nem bem o Passat saiu das linhas de montagem da Princesa – como a turma apelidara a fábrica da Volkswagen, no quilômetro 65 – a Princesa da Anchieta –, como o carro foi parar na garagem da casa do Zumba!? Era deles a culpa? Era preciso estar vivo e ser dali e estar entre eles para abrir a toda velocidade as janelas do Passat do Zumba para soltar o fumacê no tapete macio que era a Anchieta... para entender... e deixar-se levar... mesmo com a instalação dos pedágios pelos políticos filhos da puta!... e a polícia de olho nos rachas e o pau comendo solto no Primeiro de Maio naquela época.

Culpar-se pelo atraso foi a maneira de Delúbio dizer alguma coisa e evitar um assunto: o telefonema não atendido, na véspera. Gianni nada disse sobre tê-lo procurado, ou talvez não tivesse tido tempo de se lembrar disso. Das reclamações quanto à Anchieta e ao trânsito insuportável, pois todos passaram a usá-la como se fosse uma avenida e não uma rodovia, principalmente o pessoal de Diadema, "e há sempre um otário indo ou voltando de Diadema", Gianni passou a reclamar de... Antônio. De como Antônio o havia tirado da cama logo cedo para servir de motorista para ele: Antônio tinha dessas coisas com os amigos, quando ficava sem carro. Reclamou com bom humor, sendo ignorado por Antônio – e, por algum motivo, Delúbio desconfiou de que talvez não fosse Gianni quem havia lhe telefonado. Melhor assim, e quando os três se instalaram na sala de reuniões, nos fundos da agência, a mesma em que estivera no dia anterior, Delúbio estava, em grande parte, aliviado das pressões que experimentara naquela sala na véspera, mesmo sem saber por que Gianni estava ali e o que estaria por vir. De certa forma, Gianni, com seu jeito imperturbável, contribuiu para o alívio, ao dar uma palmada em suas costas antes se sentarem ao redor da mesa de tampo de vidro:

– *Graaaande Delubius Priapicus!*

Foi um alívio, porém, momentâneo. Antônio desligou o celular e disse para Gianni, olhando fixo nos olhos dele, como se houvesse apenas os dois no salão – e Delúbio não estivesse a duas cadeiras deles – quão providencial havia sido aquela indicação, do quanto ele necessitava na seguradora de alguém que entendesse de apólices e seguros. Como Delúbio olhava em volta, certificando-se que não havia nenhum... pássaro preto no parapeito da janela, nem no chão, nem encolhido no carpete verde-musgo... talvez dentro da lata de lixo no canto da sala, ao lado da porta de vidro... Delúbio não entendeu bem a que indicação Antônio se referia. Antônio se referia... à sua pessoa!? Sendo assim, aquele prédio abrigaria também... uma seguradora? Se era verdade que ele, Delúbio, havia tido uma experiência na área de apólices e seguros, ela fora, porém, modesta, uma experiência, a bem da verdade, da verdade verdadeira – da "verdadeira verdade", como disse o poeta –, que fora, além de modesta, parcial, insignificante e frustrada. Aliás parcial, modesta, insignificante e frustrada como foram várias outras atividades suas; ele havia feito uma vez a confecção de folhetos para uma seguradora (nem o texto ele elaborara!); ele apenas... entregara os fotolitos dos folhetos na gráfica. Fotolitos que, aliás, continham erros, e os folhetos, por sinal, ficaram uma bosta! Isso além de uma única e fugaz – e vã – tentativa de vendas dos seguros em si, um seguro de auto, para um conhecido do seu pai, com a promessa de uma comissão de seis por cento que não dera em nada porque ele não fora convincente o suficiente para efetuar a venda, outro talento que, aliás, ele não possuía, ou não desenvolvera, e que não corresponderam, folheto e a tentativa de venda, a nada que se possa considerar uma experiência mínima, nem mesmo profissional ou digna de ser revelada... – na verdade, ele jamais revelara essa experiência, ou não experiência, que ele se lembrasse, a uma única e qualquer pessoa, ainda menos na véspera, naquela sala de reuniões mofada – nem sobre as viagens ele conseguira falar com Antônio na véspera! – portanto, Antônio... mentia. Eles não conversaram nada sobre seguros no encontro da véspera! E Antônio discorria sobre esta sua suposta "consistente experiência em seguros" olhando diretamente para ele, como se o vasculhasse, e aquilo tivesse sido previamente combinado entre eles e só entre eles, como se aquele fosse um assunto sobre o qual eles houvessem realmente conversado, sem trair cumplicidade alguma entre eles diante dos olhos curiosos e perscrutadores de Gianni – mas eles se tornaram cúmplices! Desde a véspera! – e essa capacidade de Antônio de gerar e dissimular cumplicidade assustou Delúbio. Porém, excitou-o também.

Como intuiu que ele não poderia parecer totalmente estranho e ignorante ao assunto apólices e seguros – o que, no pior dos casos, estragaria tudo – um tudo do qual ele não fazia ideia de quanto mais poderia ser –, Delúbio guardou o que havia de desconfiança em relação a Antônio para si e tentou retribuir da maneira mais natural e confiante possível aos cumprimentos feitos por Gianni pelo trabalho conseguido na área de apólices de seguros. "Graaaaande *Delubius Priapicus*!" Gianni não se cansava de citar o *Delubius Priapicus*, entoando principalmente o *"Priapicus"*, chegando a repetir: *Graaaande Delubius Priapicus Priapicus!*

Antônio, ao ver-se entendido, não parou mais de falar. Inventariou detalhes sobre o trabalho a ser feito com uma grande seguradora, uma gigante internacional do ramo que estava de olho nas duzentas mil almas e nas empresas de São Bernardo, e também nas almas e empresas de Santo André e São Caetano; e também almas de Mauá e Diadema; e, no futuro, nas almas e empresas de Ribeirão Pires (umas poucas almas nesse caso) e Santos (quinhentas mil almas, incluindo toda a baixada), e como era promissor esse mercado – "para morrer e sofrer acidentes, basta estar vivo!"; e "como a área de seguros", continuou Antônio, "por estar transversalmente" – "Transversalmente, Antônio?" – "Sim! Transversalmente, porra, Gianni!" – ligada a vários outros segmentos econômicos, era uma ponte para novos negócios, e Antônio falou extensivamente sobre seguros. Enveredou, em seguida, sobre os representantes de uma rede multinacional de supermercados com quem travara contato na Associação Comercial, nas reuniões de terça-feira, as quais Gianni insistia em não frequentar – "porra, Gianni!" – apesar dos seus apelos; indagou sobre as possíveis relações entre a rede de supermercados e os negócios com carne de búfalo do pai de Gianni, que seriam – Antônio tinha cada dia mais certeza – complementares, "transversalmente complementares, Gianni!". E quis saber detalhes sobre a criação de búfalos do velho Tornattore no Amapá, e, antes que Gianni se manifestasse, discorreu sobre as dificuldades desse segmento: eles tinham, em São Bernardo, aliás em todo o ABC, com a possível exceção de alguns públicos muito específicos de São Paulo, "o pessoal do Itaim", consumidores muito conservadores em matéria de carne, apesar de cem por cento carnívoros: "Come-se a mãe, mas não se come carne de búfalo!" "Nem de avestruz", completou Gianni, menos para complementar a conversa do que para interromper Antônio, dirigindo olhares de enfado a Delúbio – nesse ponto o telefone de Antônio tocou, ajudando-o a livrar-se de um assunto sério.

Antônio se levantou, com nervosismo, e caminhou até a porta de vidro. Delúbio percebeu o traço de preocupação no outro, como se o conhecesse muito. Como se fosse... o seu braço direito. Pelas palavras entrecortadas de Antônio, Delúbio percebeu que algo ruim havia acontecido. Antônio passou a andar de um lado a outro da sala, falando com a boca grudada no aparelho, como se não quisesse ser ouvido. Mas deixou escapar pelo menos três "Deus do céu" e um "porra, Jesus Cristo". Gianni se perturbou, acompanhando o ir e vir de Antônio pelo fundo da sala, e procurou evitar direcionar suas grossas sobrancelhas, que ficariam ridículas no dia em que ele ficasse totalmente calvo, diretamente para Delúbio; o medo o deixava não apenas consternado, mas também constrangido.

Ao desligar o telefone, Antônio disse, voltando para a mesa, com um ar de transtorno, que deveria sair dali imediatamente; havia recebido um telefonema urgente do prefeito. A filha mais nova do Rabello, uma garota de apenas dezesseis anos, havia sido sequestrada naquela madrugada, e Gianni e Delúbio deviam manter silêncio absoluto sobre isso.

Abalado como Delúbio jamais o vira, visto que acabara de trocar de carro, para um modelo vistoso, Gianni não estranhou que Antônio carregasse Delúbio junto com ele para a prefeitura; sequestros não tinham necessariamente relação com seguros e Delúbio não fazia a menor ideia de quem seriam Rabello e a filha.

Mas, justo o Rabello? – Antônio perguntou para Delúbio, que nada tinha a subtrair ou a acrescentar sobre esse fato. – Justo o Rabello!? – Gianni não percebera, ou fizera de conta não perceber, a relação que se formava entre Delúbio e Antônio e despediu-se deles na porta da agência, lamentando seguidamente pelo acontecido, pelo pobre do Rabello, pela onda avassaladora de sequestros – "onde iria parar isso?" – e pelo rumo geral dos acontecimentos no mundo, no ABC, em São Bernardo – indagando, com o olhar distante de um diletante, ao entrar no Passat preto novíssimo, devidamente importado, de vidros pesados e blindados – brilhantes e escuros –, em tom fatalista: "de que adianta blindar o carro?", e qual entre eles seria o próximo:

– Meu Deus: quem de nós será o próximo? – disse, entrando no carrão brilhoso.

Tudo era tão novo para Delúbio, tão inédito, e um sequestro estava tão fora das preocupações em relação à sua pessoa e a seus próximos – por que ele seria sequestrado? – Justo o Delúbio? –, que ele não se contaminou pelo transtorno de Gianni. Ao contrário. Delúbio sentiu um estranho bem-estar diante do trágico. Como se a desgraça alheia, de alguma forma, fosse impulsioná-lo. Sua mente ardia, às onze da manhã, os neurônios, amestrados, faziam fila por um baseado. Sequestram a filha do Rabello; sendo que ele não conhecia nem a filha, nem o Rabello; e lá ia ele para a prefeitura tratar do assunto. Como se ocorresse... um rearranjo cósmico. De corpos que ocupam o local de outros corpos, no mesmo espaço. Sai Gianni, por exemplo; entra Delúbio. *Graaaande Delubius*

Priapicus! Isso o excitou muito, antes de Antônio despedir-se de Gianni e lhe perguntar, na porta da agência, se ele estava de carro: só aí coube a Delúbio a sua dose de transtorno.

Uma dose cavalar de transtorno! Era sua vez de dar carona a Antônio, era isso? Delúbio entrou em pânico! Viu-se sem saída, como se ele estivesse enfiado num buraco escuro, nos fundos de um barraco. Não conseguiu nem mentir; seria incapaz de dizer a Antônio que viera a pé, ou de ônibus. Como se um ônibus fosse pior do que um Uno 95! E ainda teve de sair às pressas para buscar o carro, desculpando-se por tê-lo estacionado tão longe, por não ter encontrado lugar nas proximidades e alegando desconhecer que... bem, na frente da agência, havia... – que coisa! –, um estacionamento.

Andou apressado, quase correndo, pelos quatro quarteirões até onde havia deixado, por prudência um tanto excessiva, o escaravelho, suando a camisa cuidadosamente escolhida pela manhã, entre as duas opções que tinha – a mais velha ou a menos mal passada –, desviando de passantes que vinham, como obstáculos, no sentido contrário da calçada. Por que cacete ele havia estacionado o escaravelho tão longe? Que explicações para aquela demora ele daria para Antônio, que estaria esperando por ele, parado como uma estátua, impaciente diante de uma questão de vida ou morte, na frente da agência? E qual o problema de ter um carro como aquele? Ele estava contratado de qualquer forma... Para quê, não importa! Antônio iria achar menos dele por isso? Ele mereceria menos de sessenta mil reais por causa do carro, por acaso? Potencialmente, sim – ele tinha quase certeza disso. Ninguém com um carro daquele merece sessenta mil reais. Nem trinta, nem vinte mil. O que dizer então de... oitenta mil? Tanto isso era verdade que ele teve que buzinar para que Antônio reconhecesse que era ele quem estava dentro do Uno caindo aos pedaços, estacionado em fila dupla na porta da agência, para apanhá-lo. E Antônio não mostrou nenhuma alegria ao reconhecê-lo. Muito pelo contrário! Foi a contragosto que ele identificou Delúbio na direção *daquilo*, alguém a bordo de uma bosta de um carro olhando para ele de forma patética, e caminhou como se fosse para a forca em direção ao escaravelho... sujo! *Um carro que poderia ao menos ter sido lavado!* – Delúbio percebeu o nojo, o asco, quando Antônio se instalou no banco do passageiro, como se o banco fosse grudar nele, como se o assento fosse a casca sebosa de um inseto a envolvê-lo, e a evidente irritação de Antônio quando ele tentou, sem sucesso, colocar o cinto de segurança do passageiro, que estava emperrado, como emperravam todos os demais itens de série daquela porcaria ambulante que se passava por um... carro.

Delúbio foi logo se desculpando pelo cinto, pela sujeirada no interior do veículo – uma garrafa d'água de plástico, com um resto de líquido espumado marrom dentro dela, chegou a rolar, como se estivesse viva, até os pés de Antônio, tão logo Delúbio avançou com o carro –; e se desculpou pelo rádio mudo, pelo quebra-sol caído, pelos papéis nos cantos, pelas embalagens de cigarro, pelo constrangimento sobre quatro rodas que era aquele carro. Porém, como se houvesse coisas piores no mundo, Antônio limitou-se a reprovar, com desdém, a escolha da marca do veículo, sugerindo, sem muita ênfase, olhando para fora da janela, que um Fiat não é uma marca "lá muito confiável". Delúbio concordou, alegando, num esforço narrativo, que o carro era parte do espólio da mãe, recém-falecida, uma pequena porção, evidentemente, que caíra nas mãos dele por acidente, como que por acaso!, pois era parte de um grande imbróglio jurídico, que incluía também uma casa – porém, não uma casa de campo – e, isso sim, em relação a propriedades campestres, incluía um sítio, "em Minas". No entanto, o excesso de trabalho e a falta de tempo para tratar dos trâmites da partilha, sempre complexos, apesar de ele ser filho único, e a impossibilidade da venda de qualquer ativo, com seu pai vivo, ainda que meio fora de si, no sítio, que por ser em Minas era, portanto, "uma outra comarca", ou algo do gênero, dificultavam os trâmites também complexos, para dizer o mínimo, da justiça brasileira e mineira – enfim, ele era obrigado a aturar esse veículo, e seria ainda pior, "convenhamos", se o Uno ficasse parado dentro da garagem, "se deteriorando".

E Antônio estava certo! A bem da verdade, e sendo totalmente franco com ele, Fiats – talvez ainda mais do que GMs, em certos aspectos – são muito pouco confiáveis; ele próprio nunca confiara na Fiat a ponto de ter por conta própria um Fiat, e aquele carro era, convenhamos, vexatório – até mesmo perigoso. No que ele, Delúbio, fora inclusive alertado por Diana – "Diana?" – "Diana. Minha esposa!" –, continuou, a caminho da prefeitura, e introduzindo finalmente a mulher na conversa, pois homens também são prazeres, não apenas afazeres, como aprendera na véspera, e Diana se recusava a entrar naquela lataria temerária carregando um bebê de três meses no ventre. "Carregando um bebê?", perguntou Antônio, virando-se para Delúbio, surpreso. "De três meses?" E nesse ponto ele, Delúbio, dava razão a ela – prosseguiu, sem olhar de lado, como se não houvesse ouvido a pergunta de Antônio, procurando olhar pelo retrovisor, mas não olhar nos olhos do carona, como se fisgada a atenção do outro, apesar do escaravelho, conduziria a conversa para os planos que tinha de adquirir um carro novo, um Corolla, talvez, ele ainda estava decidindo, tão logo conseguisse autorização da justiça para vender o Uno: "para que ter dois carros?" Dois impostos, dois isso, dois aquilo – dois seguros, não é mesmo? Antônio o interrompeu, impaciente, querendo saber mais sobre a mulher e o filho dele. Porém, Delúbio fazia o que queria agora... ele podia não ter um carro decente, e isso estava à vista de todos, mas quanto ao resto... não haveria o menor problema em deixar o resto à vista de todos também! Principalmente à vista de Antônio: e Diana era bastante sábia e cautelosa, apesar de jovem, "sabe, Antônio?", e exibia cuidados surpreendentes com o seu corpo e tudo aquilo que esperamos de uma gravidez... "com seus mistérios e belezas e...", bem, eles estavam entre homens: "prazeres e mistérios da gravidez." Antônio, aturdido entre o ouvir e o imaginar, entendeu "prazer e sexo na gravidez", e foi um desapontamento enorme, também e principalmente para ele, o assunto ter de ser interrompido nesse ponto, com a chegada à prefeitura.

Ao avistar o Paço, Delúbio se calou, aplicando involuntariamente um castigo a Antônio; surpreendeu-se com um prédio que, apesar de imponente, sempre lhe parecera banal, quando não inexistente; mesmo em se tratando de um Paço monumental; como um lugar de alto valor simbólico que, para quem mora ao lado, não reconhece nele símbolo algum. Como as pirâmides, diante das quais beduínos passam em frente montados em camelos centenas, milhares de vezes, sem lhes atribuir nada de mais e até sem as notar; ou outros símbolos menores, como um estádio, ou uma prefeitura, em que a pessoa, no caso, Delúbio, passa milhares de vezes em frente, sem notar. Mas, pelas voltas, ou reviravoltas, que o destino dá, por conta de uma palavra nova, um gesto, um acontecimento, um ângulo ou uma experiência inédita, esses locais tomam repentinamente uma nova forma e adquirem um novo sentido aos olhos de quem vê aquilo todos os dias no mesmo lugar. Acontecia muito isso com *Delubius* e as mulheres, por exemplo, mas era a primeira vez que acontecia com um Paço. Que estava onde sempre estivera desde que Delúbio se entendia por gente, ele que nascera em 1964 e cresceu junto com a construção do edifício: dando-se a volta em torno do complexo rodoviário em frente ao Paço, seguindo pela Jurubatuba e entrando à direita em cinquenta metros, em menos de três minutos – de carro – ele estava em casa. Porém, era como se Delúbio nunca tivesse reparado nos dezenove andares que se erguiam em esquadrias e vidros fumê; ou no pátio de granito que ofuscava a vista e fervilhava sob o sol; e jamais soubesse para o que servia aquele prédio e o que faziam lá dentro.

Ao embicar o carro na guarita de entrada, adentrando a prefeitura da sua cidade natal pela primeira vez em quarenta anos de vida, Delúbio se olhou no espelho retrovisor, para conferir como estava o penteado naquela manhã; se o topete não estava armado demais; se a barba rala, por fazer, não emendava demais com as costeletas; se ele estava numa boa, enfim, para entrar num Paço e enfrentar um sequestro. Ao reconhecerem Antônio dentro do escaravelho, os guardas ergueram imediatamente a cancela. Delúbio avançou com o carro no pátio e observou, de soslaio, após um último lance algo teatral diante do espelho, os olhos esticados de Antônio, preocupados e fixos em algum ponto do pátio, como se estivessem incomodados com a luz que emanava da esplanada de granito, acentuando os vincos na testa e a imobilidade de seu sorriso, que não era exatamente um sorriso, mas lábios repuxados e fixos no rosto. Delúbio percebeu que não era apenas aquele sequestro que o incomodava, e que havia um outro cativeiro atrás daquele rosto.

Seguindo pelo acesso de veículos, o Uno passou por construções menores ao redor do Paço e chegou a um dos vários lotes de estacionamentos, o que ficava bem atrás do espigão principal. Antônio indicou uma vaga reservada, onde Delúbio estacionou ao lado de sedãs de várias marcas, novíssimos e pretos, de chapa branca e vidros escuros. Não se constrangeu ao enfiar o escaravelho no meio deles, sentia-se mais confiante em relação a Antônio, como se estivesse protegido pela desproteção do outro; sentia-se cada vez melhor, se à sua volta tudo ficasse o pior possível.

Antônio desceu do carro atendendo a contragosto o celular, e fez sinal para que Delúbio fosse consigo; Delúbio seria mais do que um motorista, portanto. Subiram uma pequena rampa na parte de trás do edifício, e entraram por uma porta estreita e discreta que poderia passar por uma entrada de serviço. Delúbio imaginou, pelo sentinela de plantão do lado de fora da porta, que se tratava de uma área exclusiva, uma entrada reservada. No pequeno hall, passando pela porta, um elevador solitário os aguardava. O ascensorista, um velho franzino e azul de tão negro, vestindo um terno cinza-claro, disse coisas amenas para o "doutor Antônio", como se o conhecesse havia anos. Subiram por longos segundos. Chegaram ao topo, o décimo nono andar. A porta se abriu diante de um novo hall, maior do que o primeiro, onde uma mesa pequena servia de aparador para uma garrafa térmica de café, ao lado de um bebedouro; dali, tinha-se acesso a três portas: todas estavam fechadas, sem ruído algum atrás delas, o que aumentava a atmosfera algo sombria e o mistério impessoal daquelas dependências. Delúbio sentiu um frio na espinha, como se adentrasse um local inóspito. Ao mesmo tempo, excitou-se. Chegou a imaginar coisas naquele cubículo, sobre a mesinha. Antônio abriu a porta do meio, e ambos entraram numa grande sala de reuniões, que cheirava a desinfetante e estava vazia.

Delúbio dera para se surpreender com mesas: nunca havia visto nada parecido com aquela – maior do que a que vira na agência: uma mesa de reuniões vastíssima, em que cabiam quarenta pessoas, talvez cinquenta, e se estendia de ponta a ponta da sala; era feita de madeira escura e bordas grossas e talhadas, circundada por poltronas pesadas com assentos acolchoados de veludo verde-musgo. Empacou na cabeceira. Teve receio, mas não se conteve, e caminhou até a outra ponta para observar, pelas janelas escuras de vidro fumê, a vista da cidade lá embaixo: a Anchieta, a Volkswagen, o estádio, a sua casinha na ladeira – daria um alô dali de cima para sua princesa, sua Diana esperando doidinha por ele lá embaixo, tomando sol no quintalzinho de concreto – *Oi, Diana! Olha aonde eu vim parar! Olha essa mesa, querida! Foi feita pra nós, meu bem! Estou aqui em cima com o Antônio, tá?!* As mãos pesadas de Antônio sobre seu ombro o devolveram à realidade fria, como se Antônio quisesse lhe dizer algo, lhe mostrar algo – o lustre composto de milhares de pingentes de cristal, as paredes revestidas de madeira gasta e brilhosa, as duas dezenas de retratos de ex-prefeitos pendurados pelas paredes, em fileira –, mas o celular tocou novamente e Antônio, andando de volta até a ponta oposta da mesa, deixou Delúbio só naquele canto da sala, entre a cidade lá embaixo e os retratos.

O povo? O futuro? A amante? O adversário? O que miravam as figuras nos retratos? De retrato em retrato, Delúbio imaginou, percorriam-se mais de cem anos de São Bernardo do Campo. Ou duzentos anos. Portanto, dois séculos. Mais? Quatrocentos e cinquenta e oito anos? Ou cinquenta e três anos? Em quantos anos havia parado a discussão, que ele tomara conhecimento no ginásio, sem se aprofundar tanto, sobre a idade de São Bernardo do Campo? Não haveria algum prefeito ali que fosse de... Santo André, por acaso? Qual delas era a "Borda do Campo"? Quando houve a cisão? Houve ou não houve? Delúbio arriscou-se a um novo passeio. Percorreu, desde o fundo da sala, a fileira de retratos, que dava a volta pelas paredes em torno da mesa. No início, no século retrasado, os primeiros retratos traziam imagens soturnas, pinturas carregadas de tinta e simbolismo, com objetos atrás do administrador, compondo um cenário – um deles, dos mais antigos, posara na frente de uma coruja; outro, de penacho e fardão, ao lado de um brasão com espadas; seguido de um outro – ele não conseguia ler os nomes nas placas de bronze, mofadas e enegrecidas – aprumado ao lado de uma armadura de aço –, em contraste com as imagens mais recentes e despojadas, assim como os bigodes, que se tornaram mais finos e ralos. Foi um passeio rápido: cansado de ver tanto homem, Delúbio apressou o passo diante das fotografias, que substituíram as pinturas, a certa altura do século. No início, eram fotos em branco e preto; em seguida, ganharam retoque colorido; a partir dos anos 60, havia fotos coloridas e abusadas, como a de um prefeito que aparecia de gravata listrada em tons verdes em sério contraste com a camisa bege, o terno azul-marinho e o fundo cor-de-rosa da foto.

A fotografia do atual prefeito fechava o conjunto, lá na ponta, próxima à porta. Delúbio caminhava em direção a ela quando foi surpreendido, na altura da foto de um rosto arredondado e sorridente, que poderia ser de um comediante, pelas mãos de Antônio, novamente no seu ombro; ele vinha por trás, e aparentava não estar nada bem. A situação, seja lá qual fosse, deteriorava-se a cada minuto. "Aquele retrato", Antônio explicou, apontando a imagem do atual prefeito, o último da fila, como Delúbio podia reparar – Delúbio não conseguia reparar em nada, do ponto em que estava – "tem duas plaquinhas embaixo, veja" – e caminhou em direção ao retrato, explicando, no caminho, que o atual prefeito, cujo nome Delúbio desconhecia – o nome do atual prefeito da cidade em que ele nascera, em quem provavelmente votara – fora dos poucos a receber duas placas de bronze, em vez de uma. E isso por quê? "Você pode imaginar por quê?" Delúbio jamais saberia o porquê. "Porque ele fora eleito e reeleito, Delúbio. Você pode imaginar o que é isso?" Sendo que a primeira plaquinha, naturalmente, continha as datas de início e término do primeiro mandato; a outra, o ano inicial do segundo mandato e... três pontinhos! – pelo mandato estar em andamento. Ou seja: o Tetê – O... o quê? – fora eleito, reeleito, testado e aprovado – "E você pode imaginar o que significa isso?" – perguntou Antônio, extenuado, como se explicasse a Delúbio as razões dos chamados no celular e do seu estresse, caminhando para a frente do retrato, colocando-se entre ele e Delúbio e impedindo que Delúbio enxergasse nas plaquinhas o nome do prefeito. Antônio explicou a luta que havia sido travada naquela sala, naquela mesa, debaixo daquele lustre, para evitar que houvesse dois retratos do Tetê na parede. – Do... Tetê? – Ou seja: para evitar duas imagens diferentes do mesmo homem público, do mesmo prefeito, do mesmo Tetê.

Uma segunda imagem poderia envelhecer desnecessariamente o prefeito! Delúbio deliciou-se por estar ali e estar vivo, ter nascido e sobrevivido – à catapora, à circuncisão fora de época, ao sarampo, ao Zumba – para poder estar naquela sala, debaixo daquele lustre, junto de Antônio e do... Tetê. Quantos saberiam que o prefeito da sua cidade era chamado assim: Tetê? Quantos, como ele, que nem sabiam, ou esqueceram, o nome do prefeito de sua cidade, mesmo tendo votado nele, poderiam ser apresentados diretamente ao apelido, tão curto e tão simpático: Tetê!?

Sentindo-se bastante à vontade, Delúbio deu a volta contrária em torno da mesa, por onde viera, percorrendo de trás para frente os retratos, e empertigou-se na ponta da mesa – imaginando a senhora trepada que poderia ser cometida sobre aquele tampo maciço – e decidiu, sabe-se lá por quê – como sua imaginação tornava-se contraditoriamente fértil depois de oito horas sem um baseado! – questionar a decisão de um retrato único para o Tetê – querendo, no fundo, ele mesmo pronunciar: "Tetê." E encontrando a oportunidade para isso: "Então, Antônio, por que só um retrato do Tetê? E não dois retratos? Assim, Antônio, do jeito que está, o Tetê parece um cara velho, não parece?" Antônio, que estava na frente do retrato, olhou para trás – e ocorreu-lhe a iluminação: com um só retrato, o segundo mandato poderia ser visto como uma mera continuação do primeiro!

– Sei lá, me ocorreu – disse Delúbio, doido para pular em cima da mesa para ver quanto ela aguentava de peso.

Antônio, aturdido, achou a observação genial, sem se convencer de que Delúbio era um gênio.

Nunca antes na sala de reuniões havia sido colocado, de maneira tão convincente, o argumento pró-dois retratos do Tetê. Antônio arrefeceu, colocando as preocupações temporariamente de lado, e coçou a barba rala, pensativo, como se considerasse: visto assim, dessa forma, fazia todo o sentido – "Dois retratos!", disse, virando-se para a frente do retrato, como se procurasse enxergá-lo melhor. Como ele, cuja opinião prevaleceu na opção de um retrato para os dois mandatos – "isso manteria o Tetê jovem por mais tempo" –, não havia considerado esse outro aspecto? Como ignorar o caráter timoneiro e inovador do Tetê!? Virou-se para Delúbio: Delúbio estava certo, lógico! Um retrato, para duas gestões, visto desse ângulo inédito... – "Obrigado, Delúbio!" – *Graaaande Delubius Priapicus* – poderia ter... o efeito contrário ao pretendido! Significaria não a juventude, mas o envelhecimento! Basta ver os outros retratos: parados no tempo! Envelhecendo não apenas o homem, mas também... o timoneiro! – as suas ideias e propostas, a sua gestão como um todo! – o que seria uma injustiça, quase um crime com a figura humana, com o Tetê enquanto prefeito – "e também com o município" –, com todo mundo – "conosco!" – se Delúbio entendia sobre o que ele estava falando.

Mas como Antônio poderia recolocar o tema da quantidade de retratos em pauta num momento crítico como aquele, para dizer pouco, ainda mais tendo sido ele um dos artífices da ideia, pelo visto infeliz, de "um retrato, dois mandatos"?

A perspicácia de Delúbio não era tanta para que ele tivesse uma resposta pronta; o que ele poderia dizer diante de questões políticas complexas como aquela? Resguardou-se, em silêncio tático, e olhou pela janela, como se estivesse pensando num plano – como seria pular de asa-delta dali do prédio, chegar de asa-delta em casa, e mergulhar de boca na asa-delta de Diana? –, dando a chance para Antônio acreditar que viesse dele a sugestão. "Será preciso um segundo retrato", Antônio disse, e repetiu:

– "Precisamos de um segundo retrato!" – reforçando a ideia para si próprio.

Foram interrompidos pela abertura ruidosa da porta larga, dupla, de madeira talhada, na ponta da sala oposta ao janelão; por ela, entraram pessoas que Delúbio jamais vira, e que eram bastante íntimas de Antônio. Delúbio intuiu que ali ocorreria uma reunião da qual ele participaria, sem ter sido avisado por Antônio e sem ter ideia do assunto que seria tratado. Só depois de sentados todos Antônio decidiu apresentá-lo, mas de forma rápida e protocolar, tornando difícil para Delúbio a memorização dos nomes e do que fazia cada um dos que entraram: o franzino Salgado, secretário de Recursos Hídricos; a volumosa Zilmar – uma mulher baixa e rechonchuda, trajando vestido vermelho colado no corpo pequeno e atarracado –, secretária das Finanças; o grisalho Costa Pinto, um grandalhão de dois metros e jeito tímido, que cuidava da pasta do Desenvolvimento e Vias Públicas; e o jovem Caio Túlio, alegre e gesticulador, que destoava do ar compenetrado dos outros e vestia-se de modo casual – calça e camisa, como Delúbio –, e que respondia pela Comunicação e Eventos. Faltavam ainda o Magno, o Silvio, o Breno e o Enivaldo, como lembrou Zilmar. Antônio olhou no relógio e perguntou onde estavam. Zilmar dividiu o olhar de preocupação com ele. Disse que Magno e Silvio estavam trancados com o prefeito "numa emergência" e, pelo olhar cúmplice de Antônio a Zilmar, e do que ele conhecia de Antônio, Delúbio entendeu que emergência era aquela. Faltou dizer qual seria o motivo da presença de Delúbio na reunião e Antônio foi lembrado disso de forma pouco amigável por Salgado, que olhou desconfiado para o novo elemento, um estranho naquele ninho. Delúbio perturbou-se com o tom de voz áspero de Salgado. Sentiu-se intimidado pelo homenzinho magro e calvo, com parcos fios de cabelo sobre a careca lustrosa, e que carregava sobre o nariz óculos de aros grossos de tartaruga, e duas canetas cromadas no bolso da camisa bege de *voil*, que ele usava com uma pesada gravata de crochê marrom de ponto grosso e sem paletó.

Embora não fosse tão velho, Salgado parecia ser parte da sala, austero como o veludo das cadeiras, e o novato Delúbio temeu ter algo – um Corolla – a perder se não fosse aceito por ele, que mostrava ter voz e influência sobre o grupo – e um Chevette na garagem, adivinhou Delúbio.

Antônio, no entanto, detinha o controle completo da situação e interrompeu Salgado, para fazer uma apresentação do *curriculum* de Delúbio: um funcionário novo da agência, especialista em apólices e seguros, mas que não se limitava a isso, e que ele escalara para trabalhar diretamente com ele nesse projeto, por ser de confiança pessoal dele, além de ter familiaridade com línguas. E assim resumia-se o *curriculum* oficial de *Delubius*.

Salgado não se satisfez com algo tão breve. Porém, em vez de desafiar Antônio, solicitando mais informações sobre o presente e o passado de Delúbio, revelou-se ardiloso: sugeriu que Delúbio lhe era familiar, que ele parecia tê-lo visto antes em algum lugar e perguntou se, por acaso, ele não era parente, filho ou sobrinho, do falecido Armando, o Armando Bastos, "o Armandinho, dono do cartório". Delúbio congelou, incomodado – puto – com Salgado; com o fuça-de-Chevette do Salgado; mas foi cuidadoso: com o olhar acuado, sem recorrer a Antônio, explicou que seu pai, José Moreira dos Santos, que ainda era vivo, fora sim "cartorário", porém apenas funcionário, por muitos anos, do cartório, jamais dono, e ele não saberia dizer de qual cartório Salgado estava falando, porque nunca havia ouvido seu pai falar de nenhum Armando Bastos, nem Armandinho. Salgado repreendeu-o: Delúbio deveria saber que, por muitos anos, houvera apenas um cartório em São Bernardo e se o pai dele fora funcionário de um cartório por muitos anos, "isso só poderia ter sido no cartório do Armando Bastos". Antes que Delúbio subitamente se lembrasse do doutor Armando, "o Armandinho do cartório", foi salvo pela impaciência de Antônio, que resumiu o impasse biográfico citando os "muitos anos passados fora do país" por Delúbio, que devem ter coincidido com a morte de Armando Bastos, havia uns cinco anos. Uma informação que não fazia sentido, mas que surpreendeu Salgado e os outros.

Num instante, todos queriam saber mais sobre o "Périplo Delubiano", quanto tempo havia durado, em quais países ele havia vivido ou estado e o que teria a narrar sobre isso. O clima, o duelo entre Salgado e Delúbio foi deixado de lado, assim como o testemunho de Delúbio em relação a cartórios e também ao périplo: em segundos, ouviram-se dos presentes suas próprias narrativas de viagem – loas à Itália e à Espanha, ressalvas quanto à frieza "do clima e da população" da Alemanha e da Áustria, suspiros quanto às belezas naturais da Grécia e aclamações unânimes quanto aos encantos e maravilhas de Paris, "apesar dos franceses", "porcos" para uns, "filhos da puta" para outros, uma cidade onde apenas Antônio e Zilmar haviam estado, além de críticas severas ao café dos Estados Unidos – o "chafé" – lideradas, principalmente, por Costa Pinto, que estivera três vezes em Miami – e à sujeira, condimentos e emporcalhação gerais da Índia (por parte de Antônio). Portugal ganhou um desprezo unânime. Ao ouvir, da boca de Antônio, que a Espanha, onde Delúbio estivera "a estudos e trabalho", tinha uma *paella* insuperável – "Pronuncia-se: *pa-ê-ja*", observou Antônio –, Caio entusiasmou-se mais do que os outros. Quis saber detalhes sobre os estudos e os trabalhos desenvolvidos por Delúbio na "terra das touradas e das sangrias", e se ele ouvira falar dos grandes projetos transformadores que aconteceram em Barcelona, na época das Olimpíadas, e que um primo dele inclusive trabalhara lá nessa época, ajudando, ele não tinha bem certeza, a fazer a ponte com algumas empresas brasileiras, ou com o comitê olímpico brasileiro, ou com as duas coisas, enfim, o primo Juvêncio, e, se Delúbio tivesse estado em Barcelona, quem sabe, teria conhecido o Juvêncio, porque "no fundo, Barcelona é uma Campinas". Delúbio sorriu discretamente para Antônio e respondeu, para surpresa de todos, e incômodo de Salgado, afirmativamente a Caio: ele encontrara um Juvêncio na Espanha!, havia alguns anos, um rapaz baixo, fortinho, falante, e simpático; mas isso não fora em Barcelona, mas antes: encontrou-se com ele no meio do caminho de Santiago de Compostela, se ele não estava enganado: "O Juvêncio era seu primo?"

Caio olhou boquiaberto para cada um dos que ocupavam seis dos quarenta lugares da mesa de reunião. Num quase tumulto – ninguém havia percorrido o "sagrado caminho" propriamente, mas alguns leram o diário do tal mago – "um grande livro!", observou Salgado –, Caio exclamou estar impressionado, "impressionadíssimo", como o mundo era pequeno, "e globalizado", e isso o espantava muito, e perguntou se isso não impressionava Delúbio. Antes que começasse a traçar todas as consequências desse fato excepcional – o encontro de Delúbio e o primo Juvêncio no caminho de Santiago – "Onde foi o encontro? No início? No fim? No meio? Tem foto? Fez um diário?" – Caio foi interrompido por Antônio. Eles teriam tempo e ocasiões de sobra para falar do Juvêncio e outras coincidências (saídas da fértil imaginação de Delúbio); havia coisas prementes para decidir e para isso eles estavam atrasados.

Zilmar foi a primeira a espalhar papéis sobre a mesa e Delúbio percebeu, pelos gestos ríspidos, que ela estava, se não com o comando, pelo menos na linha de frente do grande projeto de intervenção em São Bernardo. Só Zilmar falou, e por um bom tempo; reviu pontos que considerava importantes, como o mapeamento do terreno que abrigaria as instalações, que estava pronto, e o cronograma das obras de terraplanagem e infraestrutura, em atraso – afirmação que desagradou Costa Pinto e Salgado. Costa Pinto contestou-a, valendo-se de papéis colocados por ele sobre a mesa: justificou o atraso da terraplanagem por conta do atraso do mapeamento, que apenas naquela reunião era formalmente apresentado como pronto, "em sua feição completa", por Zilmar. Costa Pinto alegou, contrariado, que nunca achara uma boa ideia o mapeamento ter estado a cargo da Secretaria das Finanças, que não teria, "na sua gênese", nada a ver com mapeamentos. Salgado alegou motivo igual para o atraso, no que dizia respeito aos recursos hídricos e sanitários e tubulação e cabeamento. Como ele, a exemplo de Costa Pinto, poderia detalhar obras de saneamento e cabeamento sem um mapeamento completo do terreno? Por isso os papéis que ele colocava sobre a mesa continham um cronograma de saneamento parcial.

Zilmar não se intimidou com papéis e argumentos contrários. Endireitou as grossas nádegas e coxas na poltrona macia – e estreita para ela –, e rebateu as acusações, alegando que o mapeamento era, antes de tudo, uma questão intersecretarial, relacionado à escolha do terreno, que era, "quisessem os presentes ou não", uma escolha determinada pelo ponto de vista financeiro. Além do mais, as informações para o mapeamento haviam sido solicitadas pelo seu departamento às secretarias envolvidas, as detentoras dessas informações *a priori*, e foi o atraso dessas informações que provocou o atraso do mapeamento *ad hoc* – "é disso que estamos falando: de um pré-mapeamento!", o que, continuou Zilmar, não justificaria de forma alguma o atraso de pelo menos um pré-projeto de terraplenagem e viário e de recursos hídricos e de saneamento e cabeamento, que havia sido solicitado havia tempos, numa das reuniões anteriores do grupo. Salgado, bastante inquieto àquela altura, com gotas de suor se acumulando nas bordas da sua careca lustrosa, foi quem reagiu de maneira mais dura às declarações de Zilmar: afirmou, agressivo, que jamais ouvira falar na necessidade de "um pré-projeto de saneamento e cabeamento *ad hoc*". Ou se tem um projeto inteiro, ou não se tem projeto, "jamais um pré-projeto *ad hoc*"! E que as informações solicitadas quanto às questões de saneamento e cabeamento haviam sido entregues ao Departamento de Finanças havia mais de dois meses e que, portanto, de sua parte, não estava configurado atraso algum! Argumentação semelhante foi repetida por Costa Pinto, o que levou Zilmar a vasculhar com espalhafato a pilha de papéis dela sobre a mesa, tirando papéis de outros de cima dos seus, balançando negativamente a cabeça e afirmando que iria provar para todos que ambos estavam sendo levianos quanto a não saberem de antemão da exigência de pelo menos um "pré-projeto *ad hoc*".

Todos olhavam atentos para Zilmar, que mexia nervosa a papelada, confundindo os seus papéis com os de outros – embaralhando tudo! –, colocados sobre os seus, com a exceção de Antônio, que levantara para atender ao celular e observava, a distância, o desenrolar dos acontecimentos. Delúbio, entre todos, era o único que aparentava calma frente aos desentendimentos da equipe responsável pelo projeto. Mais do que calma. Desentendimentos, para ele, eram muito bem-vindos: maravilhosamente mal para os outros, maravilhosamente bem para *Priapicus*; desentendimentos, rearranjos, cisões – ele os saboreava, com o zunido característico da fome a despontar em seus neurônios ávidos. Enquanto Costa Pinto, Salgado e Zilmar discutiam, Caio, ao lado de Delúbio, aproximou-se do seu ouvido e, falando baixo, quase num sussurro, perguntou se ele, Delúbio, iria se envolver também na comunicação do projeto. Delúbio pensou não ser um problema, àquela altura dos desentendimentos, definir sua condição no grupo, certo de que isso seria o esperado, da sua parte, por Antônio, e afirmou que sim, que ele estava ali para ajudar também nisso. Caio retirou, então, uma foto do Tetê da pasta de documentos que trazia consigo, afirmando que essa seria a foto oficial do patrono do empreendimento – quiçá de toda a comunicação do empreendimento, "do empreendimento como um todo". Ao colocá-la sobre a mesa, diante de Delúbio, Caio atraiu imediatamente a atenção do grupo, principalmente de Antônio, que terminara de falar ao telefone e juntara-se a eles.

Delúbio olhou para o retrato do Tetê na parede, do outro lado da mesa e, ao se certificar de que se tratava da mesma foto, olhou apreensivo para Antônio.

Zilmar se adiantou, interrompendo a busca por papéis comprometedores de Salgado e Costa Pinto, e exclamou, adoçando a voz, que ela, pessoalmente, tinha devoção por aquele retrato – para ela, aquela imagem era a própria síntese do Tetê e, portanto, "do projeto como um todo".

Todos concordaram, exceto os silenciosos Antônio e Delúbio. Salgado louvou a determinação do olhar do Tetê na foto, além de ver retratada, "numa síntese bastante difícil de ser conseguida numa simples foto", tanto a jovialidade, como a experiência de um político que tinha lá seus sessenta e nove anos. Sua única objeção, como ele repetira em discussões anteriores sobre aquele tópico, dizia respeito aos óculos do Tetê que, na sua opinião, ressaltavam de forma desnecessária o seu nariz adunco. Zilmar pulou na cadeira com a observação de Salgado, puxando o retrato do Tetê para si e interpelando Salgado para que ele se explicasse melhor: o que ele queria dizer com nariz adunco? – ela não julgava admissível ele se dirigir assim ao Tetê – ao prefeito! Salgado impacientou-se, olhou para Zilmar como quem olha para um ser desprezível e inferior, e sugeriu que, se ela não soubesse o significado de nariz adunco, que nada queria dizer de desprezível ou pejorativo, que recorresse ao dicionário, ou que lesse mais – "Leia Machado!" – Zilmar enervou-se, afirmando não haver "nada de adunco, nem de errado" com o nariz do Tetê – "do prefeito!"–, "nem com o resto" – e ao ouvir isso todos na mesa olharam, indisfarçadamente, uns para os outros. Sentindo um território pantanoso se avizinhar, Caio interrompeu a discussão sobre o nariz do Tetê, afirmando, "como responsável pelo retrato e amigo do fotógrafo", que se o Tetê usava óculos, é assim que ele deveria ser mostrado nos retratos. Zilmar entendeu aquilo como um argumento definitivo e sentenciou, devolvendo a foto do prefeito ao meio da mesa: aquela seria a foto "que deveria constar na contracapa de todos os folhetos do empreendimento".

Antônio, que estava apreensivo, mas quieto, não poderia admitir, ou se omitir, como percebeu astutamente Delúbio, ser atropelado por Zilmar no que, para ele, tratava-se de parte da própria "concepção política" do projeto. Sem dirigir o olhar a Delúbio, afirmou que se sentia na obrigação de levantar novamente a questão do retrato, "mais especificamente, a da quantidade de retratos", pois estivera, nos últimos tempos, e apenas para si, questionando severamente a pertinência de se ter apenas uma imagem simbolizando os dois mandatos do prefeito; se ele fora reeleito, "como de fato o fora", no ano anterior "e no primeiro turno!", não fazia sentido marcar sua nova gestão com uma foto tirada no início da primeira; o que dizer então de uma foto antiga sintetizar um empreendimento dirigido ao futuro? "Manter essa foto poderia significar não juventude e avanço, mas envelhecimento e atraso! O projeto nasceria velho! E o Tetê certamente não concordaria com isso" – sua gestão, como um todo, significava o oposto!

Foi uma declaração bomba, especialmente para Zilmar e Salgado – e também para Delúbio.

Enquanto todos tornavam a se engalfinhar numa discussão sobre olhos, rugas, papas, sobrancelhas e nariz que estariam, numa foto atual, certamente alterados pelo passar do tempo, "esse senhor implacável", como advertia Salgado, Delúbio experimentou uma ligeira vertigem. Se fora ele o autor da teoria da nova foto para o Tetê, por que Antônio não lhe dera o crédito? Teria sido precipitado fazer isso, por ele ser um novato no grupo e isso dificultar a adoção de uma ideia tão ousada, pelo visto? Ou isso seria um hábito de Antônio, a apropriação de ideias alheias como se fossem suas?

Delúbio procurou a cumplicidade de Antônio, como ocorrera antes, diante de Gianni – mas este discutia acaloradamente com todos na mesa, sem retribuir os seus olhares. Uma ideia tão ousada, pelo visto, e tão politicamente relevante, não poderia ter partido dele, que mal chegara, ainda que vindo de Santiago de Compostela. Delúbio decidiu se confortar com isso, renovando antecipadamente, e sem garantias, seu voto de confiança em Antônio, que parou de discutir para atender o celular que estava tão inquieto naquela manhã. Após duas palavras no aparelho, levantou-se e disse ruidosamente que era chamado para uma questão urgente na sala do prefeito e a reunião estava terminada.

Delúbio observou-os levantar e sair discutindo da sala – permaneceram discutindo, no corredor, a quantidade ideal de retratos do Tetê.

Zilmar foi a única a permanecer e, ao descobrir-se a sós com Delúbio na mesa – Antônio falava ao telefone no janelão da outra ponta –, empertigou-se na cadeira, como se se reacomodasse diante de um estranho. A certa altura, frente ao silêncio constrangedor, disse, de forma seca, que as informações relevantes do projeto que pudessem lhe interessar estariam com ela, e só com ela, e que ela o ajudaria no que fosse preciso; e levantou-se, para ir conversar reservadamente com Antônio, que desligava o telefone, como se houvesse um assunto importante e paralelo do qual apenas eles estivessem a par.

De frente para os retratos, imerso em pensamentos contraditórios, cara a cara com o Tetê, Delúbio esticou a perna para ver se tocava a cadeira do outro lado da mesa; dali, observou Zilmar voltar até a cabeceira, reunir os papéis espalhados e sair sem se despedir e sem olhar para ele. Ao vê-la sair, fantasiou coisas a serem feitas com mulheres voluptuosas naquela sala, sobre aquela mesa, porém sem imaginar que aquela seria a primeira e última vez que ele se encontraria com Zilmar, ou que ouviria falar dela.

E não haveria reunião alguma naquele dia, com ele ou sem ele, entre Antônio e o Tetê.

Delúbio não queria se indispor com Diana de maneira alguma; essa jamais fora sua predisposição ao chegar em casa de supetão no meio da tarde, logo no primeiro dia de trabalho / serviço, após a reunião que não houve, dispensado do encontro que ele não teve com o prefeito da sua cidade, em quem ele provavelmente votara, mas do qual ele não sabia o nome – apenas o cognome.

Estar em casa inadvertidamente naquele horário tórrido seria motivo de tanta coisa – de cama, sofá, tapete, chão sem tapete, tapete sem chão, tampo de mesa, debaixo da mesa, chuveiro, tapetinho do banheiro, as bordas todas – da pia, do tanque – encostadinho, de pé no quintal, no chão áspero de cimento do quintal, sobre a toalhinha –, nunca de uma briga.

Outra briga, mais uma, em seguida à briga da véspera, seria briga demais em tão pouco tempo de relacionamento, agressões seguidas demais para se rearranjarem as coisas depois. Foi precisamente com a intenção de não se desentender com Diana que Delúbio quis saber primeiramente o motivo – para se desentender com ela realmente depois – dela ter estado onde estivera, porque Diana não estava em casa quando ele chegou.

Se por acaso fosse grave o fato dela não estar em casa no meio da tarde, prontinha para ele, ainda que não pudesse imaginar que ele iria aparecer, numa pontuação de carteira de motorista ela perderia no máximo três pontos por isso. Ter "se perdido na favela do DER" ali do lado, que foi a desculpa que ela deu quando chegou, meia hora depois dele, era uma falta gravíssima. Ela perderia vinte e um pontos no total. Teria a carteira suspensa. Estaria impedida, portanto, de se locomover por aí. E, ainda que ela não tivesse nada que se enfiar nas ruelas do DER (sete pontos), o lugar não poderia nunca ser considerado uma favela (outros sete pontos). E que ela não pronunciasse "favela" ao se referir ao DER tão alto assim (outros sete pontos). Que falasse baixo, pelo menos!

Pois se o "bairro" DER havia sido formado na época da construção da Anchieta, servindo de moradia aos operários da obra, obreiros do Departamento de Estradas de Rodagem – "daí o de-e-erre, ok?" –, bravos operários que vieram do Nordeste e de Minas e sabe-se Deus de onde mais, mas que para lá nunca voltaram, decidindo ficar ali mesmo, "era melhor aqui do que lá, ok?", e não estar previsto que iria favelizar, havia muito ele se tornara um *bairro*, pavimentado, iluminado e canalizado e "pagavam-se impostos atualmente lá, no *bairro* DER". Que era como Diana deveria chamá-lo, ok? Bairro DER; ou podia ser DER apenas, que todo mundo sabia do que se tratava, como se formara e onde ficava: ali, do lado, a poucas quadras, decerto, vizinho do estádio, subindo a Olavo Bilac; no coração, portanto, da Vila Euclides.

Na verdade, ela poderia mencionar o DER como bem quisesse, contanto que não chamasse de "favela" – não ofendesse os habitantes do local – "nem os vizinhos, ok?" – e contanto que passasse ao longe, passasse limítrofe, ao DER, e que cacete ela fora fazer lá afinal de contas? Como Diana fora parar no DER?

Apesar de ser um bairro, em grande parte, asfaltado e iluminado – apesar dos barracos de tijolos baianos –, e ter policiamento atualmente, não era absolutamente o caso da sua mulher grávida imiscuir-se nele, e muito menos passar diante do bar do Amarelão, na esquina da rua, virando para baixo. E se fosse o caso de Diana sair de casa, ir para a rua, deveria tomar o caminho oposto, à direita, apesar de ser uma subida – jamais pegar o caminho à esquerda, ou passear na calçada em frente ao Amarelão, e também na calçada oposta ao bar, e muito menos na calçada do Primeiro de Maio, que ideia: uma grávida passeando sob as vigas grossas, cavernosas e sombrias de um estádio de futebol. E o cheiro de mijo que emanava das colunas! E os caras que saíam do Amarelão como pipas para ir mijar nas colunas do estádio! Isso acontecia também no meio da semana, não apenas em dias de jogos! Então... resumindo: ela não deveria passear no DER, nem chamá-lo de favela, nem sair à esquerda e...

Delúbio se cansara. Diana não o ouvia. O baseado que acendeu no meio do caminho, após depositar Antônio na casa de um conhecido, ou um irmão, na volta da prefeitura, e ser dispensado por ele em seguida, no início da tarde, logo no primeiro dia de trabalho / emprego, bateu forte nele... A alegria instantânea da expansão dos neurônios deu lugar a uma fadiga e a um estranhamento. Foi assim que chegou em casa: estranho. Estaria ficando velho? E Diana explicou que se confundira. Porque se cansara. Porque ela estava grávida, embora não parecesse cem por cento grávida. Ela sabia que, se subisse a 24 de Fevereiro, à direita, lá no alto, atravessando a pracinha, havia os degraus que descem para a Jurubatuba. Eram muitos degraus, centenas de degraus, contando a subida, na volta. E ela queria muito ver móveis na Jurubatuba. São Bernardo não era a capital mundial dos móveis? As lojas de móveis não estavam todas na Jurubatuba? No entanto, mal ela atingira o cimo da rua, na pracinha, se cansara. E voltara. Então por que, no final da rua, na descida, ela virara à esquerda, e não à direita, acompanhando o estádio? Para o lado da Jurubatuba, e não o oposto? Isso ela não saberia responder a Delúbio. Ela se confundira – repetiu, calma, indo para a cozinha, dando as costas e indo pegar um copo d'água. Mulheres se confundem, era isso.

E como tomam água, principalmente grávidas – pensou Delúbio. Era preciso um carro-pipa em casa só para ela.

Na verdade, ela disse, lá de dentro da cozinha, enquanto o copo enchia lentamente de água morna do filtro, ela fora atraída pelos barracos da beirada da favela – "Do DER, Diana! Não é favela o DER, Diana! Você não mora do lado de uma favela, Diana! Atraída pelo quê, Diana?" – ela fora atraída – e não iria alterar o tom de voz, ele poderia gritar com ela à vontade – pensando em encontrar ali... "Não há costureiras numa favela?", ela inquiriu. "Sempre tem uma costureira numa favela."

Delúbio olhou incrédulo para Diana, estacionada na porta da cozinha, segurando nas mãos um copo cheio d'água, fazendo cara de paisagem para ele, no sofá. Como se não o enxergasse, nem o ouvisse.

Delúbio decidiu voltar para a rua. Picar a mula. Como se tivesse de voltar para a agência. Era tudo ou nada em relação à Diana. Por ora, seria nada. Com poucas coisas Delúbio era tudo ou nada. Na maioria das vezes, era na média. Como o cigarro tamanho médio que ele enrolava, segurando com uma das mãos o volante do carro e descendo a 24, virando corretamente, no seu caso, à esquerda, em plena tarde modorrenta, como têm sido modorrentas praticamente todas as tardes aos quarenta anos de vida, descendo no ponto morto em direção ao estádio. De carro, esse era, sem dúvida, o melhor caminho: descer a 24, e entrar à direita na esquina, oposto, portanto, ao... Esquece! No final da rua, engatou, apressando-se, olhando o céu pesado através das altas vigas do estádio, temendo a chuva que viria, e alagava o entorno do... – acelerando o escaravelho ruidoso para pegar a Anchieta antes que o mundo desabasse como andava desabando, para dar um bate-volta rápido na casa de um camaradinha, apanhar um prensadinho, no alto do Ipiranga, em São Paulo.

E se Diana achasse que ele tinha voltado ao trabalho, melhor; e se ela achasse que morava ao lado de uma favela, ela que sabia tudo sobre favelas, carioca descolada em favelas, favelas "maneiras" como as da terra dela, que continuasse achando, mas para si, trancada no quarto, que é onde ela ficava enfurnada ultimamente. Ela que não falasse isso alto. Diana vivia pedindo silêncio, para as coisas mais bestas ele deveria ficar quieto ou falar baixo, mas ela mesma falava as coisas muito alto, às vezes. Havia uma certa teimosia em Diana, de uns tempos para cá, e umas intransigências. Como a de, por qualquer coisa, dar as costas para ele e sair falando coisas, e se trancar no quarto. Que arrumasse lugar e coisa melhor do que a casa de quatro – ou cinco – cômodos e do que ele – ela poderia escolher um entre muitos: entre os que passam de bicicleta na rua rumo aos barracos do DER; ou entre os que ficam à tarde e à noite na esquina da 24, amontoados no bilhar na varanda podre do Amarelão; um dos que ficam de barriga e tetas de fora como vacas, vacas gordas e barbadas; ou os que mijam nas colunas e não respeitam mulher que passa nem com filho no colo, muito menos na barriga. Quem ela pensava que era?

À noite, quando Delúbio retornou, de olhos sangrando, de tão vermelhos, as luzes de casa estavam todas apagadas. Eram nove horas, a janela aberta da sala espalhava a umidade que vinha de fora, depois da chuva, refrescando a casa toda. Delúbio entrou em silêncio, entendendo que não deveria fazer barulho; como se descobrisse naquele instante que Diana estava grávida e precisava dormir. Na geladeira, encontrou uma lata de cerveja e um tomate; a garganta seca e a fome judiavam dele. No escuro, tirou os sapatos e se esparramou no sofá, curtindo o cheiro úmido do veludo puído. Espremeu-se, acordou antes do sol, com o canto dos galos que entrava pela janela, vindo do DER. Dos poleiros do DER! Do bairro que o viu crescer. E que testemunhou sua primeira bicicleta, seu primeiro guaraná, sua primeira briga. A primeira cerveja – essa foi no Amarelão. Seu primeiro cigarro de maconha fora no DER. E também o segundo, e o terceiro, e quantas vezes o Zé Moreira não foi transtornado buscá-lo lá, maconhado, junto "da maconherada, da favelada, da negrada" – envolvido que estava o filho no coração do DER, com os amigos pretos, pardos e mulatos – e com as pretas, pardas e mulatas de lá. A primeira chupetinha foi no DER! A primeira fodinha foi no DER! Ele não tinha preconceito algum contra o bairro, mesmo quando não havia as casas construídas com material durável, de cimento e tijolos baianos, nem esgoto, fogão, geladeira, carnês e água encanada. Então, por que Diana deveria ter preconceito com o DER, se nem sua mãe tivera, a ponto de conter seu pai, que queria se mudar dali?

Com o dia clareando e um sopro de renovação em seu coração democrático, que abriga a todos – a todas, principalmente –, Delúbio nem se lembrou de apanhar os sapatos espalhados no chão, e as meias, que foram parar no outro lado da sala, e se mandou para o quarto de casal, libertando o menino lobo que ele era, ou que ele fora, para cima de Diana – o mesmo que se mandava, todas as tardes, a partir de uma certa idade, para fazer muita maldade, para as pretinhas, mulatinhas e também para as branquinhas do DER.

Foram todos iguais os dias da primeira semana de Delúbio no serviço / trabalho: nada a fazer – e nada de Antônio. Nada pela manhã e nada à tarde, após voltar da hora do almoço – que ele passava vendo carros ou distraído pelos bares de São Bernardo; e nada, nem uma palavra, com os colegas da agência: havia uma ignorância profunda e continuada de sua parte sobre o que quer que estivesse acontecendo à sua volta no local de trabalho; e a indiferença dos colegas para ele – o desdém das recepcionistas se tornava, a essa altura, antiético – só era maior do que a indiferença dele com os colegas. De notável, havia apenas a ameaça, cada vez que ele passava pelo extenso corredor para se livrar dali, de ser impregnado pelo cheiro do festival de marmitas e aromas que vinha da cozinha – mal localizada, por sinal: no meio do corredor do térreo – como se houvesse lá dentro um sacolão gigantesco que acomodasse de tudo: macarrão, lagarto, bife rolê, purê, vinagrete, salada russa, nhoque, feijão-fradinho, lasanha, farofa, frango de todas as maneiras – assado, empanado, frito –, quiabo, beringela, tudo o que pudesse ser refogado e empilhado, com frutas junto – e salgadinhos: quibes, coxinhas, rissoles, e o capeletti, o onipresente capeletti, servido junto com feijoada, muitas vezes. Um dia, Delúbio entrou na cozinha para tomar água e testemunhou: capeletti, feijoada, vinagrete e melancia – empacotados na mesma marmita; e outro dia uma doida espantou o povo pelos corredores com a dobradinha – *e se alguém acendesse um fósforo dentro da cozinha?* Delúbio escafedeu-se pelo corredor, fugindo dos aromas, segurando o copinho de plástico de café morno, em direção ao vento e à liberdade da Anchieta.

Na quinta-feira, entediadíssimo, ele cometeria a ousadia de descer até Santos. Fez isso com tranquilidade, como se tivesse que bater ponto lá embaixo. Um bate-volta, só pelo prazer de enrolar um, descer e subir a serra. Sem se importar tanto com o pedágio, nessa nova fase da sua vida profissional – *sessentinha, ok?, garantidos*. Garantidos? Ainda estavam garantidos os sessenta mil reais, apesar do sumiço de Antônio? E de ele não ter religiosamente nada para fazer na salinha em que fora colocado nos fundos da agência – ou do que quer que fosse aquele empreendimento? Mas... um sumiço não era uma coisa comum entre empresários? Não é essa a grande diferença entre eles e o resto: o direito de ir e vir dos primeiros? E o buraco permanente em que se enfiam os segundos? E a Anchieta, em plena quinta-feira, três da tarde – não seria esse o ir e vir de Delúbio!? Um *habeas corpus*? *Corpus*? Passando por Riacho Grande – *Graaande Riacho Grande, grande Priapicus!* – na beira da represa Billings, permaneciam lá, amém!, os restaurantes flutuantes, flutuando – puteiros flutuantes, flutuando – onde *Delubius* também flutuara muito, no caminho para o litoral, descendo como desciam os índios, subindo como subiam os brancos, descendo e subindo *Delubius*, malucão após o almoço. Saindo sorrateiro da agência, na ausência de Antônio, passando reto pelas recepcionistas que o ignoravam como belgas, e sem passar em casa para ver como as coisas estavam. Ou não estavam.

Diana estava insuportável naqueles dias. Irreconhecível. Soltara pum alto na sala outro dia! E outro na cozinha! Só estavam eles dois em casa; ele, esparramado no sofá. Não poderia ser outra pessoa. Fora ela! Nem disfarçar ela poderia! Que coisas estranhas estavam acontecendo com Diana. Muito estranhas! Não parava de beber água... e reclamar de dores nas pernas, nas costas, no cóccix. O que ele poderia fazer, se ele não sabia onde ficava o cóccix? Se ele não sabia *o que era* o cóccix!? Como ele poderia saber, se apenas mulheres tinham cóccix!? E como ele poderia saber... onde fora guardado o pincel de olhos dela? Se ele vira o pincel de olhos apenas uma vez na vida, que ele tenha conhecimento, certa vez, encostado atrás da torneira, no canto da pia...

– Deve ter caído atrás da pia, Diana. Você não procurou direito, Diana!

Ele também mudara. Quase gritava com ela:

– Procura direito, Diana!

Se a casa era pequena, se o banheiro ficava em frente ao sofá, não seria preciso, nem legal – aí: uma autocrítica – quase gritar com ela.

Na sexta-feira, ao chegar em casa no fim do dia, após ter passado a tarde perambulando nas lojas de carros em São Caetano, entre Hondas e Toyotas e bastante interessado nesse modelo novo da Ford que se chama Fusion, ao fazer a curva e entrar na subida do estádio, Delúbio topou com camburões da polícia na frente do Amarelão. Estavam de luzes acesas e portas abertas, e interrogavam pessoas na calçada. Uma pequena aglomeração se formara na frente dos carros, meninos e meninas que desceram do DER. Delúbio reduziu a marcha e notou policiais subindo a 24 e olhando para dentro das varandas das casas. Era difícil ver algo atrás das grades nas fachadas, por causa das folhagens e samambaias que os moradores colocavam nas varandas, justamente para dificultar olhares alheios. Delúbio acelerou, para chegar em casa antes dos policiais. Não queria que eles chegassem lá sem ele em casa, e encontrassem Diana sozinha. Afligiu-se por ela, quis protegê-la. E proteger também os policiais dela. Chegou primeiro, e foi descendo rapidamente do carro embicado na frente do portão. Olhou solícito para os policiais que vinham vindo na sua direção, pronto a dar todos os esclarecimentos. Mas não foi preciso. Os homens olharam por cima da grade da casa, sem olhar para ele, e prosseguiram rapidamente para o cimo da rua, atravessando a pracinha, surpresos com a escadaria que descia para a Jurubatuba. Uns panacas esses policiais! Todo mundo sabia das escadarias!

Dentro de casa, Diana cochilava, esticada, no sofá. Aparentemente, não notou a movimentação na rua. Abriu os olhos ao vê-lo entrar, mas não se alterou; não demonstrou surpresa ao vê-lo, nem alegria. Delúbio reparou num discreto transtorno na sua testa, de olhos que se importunam com a claridade indesejada. Mas o sol se punha, o que havia era um sombreamento na sala, antecipando a penumbra. Ela se aborrecera por nada ao acordar. Era tanto aborrecimento nos últimos dias! Era um aborrecimento só aquela casa, aquela família. Ter mulher e filhos então era isso: um aborrecimento contínuo? Seu pai estava certo? E pelo que se aborrecera a princesa?

– Eles passaram por aqui – disse Delúbio, sem ter mais nada a dizer a uma pessoa tão aborrecida. – Você ouviu o barulho deles lá fora?

Diana virou-se para o encosto do sofá. Era um costume novo este também: virar-se sem falar nada, nem dirigir o olhar para a outra pessoa, como se não fizesse questão de estar presente, nem de reconhecer a presença alheia. Um farfalhar das samambaias na garagem chamou a atenção dele – ela não se mexeu, para ver o que acontecia. Eram os policiais que entraram na garagem, atrás do garoto? Pela janela, constatou que era o vento. Ele perderia tempo explicando isso a Diana: sobre os aviõezinhos do DER? Sobre as fugas e escaladas dos garotos nos quintais vizinhos, passando de quintal para quintal, como passarinhos?

A manhã seguinte era um sábado de semifinal de campeonato no Primeiro de Maio – um palco que vira de tudo: jogos, multidões, pancadarias, arruaças, camburões, helicópteros, bebedeiras, polícias, assembleias, tanques, mijo, disputas, ideologias –, um lugar que por qualquer coisa explodia e ecoava no interior das casas em volta, sacudindo as paredes geminadas. As primeiras cornetas e movimentações de flanelinhas e guardadores de carro começaram às oito horas da manhã. Delúbio, sonolento, acordando no seu lado da cama, se deu conta, ao abrir os olhos, do sábado em chamas que se anunciava. E do covardão que ele era: fez de conta que ainda dormia, não se importunando com os movimentos de Diana na cama; com os movimentos de acordada dela. Procurou não se excitar com o roçar das pernas dela na sua perna, com o roçar das coxas dela nas suas coxas. Fechou os olhos com vigor, e reacomodou-se. Fingiu não perceber ela se levantar às suas costas, e permanecer – mau sinal – sentada na beira da cama, pensativa, indecisa sobre se levantar ou não, sob o barulho das cornetas que se intensificavam e pareciam vir tocar na janela do quarto.

Alguns comparavam o Primeiro de Maio a uma panela de pressão; mas o que era o Primeiro de Maio em comparação com aquele quarto fechado, e Diana daquele jeito? Quem explodiria primeiro? Com alívio, Delúbio percebeu que ela se levantava, que procurava, com os pés, o chinelo debaixo da cama; percebeu ela se inclinar, respirando ofegante e contrariada em busca do chinelo; ele seria capaz de jurar que ela olhava para trás, para as costas dele, como se fosse reclamar da dificuldade de alcançar os chinelos com os pés. Ele seria capaz de rezar um Pai-Nosso de joelhos no milho para ela não o importunar, para que o poupasse de ir até o outro lado da cama se abaixar atrás dos chinelos; a não ser que não fosse apenas para se abaixar para pegar chinelos; felizmente, ela encaixou-os em seus pés sagrados.

Com o canto do olho direito, semicerrado, Delúbio observou-a dar a volta em torno da cama, e procurar o penhoar pendurado na porta do armário; observou o corpo dela, delineado pelo tecido diáfano. Martirizou-se, deitado. Não por morar do lado de um estádio que pegava fogo em dia de jogo, e ter de acordar com cornetas e ambulantes que subiam e desciam a 24 e gritavam como se estivessem com eles na cama; mas por não ter se revelado acordado para Diana, inteiro, enquanto era tempo, e não ter feito amor com aquela que era sua mulher, que é o que faz quem tem mulher numa manhã de sábado – e de domingo.

Pouco a pouco, a rua se encheu de carros. Era possível ouvir, de dentro de casa, o ranger dos motores nervosos, freios de mão puxados, pneus derrapando, portas batendo e pessoas se movimentando pela ladeira que era, no fundo, a 24. Ou vindas pela travessa 24 de Fevereiro, que cortava a rua 24 de Fevereiro ao meio. Quanta confusão por causa dessa travessa! A 24 era rua ou travessa? Era ambas, rua e travessa, e era possível distinguir, dentro do quarto escuro, de persianas fechadas, as aglomerações que começavam a se formar lá embaixo, na frente do Amarelão e dos portões e bilheterias do estádio. E ouvir também as hordas que começavam a descer do DER, a excitação que começava a tomar conta e transbordar do DER. Como transbordavam os esgotos a céu aberto que saíam do DER e teimavam em cortar a Vila Euclides pelo meio.

O jogo começaria às quatro horas da tarde, eram dez da manhã. Bandeiras vermelhas e azuis, e amarelas e negras tomavam conta das esquinas e faróis; varais carregados de camisetas dos clubes se estendiam pelas calçadas em torno do estádio. Aos poucos, ouviam-se os primeiros xingamentos. E as primeiras brigas estouraram, lá pelas onze e meia, junto com as primeiras mijadas na frente das casas geminadas, nos canteiros de árvores magricelas que haviam sido plantadas. Delúbio, na cama, ouvia, como se estivesse vendo, o mulato franzino de pinto comprido para fora da calça mijando na árvore bem em frente da sua janela. Onde estaria Diana, na cozinha? Ela seria capaz de arrancar o pinto do rapaz, se estivesse na sala, assistindo à cena da janela! Em outros jogos, ela não reclamara. Nem ele temera qualquer coisa. Os ruídos nem chegaram a entrar no quarto nos outros sábados. Não cabia mais ruído algum lá dentro. Porém... com Diana nesse estado... *a essa altura do campeonato...* Em breve, os meninos, homens, na verdade, tensos e barbados, esqueceriam a árvore, e urinariam na própria calçada, encostados na grade da varanda. O cheiro de mijo entraria pelas frestas da janela da frente, invadiria a casa, transtornaria o sábado, o domingo, a segunda-feira. Ogros subiriam do Amarelão, para irem se aliviar na praça, no topo da rua. Porém, no meio do caminho, desistiriam, com a bexiga estourando. E mijariam na frente da casa. E o cheiro da maconha viria junto, pela janela – marofa molhada. Diana reclamaria, com certeza: soltaria os cachorros para fora e para dentro de casa.

Diana dera ultimamente para mandar recados, ainda por cima – uma porta que ficara aberta, um cinzeiro sujo na sala – coisa que Delúbio não imaginara que seria do feitio dela, se tivesse pensado nisso quando a conhecera. Como se fosse a própria dona Arlete mandando recados para o Zé Moreira, naquela mesma sala. Arlete não aturava os jogos, como o marido não tolerara as assembleias de metalúrgicos no estádio. Se bem que Arlete era resignada. No fundo, ela respeitava, entendia. Na verdade, Arlete ironizava. Como se mandasse recados ácidos sobre os jogos – "Zéee, tô sentindo uns cheiros" – para contrabalançar o ódio aberto que o Zé Moreira tinha das assembleias – e dos metalúrgicos, que ele chamava de operários. Esse sim, um ódio explícito. Zé Moreira era capaz de ficar horas na janela, controlando quem subia e quem descia, quem corria para fugir pela travessa, naqueles anos ácidos, quando era pau todo dia em volta do Primeiro de Maio. Dali Zé Moreira via coisas, delatava, às vezes gritava, e torcia para ver operário arrastado, em cana. Tinha policiais que até conheciam o Zé Moreira, perguntavam coisas para ele, pediam um copo d'água. Arlete ficava fula da vida ao ver isso. O próprio Zé Moreira tinha que entrar e buscar o copo d'água, porque polícia Arlete não servia.

Diana entrou de volta no quarto, e Delúbio percebeu, pelo canto do olho, que ela estava arcada para frente, tomando cuidado a cada passo. Continuou fingindo dormir. Como se ela não soubesse que ele estava acordado, e era melhor que tudo continuasse assim, no fingimento. Notou um suspiro que ela deixou escapar, ao tirar o penhoar, e intuiu, pelos movimentos nas suas costas, que ela se deitava. Sentiu o afundar dela no colchão e animou-se, sem procurar entender o que se passava, sem procurar saber se ela se apoiara na mesinha de cabeceira da cama ao se deitar, se ela se desequilibrara, se se encolhera na cama para se proteger, ou se seu corpo se retesara ao se esticar, ao invés de relaxar e se entregar.

Delúbio preferiu não saber nada disso; preferiu indignar-se e bufar com a recusa de Diana quando ele fingiu finalmente despertar e se atirar sobre ela – para a encontrar assustada, tensa, retesada e fria –, como se fossem apenas o calor e o barulho intenso, àquela altura, na rua lá fora, o que a transtornava e a fizesse enrugar a testa e suar.

A tarde passou lenta para Delúbio, como se não fosse passar nunca. Era uma sensação contraditória porque, do sofá, na frente da tevê, ligada no jogo do seu time verdadeiro – o São Paulo do seu coração, que ele escolheu à revelia do pai – via e ouvia tudo se acelerar: o jogo na tela e o outro ao vivo, à distância de uma quadra, no estádio; e era como se ele estivesse no centro de tudo, no halo do mundo, o virtual e o verdadeiro, no cerne dos acontecimentos todos. No entanto, dentro do quarto, e ele acompanhava com os ouvidos tudo que pudesse ocorrer lá dentro, a tarde permanecia, com tantas bolas rolando, em suspenso. O silêncio era tão intenso no quarto quanto o barulho fora dele. Eram quatro e tanto, o fim de tarde em breve cairia sobre o estádio – e o que fazer da noite sem Diana? Bolas rolavam havia quarenta minutos, no estádio e na tela da tevê, e a gritaria só aumentava; uma briga daquelas estourara no Amarelão, ruidosa: somava-se aos gritos dentro do estádio e à barulheira da tevê – uma mistura de locutores, cornetas, vinhetas, berros, gritos e apitos – uma verdadeira sinfonia de sábado à tarde chegando até o sofá. A marofa da rua encontrava a marofa na sala, como uma pororoca de fumaça em que Delúbio mergulhava, com o coração aos pulos, bombando sangue e anseios, sem nem um mísero gol de nenhum dos quatro times em jogo.

Pela janela, entrou o cheiro intenso de calabresa, assada na esquina, nas grelhas colocadas na calçada em frente ao Amarelão, junto com cebola e pimentão – aromas e sabores da sua vida inteira, da infância, da adolescência – que estavam ali desde sempre e nunca se dissiparam. Delúbio se levantou e foi até a esquina. Pensou em trazer um sanduíche para Diana. Seria uma boa ideia? No quarto, o silêncio reinaria durante todo o sábado e domingo.

A dor aguda esteve à espreita de Diana a semana toda, aguardando a vez de abocanhá-la, precedida por ânsias, câimbras, incontinências, dormências, maus jeitos, mau humor, insônia, arrepios, tonturas – e alcançou-a no final da tarde da segunda-feira, no sofá: uma explosão no seu baixo-ventre, com impacto e contração de mil cólicas. O corpo se esticou automaticamente – suas costas iriam se partir: retesou-se, espremeu-se, apertou-se, e largou-se, em convulsão, como se houvesse uma briga de roedores soltos nela, rasgando o interior profundo do seu aparelho reprodutivo e intestinal.

Contorceu-se como pôde, comprimindo os músculos da barriga e espremendo as vísceras em chamas, abraçando o abdome como se tentasse se proteger e proteger o bebê; virou-se, ergueu-se – precisava de uma posição intermediária, meio sentada, meio deitada –, e levou as mãos até o meio das pernas, sem saber se a lâmina enferrujada que lhe rasgava por dentro atingira o ponto mais fundo, esgarçando os tecidos internos ao máximo, ou se haveria mais: um corrimento caudaloso.

Suou muito, encharcando a tez, os cabelos, a roupa e o veludo cotelê que forrava o sofá. Ao virar-se de lado, de cara para a sala, teve medo de perder o equilíbrio e cair; equilibrou-se, porém, de barriga para cima, com os olhos bem abertos e fixos em algum ponto do teto, respirando e sentindo os batimentos, como se a passagem dos minutos lhe garantisse algo; observou, imóvel, sob contrações, a luz da tarde desaparecer e a penumbra empalidecer as paredes da sala.

A certa altura, enxergou o telefone a dois passos, na sua frente, sobre a mesinha de centro, que ficava encostada na parede, entre a cozinha e o banheiro. Uma distância que ela não conseguiria percorrer. De súbito, vislumbrou o quadro ovalado com a imagem de Jesus Cristo pendurado na parede, a única imagem da sala, à direita da mesinha, ao lado da porta do banheiro, como se ele nunca estivesse ali – e estava vivo agora, e olhava para ela, na penumbra – levou um susto, como se o Cristo a observasse e ela não estivesse completamente só.

Resignou-se, ofegante, revirada por dentro, com os membros dormentes, o coração lento e a mente vazia. Ao abrir completamente os olhos, encontrou um ponto cego, difuso, no limite entre o chão e a parede diante dela; a sala pareceu fantasmagórica, a pintura verde-clara das paredes, que se descoloria ainda mais com o cair da tarde, parecia se esvair, escorrer – Diana sentiu medo daquele espaço não acolhedor, imobilizada entre cômodos vazios e inóspitos. Descobriu que odiava aquela casa – os quartos que ficavam em lados opostos da sala; o banheiro devassado, espremido entre a porta da cozinha e a porta do segundo quarto – que era um depósito –, e a tevê plantada entre o banheiro e o quarto – no meio da passagem, portanto.

E havia aquele Cristo, que nunca a incomodara porque ela nunca o enxergara realmente, nunca dera a menor bola para ele, uma recordação de dona Arlete que, dependendo da luz e do ângulo – o ângulo pelo qual ela o enxergava agora –, poderia ser um retrato da própria Arlete, cabelos grisalhos e femininos, os lábios finos e o manto vermelho caindo sobre os ombros. Mas ela não iria ficar louca! A figura intimidadora com expressão de bondade infinita olhando para ela no escuro da parede não era dona Arlete! E não havia bondade alguma naquele olhar! Diana não queria testemunhas. Preferia sangrar e perder o bebê sozinha.

Fora abandonada por Delúbio logo cedo, pela manhã, sem que ele fizesse uma pergunta. Era assim que Delúbio passara a fazer todos os dias: saía cedo, voltava à noite, sempre sorrateiro, sempre de soslaio. Não aparecia mais em casa à tarde, o que magoava Diana de uma maneira quase trágica. Sem querer saber nada sobre ela.

Como nessa manhã: ela o viu levantar, e esperou que saísse para sair também, ainda que se atrasasse para o ultrassom.

O dia foi quente, carregado de nuvens e mormaço. Diana começou a jornada até o posto de saúde com esforço: subindo a 24 – como recomendaria Delúbio – e atravessando a pracinha, que não deixava de ser inclinada, até atingir os degraus que descem para a Jurubatuba, tão difíceis de descer, quanto de subir. No pé da escadaria, pegou um ônibus, onde sacolejou por quarenta minutos, sem ter direito ao assento preferencial de grávida, por não pleitear assentos preferenciais e não parecer tão grávida assim a ponto de alguém se levantar e oferecer o assento. Odiava qualquer forma de transporte que não fosse a pé ou de carro; era capaz de caminhar, se não houvesse um Delúbio para transportá-la, longas distâncias, sem o menor aborrecimento ou cansaço. Mas o posto de saúde era longe, e ela não conhecia tão bem São Bernardo do Campo. No posto, foram horas de pé no saguão, entre montes de doentes, acidentados, velhos, crianças e outras grávidas. Escolheu um lugar no fundo, um canto de parede onde pôde se amparar, e ali ficou, sonolenta, trocando o peso do corpo de uma perna para outra a cada dez minutos, em jejum – uma necessidade para os exames que ela iria fazer.

– Diana... Verônica...?! – Diana foi sacudida pela voz da atendente do balcão lá na frente, sem se dar conta de que era chamada pela terceira vez e que a moça decidiu incluir o Verônica como uma última tentativa, como se desistisse de chamá-la apenas pelo primeiro nome e num volume razoável – estendendo consideravelmente o Verônica – "Verôôoonica!" – como sua mãe fazia quando estava brava com ela – por também não ser ouvida, por ser ignorada, por ser desafiada pela pequena e petulante Diana. O Verônica era a parte que cabia à mãe na escolha do nome dela, quando nascera: nomes compostos eram uma predileção de Iracema – como se Iracema precisasse de um segundo nome quando quisesse chamar a atenção da menina atrevida, *Diana Verôôônicaaa*, em contraposição à tolerância e à indulgência do pai.

Era exatamente como fazia a atendente do posto, entoando o "Verônica" como se ela se chamasse Margareth *Montgômery*, sem se atrever a pronunciar o Funk do sobrenome, talvez por pudor de revelar que a grávida de calça branca e blusinha vermelha era uma vagabunda qualquer saída do fundo da noite, ou do fundo da avenida ali em frente, ou fosse uma dançarina dos programas de auditório que passavam na tevê ligada 24 horas no fundo do corredor, instalada no alto da parede.

Espremida entre Djaciras, Dinorahs e Edileuzas, para preencher com seus dados a caderneta amarela para o acompanhamento do pré-natal, Diana notou que a porta automática de vidro, que dava para as dependências internas do posto, se abrira no momento em que chegava ao balcão – e dela saiu um médico, de estatura mediana e atarracado, de cabelos negros bem curtos, e pele escura contrastando com o jaleco branco: vinha buscar um homem engravatado que havia acabado de entrar no saguão, empurrando o filho de traje esportivo numa cadeira de rodas – ele se acidentara num jogo, talvez. Furaram a fila no meio de todos, sendo levados pelo médico de jaleco pela porta de vidro, sem encontrar qualquer obstáculo nas pessoas que se amontoavam no caminho.

O olhar de Diana para o médico, que o atingiu em cheio antes que ele voltasse lá para dentro, não foi, assim como o dos outros pacientes aglomerados, de reprovação. Ao olhar de volta para ela – ao notá-la –, o médico não encontrou objeção alguma nos olhos dela; claramente distinguiu-a, porém: pelo olhar atento, vivo, pela roupa ousada, de mais qualidade, do que a das outras, pelo penteado solto, pele sedosa... e nariz empinado. Se ele a fizesse avançar e furar a fila, tinha certeza de que a agradaria.

Diana estaria diante dele em poucos minutos, dentro da enfermaria. Fora chamada na frente das outras, e aceitaria. Ao dar por si, estava deitada, de pernas abertas, na cama de exames, sentindo os dedos lubrificados e grossos do médico remexerem lentamente dentro dela. Era mais do que uma intrusão médica na sua vagina; eram dedos na sua *xoxota*, que ele forçava sutilmente para cima, como se procurasse – ousasse – roçá-la, friccioná-la, como se fosse louco o bastante para fazer isso e tentasse provocá-la.

Foram os dedos de Arlindo, naquela manhã, que provocaram o sangramento!? Dedos criminosos? Perderia o bebê por culpa de Arlindo? Um bandido? O secretário de Saúde de São Bernardo do Campo?

A noite caiu. Diana abriu os olhos aos poucos, deitada no sofá, até conseguir mantê-los abertos; percebeu, com nitidez crescente, ruídos de pratos e panelas que se chocavam nas cozinhas das casas vizinhas; as luzes acesas lá fora, que entravam pela janela; o barulho de motores e o ranger dos freios dos carros, descendo a 24; uma mãe gritar qualquer coisa com o filho, na calçada do outro lado da rua; o zunido de uma cigarra explodir no poste de luz bem em frente à casa, como se fosse no banheiro; as samambaias se atiçarem espremidas na garagem, com a brisa da noite que entrava; a dor física, que se atenuara.

Foi assaltada pela lembrança integral e pavorosa daquela manhã na sala de Arlindo: o passar mal súbito que a acometera, diante das perguntas cretinas que o cretino e bem escanhoado Arlindo fizera sobre o seu estado de saúde e o seu comportamento; a arrogância que acompanhou o diagnóstico fatalista que ele fez sobre o estado de saúde dela e que a assustou; as doenças imaginárias que a ameaçavam e que ele inventou; e os remédios absurdos que ele receitou e lhe aplicou, até entontecê-la, até provocar a queda de pressão dela, até ela ser amparada pela enfermeira a caminho da mesa de exames. Até as mãos homicidas dele lá embaixo, e as da enfermeira lá em cima, nos seus ombros, impedirem-na de se levantar na hora do toque e sair e gritar – enquanto a velha bandida, de cabelos azuis claríssimos, levianamente a chamava de "filhinha", dizendo cinicamente a ela, minutos antes dela ser penetrada pelos dedos dele, para ela "ter calma, filhinha", para "confiar em Deus plenamente, filhinha", para despir-se e pôr a túnica, "doutor Arlindo vem vindo de volta, filhinha", para ela respirar fundo e "sentir Deus plenamente". Diana ainda podia sentir a aspereza da túnica azul que ela vestira para o exame, e a raiva por ter se despido completamente, confiando em sabe-se lá o que plenamente, porque Arlindo havia se mostrado um idiota perigoso antes de examiná-la – ela sabia muito bem como os idiotas são perigosos –, nas perguntas que fizera e na forma como as fizera – "Sexo... com que frequência?" – e nas credenciais que mostrara – "Porque eu, como secretário de Saúde do município, eu me desculpo pessoalmente pelo ultrassom não estar funcionando hoje, sabe..." – culpando-se mais e mais por ter acreditado um minuto que fosse que o ultrassom, por não estar funcionando, pudesse ser substituído por um exame de toque. Depois, com a enfermeira na sala, testemunhando e segurando os seus ombros na hora do exame, ela se perdeu e o êxito de Arlindo foi completo.

Delúbio teria encontrado uma virgem pálida estirada no sofá, se chegasse em casa meia hora antes, no início da noite daquela segunda-feira: inerte, gélida, esvaindo-se como a neve das montanhas. Mas Diana era tudo, menos uma virgem pálida; entregue a um banho quente e caudaloso, massageando-se e limpando a virilha com cuidado, certificando-se de que a água que caía entre as pernas era clara, e o sangramento se interrompera, não ouviu Delúbio abrir o portão e manobrar o carro para dentro da garagem, tampouco o molho de chaves balançar e a porta da frente se abrir.

Delúbio, por sua vez, entrou silencioso, mais do que de costume, como se não quisesse ser notado especialmente naquela noite; nem se irritou ao se deparar com a tevê ligada e a sala vazia. Ouviu a água abundante cair do chuveiro e chegou, por instinto, a pensar em se despir ali, jogando as roupas sobre o sofá, para ir compartilhar o banho com Diana, como sempre gostou de fazer. Mas isso fora há séculos; ele estava cansado e confuso demais para tanto. Sentou-se, esparramando-se no sofá, de pernas abertas, absorto nas sequências mudas da tevê – uma perseguição de carros e camburões de polícia; não estava disposto a fazer nada, a ouvir nada.

Mas não conseguiu não pensar; como ele poderia esquecer aquela tarde, as mais de seis horas que ficara esperando do lado de fora de uma sala de reunião? Abandonado por Antônio! Como não temer que tudo se desvencilhasse repentinamente de suas mãos? Planos que se esvaíam, pensamentos que teimavam em não se esvair; o Corolla que se esvaía; e não só isso: o tapetinho para o quarto que se esvaía, o berço que se esvaía – tudo se esvaía, indo para o buraco! O Tetê se esvaía! Em um, dois ou mais retratos. Junto com o Salgado, o Costa Pinto, o Dalmásio – havia apenas queda; banal e imprevista; tola e extraordinária: queda. Chutado como um taco solto do piso da sala.

Antônio. Antônio não poderia ter feito o que fez. Se Antônio chegara repentinamente de viagem, naquela manhã, a bordo de um Volvo XC70

T5 novinho em folha que ele acabara de adquirir, e eles foram juntos para a prefeitura para a primeira manhã efetiva de trabalho, após uma semana de ausência de Antônio e duas semanas dele coçando o saco, o natural, o esperado, seria que ele, Delúbio, participasse da reunião; mesmo que entrasse mudo e saísse calado. E que eles tivessem ido à prefeitura a bordo do Volvo! E, se fosse para ele ficar do lado de fora da sala de reunião, como se fosse um segurança, ou um capanga, que fosse pelo menos avisado sobre quanto tempo a reunião duraria; que Antônio desse pelo menos um sinal. E, se ele teria que esperar, do lado de fora da sala, durante o horário de almoço, que ele tivesse sido liberado, avisado disso, para, ao menos... comer um lanche lá embaixo! E voltar rápido. Não seria esse o normal? Ou ele estava ficando louco? O que passa pela cabeça de um empresário? Que um funcionário é um escravo? É assim no Brasil todo? E quando o empresário se tranca numa sala com um prefeito?

Não passara e não poderia passar pela sua cabeça que ele iria se transformar, naquela tarde, no *mico-leão-dourado* da prefeitura de São Bernardo do Campo, uma atração imóvel do lado de fora de uma sala de reunião, ao final de um corredor bastante amplo, sentado no banco em frente às mesas de duas secretárias, um banco naturalmente desconfortável, sob o olhar curioso de quem passava pelo corredor, na ida – "olha ali, o mico-leão-dourado!" – e o olhar de desprezo, na volta – "e continua ali, o mico!" Atraindo, a partir de um certo ponto, não apenas o desprezo, mas o sarcasmo e a hostilidade da expressão das duas secretárias – sendo uma delas, porém, a mais atraente e volumosa, não tão sarcástica assim, o que era um alívio de nada numa espera que duraria seis horas.

Discutia-se, era óbvio, o tal sequestro, a portas fechadas; uma reunião que deveria estar tensa, e seria longa, e se justificava, sendo o Rabello (de quem Delúbio nunca havia ouvido falar) quem era – se não, não teria uma filha sequestrada e nem Antônio e o Tetê em pessoa se envolveriam daquela maneira com o sequestro. Delúbio podia imaginar que havia um potencial explosivo na situação, e que isso exigisse uma ação de Antônio, sem saber especificamente qual seria; e que o caso se encontrava na mira da polícia: um capitão, ou tenente, entrara afoito na sala, a certa altura – depois de três horas.

Mas isso justificava terem esquecido ele do lado de fora? A atitude de Antônio? E por tanto tempo? E ele fora esquecido? Para jamais ser lembrado? Envelheceria, morreria ali, no banco? Embalsamado, empalhado? Uma atração permanente do Paço: o "nosso" Delúbio. O otário. Ou ele poderia ser chamado a qualquer instante para adentrar o caso? – se tivesse acontecido algo dentro da sala... Como tiros, por exemplo. Ele não deveria estar de prontidão do lado de fora, no corredor, de plantão, como todo bom assessor / secretário / guarda-costas?

Na medida em que a reunião atravessava a hora do almoço, e o garçom, tinto como um bom vinho, entrara carregando uma bandeja com refrigerantes e sanduíches – uma pilha deles –, Delúbio se deu conta de quão faminto estava. *E ele por acaso não comeria nada, Antônio?* Deveria esperar e ficar sem comer nada o dia inteiro? Era ele quem morreria – de fome – por causa do sequestro da filha do Rabello?

E aí, secretárias? Ninguém faz nada? E seu olhar faminto, na volta do almoço delas, o olhar sinistro de um peixe morto, e os braços espalmados para trás do tronco – elas não sabiam que doía-lhe a bunda por permanecer sentado tanto tempo? Porém, fora olhares, não lhe dirigiram uma palavra; não ofereceram a ele um copo d'água, um café, um suco, uma bolacha, uma barrinha que elas deviam trazer na bolsa, como toda secretária.

Delúbio estava tão indignado na prefeitura como agora, ao ouvir o aquecedor do chuveiro ligado, aquecendo-se só de ouvi-lo, imaginando a água quente caindo sobre Diana, os cabelos molhados e os seios inflados, mais a cada dia, sem saber se se levantava e ia para debaixo do chuveiro com ela – e por que ele deveria ter sido chamado para dentro da sala? O que entendia ele do que estava sendo dito, dos gráficos, das táticas e estatísticas, em suma, da complexidade de um sequestro? Em quantos casos, por exemplo, a vítima não era sumariamente morta, apesar de o resgate ser pago? O que ele teria a acrescentar sobre isso? E, dentre estes casos, quantos envolviam circunstâncias horríveis, como estupros e membros decepados? Ouvia-se de tudo, naqueles dias sombrios, sobre a onda de sequestros. Mais de trezentos sequestros no estado naquele ano, nada menos do que isso! E o que era sua suposta humilhação diante disso? Então, ele não devia ter se desesperado; e devia ter ficado pregado no banco; e não achar que fosse morrer se não comesse algo, às custas do próprio emprego. Sobretudo, *não devia acordar e fumar baseados*! E ele se precipitou – isso era um fato. Seu pai diria: um fraco, um atrapalhado, um faminto – alguém que nunca poderia dar certo. Seu pai poderia ter alguma razão. E talvez ele não devesse ter se levantado, e feito isso num impulso, o que chamou a atenção das secretárias, que o davam como morto. Um impulsivo. Sem dirigir uma palavra a elas, sem mandar um recado para Antônio – um "vou ali e já volto" –, Delúbio atravessou o corredor e apanhou o elevador na outra ponta; desceu no térreo e se encaminhou direto para a saída da prefeitura, na portaria principal do prédio, dando as costas ao segurança fardado. Também não se preocupou – um afoito – em se justificar às recepcionistas da portaria por estar saindo dali, como um estranho – não foi por ali que ele havia entrado.

Caminhou apressado para fora, atravessando o extenso jardim da entrada, em busca de qualquer coisa que descesse pela goela, para se manter pelo menos vivo e funcionando. Avançou por um atalho, pisando sobre o gramado – um vândalo –, e avistou um ambulante que fazia ponto ali em frente. Comeu apressado um cachorro-quente, carregado de ervilhas e molho de tomate refogado, com purê de batatas e salpicado de batata palha. Inundou – um moleque – o sanduíche com ketchup e maionese. Com o recheio escorrendo pelas mãos, limpou-se com mil guardanapos, e regou a refeição com meio litro de Coca-Cola. Sentiu-se embrulhado no caminho de volta, andando sobre o gramado, com o peso da maçaroca mal digerida no estômago.

Apressou o passo, como se fosse seu dever estar sentado no banco, na frente da sala de reuniões, à espera de um sinal qualquer de Antônio. De onde – um estúpido – ele nunca deveria ter se levantado.

Poucas vezes foi tão mal calculada uma escapada para um cachorro-quente. Ao tentar entrar de novo no prédio, foi sumariamente impedido. Tentou explicar para as atendentes da portaria que ele já estava lá dentro, que havia saído apenas para fazer um lanche, que elas deveriam se lembrar dele, que ele saíra havia pouco, não recebera crachá para entrar e não depositara nada de volta na urna ao sair – a catraca estava aberta! Mas elas não se lembravam de que ele entrara, ou saíra, dado sair tanta gente, e entrar tanta gente "em uma prefeitura"; e ele teve dificuldades adicionais para explicar quem era e o que fazia e por que ele queria entrar de volta para onde ele havia, supostamente, saído – havia minutos! E ninguém atrás daquele balcão conhecia nenhum Antônio! E ele deveria inclusive sair da frente do balcão, ao menos se colocar de lado, para não interromper o fluxo. Delúbio pirou. Uma azia infernal subiu pelo estômago; ervilhas boiavam alegremente no molho de tomate refogado; sua vontade era a de soltar um mega-arroto, como forma de protesto; conteve-se, ciente de que isso só pioraria as coisas para o seu lado.

Tentou ainda argumentar, envolver o guarda na história, que teria obrigação de reconhecê-lo, solicitar que alguém fosse conferir com as secretárias lá em cima – 18º ou 19º andar? – ele também não tinha certeza –, que ele já estivera dentro do prédio, e as secretárias certamente se lembrariam dele, "o rapaz que estava sentado no banco", que alguém, por favor, interfonasse para elas! Mas aquelas eram secretárias do senhor prefeito! Do... Tetê!? Delúbio não tinha condições, naquele balcão, de chamá-lo assim nem de alegar qualquer vínculo com nada relacionado ao prefeito! Em desespero, ele se lembrou da porta lateral, a entrada exclusiva para pessoas exclusivas, nos fundos do prédio. Foi por ali que ele havia entrado, onde havia apenas um segurança na porta – que o havia, inclusive, cumprimentado pela manhã. Por onde, inclusive, ele deveria ter saído! Logo, o segurança seria capaz de reconhecê-lo. Delúbio deu a volta ao redor do prédio, apressado, brigando com as ervilhas, o vinagrete, a bebida gasosa, cortando caminho novamente pelo gramado. Porém, ao aproximar-se da porta de entrada exclusiva, ele não fazia mais a menor ideia de quem era o guarda que estava ali. Agoniado, imaginando a reunião, que deveria ter terminado – ela não duraria ao infinito! –, com um turbilhão de purê agitando o estômago, e que se aproximava perigosamente do intestino, Delúbio não reunia condições de dizer se aquele era o mesmo guarda alto e moreno – o *negão* – que estava ali de manhã, ou se era outro, também alto e moreno. Isso o perturbou muito. Ele teve muita raiva do sujeito fardado, alto e moreno, estacionado, de pé, do lado de fora da porta – um estúpido que não servia nem para ser reconhecido! E que, portanto, não iria reconhecê-lo! Delúbio deu meia-volta, discreto, assobiando, para não ser percebido como um elemento suspeito. Não se atreveu a importunar o guarda; seria até perigoso tentar entrar por ali; poderia despertar alguma desconfiança: um sujeito, do nada, um nada, chegando assim, a pé, surgido do meio do gramado, como um jardineiro ou um duende, para tentar entrar por uma porta exclusiva como aquela; se houvesse um problema maior, como identificarem na sua aproximação uma tentativa de invasão do prédio, isso poderia fazer barulho, e causar um estrago, chegando até Antônio lá em cima, e ao Tetê – ao próprio prefeito!

O melhor a fazer, a única coisa a fazer, era esperar Antônio de volta, no carro. Seria natural que Antônio o procurasse ali, no estacionamento atrás do prédio, quando – e se – acabasse a reunião. Antônio dependia dele para voltar para a agência; e do seu Uno 95. O Volvo novíssimo ficara na agência; era a segunda vez que Antônio preferia o Uno para ir ter com o prefeito.

Antônio, Antônio.

Ao vê-la sair do banheiro, enrolada na toalha, enxugando os cabelos, caminhando na sala iluminada pela luz da tevê, Delúbio sentiu vergonha por estar no sofá da sala, sem ter ido importuná-la embaixo d'água; teria vergonha também de dizer a Diana como havia sido a sua segunda-feira; como ele havia esperado Antônio em vão até o entardecer, dentro do Uno, no estacionamento, do lado de fora do prédio da prefeitura; e as voltas que deu no quarteirão, em torno da agência, indeciso num entra não entra, para ver se Antônio havia retornado para lá ao fim da reunião de nove horas. Vergonha por estar pensando em Antônio e não nela, em como ela estava, em por que ela caminhava insegura, sem olhar para ele, como se não estivesse surpresa nem feliz por vê-lo em casa; e de pensar sobre o que Antônio pensava – se Antônio ainda pensava – sobre a sua pessoa específica; se, na ótica de Antônio, ele, Delúbio, ainda existia. Vergonha da sua covardia ao não entrar na agência atrás de Antônio e tirar uma satisfação, e voltar para casa naquele estado moralmente e fisicamente deplorável, esparramado no sofá, com as pernas esticadas no meio da sala – vergonha daquilo não ser, infelizmente, uma emboscada para ela.

Diana passou em silêncio por ele, sem perguntar, sem querer saber aparentemente nada a seu respeito; Delúbio viu-se reduzido ainda mais e murchou ainda mais e devolveu a ela alguma indiferença; ofendido, como se Diana tivesse obrigação de querer saber dele e não o contrário. Como se o que quer que houvesse acontecido, ou não acontecido, não dissesse respeito somente a ele, mas a ambos; porque os sessenta mil seriam gastos com ambos – uma vez trocado o carro. Ambos os... três – e não fora aquele o dia do ultrassom de Diana?!

– Diana! – E ela passava reto, sem dizer nada?

Encontrou-a no quarto, luz apagada, sentada no lado dela da cama, de frente para a parede, enxugando e alisando os fios molhados de cabelo. Deitou-se, meio que se jogando na cama, e esticou os braços na direção dela, como se quisesse apanhá-la. Ela não se virou para ele, e continuou o que fazia, afastando-se alguns centímetros do seu alcance. Insistente, Delúbio se esparramou mais na direção dela – "Diana!" –, até ficar bem próximo dela, a um ponto de abraçá-la. E num bote abraçou-a por trás, envolvendo-a pela cintura e subindo as mãos nas proximidades dos seios.

Apesar de sentir os calafrios de Diana quando a abraçou, o tremor das mãos dela quando ela o segurou e a frieza da temperatura dela – em contraste com os pingos quentes de água que caíam dos cabelos, umedecendo os ombros –, ignorou o desconforto maior dela, e que uma coisa estava ligada à outra: o desconforto e o fato de ela não ceder. Diana o confundiu, ao segurar as mãos dele, e reclamar das suas unhas sujas. Mais especificamente: das unhas sujas de fumo. A sujeira no canto das unhas – era tudo o que ela tinha a dizer, sem se importar, como fazia ultimamente, em reclamar das mesmas coisas, nos piores horários; virando-se para a parede para dizer que ele deveria criar vergonha de uma vez por todas: ou parar de fumar maconha ou cortar as unhas, ou limpar as unhas depois de dichavar a maconha, pois além do bafo de maconha não fazer bem a ela, "não pegava bem um sujeito com essas unhas". Se fosse o caso, ela daria um dichavador para ele – ela insistia, com a voz fraca, como se fosse desaparecer: nem que fosse preciso ela ir até São Paulo, até a feira da Praça da República – isso existia? – comprar um dichavador; ela estaria disposta a isso, suspirou, se não tivesse outro jeito para ele ter unhas limpas.

Mas Delúbio recusava-se a utilizar dichavador. *Grande Delubius Priapicus* não era homem de usar dichavador. Era capaz de triturar e enrolar fumo em qualquer situação e com as próprias mãos; dichavar dirigindo, com apenas uma das mãos; era sua especialidade: uma mão no volante e a outra triturando a maconha no colo, sobre uma superfície dura qualquer. Depois, apanhava, com a mesma mão solta, a seda, e ia aos poucos colocando-a por baixo da maconha, o que não parecia muito fácil – ou possível – para um leigo entender, mas lá se iam vinte e tantos anos de experiência nesse negócio, e dali até o baseado propriamente dito, bem, seria difícil de explicar o passo a passo até os lábios, difícil ter noção sem uma demonstração ao vivo.

Afastando as mãos sujas das costas limpas dela, Delúbio pensou em se levantar, com a desculpa de ir até a cozinha. Porém mudou de ideia e se atirou novamente sobre Diana, agarrando-a pelas costas, envolvendo-a com os braços longos, como se nunca se desse por vencido, respirando fundo, enfiando-se entre os cabelos molhados, procurando o ouvido dela, como se metesse os dois pés na lama quente e macia e sentisse a descarga elétrica sair de seu corpo tenso, emaranhando os lábios molhados nos cabelos úmidos dela, sentindo o gosto do xampu de alfazema, atirando-se e limpando-se de sensações, pensamentos, cifras, humilhações, probabilidades, desencontros, promessas, derrotas e, quem sabe, recompensas.

Delúbio se deitou ao lado dela, confiante de que era o que Diana esperava dele; tentou despi-la. Diana empurrou-o para trás, esquivando-se dos seus braços, e ergueu-se da cama para, com um sorriso frágil, argumentar que eles deveriam comer primeiro. Desconcertado, Delúbio ensaiou um gracejo, dizendo ser esse justamente o plano! – Diana caminhava para fora do quarto, e foi se trancar novamente no banheiro.

O dia que tivera, o dia seguinte que iria ter, Antônio, o Corolla, o sequestro da filha do Rabello, a reunião de nove horas, a trajetória interrompida, o futuro, o passado: tudo caiu sobre os ombros de Delúbio, como tijolos. E retornou também a suspeita, reforçada, de que Diana mudara definitivamente com ele. Diana era outra! Diana se transformara! Principalmente no quesito carinhos – era outra por completo! Delúbio ergueu-se e arcou o corpo para frente, apoiando a cabeça nas mãos, e as mãos nos joelhos, sem imaginar que Diana também rodopiava em pensamentos no banheiro, que dentro da mente dela também girava um caleidoscópio de cores e formas sombrias: o posto de saúde, a caderneta amarela, Arlindo, o abuso, o cargo dele, o toque, o sangramento, a calcinha pendurada na torneira do chuveiro – a mancha que ficara –, a culpa, o retorno – Arlindo queria vê-la no dia seguinte, dessa vez no consultório –, a necessidade de manter silêncio sobre o ocorrido – e se ela sangrasse de novo – e se sangrasse sobre Delúbio? – e se Delúbio fosse atrás de Arlindo? – *e se ele matasse Arlindo?* –, o não ter construído a tempo uma narrativa plausível – para si própria, antes de tudo.

Quando Diana voltou para o quarto, lembrou-se de dizer que uma tia de Delúbio havia telefonado naquela manhã, minutos depois que ele saiu de casa, assim como telefonara havia duas semanas – em que o telefone tocara e ninguém atendera! – para avisar que o problema de saúde do pai dele se agravara, e que a situação estava difícil no sítio lá em Minas, sendo que a tia não soubera bem explicar o problema, pois ela parecera ser nervosa e confusa, assim como o pai, que ela disse estar cada dia mais nervoso e confuso.

Sentado na cama, Delúbio se dobrou inteiro para frente, afundando a cabeça nas mãos, e as mãos nos joelhos, como se fosse partir os ossos, e não quis saber de nada do que ouvia, não acreditava que ainda teria de ouvir notícias do Zé Moreira naquela noite; considerando o cúmulo ter de sentir pena, culpa ou raiva do velho – e imaginar o quanto o Zé Moreira ainda lhe daria de trabalho. E ser forçado a separar alguns reais dos sessenta mil para cuidar de quem nunca cuidou nem dele, nem da mãe dele e nem de nada na vida que dissesse respeito a ele; ou até ter de alugar a casa, que era por direito da sua mãe, para pagar despesas de sabe-se lá que tipo de tratamento do pai. Delúbio não considerou ligar de volta para a tia, preferiu concentrar-se – lembrar-se – no fato de que ele, em breve, seria pai; e que isso por si só seriam tijolos suficientes para se carregar – e como foi o ultrassom afinal de contas, Diana?

Delúbio se levantou e foi de encontro a Diana, surpreendendo-a na quina do quarto, na ponta da cama; como se descobrisse só agora o arredondado extra na cintura dela e os seios ainda mais generosos – agarrou-a por trás, abocanhando o pescoço fresco, apertando-a com os braços e exigindo notícias, com a língua dentro dos ouvidos dela, sobre o sexo do bebê, que ele queria tanto saber – era menina mesmo? Por que Diana lhe escondera isso? Por que não prestara contas da ida ao posto?

Diana tentou se desvencilhar mais uma vez, eliminando do horizonte definitivamente o "está-tudo-bem" com o qual Delúbio se iludia: empurrou-o, com os cotovelos, para trás, machucando-o um pouco, e Delúbio pareceu mesmo um bobo ao fingir-se de bobo ao despencar, sorrindo, na cama. Como se esperasse que ela fosse despencar junto! Como ela não despencou, Delúbio se ergueu para agarrá-la novamente e demonstrou, pelos olhos vermelhos e pelo ímpeto, que ele não estava mais brincando. Diana fugiu dele de verdade ao completar a volta na cama, para se ver encurralada no outro canto. Se tivesse um copo na mesinha de cabeceira, ao lado dela, ela atiraria nele para valer!

Assim como foi para valer o choro repentino dela, uma explosão que manteve Delúbio afastado por mais de uma noite.

Sacudido pelo trovão que anunciava uma manhã tempestuosa, Delúbio se atirou para fora da cama e se apressou para sair, sem acordar Diana, movimentando-se o mínimo necessário no quarto, sem roçar em nada, pé ante pé, para que ela permanecesse como estava: deitada de frente para a parede e de costas para o lado dele da cama, alheia – a ele e ao mundo que despencaria em instantes lá fora – e latente – poderia explodir em trovoadas quando acordasse e, se isso acontecesse, o para-raios seria ele, atingido dentro de casa.

Atabalhoado e com as ideias fora de lugar, próprias de uma noite maldormida e confusa, de uma mente maldormida e confusa, Delúbio tinha outra justificativa para correr de casa: queria estar na agência antes de Antônio. Quando e se fosse chamado por Antônio, queria estar a postos. Mais para tomar pé da situação. Do que ele conhecia de Antônio, sabia que eram poucas as chances dele ser perguntado sobre a véspera; da sua parte, nada seria dito sobre a saída desastrosa. Isso no caso dele não ser barrado pelas recepcionistas no hall. Isso no caso de Antônio estar lá e ainda existir, e reconhecê-lo quando cruzasse com ele no corredor. Isso no caso dele ainda existir como terceirizado – dez mil pelo menos estariam garantidos, arredondando?

Por isso, era importante estar a postos. E estar a postos cedo. Foi um azar tremendo a chuva ter começado logo que ele abriu o portão da garagem, e ter desabado na descida até o estádio; trazendo consigo em segundos o lamaçal vindo do DER, que despencou ladeira abaixo. Em instantes, a Jurubatuba estavia em tal estado de alagamento, que os carros subiriam em árvores, se isso fosse possível; e Delúbio não teve alternativa a não ser tentar outro caminho. Retornou pela Olavo Bilac, e enfurnou-se pelas vielas e entranhas do DER, encontrando lodo e lamaçal em vários pontos; apenas em um cruzamento, saindo do DER – a Anchieta, duzentos metros à frente, era uma miragem por ora fora do seu alcance –, perdeu quinze minutos.

Tempo suficiente, porém, para reencontrar-se consigo próprio, e abrir o cinzeiro, retirar uma ponta que passara a noite solitária ali, acariciá-la, levá-la à boca, sorvê-la até o talo, até queimar a ponta do lábio e os dedos; e ficar olhando a chuva gostosamente vir bater no para-brisa... a cortina de água descer pelo vidro, do lado de fora... além da cortina de fumaça do lado de dentro... tornando o universo – tipicamente *delubiano* – diáfano ... e Diana... *bem-vinda Diana!*... a sereia desse universo, vindo bater no vidro embaçado, como se Delúbio estivesse num aquário ao contrário – a água do lado de fora dos vidros –, chamando a atenção dele, como se tivesse nadado até o vidro, vindo visitá-lo na chuva especialmente para lhe dizer:

– Oi!

... uma mulher encantada com uma cauda maravilhosa flutuando diante de seus olhos vermelhos e baços, como o vidro – ainda que ela se tornasse cada dia menos parecida com uma sereia; ou se tornasse uma verdadeira sereia, de perto: particularmente quando era atingida por emoções e câimbras assustadoras, e quisesse devorá-lo, como ocorrera na noite sem fim que desembocara naquela manhã de chuva – e ele se lembrava perfeitamente, contorcendo-se no banco do Uno, da tentativa, a certa altura da madrugada, de ainda tentar fazer amor, devagar e de ladinho – *prometo!* –, com ela.

Amor, câimbras e loucura. Delúbio esfregou o punho na testa molhada, diante do cruzamento intransponível, e fechou os olhos, inclinando-se para a frente, encostando a testa no volante do carro. A pressão caiu um pouco. Até que ponto Diana ficou realmente sem ar e não conseguiu respirar exatamente na hora em que ele se aproximara dela era algo que ele não tinha condições de precisar, de entender, de medir e avaliar, porque ele não era médico, nem enfermeiro, nem psicólogo, não era nem um marido e nada pôde fazer além de se levantar nu e puto na madrugada e buscar mais travesseiros e almofadas, sem ter ideia de onde poderia encontrar travesseiros e almofadas às três da madrugada, para inclíná-la na cama apoiada em seu travesseiro mesmo, sem o menor jeito, ouvindo instruções desencontradas para que não provocasse uma dor ainda maior nas costas dela, que "queimava", segundo ela. Diana soltava gemidos profundos que vinham do fundo das entranhas e que ele jamais tinha ouvido antes, e soluçava, temendo que tudo aquilo fizesse ainda mais mal ao bebê de cujo sexo e estado geral na barriga dela ele não fora informado –, e na maior parte do tempo ele nada pôde fazer além de ficar ao lado dela, respirando fundo e esperando que ela também respirasse fundo e finalmente dormisse.

Mas Diana acordava e recomeçava – pedindo coisas, que ele ajeitasse o travesseiro, que procurasse mais travesseiros, que trouxesse água – que ele saísse para a rua atrás de Sonrisal! – que trouxesse suco de melancia! – ela delirava? – e que ele não encostasse a mão nela ao se aproximar! Que se afastasse dela! Não tocasse nela! Não importava o quanto ela pedisse de coisas, que ele não se aproximasse dela! E Diana virava para o lado, e mexia no ventre, e enfiava as mãos dentro na calcinha, e cheirava as mãos, e se acalmava. E, quando Delúbio, mais morto do que vivo, buscando atender a tantos pedidos, ameaçava cair no sono, de tão exausto, ela despertava, falando as mesmas coisas, sem olhar para ele diretamente, resmungando que nada daquilo adiantava, que havia pregos na cama e nas costas, que nem os travesseiros, nem a inclinação, nem nada davam jeito, e que era preciso que Delúbio fizesse algo, que ela não explicava direito o que poderia ser. Então que ele se levantasse e fosse à cozinha buscar outro copo de água e uma toalha com água fria para ela passar no rosto, que ardia, e ela poderia estar com febre e era por isso que não conseguia respirar, nem dormir – e dormia uma meia hora; e acordava; dormia e acordava; até decidir, aparentemente do nada, virar-se de lado – havia um galo a essa altura cantando lá no DER –, dando as costas para ele, ficando assim, ruminando e esticando os músculos das costas que, segundo ela, repuxavam, como se fossem arrebentar.

Eram quase seis da manhã; depois de espasmos, repuxos, murmúrios, puns, choros, apagões, gritos alternados por silêncios profundos, Diana apagou – os primeiros raios de sol entravam pela fresta da janela, tostando o alumínio –, lívida, exausta, meio sentada, meio deitada, amparada por dois travesseiros, o dela e o de Delúbio.

Por isso o mau jeito dele, com dores no ombro e no pescoço, de quem dormiu sem travesseiro, ao passar meio torto pelas recepcionistas da agência. Não saberia dizer se Antônio havia chegado. Delúbio foi direto para os fundos, para o seu quartinho, no pátio. Que se tratava de pouco mais que um puxadinho, a partir da edícula: um cubículo minúsculo e sem ventilação que se transformava numa solitária, se a porta, que abria para fora, se fechasse com uma rajada de vento; um lugar que, até a sua chegada, era exclusivamente almoxarifado. Havia ali uma mesa velha, de segunda ou terceira mão – de segundo ou terceiro escalão –, carcomida nas extremidades e com o tampo riscado; sobre ela, o computador jurássico, cujo mouse tinha vida própria e não o obedecia; um telefone bege, de luz de alerta intermitente e botões soltos e fio trançado; uma cadeira de ferro preta, sem acolchoado e sem braços; e uma estante abarrotada de produtos de limpeza, nas costas da mesa – nas *suas* costas –, que infestava o cubículo de odores ácidos e adocicados; e três vassouras empilhadas no canto, ao lado da estante.

Duas, três vezes ao dia, e até mais vezes, Delúbio era importunado pelas mulheres da limpeza, estranhas que se revezavam durante a semana e agiam como se o quartinho fosse delas, sem nunca uma ser igual à outra; algumas, velhas; outras, tão novinhas; brancas, negras, marrons, beges e pardas, de todas as silhuetas e tamanhos possíveis, terceirizadas e indiferentes, principalmente a ele, entrando sem a menor cerimônia, e a qualquer hora no quartinho – mas aquilo não era um quartinho! –, em busca de palha de aço ou de detergente ou de qualquer outro produto ou artefato, sem bater nem pedir licença, sem nem dar bom-dia!, nem erguer os olhos para ele, o que o irritava muito: Delúbio imaginava ter direito a uma sala própria e a um bom-dia. Mesmo de uma terceirizada. Um carro, uma sala própria, e um bom-dia. Eventualmente, uma secretária. E uma poltrona e uma mesinha de centro, para colocar os pés, na sala própria. Um Corolla, uma sala própria, uma poltrona, uma mesinha de centro, uma secretária e um bom-dia. E que nenhuma terceirizada tocasse nos papéis em cima da mesa, no dia em que sobre a mesa houvesse papéis!

Nessa manhã, pelo menos, Delúbio estaria livre delas: as chuvas e os alagamentos inviabilizaram o que havia de ônibus e vans em São Bernardo, enfartando, por assim dizer, as artérias da cidade; sendo o dilúvio, como sempre, particularmente calamitoso nas áreas mais baixas, baixas em todos os sentidos e que forneciam, além da maconha, e da cocaína, e do crack, e das mulatinhas, as mulheres terceirizadas da limpeza, os seguranças e todo o escalão de baixo, provocando assim um blecaute nas faxinas, verificações, serviços e entregas em residências, escritórios, guaritas, postos de gasolina, áreas de serviço, cancelas e almoxarifados em São Bernardo, no ABC e nas bordas da Grande São Paulo, como um todo.

Delúbio recostou-se na cadeira fria e dura, ainda mais dura e fria por causa do vento que entrava pela porta, que ele tinha de deixar necessariamente aberta, para não sufocar com o cheiro de amônia e água sanitária. Como se a chuva o protegesse, impedindo alguém de aparecer ali, colocou, atrevido, os pés sobre a mesa, sem se importar com os pedriscos de lama riscando o deveras riscado tampo de fórmica. Um pouco de solidão fez bem a ele; o esticar as pernas; o ver a chuva; o imaginar a vulva; de quando em quando, mudava de posição para aliviar a marca do ferro nas costas; entre uma trepada imaginária e outra, lembrava-se de Antônio, se ele teria chegado. Porém, o arrepio na espinha ao pensar nisso passava logo, e ele podia novamente entregar-se, aquecer-se, com os miolos fritando na cachola, entregue ao pensar, pensar e pensar naquilo que ele mais gostava de pensar e de fazer – aguardando, sem o saber, a situação se inverter completamente a seu favor.

Como a situação se inverteu a seu favor, em tão pouco tempo e com tão pouco esforço de sua parte, era algo que escaparia à humana compreensão de Delúbio. Como ele passou de um ninguém, vagando pelos rodapés dos corredores da agência, a convidado para um jantar na cobertura de Antônio – inclusive, fora informado com antecedência de que se tratava de uma cobertura e o elevador do prédio era *tiptronic* –, isso era devido... à lei de compensações? A essa novidade, tão contraditória em sua vida – o "eu ganho se outro perde"? Porque, olhando em retrospectiva essas três semanas, sua ascensão ocorreu simultaneamente à deterioração de várias outras coisas à sua volta – a começar pelo sequestro da filha do tal Rabello.

Por ora, e fora assim nos dias seguidos de chuva ininterrupta que interrompiam e deterioravam as vias e as relações em São Bernardo do Campo – todos se atrasando, todos se culpando, ninguém se entendendo –, nas poucas vezes em que viu Antônio pelos corredores da agência, ou incorporadora, ou seguradora – quanto mais Delúbio conhecia o negócio de Antônio, menos sabia do que se tratava –, a impressão que tinha era a de estar num velório. A sensação, ao avistar Antônio, era semelhante à que Delúbio experimentava em velórios, nos poucos velórios, evidentemente, em que comparecera na vida, em que, ao cruzar com a viúva, ou com o viúvo, ou com um irmão ou parente qualquer do falecido, como uma tia ou um primo, ou com um simples amigo do morto, ele se sentia culpado pela morte do mesmo, incomodado simplesmente por estar vivo, ao pé do caixão, atrapalhando o meio do caminho, junto ao defunto, simulando pesar e atravancando o enterro. Sendo ele claramente não responsável pela morte do morto, ou pelo mau fluxo dentro do velório apertado – como eram apertados, na maioria das vezes, esses eventos – pelo menos, os mais concorridos – ou, se não estivesse apertado, culpando-se pelo velório estar vazio e por ele estar ali, no vazio, de pé e respirando.

Delúbio implorava uma intervenção que afastasse Antônio da sua vista e do seu caminho, se por acaso ele o avistasse indo ou voltando pelos corredores do escritório; que tocasse o telefone celular dele ou alguém o chamasse num canto, no meio do caminho; que explodisse um novo sequestro e ele se desesperasse e voltasse por onde tinha vindo e eles não tivessem que cruzar corpos, nem olhares; que ele, em suma, não fosse notado.

Porque era constrangedor não ter o que fazer no trabalho / serviço / emprego por semanas seguidas, apesar de ser confortável, sob um certo ângulo. Não ser chamado para nada, não ser lembrado por ninguém para coisa alguma e não ter nada para entregar, por exemplo, para Antônio – um relatório, um documento, um cafezinho, uma tarefa – uma xerox – um fax! Nada, nenhum *job* – e eles, consequentemente, não teriam o que dizer quando se cruzassem no corredor; isso por semanas seguidas, uma situação, às vezes, insuportável – apesar de agradável, se ele permanecesse distante dos olhares de Antônio.

Por outro lado, eram nítidos o desconforto, a apreensão, o semblante carregado de Antônio, sempre ao celular, sempre olhando para baixo, sempre empapado de suor sob as axilas. Antônio estava mais gordo, mais pesado, mais... taciturno; exibia olheiras e companhias novas, que não eram funcionários da agência. Outro dia, houve um aglomerado de veículos pretos, vários de chapa branca, enfileirados na calçada, em frente ao escritório. Delúbio passou por eles e entrou praticamente rezando para não ser notado. Não era tanto uma loucura da sua cabeça chapada, *chaparral a caminho do trabalho*; havia o risco concreto de ser notado e ser chamado a qualquer minuto; imaginava ser um dos únicos seres na agência que sabia do sequestro em andamento. Carregava isso como um fardo – pequeno, claro. E a indiferença poderia ser confiança de Antônio na sua pessoa. Em se tratando de Antônio, as coisas eram frequentemente o oposto. A indiferença de Diana em relação a ele era o que era, pensava, mal comparando.

No final de uma manhã na quarta semana de escanteio, seu saco se encheu por completo; Antônio saíra com um comboio pouco antes da hora do almoço. E ele faria igual. Abandonou corajosamente o puxadinho no pátio e resolveu... iniciar o processo da troca de carro! Sim, faria isso! Não era sem tempo! Aproximava-se, pelos seus cálculos, a data do pagamento. E seria um processo longo e complexo, um gesto quase político: ele faria a troca em São Caetano ou em São Bernardo? Na capital nacional do carro novo, ou na do carro usado? Optou pela sua São Bernardo do Campo, a grande São Bernardo que o vira nascer, crescer, foder – *Graaande Priapicus!* –, a São Bernardo de Antônio, do Tetê, e de tantos outros – dos bandeirantes, voltando no tempo –; e não haveria grana para um carro zero em São Caetano. As dezenas, centenas, de lojas de carros usados estavam logo ali, na Faria Lima, a poucas quadras, onde ele poderia inclusive gabar-se do trabalho onde estava – onde? –, de ser quem era – quem? – para vendedores que foram colegas seus no colégio e agora estavam gordos e vendiam carros usados. Ele poderia inclusive ir a pé, se não fosse contra os seus princípios. Então, levantou-se, com os neurônios alegres e parcialmente recuperados, e caminhou para fora da agência. Foi pego a contragosto com os pés na calçada, pela recepcionista que, telefone em punho, chamou-o de forma insolente, num tom de quem o repreendia por sair antes do horário regulamentar de almoço, para comunicar que: Antônio estava doido atrás dele; que o telefone tocara várias vezes na sua salinha e ninguém atendera; dando a entender que Antônio se aborrecera!, e que ele deveria encontrar Antônio em dez – repetiu: "em dez!" – minutos na prefeitura, "entrando pela portaria da frente mesmo".

A segunda vez em que a viu, ao sair do elevador no décimo nono andar e dar de cara com ela o aguardando no corredor, um mulherão esperando por ele, foi completamente diferente da primeira. Delúbio só a enxergava de verdade dessa vez – três semanas sem sexo em casa contribuíram sensivelmente para uma nova visão sobre as coisas, pelo menos sobre algumas. Além, é claro, dos olhares angulosos que ela dirigia a ele agora, e de ela se apresentar com um sotaque – e um nome – tão exótico:

– *Prazerr-r*, Sodré!

A primeira reação de Delúbio, e essa era a explicação da sua cara de espanto, foi achar que ela pensava que era ele o Sodré. Que houve uma confusão enorme de comunicação entre a portaria lá embaixo e a secretária aqui em cima, a ponto de alguém lá debaixo tocar o interfone e dizer:

– Por favor, recepcione que está subindo pelo elevador o sr. Sodré!

Mas era ela a Sodré! A surpreendente e monumental Sodré! Consubstanciada, por assim dizer, diante de Delúbio, como uma Torre Eiffel que aparece a um parisiense pela primeira vez aos 40 anos; como um Paço municipal que se revela a um são-bernardense, na sua inteireza e finalidade, aos 40 anos também. Como ele, Delúbio, estivera seis horas sentado num banco diante dela, do lado de fora da reunião infinita, e lhe escapara o que notava de maneira tão abundante agora, caminhando na sua frente, no corredor do seu sofrimento passado, isso era inacreditável. Sem mágoas, nem remorsos, da parte dele, no entanto. Sofrimento passado, passado. Não cabiam ressentimentos a *Delubius Priapicus*. Menos ainda a *Delubius-Priapicus-Senza-Coitus*.

– *Senhorr* Delúbio: pode me... *acompanharrr?*

Sim, fenomenal Sodré, sim! – os passos dela faziam eco no corredor vazio, velho conhecido de *Priapicus*, e quanto equilíbrio sobre um escarpim altíssimo!; era preciso estar muito atenta: seus quadris largos, generosos poderiam se desequilibrar e despencar sobre aqueles saltos!; e o vestido bege, justíssimo, apesar de realçar cada ângulo e cada dobra – e cada centímetro de lingerie – daquele corpanzil, limitava seus passinhos; e uma cabeleira como aquela, vasta, armada, leonina, ondulada e jogada para trás, poderia contribuir para o desequilíbrio – em pés tão pequenos! Andando, assim, imprudentemente até, à sua frente, a poucos passinhos dele pelo longo corredor do décimo nono andar do Paço, a ciceroneá-lo, jogando as ancas para os lados como se dançasse um mambo... no outrora corredor do seu martírio – nada como um dia após o outro! Para trás ficaram a arrogância e a indiferença do primeiro encontro – mais da parte da outra secretária do que da Sodré! –, a falta de consideração delas – sim, mais da parte da outra! – àquele homem então faminto.

Antônio notou a troca de olhares entre ele e Sodré, ao adentrarem na sala de reunião; percebeu a secretária bocuda encostar devagarzinho a porta dupla da sala, ao sair, relutando a desaparecer para fora da porta, como se hesitasse, lançando um último olhar... de fora da porta... quase no corredor... para dentro da sala! E o seu funcionário – sem um contrato formal de trabalho, porém funcionário! – acompanhar o fechar da porta sem desgrudar o olho dela... para só então se dirigir a ele, Antônio – o patrão, com quem ele não falava havia três semanas, é certo, mas patrão, acompanhado de outra pessoa.

E se fosse o Tetê quem estivesse ali? – é o que Antônio deveria ter pensado, pois foi ríspido com Delúbio. Fingiu não ver o que Delúbio parecia querer lhe mostrar – o flerte com Sodré –, como se não fosse o que fora: uma folga descomunal. O engenheiro Marco Aurélio Flores foi apresentado a Delúbio, portanto, com uma entonação afetada de Antônio, como se o fizesse a contragosto; em seguida, levantou-se e saiu da sala, dizendo que teria que se ausentar por alguns minutos.

Meu Deus!... de novo? Chás de cadeira eram naturais para Antônio? Quanto tempo duraria aquilo: Delúbio ficaria horas diante de um desconhecido? O desconhecido, no entanto, ergueu as grossas sobrancelhas ao vê-lo – que os óculos de aros também grossos de tartaruga procuravam esconder – medindo-o de alto a baixo, sem constrangimento. E sorriu, como se tivesse prazer em conhecê-lo. Delúbio, de certa forma, também se surpreendeu com Marco Aurélio Flores. Imaginava engenheiros sempre grisalhos, desalinhados, indiferentes e hostis, como o Salgado, que encontrara na outra ocasião na mesma sala e mesa; tipos bem diferentes de Flores – "Pode me chamar de Flores, Delúbio! Apenas, Flores" –, um jovem adulto alto e corpulento, de cabelos castanho-escuros, lisos, soltos e caídos nos ombros, de roupas largas e modernas que disfarçavam, bastante bem até, a cintura adiposa. Flores era elegante para um gordo; o rosto, amplo e rotundo, contribuía, com aqueles óculos, para dar a impressão de um espírito arejado, em contraste com a sisudez do ambiente e de todos os seres, vivos e mortos, que Delúbio havia encontrado naquela sala até então.

Flores reclamou da chuva logo de início, buscando quebrar o gelo, notando inclusive a camisa respingada de Delúbio – uns poucos pingos que o atingiram no estacionamento –, se a camisa não estaria incômoda assim, se não haveria como ele trocar de camisa!, e atribuiu os alagamentos constantes naquela época do ano a certos departamentos naquele mesmo prédio, por conta de certos engenheiros, e que provocavam tantos transtornos, e ele dizia isso – "entre nós, Delúbio!" – como um engenheiro do município, pedindo discrição. Isso soou extraordinário para Delúbio – que não passava de um estranho –, tanta liberdade e desapego – Flores era como ele, nesse ponto: um desapegado. Delúbio se sentiu à vontade para culpar o trânsito, o acúmulo de pessoas na recepção lá embaixo e as recepcionistas lerdas – não todas! – pelo seu atraso, incluindo um velho maluco que chegou ao hall junto com ele e tumultuou tudo, entrando no meio da fila achando que chegava – em Brasília!, exigindo ser atendido pelo "presidente da Caixa", por conta de uma aplicação que ele fizera na Caixa, "que não era poupança", mas o velho queria retirar o dinheiro e não se lembrava que aplicação seria.

Flores divertiu-se com as aventuras de Delúbio no hall, rindo bastante com a história do velho, que lhe soou absurda e ridícula – "Que história absurda!" –, mas não totalmente incomum: disse que trabalhar numa prefeitura, infelizmente, tinha dessas coisas, e Delúbio precisava ver as cartas que chegavam, de todos os cantos do país: cartas de Roraima, do Acre, do Amapá, endereçadas a todos os departamentos; e os garranchos – "E os garranchos!" – e os pedidos de emprego, bicicletas, autoramas, camisetas, um beijo da Ivete Sangalo!, pediam de tudo – sem falar nos loucos que telefonavam de outros estados, a cobrar, exigindo coisas "de nós, pobres coitados de São Bernardo do Campo!".

Flores manteve o diálogo animado. E, enquanto falava, perscrutava Delúbio, inclinando-se às vezes para o lado da mesa para medi-lo melhor e mais de perto, como se procurasse enxergar os seus sapatos; e recuava, cruzando e descruzando as pernas, como se a conversa produzisse excitação.

Delúbio, rato, logo viu que não poderia falar de mulheres com ele; mas nada o impedia de informá-lo sobre o périplo, o que teve um impacto bastante forte e positivo em Flores, um rapaz rico e, portanto, viajado e que havia percorrido "várias vezes" os países em que Delúbio disse – enfim! – ter estado. Assim como não tardou para Flores corrigir Delúbio: ele não era um engenheiro, apesar da função que ocupava ser denominada assim, "mas arquiteto!", o que era uma diferença muito significativa, que nem todos ali compreendiam "em toda sua dimensão e significados", se é que Delúbio sabia a que ele estava se referindo. Delúbio não sabia, em toda a sua dimensão, ou ao menos na dimensão colocada por Flores, o que aquela diferença significava, mas antes que Flores explicasse, foi interrompido pela entrada abrupta de Antônio na sala, acompanhado de um senhor grisalho e bronzeado, aparentando uns setenta anos bem vividos.

Delúbio precisou de um vislumbre rápido na parede, esticando o olhar por trás dos ombros de Flores, que se sentara à direita da cabeceira e, portanto, na frente da fileira de retratos, para se certificar de que quem entrava junto com Antônio era o prefeito do último retrato – apesar dos óculos diferentes (mais leves), cabelos mais grisalhos (e penteados para o lado), altura mediana (o retrato sugeria uma pessoa mais alta), barriga proeminente (mais acentuada do que o rosto poderia sugerir), e que vestia trajes esporte, uma camisa branca de mangas curtas, calça jeans e botina tipo jeca (mais à vontade do que o terno cinza da foto).

Era o Tetê, em carne e osso.

E Delúbio conhecia o Tetê! E não por meio de um retrato! Toneladas de maconha não haviam lhe danificado completamente o cérebro! O Tetê lhe era, francamente... familiar. O Tetê como um todo: suas feições, seus gestos, sua maneira de vestir, de falar... O jeito com que veio andando até a mesa de reuniões... caminhando e falando... vivaz... Delúbio procurava se lembrar – seus membros se enrijeceram; sua garganta secou e a respiração ficou em suspenso – como se o Tetê se dirigisse a ele e Flores, embora falasse com Antônio – ... o jeito de apoiar o braço na cadeira, o falar olhando de lado, o olhar panorâmico pela sala, como se buscasse amplitude para suas ideias, os óculos de aros largos de metal, tremendamente grandes – o Tetê parecia... o Zé Moreira falando assim! Mas não se tratava de uma semelhança com o Zé Moreira – se o Zé Moreira fosse bem-sucedido, se o Zé Moreira tivesse tido mais vontade, mais equilíbrio, acordasse mais cedo (se tivesse sido um homem realizado e feliz e não um amargurado), não que ele se tornasse prefeito, mas o Zé Moreira pelo menos teria a chance de se assemelhar ao Tetê. Mas não se tratava disso. De uma semelhança física com seu pai. Tratava-se de Delúbio ter visto o Tetê antes!, ter se aproximado fisicamente do Tetê em alguma outra ocasião, ter sentido ele próprio as mãos pesadas do Tetê sobre os ombros – o Tetê entrou se apoiando nos ombros de Antônio – em alguma situação concreta anterior. Sem dúvida, num passado remoto. Mas quando? Onde? Em qual situação – se o Tetê não demonstrara conhecê-lo ao vê-lo na sala nem interrompeu a conversa com Antônio para cumprimentá-lo.

Pelo contrário: o Tetê continuou a falar como se Delúbio fosse invisível e não existisse. Ou não pudesse perder tempo com ele e Flores. Ele claramente instruía Antônio sobre algo, uma situação que parecia complicada e envolvia outras pessoas, apontando responsáveis que não teriam cumprido certas obrigações, por serem – Delúbio reconhecia também a voz rouca, puxando o "r", como fazem os paulistas do interior – igual ao Zé Moreira, quando o Zé Moreira procurava ser íntimo de alguém – enfim, reclamando de pessoas "pouco confiáveis". A conversa, a partir do momento em que eles entraram na sala, se tornara cifrada, era apenas o rabo de uma conversa.

O prefeito caminhou até a cabeceira, parou, olhou em volta, e deu mais dois passos adiante, acercando-se de Delúbio, aproximando-se e apoiando uma das mãos no seu ombro direito – seria um... costume do Tetê? –, e quis saber, perguntando para Antônio, quem seria aquela "ilustre figura" – em tom jocoso –, que ele nunca havia percebido em ninguém na prefeitura, de onde a ilustre figura surgira e... por que a ilustre figura estava com a camisa molhada?

Delúbio foi socorrido por Antônio, que se adiantou e se interpôs entre ambos, apresentando-o ao Tetê como o novo funcionário de que lhe falara havia pouco e que iria, junto com Flores, fazer o "reconhecimento no terreno"; e o Tetê poderia ficar tranquilo, porque "estava tudo acertado". O fato de estar tudo acertado tranquilizou aparentemente o Tetê – mas não totalmente Delúbio; o prefeito desfranziu o cenho, tirou a mão dos ombros de Delúbio – *também não precisava tirar as mãos, Tetê!* – e abriu novamente um sorriso – o Tetê tinha sorrisos largos! –; e, animando-se – o Tetê era imprevisível –, arrastou a cadeira da cabeceira para longe da borda da mesa e sentou-se cruzando as pernas e coçando-se, completamente à vontade – o Tetê era desprendido! –, entre Delúbio e Flores, um tanto a contragosto de Antônio. Delúbio, experimentando um certo alívio, conhecia bem, àquela altura, o "está tudo acertado" de Antônio; o acerto poderia ser qualquer coisa. Delúbio teve pela primeira vez a sensação de que Antônio lhe escapava, e lhe repreendia com o olhar, por algo que ele não fazia ideia do que poderia ser, a não ser existir, viver e respirar, ao lado do Tetê.

Porém, uma vez que pusera os pés novamente na sala de reuniões, era natural que Delúbio encontrasse, mais dia, menos dia, com um deles ao vivo. Um ao vivo, ao mesmo tempo, longínquo, como se estivesse emoldurado. Tinha algo de irreal, o Tetê, como se ele fosse de cera, ou fosse um retrato – o segundo retrato. Era surpreendente vê-lo se mexer e falar. Era quase mágico – uma epifania tomou conta de Delúbio. Chegara a um lugar mais ou menos etéreo, como se tivesse sobrevoado a sala até pousar ali. O prefeito puxou a cadeira para mais perto do *seu* lado da mesa –

o Tetê era próximo! –, mudando de ideia logo em seguida, porém – afastando a cadeira mais para a direita – o Tetê era agitado! –, procurando cruzar melhor as pernas tortas e ajeitar o saco – o Tetê era *priapicus*! –, recostando-se, enfim, no veludo da cadeira, satisfeito.

E o Tetê exalava vigor e juventude, apesar dos sessenta e muitos anos, aparentemente, excepcionalmente bem vividos, ao sorrir, esticando os lábios largos, e puxar com alegria um cigarro de palha (!) do bolso da camisa – o que causou um impacto forte em Delúbio, que olhou para Antônio em busca não de explicações – o Zé Moreira também fumava cigarros de palha –, mas procurando saber quem iria pegar um cinzeiro.

Antônio se levantou e cuidou disso; como se não permitisse que ninguém tomasse nenhum tipo de dianteira em termos de satisfazer o Tetê. Logo voltou do fundo da sala com um cinzeiro de cristal lapidado que estava sobre uma cômoda distante, e que, pelo impacto que provocou ao ser colocado sobre a mesa, em frente ao Tetê, devia pesar uns cinco quilos.

Somente seu pai, das pessoas que ele conhecera, fumava cigarros de palha semiprontos – pensou Delúbio, em júbilo. E isso enfrentando anos de reclamações de sua mãe, por causa do maldito cheiro de fumo fresco, que parecia esterco – e das manchas amareladas que cigarros de palha deixam nos dedos. Será que era igual com o prefeito? Sua mulher – ele não era viúvo? – não brigava com ele por causa disso? Delúbio procurou checar, nas pontas dos dedos dele, as manchas escuras de quem fuma cigarro sem filtro – olhando disfarçadamente, em seguida, para as próprias unhas, enegrecidas nos cantinhos. As unhas do Tetê, ao contrário, eram limpas, lisas, bem cuidadas, brilhantes; o Tetê devia frequentar manicures! – papava as manicures? –, havia apenas um leve amarelado na ponta dos dedos indicador e médio dele – bem diferente do amarelão dos dedos de seu pai, que fumava até o último milímetro de palha, até queimar os dedos. O Tetê devia certamente descartar o cigarro antes do final, fumando apenas até pouco mais da metade. Civilizadamente, portanto. Tendo nas mãos o controle das próprias emoções e ansiedades. Como forma de se ter o controle total, de tudo! E que baforadas fortes, plenas, gigantes de quem aspirava queimando o fumo bem fundo dentro do peito, para soltar, com prazer redobrado, embicando os lábios para o alto, cortinas espessas de fumaça branca e sedosa. E perfumada! Odores tintos! Cigarros *extra class*! Como o aroma de um bom vinho! O Tetê deveria fumar vários daqueles por dia, imaginou Delúbio, como seu pai fazia; fuma-se mais o de palha, ao contrário do que os fumantes de cigarro de palha proclamam. Seu pai, por exemplo, ficava horas sentado na soleira da porta dos fundos de casa, de frente para o quintal minúsculo, ora olhando para o varal cheio de roupas balançando com o vento, ora olhando para o céu, ou o quintal do vizinho, sempre sozinho, às vezes ficando ali a noite toda, soltando baforadas lânguidas, cheias de sinuosidade, para o alto – para as roupas no varal, às vezes, sacaneando dona Arlete. Seria assim também com Tetê? Sem a mulher vir encher o saco dele e ameaçar largar tudo e ir-se embora – se ele não fosse embora antes?

Após duas longas tragadas, em que o ambiente austero da sala se infestara de um aroma adocicado, o Tetê quebrou o silêncio imposto pelo ritual de acender o fumo e esboçou um sorriso a Delúbio, que revelou os dentes espaçados e ligeiramente – muito ligeiramente – amarelados, e disse, como se estivesse surpreso, que estava diante de um rapaz bastante alto e, sem dúvida alguma, de porte atlético – e mirou os deltoides de Delúbio, desconcertando-o. Em seguida, virou-se para Antônio e Flores, que estavam no lado oposto a Delúbio na mesa, como se esperasse a concordância deles. Somente Flores procurou conferir o que Tetê havia dito, esticando o corpo para medi-lo.

O Tetê prosseguiu, animado: quis saber se Delúbio jogara, ou ainda jogava, basquete ou qualquer outro esporte que aproveitasse a sua altura e o seu porte, perguntando, antes que Delúbio respondesse, para Antônio, se Delúbio por acaso integrara o time de basquete de São Bernardo que, na sua gestão, afirmou Tetê, virando-se para Delúbio – como ele, Delúbio, "deveria saber" –, estava próximo da conquista do quinto título estadual de basquete masculino. "Porque no ABC nós papamos todos!" – e esse era um assunto do qual ele fazia questão de cuidar pessoalmente – "como homem e como prefeito!" – por julgá-lo tão sério e importante quanto qualquer outro – mais sério e mais importante do que muitos assuntos que outros prefeitos julgariam mais sérios e importantes do que este.

O título estadual significava muito, prosseguiu Tetê, dirigindo-se para Flores: além de enfrentar e superar os 584 municípios do estado – "incluindo os canalhas vizinhos" –, eles estariam aptos para derrotar, no campeonato nacional, os canalhas do país todo. E ele acreditava, "como administrador, e como homem e ser humano", firmemente em coisas dessa natureza, "tão ou mais importantes quanto qualquer outra coisa", como "são também importantes" os concursos de miss, por exemplo – Delúbio arregalou os olhos –, para os quais "não obstante" São Bernardo enviar suas representantes todos os anos e não ter ganho ainda nenhum título, "não fazemos feio nisso também não, muito pelo contrário!!"

– Temos a Maria Celestino Rodrigues, não temos? – o Tetê perguntou, de súbito, para Delúbio.

Delúbio empalideceu.

– Não temos a Maria Celestino Rodrigues?!

– ...

– Fátima Celestino! – corrigiu Antônio.

"Sim, Fátima Celestino" – continuou o prefeito, referindo-se à segunda colocação da representante de São Bernardo no Miss São Paulo havia uns três anos – "Graaande Fátima Celestino!", exclamou –, porém, voltando, os campeonatos interestaduais de basquete iam além de meros rankings e uma sala cheia de troféus, como no entanto havia: os campeonatos de basquete envolviam mais gente e duravam mais! E não era que ele, de forma alguma, desprezasse os concursos de miss – o Tetê inquiriu Flores com o olhar, como se o reprimisse por algo, ao dizer isso.

– São coisas complementares! Basquete e misses! – disse o Tetê, arcando-se para a frente da mesa, apoiando a mão no antebraço de Delúbio. – Não são!?

Antônio se calou, irritado, com as divagações do Tetê – e com o apoio deste no antebraço delubiano; escondeu-se atrás de uma muralha de gesso. Delúbio, por sua vez, não tinha certeza se ele próprio deveria responder algo sobre a complementaridade dos campeonatos de basquete e dos concursos de miss – era isso? – ou dizer algo sobre o seu passado esportivo, ou *priápico* (ele se lembrava *bem* da Celestino), e o que havia sido perguntado – e para quem? Talvez ele devesse ignorar a severidade dos olhares de Antônio e... responder? Como se recebesse de surpresa uma bola de basquete nas mãos, na entrada do garrafão, todos os olhares convergiram para ele. Ou ele deveria avançar e devolver a bola dizendo algo sobre os concursos de miss, que lhe apeteciam na verdade muito mais do que os campeonatos de basquete?

Ele teria muitas coisas a dizer ao prefeito – sobre misses, basquete e outros tópicos (sobre... o périplo?) –, uma figura, e essa impressão se intensificava, cada vez mais familiar a ele. Delúbio notara, além do cigarro de palha, a displicência de Tetê nos trejeitos, ao sentar-se de pernas abertas e ajeitar os testículos para o lado; ao se esparramar para trás, na cadeira, e derramar as palavras à vontade, sem se importar com formalismos e emendar livremente as sílabas, prolongando o efeito das palavras; além de voltear deliberadamente o "r" – diferentemente da Sodré, que o esticava – como se fosse uma provocação, como se estivesse não na prefeitura, mas no campo, no meio do pasto. Como se Tetê fizesse questão de mostrar que, sendo filho de um criador de gado, que formou o primogênito médico, para vê-lo prefeito e, quem sabe, deputado, e sabe Deus o que mais no Congresso, ele tinha um pé no Paço e outro no esterco, e falava como bem entendia – e lá de onde ele vinha as pessoas falavam cantando.

Além disso, o fato do Tetê ter escolhido um assunto de natureza pessoal para falar com ele, tão distante do caráter técnico desses encontros, reforçou a impressão de proximidade de Delúbio para com a *figuraça* que era capaz de prosear simplesmente, alguém para quem ele mal fora apresentado, e era feito de papel havia tão pouco tempo, questão de minutos, mas com o qual se via cada vez mais impelido a simpatizar, a gostar e admirar – e que lado humano! –, e tão rápido. Sim, ele, Delúbio, havia jogado basquete no ginásio, jogou muito!, e foi (sim!) incorporado ao time de basquete oficial da escola, devido à sua altura e desempenho – esportivo, claro – e ele ganhara vários campeonatos, "vários", incluindo os intermunicipais – "Ahá!", exclamou o Tetê –, e uma penca de medalhas e um troféu que ficara com ele, por ser capitão, e que ele guardara, mas que estava "não sei onde" e... – brilharam os olhos do Tetê ao ouvi-lo.

E em qual escola Delúbio estudara? A mantida pelo município ou a mantida pelo estado?

Caberia a Antônio satisfazer a curiosidade do Tetê sobre a educação formal do seu funcionário. O que irritou Antônio: ele não tinha a menor ideia; seu departamento de RH não se preocupava com isso; e seu silêncio e mal-estar foram uma espécie de vitória experimentada por Delúbio. O chá de cadeira de seis horas, a indiferença constante, as viagens e sumiços, o quartinho nos fundos, a cadeira de ferro, o cheiro de desinfetante, as faxineiras, o Volvo 240, o silêncio sobre o acerto financeiro, a insegurança – vieram à tona na primeira oportunidade que Delúbio encontrou para estar magoado com Antônio. O Tetê era essa oportunidade.

E o Tetê exultou ao ouvir a resposta de Delúbio – "Municipal... se não me engano!" –, e exaltou, especificamente para Antônio, as vantagens do sistema educacional municipal, notadamente na área esportiva, que não havia se deteriorado com "o tempo e cagadas", ao contrário das escolas do estado – e orientou-o a não descuidar disso jamais, que anotasse o que Delúbio dissera, como testemunho – denotando a eficiência do sistema de esportes "municipal" de São Bernardo –, que lhes poderia ser útil no futuro "frente à canalhada, que prega o contrário".

– Porque, filho – disse Tetê para Delúbio sem se apoiar nele –, o esporte é a verdadeira base... como é o seu nome mesmo?

– Delúbio!

– Sim, Delúbio, um nome forte, filho... – continuou Tetê, baforando tufos de fumaça para o alto – ... é a base do caráter! O esporte é a verdadeira base! – disse, e a cada dia que passava ele "estava mais convencido disso":

– Basta ver os frutos! – Tetê se inclinou para a frente da cadeira e agarrou de supetão o braço direito de Delúbio, erguendo-o como se fosse medi-lo. Delúbio ficou numa posição esdrúxula: sentado, porém com o braço direito estendido no ar, numa altura pouco superior à do ombro, com a mão estendida para a frente, erguendo-o, porém, acima do pretendido pelo prefeito, como forma de mandar para o alto as unhas compridas – e sujas.

Tetê estava entusiasmado demais para prestar atenção em algo tão específico; para ele, o que importava eram os braços e mãos de um jogador de basquete, talhadas para o basquete, moldadas pelo basquete. Ao soltar o braço de Delúbio, acomodar-se de volta na poltrona e apanhar o cigarro de palha que repousava, aceso, no cinzeiro, quis saber mais, diante de um Antônio e de um Flores incrédulos: quis saber se os irmãos de Delúbio haviam estudado na mesma escola municipal e que esportes eles haviam praticado.

Ao ver-se livre da mão do prefeito, Delúbio abaixou o braço, embaraçado diante de Antônio e Flores, enxergando também um certo exagero naquilo – o Tetê era exagerado! –, e informou que era filho único; o que enterneceu o prefeito, como se isso fosse um desarranjo, um desajuste familiar e talvez psicológico, e pudesse ter motivado nele algum tipo de ressentimento.

Repousando as mãos sobre a mesa, e falando num tom grave, como se devesse respeitá-lo e confortá-lo pelo fato de ele ser filho único – esse Tetê, que sensível! –, o prefeito quis saber quem era o seu pai, o que ele fazia e se ele ainda era vivo.

A insistência do Tetê no tópico "Delúbio" e as revelações de intimidades decorrentes disso transtornavam Antônio e Flores, que estavam excluídos da conversa e passavam o tempo olhando para os lados; porém nenhum dos dois – e muito menos Delúbio – poderia imaginar o que se seguiria à resposta de Delúbio sobre seu pai: ele era filho do "Zé Moreira, do cartório" – imaginando abreviar as coisas ao colocar o aposto, pois não haveria maior interesse do Tetê, imaginou, sobre um mero escrivão.

O Tetê arregalou os olhos, jogou o corpo todo para a frente da cadeira e virou-se para Antônio e Flores, numa expressão de espanto: ele conhecera o Zé Moreira, o Zé Moreira do cartório! Só poderia ser... o pai de Delúbio!

Antônio e Flores também se espantaram, mais do que o prefeito, mais do que o próprio Delúbio, se isso fosse possível, para quem todos os olhares se voltaram. Sentimentos confusos e intensos se apossaram de Delúbio, como se tivesse ouvido um gongo; foi acometido de uma mistura de excitação máxima – e apreensão profunda –, como se tivessem sido abertas as comportas do céu na manhã chuvosa e ele fosse levado pela correnteza, sem saber se era tragado em direção ao passado – ou ao futuro.

Não encontrou o que dizer; dentro dele surgiram dúvidas sobre a conveniência de ter o pai, o Zé Moreira, do cartório, conhecido do prefeito.

O Tetê, porém, adiantou-se aos próprios questionamentos: disse a Antônio, com as palavras soltas, beirando a comoção, estar cada dia mais impressionado, nos seus mais de sessenta anos, com as coincidências e as voltas da vida, "porque o mundo gira, e a lusitana roda, Antônio", e tudo acaba voltando para o mesmo ponto, de uma maneira ou de outra – o Tetê por pouco não enxugou os olhos – "o que acontece na aurora da vida!": vejam, diante dele, diante deles todos, estava um garoto que ele conhecera quando nem bem saíra da fralda – o Tetê deu um tapinha no joelho de Delúbio –, o próprio filho do Zé Moreira! – "Grande funcionário do cartório! Grande homem! Grande escrivão!" – *graaaaande Delubius* – consciencioso, cumpridor dos deveres, cidadão notável, e que o ajudara havia muitos anos – o Tetê virou-se para Antônio – os olhos quase úmidos – na compra de uma casa na rua Bernardino de Campos, um negócio complicado por estar o antigo proprietário, o Nelito Cardoso, um tanto enrolado – continuou o Tetê, olhando cada vez mais fundo nos olhos de Antônio – e também por ter o cartório mudado de mãos justamente quando ele fazia o negócio, por conta da morte repentina do dono, o Orestes Piva, "lembra do Orestes, Antônio?", que capotou o carro saindo às seis da manhã do motel com uma puta – o que foi um choque para a esposa e para todos em São Bernardo! –, passando o cartório então para as mãos da Benedita Piva, a Benê, a viúva, pois cartórios são hereditários – como as capitanias o foram – ensinou, de dedo em riste, a Delúbio e Flores:

– Hoje em dia, quando tudo muda de mãos, pelo menos os cartórios são hereditários – prosseguiu, falando especificamente para Antônio, e a Benê ficou em estado de choque por pelo menos uns seis anos, senão pela vida toda!, ficou manca, com a coluna torta, espiritual e fisicamente manca, como se ela própria houvesse sofrido o acidente ao lado do marido, sem nunca mais conseguir sair na rua, na calçada, na janela, coitada – "Coitada da Benê!" –, vergonhosamente traída, acordou sem marido e corna às seis e meia da manhã de uma segunda-feira – justo numa segunda-feira? E depois outras histórias do Piva vieram à tona, e a Benê, além de uma corna completa, não entendia patavinas de cartório!, e foi nesse contexto caótico que o Zé Moreira, excelente homem, excelente funcionário público, o ajudara na compra da casa do Nelito Cardoso – explicou o prefeito, suando na testa e, virando-se para Delúbio – e onde andava o Zé Moreira, que ele não via há tantos anos, ele se aposentara? E a mulher dele, "a senhora sua mãe, Delúbio", que ele também conhecera – "um excelente café!" –, como era o nome dela? Eles ainda moravam ao lado do estádio, na casa em que ele havia estado uma vez?

Delúbio, pasmo, não se lembrava da visita, nem que o café da mãe era excelente, desconhecia o Orestes Piva e o Nelito Cardoso. Mas todo o resto lhe soava familiar, o que o impeliu emocionalmente na direção do prefeito, atraído e confortado pelas suas histórias, ao se reconhecer nelas, e de reconhecer um interesse e envolvimento genuínos do Tetê pela sua família.

Com as mãos debaixo da mesa, Delúbio limpou, com o dedo indicador da mão esquerda, um resto de fumo que se alojara no canto da unha do polegar direito; titubeou diante do Tetê para falar mais sobre o Zé Moreira, uma pessoa que nem o filho, nem ninguém provavelmente, conhecera em detalhes, sobretudo os aspectos mais íntimos, daquela esfinge de padaria chamada Zé Moreira. O tipo de homem que passa uma manhã inteira encostado num balcão, sob o aroma e o vapor da máquina de café coado, tomando cerveja e fumando, fumando um cigarro após o outro; solitário, olhando para o nada e pensando, pensando – curtindo? –, pensando em nada, na própria vida, no nada da própria vida, pois quando olha para o lado, após pedir um misto quente para o atendente, o faz com tanto desprezo para o mundo ao redor que não se supõe que pense um minuto na vida dos outros, no nada de ninguém que não seja o nada de si próprio.

O Zé Moreira poderia não ser tão desimportante quanto Delúbio imaginara – ocorria-lhe isso, intrigado pela curiosidade e sentimentalidade do Tetê. Delúbio procurou atender à curiosidade do prefeito, enfrentando os olhares fulminantes de Antônio, que tentou emplacar, sem sucesso, o assunto de uma reunião que eles teriam à tarde: sim, o Zé Moreira se aposentara havia alguns anos, a contragosto, "como todos sabiam"; mudou-se para Minas, onde permanece, em um sítio, fazendo o que ele gosta e sempre gostou de fazer – nada, nem porra nenhuma –, mas isso Delúbio substituiu pelos "cuidados com uma plantaçãozinha de milho e mandioca". De volta à natureza, portanto! E pronto, assim resume-se o Zé Moreira, sem que se dê também muita importância à doença que o debilitaria aos poucos, que se manifestara na época da aposentadoria, e menos importância ainda ao que levou a ela, e mencione-se apenas um problema qualquer que forçou sua ida para Minas. E que fique também subentendido nesse contexto, como se se embaralhassem as datas e os fatos na nuvem espessa de fumaça solta no ar pelo Tetê, o eventual "afastamento" dele e da esposa, evitando-se assim falar da separação do casal por iniciativa dela e saltando a narrativa diretamente para a morte de dona Arlete, havia três anos – calculando prudentemente que, se o prefeito não soubera da morte da mãe, eventualmente não soubesse do grau de desentendimento e do ocorrido entre eles, das brigas horrorosas por conta da partilha, do impasse em relação ao sítio em Minas e... as acusações dela... e do dia em que o pai perdeu definitivamente a cabeça e... bem, o crânio dela levou a pior e... vizinhos... ambulância... polícia... o mais provável é que o Tetê tivesse conhecimento, mas não se lembrasse. Um escrivão era um escrivão, e Delúbio jamais comentaria nada disso ali, por vergonha e pudor. O Tetê certamente compreenderia, se soubesse ou se lembrasse de tudo mais tarde, que, como filho, ele jamais poderia ter entrado em detalhes, principalmente na frente de estranhos como Flores e, de certa forma, Antônio.

O fato de, após o relato biográfico sucinto, o Tetê se levantar e se aproximar dele, com olhar circunspeto, como se se aproximasse de alguém que tivesse sofrido uma dor muito grande, e pousar a mão no seu ombro, e apertá-lo, condoído, como se o confortasse, e soltar um suspiro para Antônio, e mudar bruscamente de assunto, como se estivesse se recompondo, para se referir à reunião que eles teriam naquela tarde, relacionada, provavelmente, ao sequestro em andamento – "E avisa a esse pessoal, Antônio, não se esqueça" – disse o Tetê, quebrando o silêncio...

– Minha paciência está chegando ao fim!

... encaminhando-se para a porta, e o fato de o Tetê sair de forma tão abrupta – "Sodré!", gritou no corredor –, reforçou a impressão terrível de Delúbio de que ele se enganara: o mais provável era que Tetê soubesse do ocorrido com sua família.

O Tetê soube, fatalmente, do ocorrido – Delúbio remoeu, num silêncio amargo, acomodado dentro do Mercedes Classe A de Flores, a caminho da área que visitariam juntos. As pessoas ouvem, ficam sabendo; conversam, comentam, assopram, repassam; fingem que esquecem; dão um tempo; depois – às vezes anos se passam –, lembram, recordam, desenterram; e retomam; e a cada retomada adicionam, enriquecem, exageram, inventam, tripudiam. E mentem, no caminho. Ele próprio acabara de tomar conhecimento do caso do Orestes Piva, um sujeito que ele nunca vira ou de quem nunca ouvira falar antes e vinte, trinta anos depois do acidente, ele estava tomado de pena da Benedita, da Benê – e também com raiva dela, pela tonta que ela era, sendo que ele nem a conhecia, pois também nunca a vira ou ouvira falar dela... Imaginando onde ela estaria, o destino dessa mulher infeliz, se morrera, de desgosto ou qualquer outro infortúnio, a esposa, a traída, a viúva, a velha – gorda? –, e manca!, uma desgraçada!, marcada de varizes, dor e vergonha para toda a vida, culpada pela própria desgraça. O Tetê contara esse caso sem pudor, com algum deleite, e uma pitada de sadismo, e aqui estava ele, Delúbio, que não tinha nada a ver com isso, imaginando coisas sobre aquela manhã fatídica, a curva fechada, a freada, o acidente, os corpos sob as ferragens, o sangue, os bombeiros, a amante, a perfídia, o Piva, um inconsequente, um fraco, um homem, um dono de uma loja de autopeças, um grande de um filho de uma puta.

A chuva voltou a cair no final da manhã, complicando muito as coisas em São Bernardo do Campo. Os carros se amontoavam como moscas diante dos semáforos apagados, por conta de um blecaute elétrico; não havia fluxo possível e ouviam-se buzinas por todos os lados. Os vidros do Classe A logo se embaçaram. Ao ligar o ar-condicionado quente, e acolhedor, Flores animou-se em mostrar os CDs que trazia no carro, dando a Delúbio a oportunidade de ficar mais alguns minutos em silêncio, absorto, olhando pela janela a cidade mergulhar no caos, enquanto ele mergulhava no seu próprio caos. Pois o caos lá fora era um retrato do seu caos interno. A intimidade recém-descoberta com o Tetê pela manhã mudara algo, sem dúvida, no rumo dos acontecimentos; mas ele não sabia precisar o que mudara, nem o quanto.

Algumas quadras para cima, no cruzamento com a Faria Lima, o trânsito parou completamente. Afluíam carros de todos os cantos, como se saíssem dos esgotos, e dali tentavam escapar para todos os lados, como se pudessem fluir uns sobre os outros, e dezenas de pessoas, sob guarda-chuvas coloridos, misturavam-se aos veículos, pulando como pulgas os canteiros que separavam as mãos da avenida, para se amontoar em longas e tumultuadas filas nos pontos de ônibus. Mulheres carregadas de sacolas e crianças saltavam sobre os canteiros, sem a agilidade, no entanto, de um jovem de óculos escuros e uma capa de chuva com capuz que cobria quase todo o rosto, que surgiu do canteiro e se misturou entre os veículos na altura do carro de Flores, e que deu um tapa – um soco – inexplicavelmente na traseira do veículo, como se o Classe A houvesse obstruído o caminho; Flores deu um pulo no assento de couro, como se ele próprio tivesse sido atingido no traseiro. Olhou para trás, com olhos arregalados, e xingou o rapaz, porém nos ouvidos de Delúbio. Com a mão na maçaneta da porta, ameaçou sair do carro, e tirar satisfações, como se pretendesse partir para a briga com o jovem – mas não fez nada disso; preferiu mudar de ideia: olhou para a frente, nervoso, aproximando o rosto do para-brisa, como se procurasse observar melhor o mundo lá fora, e fosse o mundo lá fora, e não o rapaz, o responsável pelo murro na traseira do carro. Diminuiu o volume da música e queixou-se de que perdera o rapaz de vista, de que o mundo era dos pobres-diabos, e que bom que, para eventos como esse, se o carro tivesse sido amassado, havia o seguro, que para automóveis Mercedes custavam os olhos da cara, mas que a cada dia se tornava mais necessário, e que o amasso na traseira do carro poderia ser pequeno, e nem valesse o custo da franquia, que era muito alto, "era o custo, em si, de um carro", e o que Delúbio achava disso?

Delúbio não achava nada, como se a covardia de Flores não merecesse uma opinião; e continuou a olhar para fora, afundado no banco do Classe A, ignorando o que acontecera na traseira do carro – na bundinha do carro – desse bundão desse Flores.

Delúbio pensava em Diana, que ainda era o seu pensamento favorito, apesar de tudo, e que, sem precisar de muito esforço, anestesiava-o de todos os outros pensamentos; como nos bons tempos, não tão remotos, em que pensava nela sem profundidade nenhuma; sem pensamentos propriamente ditos na cabeça, mas movimentos, sensações, dela sobre ele, dele sobre ela, enrolados em contorcionismos, os cabelos femininos e revoltos dela sobre o seu corpo, essa conexão deles, essa magia deles ou, como ela dizia: "esse *shazam*!" Como Diana falou outra manhã, ela que era de falar tão pouco, antes das crises e depois do amor, antes do café com bolachas, apertando-o entre os lençóis:

– Isso que a gente tem, amor... esse... *shazam*!

Delúbio se contorceu no banco, e disfarçou, com as mãos enfiadas no bolso, a fúria tempestuosa que se insinuava, que o acometia, esticando as pernas e se afundando no couro macio – olhou de lado, para garantir que passava completamente despercebido a Flores, deparando-se, como uma surpresa incômoda, com Flores medindo-o de alto a baixo – mais para baixo do que para o alto.

Sem saber o que achar de Delúbio, um sujeito que em poucas horas o surpreendera tanto, e sem conseguir suportar a indiferença e o silêncio dele, um constrangimento que se tornava insuportável num engarrafamento, Flores desembestou a falar de si próprio – do seu próprio périplo: estivera "na Bélgica, Delúbio", por dois anos, a estudo, "que na verdade valeram por muito mais do que dois anos", se Delúbio entendia do que ele estava falando – não perdia uma oportunidade de pronunciar "Delúbio". Quis saber o significado do nome, se tinha algo a ver com "dilúvio", arriscou, no que foi ignorado – como se o outro fosse incapaz de virar o rosto para ele e fosse surdo. Mas Flores não se arrependia de ter retornado ao Brasil e a uma cidade, no fundo, pequena, porém praticamente ligada a São Paulo, o que facilitava as coisas um pouco: na hora de se ir a um cinema, a uma boate, um teatro – um programa que eles poderiam fazer juntos, Delúbio! – e Flores não se atreveu a olhar para Delúbio ao sugerir isso –, sendo que, o motivo de ter voltado da Bélgica e estar "enterrado, no fundo" em São Bernardo do Campo eram os negócios imobiliários que herdara do falecido pai, que se estendiam das áreas limítrofes do município a áreas em São Paulo, atravessando o bairro JK, onde morava Antônio, mas que ele fazia questão de manter distância – dos negócios imobiliários, não do bairro JK –, por estar em busca "do meu próprio espaço, Delúbio".

– E você ainda não me disse o que significa: "Delúbio"!

Flores mal respirava, de tão aflito, impaciente pelo Mercedes avançar aos poucos em meio ao ajuntamento de carros; mantinha os olhos bem abertos, olhando para a frente e, de quando em quando, para o lado direito – para o passageiro –; arfava e atropelava as palavras, como se houvesse muito a dizer e o tempo fosse escasso, apesar do congestionamento monstro: as vantagens de se ter um emprego estável na prefeitura, ainda que previsível e aborrecido na maioria do tempo – "olha lá, hein Delúbio!"; as ligações do seu pai com o poder político, principalmente com o grupo do prefeito, que lhe renderam o emprego – não era segredo algum, e ele não fazia nada de errado! – e quem não aproveitaria isso?; a falta de motivos para não aproveitar a casa dos pais num condomínio, e morar lá com a mãe, sendo ele solteiro, aos trinta e sete anos; a escolha da irmã mais velha em morar no apartamento de quatro quartos da família no JK, sozinha – Delúbio ergueu uma sobrancelha ao ouvir isso –; mesmo ela tendo ficado avariada depois de ter se separado do marido, quer dizer, depois de o marido ter se separado dela, abandonando-a por causa de outra, bem mais nova (e mais bonita!), traindo-a na frente de São Bernardo inteira, sem se importar com a vergonha dela, nem com o sogro!, nem com o filho, que ela agarrara para si com as duas patas, "de olho na pensão, gorda como ela!"

Delúbio virou-se para Flores, com um olhar perturbado, abissal, como um desses assassinos que emergem de pântanos com os olhos sangrando e os braços abertos, e uma faca enterrada no crânio. Assustou o arquiteto, que virou o rosto para a frente e se inclinou como se fosse grudar no volante, como se as condições do tráfego exigissem sua atenção e ele devesse ficar momentaneamente quieto. A chuva apertou, conforme o Mercedes avançava em direção à face norte da cidade. A certa altura da Faria Lima, que reunia em três quarteirões dezenas de lojas de veículos seminovos – distraindo a atenção de Delúbio –, uma árvore caíra, obstruindo o já bastante obstruído trânsito. Sem a ajuda de ninguém do sistema de tráfego no local, os carros subiam na calçada para avançar, em manobras inconsequentes, jogando para os cantos os pedestres que vinham, a maioria, em sentido contrário, descendo para o Centro. Flores hesitou em prosseguir, preferindo fazer uma meia-lua em marcha a ré e descer de volta a Faria Lima. Mas foi repreendido pela Ranger cabine dupla que rugia para ele logo atrás, ocupando o fluxo contrário da rua; o som da buzina da Ranger provocou as buzinas dos outros carros, que entoaram em uníssono um protesto ensurdecedor contra a tentativa de meia-lua do arquiteto. Suando frio, e sem ter outro remédio, Flores engatou a primeira marcha e avançou sobre o meio-fio, olhando Delúbio de soslaio, para verificar se tinha a sua aprovação e o seu apoio para fazer aquilo. Delúbio meneou a cabeça, num movimento que Flores não soube identificar se era de desaprovação à sua manobra ou à sua pessoa; enervado, foi em frente, por ter iniciado o movimento e não ter outra saída. O Mercedes subiu na calçada, raspando o escapamento baixo no meio-fio, num ruído asqueroso.

Flores, envergonhado diante de Delúbio, decidiu justificar o barulho: era devido à altura do carro, "pois aquele era um modelo europeu", que não era talhado para "saltos na selva com obstáculos". Porém, diante de uma frase sem graça, o que ele poderia esperar senão o olhar pela janela de Delúbio? Uma poça gigantesca, duas quadras à frente, impediu, de qualquer forma, que o carro de chassi baixo avançasse; prudentemente, sem consultar Delúbio, Flores entrou à direita, embrenhando-se nas ruelas que se emaranhavam sem uma lógica urbanística ou de fluxo aparente. Atrapalhou-se ainda mais, indo e vindo entre as mãos conflitantes das ruas estreitas de paralelepípedos escorregadios daquela região impessoal da cidade, em que se misturavam casas geminadas ao pequeno comércio de lojas de roupas, tecidos e rendas, padarias, bares, farmácias, açougues, escritórios de contabilidade, buracos de xerox, despachantes, chaveiros e outras microespecialidades.

Flores só experimentou alívio ao dar, por acaso, de frente ao hotel Champion, uma alcova de quatro andares revestidos de vidros fumê e pastilhas verdes e marrons; dali, era só seguir em linha reta, cruzar a Anchieta, e sair lá na frente, na região dos armazéns, na divisa com São Paulo.

O alívio de Flores durou pouco; o tempo de Delúbio reparar numa placa de rua que ficara para trás conforme o carro avançou, ler o nome da rua na placa – Bernardino de Campos – e gritar...

– Para!

– !?

– O carro! Para!

... apertando o braço de Flores – levando-o a brecar de susto, sem entender se havia algum perigo, ou um erro dele ou... Delúbio apertou mais o braço dele e ordenou, alterado, que Flores desse marcha a ré, olhando para trás, como se se assegurasse que não vinha carro nenhum atrás do Classe A. Desconcertado, sem ousar perguntar o porquê daquilo – perturbado pelo apertão no braço –, Flores pisou no acelerador, forçando o motor, que gritou de ré sobre os paralelepípedos molhados. No cruzamento, de frente para a placa, Delúbio mandou que ele parasse o carro ali. Quis saber onde ficava "a antiga casa do Tetê" – chamando o Tetê de Tetê, para indignação de Flores.

Flores ligou os pontos, franziu o cenho e ajeitou os óculos, considerando, além da casa, onde *Delúbio* estava, e a que distância do Tetê ele se encontrava – ignorando, porém, onde ele pretendia chegar parando na Bernardino; temeu, num surto psicótico, que se aprofundasse a dinâmica própria entre Delúbio e Tetê, entre Delúbio e o grande projeto, entre Delúbio e o mundo – e essa dinâmica adquiriria cada vez mais rapidez, calculou – o que diminuiria a dinâmica que ele próprio desejaria estabelecer com o outro. Por outro lado, não havia muito a fazer, a não ser tentar agradar e se aproximar de Delúbio e dos acontecimentos.

Flores sabia onde se localizava a casa, a frequentara muito, acompanhado do pai, quando criança – ele era próximo do Tetê desde a infância, explicou.

Percebendo que essa informação em nada comovera Delúbio, que parecia estar entregue a impulsos estranhos, próprios, Flores se calou, manobrando para entrar na Bernardino. Três quarteirões depois, estacionou em frente a uma casa de portão baixo, de grades carcomidas pela ferrugem, nos cantos. Delúbio saltou praticamente com o carro em movimento e, sem se incomodar com a chuva, aproximou-se do gradil. Era uma casa média, dessas de vinte metros de frente e três quartos e quintal nos fundos, com janelas de ponta a ponta da parede frontal; no jardim, roseiras malcuidadas se misturavam à grama seca e a folhagens diversas, formando um arranjo desleixado à mercê da natureza e do tempo; a garagem coberta, à esquerda de quem está de frente para a casa, acomodava dois carros, mas estava vazia àquela altura da manhã; apenas as luzes acesas das arandelas davam sinal de que a casa fosse habitada; os folhetos de entregas de pizza e chaveiros espalhados pelo piso de cimento da rampa da garagem indicavam, junto com as luzes, que ninguém havia ainda acordado, ou houvesse saído de lá de dentro.

    Ao ver Delúbio forçar a entrada pelo portão, Flores entrou em pânico dentro do carro: o que esperar dele dali para a frente? A maçaneta destrancada cedeu e Delúbio empurrou, sem hesitar, o portão emperrado, subindo em passos largos a rampa dos carros; uma vez na garagem, dirigiu-se para a porta de entrada da casa, de ferro e vidro laminado. Com os cabelos e ombros respingados de chuva, estacou: olhou em torno da porta, como se procurasse uma campainha – de dentro do carro, Flores pôde ver Delúbio se aproximar e encostar o nariz no vidro laminado da porta, procurando enxergar o que havia lá dentro. Como aquilo ia além do que Flores imaginasse razoável e pudesse suportar – Delúbio se comportava de maneira perigosa, aquilo poderia ser entendido como uma intrusão descabida, um assalto – uma tentativa de sequestro –, Flores abriu a janela do lado do passageiro e gritou para Delúbio voltar para o carro. Foi ignorado. Delúbio continuou espiando pelo vidro, não parecia nem ouvi-lo. Flores desceu do carro, apesar da chuva, atravessou o portão numa corrida e subiu pela rampa. Ao ver Flores na garagem, arfando, Delúbio afastou o rosto do vidro e disse, em tom áspero, como se aquela fosse uma intromissão indevida a algo que dizia respeito somente a ele, que o arquiteto voltasse para o carro e o esperasse lá, e desviou-se dele, encaminhando-se para a janela frontal da casa. Flores tentou argumentar, em voz baixa, temendo ser ouvido por alguém dentro da casa, que aquilo era irregular, que poderia ser entendido pelo que era: uma invasão a uma propriedade privada, ou pior: que fosse uma tentativa de assalto, o que poderia trazer problemas para ambos. Delúbio fez um sinal com a mão para que ele ficasse quieto, com desprezo, como se Flores fosse um tolo; e procurou enxergar o interior da casa através dos vidros da janela da frente.

    Como o vidro era liso, Delúbio conseguiu distinguir a sala de estar, decorada com poucos móveis, esparsos, e uma mesa de jantar ao fundo; as luzes estavam apagadas e não havia sinal de vida lá dentro; a porta que devia ser a da cozinha estava fechada; não se ouvia ruído algum. O conjunto, no entanto, lhe pareceu confortável – era três vezes maior do que a casa da 24 –; mas tudo era meio gasto, como se estivesse daquele jeito havia anos; o lustre de tulipas invertidas lhe pareceu igual ao de casa, porém maior; a TV no canto da sala era de um modelo antigo, como a sua, com algumas polegadas a mais; do corredor que saía da sala de jantar em diante, na direção dos quartos, não conseguiu ver mais nada. Voltou para o Mercedes, de cabeça baixa, como se estivesse frustrado por não encontrar algo que procurasse; deparou-se com Flores o esperando dentro do carro, com o motor ligado, fazendo pose de indignado e um tanto aflito.

No resto do caminho, mal falaram um com o outro. Flores, contrariado com as atitudes de Delúbio, resmungou, alguns quarteirões acima, umas poucas palavras sobre o contato que eles tinham no local que iriam visitar: chamava-se Kleverson – e Kleverson poderia ter desistido de esperá-los. Foi o mais incisivo que Flores conseguiu ser; recriminar Kleverson, para tentar recriminar Delúbio, depois de remoer um bocado não tanto o que Delúbio houvesse feito, mas o que ele não fez: essa indiferença absurda, pavorosa, que o decepcionava tanto, e que permanecera olímpica durante todo o trajeto.

Delúbio ignorou os resmungos e continuou absorto, como se estivesse no epicentro de um redemoinho seu; a casa da Bernardino de Campos, deixada para trás, parecia-lhe também familiar, como o Tetê, e a lembrança do que vira havia dez minutos lhe ofereceu um conforto morno, como um agasalho que o protegesse do vento e da chuva que batiam na janela do carro. Como se ele houvesse estado naquela casa antes, acompanhando o pai, numa época em que seu pai ainda não havia desistido dele, e o carregava nos ombros e o levava junto nas andanças e visitas pela cidade – antes de abandoná-lo à própria sorte e para sempre (antes que fosse ele que se recusasse a acompanhá-lo). Como se ele um dia tivesse brincado na rampa da garagem da casa da Bernardino, no final de uma tarde quente de sábado, e uma empregada preta de avental branco trouxesse uma travessa com pedaços de bolo quentinho, e pipoca e suco, para ele e para as outras crianças que brincavam no jardim, entre as roseiras e folhagens; como se, na hora em que seu pai saísse pela porta da frente, acompanhado do dono da casa, que não teria ainda se tornado o prefeito, mas que já tinha todo o jeito, aquilo fosse para ele uma grande tristeza, porque ele não queria ir embora no meio da brincadeira, queria ficar ali se pudesse até tarde da noite, misturando-se, entre as folhagens, com os filhos dos donos da casa e os meninos da vizinhança, como se ele fosse um caçador e no jardim houvesse um tesouro escondido e muitos segredos.

Delúbio forçou a memória, tentando lembrar se estivera lá de verdade, e as circunstâncias. Felizmente, seu pai teria se demorado mais lá dentro, porque havia muito o que conversar com o futuro prefeito – e a mulher deste lhe trouxesse muitos cafezinhos –, ajudando-o, como este lhe dissera havia pouco, a finalizar os últimos retoques de algo. Ou seu pai tenha feito apenas uma visita, para receber cumprimentos pelo tanto que ele houvera ajudado lá no cartório, e eles tivessem se tornado compadres, e a conversa deles estivesse animada – enquanto ele se divertia às pampas na rampa da garagem com as outras crianças. A descida vertiginosa da rampa, como se fosse um mergulho num desfiladeiro de pedra, emergiu então plena na sua memória, numa época em que a possibilidade de levantar voo não lhe parecia uma coisa de outro mundo; as imagens dos azulejos da parede – arabescos simplórios em ocre e verde-musgo – e a dureza do piso de cimento que encontrou lá embaixo, na queda, lhe surgiram nítidos e concretos na lembrança – ou seriam azulejos comuns demais, encontrados aos montes em qualquer das outras casas construídas na mesma época daquela?

Delúbio perguntou para Flores quando aquela casa havia sido construída e por quantos anos o Tetê a habitara. Desprevenido pela pergunta, apesar da alegria de receber a atenção de Delúbio, qualquer que fosse a intenção dele, Flores considerou que Delúbio poderia estar indo longe demais, em assuntos que não eram da sua conta; sem recriminá-lo explicitamente – sem feri-lo –, respondeu, num tom que tentava, com dificuldades, ser pelo menos ríspido, que a casa deveria ter cerca de trinta anos, pelo tipo de projeto e pelo estado em que estava, que era uma casa comum de três quartos, "sem arquitetura alguma", como tantas outras do bairro, e ele não teria nada a dizer sobre a mudança do prefeito – um assunto que não lhe dizia respeito e do qual ele não tinha "obrigação ou interesse em saber".

Delúbio notou o esforço dele para ocultar, e mentir, e preferiu retornar à imaginação e ao silêncio, que durou o percurso da Anchieta – Flores pegara a Anchieta, pelo menos –; três quilômetros adiante, entraram numa avenida, chegando, na sequência, à rua dos depósitos, coberta de paralelepípedos. Flores sacolejou no assento do Classe A, até atingirem o local do projeto, objeto da sua contratação – mas que depois Antônio nunca mais tocou no assunto, a ponto de Delúbio não saber o que iria fazer ali, nem para o que havia sido contratado.

A manhã se recusava, como uma visita teimosa, a ir embora, e a chuva a passar: agora era fina, e era conduzida pelo vento do planalto trazido pela Anchieta, ora para uma direção, ora para outra, como um lençol balançando num varal, encobrindo a paisagem formada de prediozinhos e barracos que se estendiam pelos morros. O Classe A diminuiu a velocidade, ao passar diante de um muro comprido, que tinha o reboque destruído e era só tijolos. Flores parou o carro na metade da extensão do muro, sem desligar o motor, em frente a um portão de ferro enferrujado e imponente, a entrada principal da propriedade. Sem abrir a janela do carro, apontou para Delúbio a ponta de uma torre que se erguia atrás do muro, em direção ao céu carregado – era a torre da transmissora de tevê instalada no terreno –; Delúbio não se interessou nem se lembrou de Antônio ter mencionado a torre.

Delúbio saltou do carro novamente e, sob a garoa, correu para espichar o pescoço sobre o portão. Flores, inconformado além da conta desta vez, abriu a janela e disse, como se tivesse coragem, mas não quisesse ou conseguisse exatamente gritar, que aquilo "não era necessário, Delúbio", que ele "não precisava tomar aquela chuva", que aquilo "não se fazia daquela forma". Eles poderiam voltar mais tarde, quando a chuva cessasse, e pudessem ver tudo mais de perto – para observar, contrariado, Delúbio ignorar os apelos, praticamente trepando no portão, como se fosse saltá-lo, apoiando os pés nos vãos do gradil.

Era um terreno grande, mas não imenso – um pouco maior do que um campo de futebol; escombros se espalhavam pelos cantos, restos de pilares, vigas de sustentação, lajes, vergas. À esquerda, enxergava-se o piso de uma construção em que as paredes foram destruídas, montes de tijolos e cimento cobertos pelo mato; à direita, na extremidade oposta, alguns metros depois da torre de tevê, ferragens amontoadas sugeriam projetos abandonados ou incompletos. Ao fundo, na base do retângulo, quando o terreno terminava, estavam os depósitos e armazéns, um conjunto de edificações contíguas que funcionava como um anteparo para a vista: galpões industriais centenários, de um colorido desbotado, que se estendiam por vários quarteirões, avançando e acompanhando a *railway* até São Paulo. Delúbio conhecia os depósitos pela frente, mas era a primeira vez que os via pelos fundos. Mais à direita, ao longe, o terreno descia numa ribanceira, formando um pequeno vale, onde passava o que seria um córrego, mas que ele não conseguia identificar exatamente, do ponto em que estava; como também não conseguia enxergar os primeiros barracos que ficavam nas bordas do terreno, vendo apenas a extensão deles, quando subiam a elevação, acompanhando a sinuosidade e avançando a noroeste do município – um pequeno mar de habitações de madeira, lata e alvenaria, sob todas as formas possíveis que madeira, papelão, tijolos baianos e pedaços de lata juntos ou separados pudessem adquirir e que, atravessando fronteiras, desafiavam os limites de três municípios.

Delúbio não percebeu, na primeira tomada de reconhecimento, a existência de três pequenos galpões brancos pré-fabricados, rentes ao muro, à direita na margem de cá do córrego, em oposição aos barracos, distantes do portão uns duzentos metros. Foi para lá que ele foi levado por Flores assim que retornou ao Classe A. No final do muro, em terreno aberto, escondiam-se bares e pequenas mercearias, que começavam onde terminava o terreno – era a entrada, por assim dizer, da área dos barracos. Aqui e ali, grupos de crianças molhadas como pintos brincavam de um lado para outro, na beira do córrego, indiferentes à lama, à chuva e ao cheiro forte de esgoto.

Flores, incomodado por ter de sair do carro debaixo das gotas de chuva, desceu do carro sozinho, dizendo a Delúbio que esperasse por ele ali, e dirigiu-se para os galpões pré-fabricados.

Delúbio estranhou Flores querer descer do carro sozinho, entendeu que eles estavam ali para desempenhar uma tarefa juntos – embora ele não soubesse dizer de que tarefa se tratava. Porém, não desceu do carro, nem reclamou; preferiu ficar no conforto do banco de couro, reparando, da janela e sob a temperatura agradável do ar-condicionado, as crianças cobertas com trapos e de rostos sujos de ramela e lama, correndo com os cachorros de um lado para outro do lamaçal formado nas margens do córrego – saltitantes como filhotes de animais silvestres, gritando e se engalfinhando umas com as outras, rolando entre risos, alheias ao cheiro podre que emanava do córrego – imundas, imunizadas e felizes, e isso aliviou as tensões internas de Delúbio, que lhe pareceram menores diante da leveza daquelas crianças.

Reparou também nos barracos, que ele raramente via à luz do sol; porque ele estava acostumado com favelas, crescera ao lado de uma delas – apesar de o DER não poder ser chamado mais de favela –, mas tinha o hábito de frequentá-las de noite, não de dia. Mesmo em se tratando dessa favela, que ele não tinha certeza se seria a continuação do Sobradinho ou uma outra – São Bernardo abrigava centenas delas –, ele encostava, vez ou outra, talvez não muito longe daquele ponto, vindo pelo outro lado da cidade, o Uno 95 à noitinha, às vezes de madrugada, em busca de matéria-prima para os cigarrinhos que enrolava. Era um *pit stop* rápido; ele nunca se embrenhara lá dentro.

De dia, porém, a favela, era outra coisa – muito mais colorida e viva; seguramente, parecia ser maior: os barracos se perdiam de vista, contavam-se aos milhares; os que ele conseguia ver de dentro do carro estavam numerados, o que achou estranho; talvez por ter estado ali à noite, ele nunca havia reparado nisso; ostentavam números pintados em grossas pinceladas de tinta vermelha, ao lado da porta de entrada; números que pareciam pintados recentemente, como se houvesse tido ali uma espécie de recenseamento. Para que alguém soubesse quantos habitantes cabiam num barraco, provavelmente. No barraco 819-A, por exemplo, uma mulata, parada na porta, chamou a atenção de Delúbio; jovem e esguia, ela tinha os cabelos crespos armados, e brincos redondos e largos pendendo das orelhas, e balançava um nenê no colo, que não parecia ser seu filho. Ela gritava, sem ser ouvida, com as crianças que rolavam nas poças de lama, e que se divertiam ainda mais por ignorá-la, e deixá-la tensa e nervosa. Ao notar um homem dentro do carro olhando para ela, reparando bastante em seus gestos – e nas suas pernas e coxas para fora do vestido curto, e nos peitos miúdos segurados pelo sutiã de alças à mostra, desalinhado com o vestido – ela recuou e entrou, como uma rã assustada, para dentro do 819-A.

Havia também muito lixo espalhado pela área contígua ao terreno, nas bordas do córrego – restos de tudo que fosse possível existir e ser jogado fora; pedaços de roupas, madeiras variadas, tocos de móveis, latas, sacos de pano e plástico, embalagens de salgadinho, folhas de jornal, pneus, vasilhas, pedaços de mangueira velha, ossos de animais, restos de comida – amontoados nas canaletas que serviam de esgoto entre os barracos e o córrego; o que também não era possível de ser visto à noite, pensou Delúbio – para então se dar conta de que Flores estava demorando mais do que o razoável.

Delúbio, então, saltou do carro e dirigiu-se, sob a chuva que engrossava, para dentro dos galpões, e subiu num só pulo a escada de três degraus de madeira que dava acesso para o corredor externo do primeiro galpão. O cheiro podre que vinha do córrego invadiu suas narinas – olhou para o lado, atraído pelo fosso pútrido cheio de dejetos, e identificou restos de comida se decompondo; uma massa pustulenta de feijão e outros alimentos se esparramava pelas margens, bem ao lado do galpão, como se fossem as tripas do solo aberto; Delúbio se apressou, atordoado. Prosseguiu pelo corredor, afastando-se do cheiro, ou, pelo menos, do ponto de intensidade máxima do cheiro, pois o odor era natural do córrego e, na terceira porta à esquerda, a única que estava aberta, encontrou Flores lá dentro. Flores estava sentado ao redor de uma mesa simples, num ambiente sombrio, apesar da luz acesa, conversando com um rapaz negro e de físico atarracado, como um urso pequeno, de cabelos curtos raspados e olhar fugidio, e que estava de pé, encostado na janela que abria para o corredor. Surpreendido e incomodado com a chegada de Delúbio, como se ele não fosse esperado e interrompesse algo que ele não deveria ter interrompido, Flores foi ríspido, como não havia conseguido ser até então; calou-se bruscamente, como se, com isso, recriminasse Delúbio por estar ali; e desculpou-se com o rapaz por eles terem chegado atrasados, tão próximo da hora do almoço – dando a entender que não havia mais nada a ser feito ali. Eles voltariam, garantiu Flores, enfático, na manhã do dia seguinte, ou em outra manhã qualquer de sol, quando poderiam verificar melhor as demarcações para as construções e "todo o resto".

Kleverson – era esse o nome do rapaz – não disse nada: acompanhou-os, olhando para o chão, até o final do corredor, com as mãos enfiadas nos bolsos de seu jeans estropiado, porém largo, de comprimento propositalmente maior que o de suas pernas curtas, e que ainda assim não conseguia encobrir os dedos grossos que saltavam para fora do chinelo de tiras coloridas, como o usado por surfistas.

Na despedida, na escada de madeira, antes de correrem até o carro, debaixo de chuva, Delúbio pareceu ter visto um piscar discreto, de canto de olho, de Kleverson para Flores, como se retribuísse um sinal que este lhe havia feito. Delúbio achou que Kleverson era um tipo que sabia apenas olhar de soslaio; porém, Delúbio não deteve o pensamento no eventual acerto feito entre os dois, pois isso não lhe interessava, e ele preferiu se inquietar por algo que lhe pareceu mais relevante e estranho. Antônio havia lhe falado de uma área de seiscentos mil metros, para a tal intervenção em São Bernardo – se ele não estava enganado; Delúbio não era engenheiro, nem arquiteto, nem metrônomo, o que quer que seja isso, mas seguramente aquela área não comportava seiscentos mil metros, nem sessenta mil metros, ou trinta mil. Quanto mede um campo de futebol? Resolveu tirar a dúvida com Flores.

Flores enxergou uma nova oportunidade para tentar se aproximar de Delúbio – ele nem sabia mais para quê; e quis demonstrar não apenas saber mais do que Antônio sobre os detalhes técnicos do projeto, por ser arquiteto, mas também ser mais íntimo das circunstâncias em torno do mesmo. E ele, Marco Aurélio Flores, não fazia ideia do que Antônio poderia ter dito sobre as dimensões do terreno, e provavelmente Antônio, ou Delúbio, ou ambos, houvessem se enganado, mas a área poderia ser ainda maior do que seiscentos mil metros quadrados, pois o projeto poderia conter ainda mais metros quadrados do que o previsto originalmente, tudo dependeria da "extensão das remoções dos barracos e dos reassentamentos" – uma questão, porém, secundária, com tantas forças e interesses poderosos em jogo.

– São tantas as forças poderosas em jogo, Delúbio!

O cenho franzido de Delúbio surpreendeu Flores, que se viu diante de um espírito que se revelava indômito; Delúbio estranhou as proporções e quis saber mais sobre a remoção dos barracos – imaginou levas de morenas e crianças sendo removidas, em proporções bíblicas, de um lado para outro – e onde os favelados seriam reassentados – por pouco, não perguntou exatamente qual seria o destino dos moradores do 819-A.

Antes que Flores tivesse tido tempo de responder a qualquer nova pergunta incômoda, fruto da sua boca grande e de sua língua solta, foi socorrido pelo toque do seu telefone celular. O que não seria, exatamente, um socorro: era Antônio, que estava, para sua infelicidade suprema, à procura de Delúbio e não dele. Flores passou, a contragosto, o aparelho para Delúbio, como se fosse Delúbio, e não o telefone, que lhe escapasse das mãos. Pelas entrelinhas da conversa, a partir das respostas de Delúbio, teve a confirmação do que os fatos haviam lhe indicado: sim, ele, Delúbio, acabara de visitar a área com Flores e havia encontrado Kleverson e, sim!, ele estava impressionado com as dimensões do projeto, impressionado positivamente, com certeza!, apesar da chuva que atrapalhara a visita, mas nem tanto!, e sim!, ele iria direto dali para a agência – "claro, Antônio!" –, sem passar em casa para o almoço, claro e, como?!, ele estaria lá com o irmão? Irmão? Como? Se eles poderiam se encontrar também... à noite?; sim!, não!, ele e Diana não haviam programado nada para aquela noite específica e... sim!, Diana estava bem, muito bem-disposta na sua gravidez, "obrigado, Antônio", e puxa, como não?... não haveria o menor problema em eles jantarem na casa dele, Antônio, naquela noite, imagina!... não! Diana não iria achar deselegante o convite feito em cima da hora!, "de forma alguma"!... sim!... estavam combinados, então... e o elevador era *triptonic*?... como, Antônio?... eles não precisariam apertar nenhum botão?... era entrar e subir?!

    Flores ouviu a conversa com o rosto petrificado atrás dos óculos tartaruga Balmain perolados – como explicar a Delúbio... que óculos eram... aqueles?! –, assistindo impotente a Delúbio se esvair por inteiro da sua órbita e cavalgar livre, num cavalo branco selado especialmente para ele, chamado Destino.

Delúbio saltou do Mercedes Classe A e entrou na agência sem dirigir o olhar para as recepcionistas; a camisa secara, por obra do ar-condicionado do carro; por sorte, escolhera uma camisa sem manchas naquele dia.

Yesss! – disse, de si para si, em modo *priapicus*, ao passar diante das moças. Por pouco não parou no balcão e perguntou: "Diga aí: cadê o Antônio? Chegou? Ou se atrasou no golfe?" – mais um dos prazeres de Antônio; Delúbio descobrira esse novo prazer dias antes, ao vê-lo no pátio carregando uns tacos. Somava-se aos outros prazeres, como charutos, Land Rovers, e outro dia Antônio apareceu numa Lamborghini. Um *bon vivant* esse Antônio, quase como Delúbio, mal comparando; menos do que Gianni, o *bon vivant* entre os *bon vivants*. Vivendo e descobrindo coisas. Como ele e Antônio eram parecidos, no fundo. Tirando os carros. E os sarros – tirando a mulher, certamente: ele conheceria Nenê naquela noite, que não devia ser grande coisa, para dizer o mínimo, a partir do que sabia dela. Um *shazam* explodiu na mente fértil de Delúbio, sempre à espera de fertilizantes: ele tinha uma mulher, e não propriamente um carro; Antônio tinha um carro, e não propriamente uma mulher. Pensando bem, fazia todo o sentido essa aproximação com Antônio. Havia um *shazam* entre eles! Quantos companheiros ele não tirara do infortúnio, nessas situações? A cada um, o talento de cada um – carregava novas e antigas sensações, *Delubius Priapicus Samaritanus*, quando abriu a porta do quartinho; e veio até ele o cheiro forte de amônia, especialmente acentuado ao se abrir a porta, pois o líquido ficava "mocozado" no cubículo durante a noite toda.

À uma e meia da tarde, *famintus*, estava ainda à espera, sem saber exatamente de quem e do que, na sua mesa de trabalho / bico, arcado para trás na cadeira de ferro, com os pés sobre o tampo, olhando para o teto, largado do mundo, lânguido: contando os minutos, os segundos, contando o tempo para nada, esfregando a virilha e se divertindo com as comichões. Diana não resistiria a ele quando chegasse em casa, com as novidades. Novidades para valer dessa vez. Nada de números! Diana curtia festas, ele sabia disso. Era o que eles precisavam: não exatamente uma baladinha, mas um apartamentaço e bebidas sempre viram festinha. E o Zé Moreira, quem diria! Amigão do Tetê esse Zé Moreira! Para alguma coisa o Zé Moreira servia! E quando, enfim, sairia o dindim? No mínimo, deveria haver um adiantamento; dois, três mil reaizinhos, um nadinha para Antônio, um retrovisor de uma Land Rover custa mais que isso. Que manhã era aquela! Um pensamento levando a outro: morenas reassentadas, o Classe A ventilado, o convite para jantar num apartamentaço, o elevador *triptonic* – entrar e subir?! E mais surpresas o aguardavam: como a cópia fisicamente piorada de Antônio que entrou subitamente no quartinho, que apareceu do nada vindo pelo pátio e não pediu licença para entrar. Sendo que Delúbio acabara de ser informado de que Antônio tinha um irmão, esquecera desse fato no caminho e jamais vira os bigodes empinados e o corpanzil roliço de Silvio Campanella – era o seu nome – na agência; quando poderia imaginar que ele entraria de supetão na saleta?

Delúbio foi tomado por um temor, por estar com os pés em cima da mesa e estar diante do pior; passou pela sua cabeça que Campanella viesse demiti-lo sem pagá-lo, em nome do irmão. Mais tarde, Delúbio se achou meio ridículo por ter pensado isso, a bordo do carro de Silvio, que viera apanhá-lo para o almoço – e ainda havia um almoço! –, a mando de Antônio, que os esperava num restaurante em São Paulo.

No trajeto, porém, falaram pouco. Campanella – era assim que ele preferia ser chamado – era capaz de ficar em silêncio diante de alguém sem se constranger; trocava o tempo todo as músicas no aparelho de som do carro – um Ômega preto com cheirinho de novo –; preferia as clássicas, em coletâneas populares, e testava todas as funções do controle remoto, instalado na direção. Das manobras com o CD player, Campanella passou a manobras com o ar-condicionado, e o silêncio entre eles, enfim, se quebrou: Campanella animou-se em explicações detalhadas sobre como e por que a tecnologia *air-O-matic* – "Conhece?" – "Não ainda!" – fazia com que o ar-condicionado do Ômega – e isso era de série, naquele modelo – "top de linha entre os Ômegas!" – pudesse ser personalizado no limite: porque havia um tipo diferente de jato de ar e de temperatura adequados para cada passageiro do carro:

– Quem sofre de bronquite, como fica? – perguntou Campanella.

Com certeza! Não poderia ser mais adequada a temperatura e a direção do jato para aquele momento particular do existir de Delúbio: uma sutil corrente de ar fresco no rosto e nos ouvidos, em contraste com o calorão dos miolos em ebulição, entre os ouvidos, e também o frio e vento externo: passavam diante da ponta leste da favelona de Heliópolis, na divisa com São Paulo. Delúbio se sentiu tremendamente confortável por receber o ventinho aromático e estar dentro do Ômega naquele trecho específico do trajeto, e não fora dele.

Fazia algum tempo que Delúbio não visitava São Paulo; a última vez fora antes do périplo, da viagem sem volta a Minas do pai e da morte da mãe; antes de Diana, da gravidez e do que se tornara a vida aos quarenta anos, e que ele não saberia definir exatamente o que era, ou se ela não se tornara exatamente algo porque ainda estava em movimento – um movimento, agora, como aquele do Ômega, passando sobre os buracos com seus amortecedores novíssimos, bastante agradável, apesar de alguns obstáculos. Antes, ele costumava ir a São Paulo com frequência. Encontrava amigos da faculdade nas baladas e nos bares, conseguia as mesmas e ótimas meninas ricas e perversas nas festonas nas casonas delas, entupia-se de maconha e cerveja e, às vezes, muito raramente, de cocaína – porque ele era dos loucos caretas, que preferem trepar a cheirar, e isso fazia dele um simplório e uma ave rara ao mesmo tempo. Só aparecia de volta a São Bernardo no dia seguinte da balada, com o sol batendo pino, depois do meio-dia. O Zé Moreira mal falava com ele nesses dias, quando chegava para o almoço; *porque o mala do Zé Moreira almoçava em casa todos os dias!*; ao meio-dia: lá vinha o Zé Moreira; e, às vezes, o relógio dava uma e meia, que era quando o Zé Moreira saía de volta para o cartório, e nada de Delúbio; dona Arlete o recriminava bastante quando ele chegava tarde assim, porém sem nunca o incriminar – era ela quem se tornava cada vez mais ausente, de qualquer maneira. Os anos e a vida haviam diminuído essas idas, que nem faziam mais muito sentido: os amigos herdaram, enricaram, caretearam, apagaram-se, sumiram, alguns morreram, e as meninas casaram com advogados, investidores, donos de franquias e de postos de gasolina e passaram a ter orgasmos com jantares e compras, e era como se Delúbio voltasse a uma cidade que não tivesse nada guardado para ele. Porém, agora ele vinha almoçar a bordo do Ômega de Campanella, que fez fila dupla na entrada de um restaurante bacanaço, com uma figueira imensa que ficava lá dentro. Campanella estacionou o carro, a bem dizer, no meio da rua, para transtorno da picape cabine dupla Chevrolet – de fabricação nacional, portanto –, que vinha logo atrás – um idiota num Chevrolet. Sendo que Ômegas, evidentemente, são exceção em termos de Chevrolet! Diante da brecada, e da buzina, Campanella olhou pelo retrovisor como se atrás dele, em vez de uma picape, não houvesse nada –, e os manobristas do restaurante, que se aproximaram do Ômega como pulgas, também pareceram não reconhecer a existência da cabine dupla, uma ratazana de lata de duas toneladas, branca e suja de lama nas rodas, que ainda tentou manobrar – na verdade, se jogar – para o meio da rua e furar o bloqueio imposto pelo Ômega, mas foi interrompida por uma van que descia a rua sem reduzir, completamente alheia à movimentação e à barreira criada pelos manobristas. Delúbio olhou para trás, com um pé fora da porta, a tempo de ver o velho que dirigia a picape explodir: gritar, esmurrar e buzinar como se, nessa altura da vida, nessa idade avançada, ele ainda tivesse que passar por desaforos com folgados e manobristas; como se ele fosse do interior e não de São Paulo – onde tudo é permitido no trânsito! Principalmente na porta de restaurantes finos! O ignorante não sabia disso? Dando lições de trânsito e moral, o sujeito, como se a vida e o país fossem daquele jeito porque as pessoas estacionassem daquele jeito – meteu a cabine dupla na frente da van, atravancando completamente o fluxo, a rua completamente congestionada em segundos, lixando-se para os carros que vinham atrás da van, e que passaram a buzinar também. Quando os motoristas levaram o Ômega e desimpediram a rua, o velho acelerou fundo, cantando pneus e despedindo-se com uma enxurrada de palavrões. Campanella riu muito, junto com os outros clientes que aguardavam seus carros pararem em fila dupla, e entrou meneando a cabeça, passando pela figueira centenária, totalmente preservada, que o restaurante abrigava no seu interior.

    Antônio se ergueu de uma das mesas de canto, gesticulando para atrair a atenção não apenas de Delúbio e do irmão, mas de todos os que estavam nas outras mesas, à vontade, como se a figueira estivesse em seu jardim. Aparentava bom humor, apesar das olheiras fundas, de quem não dormira, e divertiu-se com a história do velho lá fora – ele ouvira qualquer coisa dali. São Paulo! Para Antônio, São Paulo era boa para comer, para gastar e "para foder" – no que Delúbio não poderia estar mais de acordo: foi um ótimo começo de encontro, na sua perspectiva, ainda mais porque Antônio não deteve a atenção na sua pessoa; como se não houvesse tido traumas nessas semanas em que vagabundeou solitário pela agência. Em instantes, aterrissaram na mesa as entradas, conferidas uma a uma pela dupla de irmãos: vieiras no escabeche, lâminas de carne vermelha tingidas de mostarda e alcaparras, enroladinhos de peixe branco, tomate seco e cereja, rissoles, pães de vários tipos, patês e pastas coloridas e picantes, uma pequena tigela transbordando de mariscos, outra de legumes empanados e mais outra com rolinhos recheados de camarões e picles, um pequeno banquete que mal cabia na mesa.

– E quando chegarem os pratos? – inquietou-se Campanella.

O franzino maître se aproximou e, tratando Antônio e Campanella pelo primeiro nome, não hesitou em ordenar aos garçons que era o caso de eles mudarem de mesa, para uma maior, "evidentemente", como se soubesse o que viria pela frente, e chacoalhou os dedos no ar, com impaciência, explicando aos garçons que, além de a comida ser muita, e a mesa pouca, o "quarto elemento" ainda não havia chegado. Antônio preferiu ficar ali mesmo.

E quem seria o quarto elemento? – indagou-se o terceiro. Porque o bem-estar de Delúbio exigia saber quem seria o quarto.

– Cadê o Arlindo? – Campanella perguntou, para inquietação de Delúbio. Estar numa mesa exígua, ou mesmo numa mesa ampla, somente com Antônio e Campanella, seria a situação ideal. Até mesmo Flores fora "escanteado"! E haveria um Arlindo? Antônio sugeriu, com bom humor, que Arlindo invertera a ordem das prioridades paulistanas – comer, gastar, foder – naquela tarde: fodera antes de comer, pois Antônio tentara entrar em contato, mas "o telefone do 274 ainda estava ocupado e o celular, desligado" – e *Delubius* soube em instantes que 274 se tratava de um código – uma quitinete no centro – alugada na capital pelos *priapicus* de São Bernardo. Menos mal: Arlindo era um *priapicus*! E Delúbio tinha tudo para começar a gostar de Arlindo. Afeiçoaria-se a Arlindo em instantes, ao saber que ele era secretário de Saúde de São Bernardo do Campo.

Com ou sem Arlindo, pouco de substancial se falou no almoço. O que houve de substância ficou por conta do maior banquete que Delúbio viu na sua não tão curta vida. Só de farofas aterrissaram umas três. Delúbio se espantou particularmente com o tamanho dos pratos, que poderiam ser considerados exagerados, mesmo levando-se em conta a quantidade cavalar de comida servida neles. Divertiu-se comendo, na falta de outra coisa melhor. Campanella comia olhando para cima, como se houvesse algo trepado em cima da figueira. A certa altura, antes de chegarem as sobremesas, Antônio pôs as mãos sobre o antebraço de Delúbio, como se tivesse algo importante a dizer, enfim:

– *Graaande* Delúbio! – disse, com um ar de enfado, e retirou rapidamente a mão. Delúbio se confundiu, imaginando que iria ouvir no almoço algo a respeito do jantar; não necessariamente algo ruim, como um cancelamento do jantar; mas o endereço do prédio, confirmar o horário marcado, perguntar sobre a patroa, algo assim. Como ele estava cansado – na verdade virado –, não conseguiu imaginar nada muito além; nem ouvir com muita atenção o pouco que Antônio conversou com Campanella na sequência: eram pedaços de histórias que davam voltas, sem levar a lugar algum e que eles comentavam em trechos interrompidos por longas garfadas, longas ruminações e longos silêncios; como se estivessem todos exauridos. Uma ou duas vezes Delúbio ouviu mencionarem o Tetê, mas destacou-se apenas o "foda-se o Tetê" dito por Campanella; sem chamar tanta atenção assim: Campanella fazia o tipo "foda-se" para tudo. A certa altura, enquanto Delúbio prestava atenção numa mulher baixinha altiva, empinadinha e metidinha numa mesa adiante, que não tirava os olhos da mesa deles – dele –, cujos cabelos curtinhos eram cortados de modo a disfarçar que ela era uma cinquentoninha – uma mulher que olhava para ele como se ele não devesse estar ali, mas lá fora, manobrando os carros, uma mulherzinha do tipo – ele podia apostar! – que escondia sua frigidez e insatisfação preenchendo cheques, enquanto o marido preenchia outras coisas – um careca barbudinho, alto e meio balofinho, que desmunhecava ao erguer o braço para chamar o garçom –, Delúbio era muito duro com as mulheres, às vezes – e mais ainda com os maridos das mulheres –, ouviu um "fé em deus e pé na tábua!", dito por Antônio.

Os irmãos levantaram-se bruscamente, sem pedir a conta – Delúbio ainda olhou para os lados, como se o garçom fosse trazer a dolorosa – num átimo, apavorou-se em ter de dividir a conta. Antônio tranquilizou-o: fez um sinal aéreo com a mão para o *maître*, do tipo: "anota!"; pediram os carros para os manobristas lá fora e, desta vez sem traumas na fila dupla, entraram nos veículos e foram embora.

Nada de importante também foi dito na volta a São Bernardo, pelo menos que Delúbio tenha conseguido captar, a bordo da Land Rover de Antônio – o Ômega de Campanella vinha logo atrás –; a não ser alguns resmungos de Antônio sobre a ausência de Arlindo – Arlindo passou a interessar a Delúbio –, "um secretário que não consegue largar a obstetrícia pela política", mesmo sem ser obstetra, o que poderia "causar problemas sérios e tornar tudo mais complicado para todos" – e o tema da obstetrícia (uma das poucas especialidades médicas que Delúbio sabia do que se tratava e conhecia relativamente bem) foi tudo que *Priapicus* conseguiu entender sobre Arlindo, sem entender inteiramente os problemas que isso poderia causar. Outros assuntos, neutros e agradáveis, se sucederam no trajeto – estes eram, para Delúbio, o melhor de Antônio, a "quintessência" dele, se Delúbio soubesse se exprimir assim.

Antônio explicou que a Land Rover que ele dirigia era, a rigor, de Nenê, fora um presente de Natal para ela – ele mandou embrulhar o carro inteiro em papel celofane vermelho, formando um lindo laço, e colocou-o à meia-noite no meio do pátio interno do prédio, que Delúbio iria conhecer naquela noite – *ufa!, finalmente, confirmado: obrigado Antônio* –, e que fica bem em frente ao orquidário – *um orquidário, Antônio?* –; e todos os outros apartamentos do prédio pararam suas próprias ceias de Natal para as pessoas irem até as sacadas ver o embrulho. Foi um espetáculo, lindo de se ver, foi o Natal da vida de Nenê, e ele não saberia o que fazer para ir além e surpreendê-la mais nos próximos Natais – "talvez um Papai Noel descendo de um helicóptero? Mas trazendo o que exatamente?" – "Não!" – Antônio mesmo respondeu: Nenê odiava helicópteros! Enfim, Nenê o autorizava, de vez em quando – "mas muito de vez em quando" – a usar a Land Rover, como nas ocasiões em que ele vinha a São Paulo. Antônio falou pouco mais do que isso durante o trajeto.

Ao chegarem à agência, ao estacionar a Land Rover na garagem interna, Antônio desceu primeiro e se enfiou lá para dentro.

Se tivesse dito um "até a noite" seria melhor, e Delúbio ficou parado no pátio, no estacionamento interno, sem saber para onde deveria ir, a que comando deveria obedecer. Num instante, apareceu o Ômega do irmão. Delúbio seguiu, sem olhar para trás, para o seu puxadinho, que nunca lhe pareceu tão acolhedor.

O vento da tarde rodopiou no pátio, num vórtice; as mesmas voltas que dava o seu coração: desconfiança e um senso de aventura inédito instalaram-se em Delúbio. Uma sensação que atingiu os pincaros quando, ao abrir a porta do cubículo, ouviu passos e viu Antônio e Campanella atravessarem o pátio atrás dele, vindo em direção ao quartinho. Do nada, em total desacordo ao aprazível almoço que tiveram, Delúbio achou que iria apanhar; que eles iriam fechar a porta e bateriam nele até a morte.

Antônio foi breve: entrou no lugar e, austero, como se vistoriasse os produtos de limpeza e procurasse irregularidades quanto à quantidade de água sanitária e detergentes na prateleira, disse, fuçando entre os vasilhames, que enxergava Delúbio como alguém próximo deles, alguém "de total confiança" dele e do irmão, e que vislumbrava "uma vida", "um futuro" para Delúbio na agência. E, como se se enjoasse pelo cheiro ácido que contaminava o ar do cômodo pequeno, e não se sentisse bem em cubículos, ameaçou sair, ficando com um pé do lado de fora da porta e outro dentro. Após sacudir os ombros de Delúbio, como quem parabeniza uma criança por ter feito algo direito, virou as costas e saiu. Campanella, que entrara junto com o irmão, permaneceu, apoiado na parede, ao lado da estante, e avançou para a porta tão logo o irmão saiu. Abruptamente, fechou-a. Delúbio ainda não havia aberto a janela, o que fazia sempre, logo que entrava no quartinho, para espantar o cheiro; por segundos, ficaram os dois no escuro – Delúbio jamais imaginaria que isso pudesse acontecer em seus quarenta anos: ficar trancado com um gordo de bigodinho, num espaço tão exíguo, no escuro. Quando Campanella acendeu a luz, ele carregava um pacote feito de saco de papel de padaria, que jogou sobre a mesa. *De onde ele tirou aquele embrulho?* – indagou-se Delúbio. Era um embrulho ocre, de papel amassado, gasto, como notas velhas de dinheiro. Ao mesmo tempo, Campanella começou a falar de modo destrambelhado, vistoriando as prateleiras sem que isso fizesse o menor sentido, dizendo coisas sobre "filhos da puta que estavam fazendo sujeira" com ele e com Antônio, inclusive o Tetê – Delúbio ficou confuso, se não ouvira: inclusive *com o* Tetê – , "porque era assim que eles faziam", e Campanella via filhos da puta em ação "tentando fodê-los" o tempo todo, inclusive na associação comercial, que ele presidia, apesar de eles – os filhos da puta – estarem por toda a parte, não "só na associação comercial" – e, sem olhar para a mesa, Campanella fez um sinal ostensivo com o rosto para Delúbio, que Delúbio entendeu como sendo para que ele abrisse o volume. Delúbio tirou de dentro do saco maços grossos de dinheiro, presos por elásticos – uns dez maços –, porque os filhos da puta podem enganar o Tetê, "como estavam enganando", continuou Campanella – notas novíssimas, frescas, quase cheirando a tinta – e "não é preciso saber muito das coisas, ter estudado", – notas de cem reais! – "ter feito faculdade até o fim, por exemplo", para presidir por quatro anos a associação comercial e saber quando alguém "se deixa ser enganado" – e ele próprio, Campanella, estava ligando um "puta de um foda-se" e não seria ele a abandonar a associação comercial "e os seus sonhos" por causa deles: "nem fodendo!"

Campanella suava, tirou um lenço do bolso da calça para secar o pescoço, deu dois passos para o lado, fuçando na estante, como se deixasse Delúbio mais à vontade com os maços; de costas, lançou novas imprecações sem destinatário – porcos, safados, lazarentos, isso e aquilo. Ao virar-se para Delúbio, sem abaixar os olhos, como se não houvesse mesa, nem dinheiro em cima dela, acalmou-se e calou-se, parecendo se livrar de um peso: como se a excitação nervosa agora coubesse a Delúbio, diante de maços de dinheiro. Este sentia, por sua vez, um calor intenso subindo pelo corpo, invadindo o peito, o pescoço e as orelhas e eriçando a ponta dos cabelos, atrás da nuca. Teve também uma vontade estranha de falar, dizer coisas, sobre algum assunto, xingar ele também alguns filhos da puta, mas ficou em silêncio; seu maxilar estava ligeiramente dormente, como se tivesse tomado uma anestesia para tratar um canal. Experimentou uma intimidade esquisita com Campanella, no silêncio; o tempo parecia haver parado, em volta da mesa e do dinheiro; tudo estava em suspenso, num equilíbrio instável, como se eles fossem parte de um móbile pendurado no teto. Delúbio viu-se num sonho, distante do real, embalado por uma mão invisível que acariciava seus... testículos – e teve uma comichão trancado com Campanella no quartinho. Uma semiereção no quartinho fechado! Como se ele e Campanella partilhassem da mesma mulher e ela estivesse deitada nua em cima da mesa: por pouco ele não teve uma injeção descabida de sangue no meio das pernas.

Antes que ele calculasse o quanto havia ali e o que fazer com o dinheiro, se enfiava ou não os maços de volta no saco, Campanella, ajeitando a camisa dentro da calça, como se se recompusesse, o aconselhou a contar depois os "trinta mil reais do primeiro pagamento", que era feito em dinheiro vivo porque "aqui as coisas são desse jeito". Abriu a porta do quartinho e disse, de uma maneira que não ficou clara se era ironia ou não, para Delúbio "não comer o ovo inteiro de uma vez" e que deixasse a porta do quartinho fechada, "por precaução".

Mas... por que recebera tanto? Era pagamento adiantado? Dinheiro dá em árvore em São Bernardo do Campo? E como Delúbio sairia do quartinho com o pacote? Se tudo o que ele não fazia na agência era notado pelos outros. E se o que havia para disfarçar era o saco de papel amarfanhado. Ele sairia dali com o pacote debaixo do braço? Seriam papéis que ele estivesse carregando; isso: papéis importantes, por isso ele apertava tanto o saco para junto do corpo. Talvez não devesse apertá-lo tanto, trazê-lo tão perto, comprimido junto ao rim esquerdo, como se aquilo tivesse outros significados e não fosse uma mera encomenda que Delúbio levava para alguém, a pedido de Antônio: um relatório, por exemplo. Da vistoria feita no terreno. Uma relação de reassentamentos! Seriam milhares! Pronto. Como se fosse mero material de trabalho que Delúbio, terceirizado esforçado, levasse para conferir à noite em casa. E, dali, ele iria direto, com trinta mil debaixo do braço, para... o banco? Sem contar o dinheiro antes? Sua ansiedade e o cheiro de água sanitária impediriam que ele contasse o dinheiro antes. E não havia – ele reparava nisso agora – chave na porta do quartinho. E ele nunca reparara nisso: que não havia uma chave. Ou seja: terceirizadas podiam entrar e sair como bem entendessem enquanto ele contava o dinheiro. Mas, uma vez no banco... ele despejaria no balcão trinta mil reais em notas frescas? Nada disso. Dessa vez, ele teria motivos para entrar verdadeiramente num banco e, evitando a longa fila que sempre o esperava quando entrava em bancos, seguiria pelo corredor exclusivo para ser atendido por um gerente digno desse nome.

Ele iria, finalmente, se sentar numa das baias, as que ficam no fundo, a última, preferencialmente, e cruzar as pernas, confortavelmente, e consultar as manchetes dos jornais em cima da mesinha, embaixo do abajur. Seguramente, uma atendente simpática e relativamente gostosa entraria na baia para oferecer um cafezinho. Ele aceitaria, de bom grado, consultando sempre o relógio, para verificar se pelo menos teria tempo para um café. Olharia com desdém para o gerente atrás da mesa, mostrando-se ligeiramente entediado por estar ali, num raro momento de relax, cruzando e descruzando as pernas e observando, olhando para o alto, de onde vinha o frio do ar-condicionado. Não, não seria preciso desligar o ar! Falaria com o gerente como se fossem não amigos, porque seria um exagero, mas bons conhecidos: como se houvessem, no máximo, estudado juntos no mesmo grupo escolar, mas isso fora há muito tempo e a vida, essa incógnita, os houvesse afastado, cada um para um lado – pelo visto, lados opostos. Trocariam no máximo impressões afáveis sobre o tempo, a chuva, o dólar – quanto estaria?, Delúbio indagaria –, talvez sobre a bolsa, se subiu, se caiu, se estava na mesma, "andando de lado", diria o gerente. Veja como são as coisas! E ele tiraria um saco debaixo do braço e despejaria trinta mil reais em cima da mesa! Em notas frescas. E daí? E então? Como ficariam o dólar e a bolsa diante disso? E a cara do gerente? Eles checariam juntos a quantia exata em cima da mesa? O gerente trancaria a porta? E o respiro de vidro, do lado da porta, se alguém passasse por ali... mesmo sendo aquela baia a última, como ficaria? E se a moça voltasse com o cafezinho? E se não batessem os números, e se não houvesse nos maços trinta mil reais exatos – como ele constataria no dia seguinte em casa, no silêncio empoeirado do segundo quarto –, mas vinte e oito mil, trezentos e cinquenta e dois reais? Com que cara ele ficaria diante do gerente, seu conhecido? Quem ficara com o resto? Eles recontariam tudo duas vezes? O gerente, dessa vez, manipularia ele próprio os maços? E se ele, que sabe contar cédulas tão rápido, desconfiasse de algo? E o que havia para ser desconfiado? Ter recebido grana viva? Não tê-la... declarado? E bancos não fecham às quatro da tarde para depósitos? O relógio não marcava quatro e cinco? Diana não estaria esparramada no sofá, naquele horário? Delúbio olhou em volta, em busca de respostas. Na última gaveta, que ele nunca abrira antes, pois curiosidade nunca fora seu forte, menos ainda em questões de almoxarifado, havia, por sorte, pastas e envelopes empilhados. Ninguém tocara neles havia milênios! Até a primeira hora do dia seguinte, não conseguiu imaginar local mais apropriado para esconder o saco. Bem mais apropriado do que o interior do escaravelho e a própria casa da 24.

Diana só queria que não a notassem, não mexessem com ela, não a chamassem para nada, não a importunassem com coisa alguma, não se lembrassem dela – da sua existência, da sua presença, do seu respirar, do seu suspirar no sofá, na cozinha, no sofá, na área de serviço, na cama, no sofá, no banheiro, no banho, no sofá – e não se fizessem presentes no mesmo espaço físico (e espiritual) ocupado por ela – e ficassem distantes todos. Jamais, nunca, em hipótese alguma a tocassem! Não encostassem o dedo e nada nela! Se a vissem caminhar pesadamente, como uma sonâmbula de um lado para outro da casa, e por acaso topassem com ela, que se mantivessem longe. E o mesmo valia para a brisa finíssima que vinha acariciá-la nas pernas – sai fora, brisa! –, dessas que entram por frestas de janelas mal colocadas e mal calafetadas – mal planejadas – em tardes chuvosas e sombrias, e assobiam – uivam – ao passar pelas frestas. Uivem à vontade, mas não raspem nela!, não assoprem em seus ouvidos, em seu pescoço – não lhe causem arrepios – e que o sol demorasse um pouco mais para ir embora, sem deixar esfriar a atmosfera, a sala e a pele, agora geladinha de frio com a brisa que entrava pelas frestas e a irritava para caramba e...

– *Crrróinc.*

Que nenhum ruído humano ou sobre-humano escapasse da cozinha!, do banheiro!, da rua!, – mesmo com todas as portas fechadas e...

– *Plánct.*

Nenhum bater de panelas!

– *Floufloush.*

Nenhum farfalhar de roupas!

– *Squaplash!*

Nenhum esfregar o chão!

Diana precisava que o mundo parasse, pelo menos uma meia hora. Pelo menos. Que a movimentação de Niddi na cozinha desse um tempo, para ela conseguir se acomodar no sofá sem sustos, sem precisar virar o pescoço toda hora para o lado, para caber no sofá apertado, de dois lugares míseros, para então ajeitar e imobilizar todos os flancos, nacos, cantos e órgãos do corpo, viradinha assim, de costas para a tevê e de frente para o encosto e a janela, onde nada se movesse a não ser formigas no parapeito da janela, de maneira a poupar sua atenção e economizar o máximo de energia possível e entrar no modo de metabolismo *stand by*.

Acordou com rajadas de vento e água batendo na janela, como se viessem em sua direção e estremeceu ao receber uma lâmina fria de vento, em contraste com o suor quente que escorria e empapava os cabelos, o pescoço e a camiseta: sentia calafrios como se estivesse febril.

A cada filigrana de vento, ela se via obrigada a fazer o que não queria fazer, e devia procurar evitar: mexer-se, simplesmente, abraçar-se, aconchegar-se, proporcionar-se, incomodar-se, deixar o estado larval para fazer o corpo mudar de lugar, ainda que fosse uma mudança mínima: como virar-se para o outro lado da sala, ficando de frente para a tevê agora, com o pescoço um pouco mais desconfortável do que antes. Os movimentos eram sempre para pior. Então, voltava a dormir, e vegetar, atingindo o estágio larval que ela vinha procurando aprimorar nas últimas semanas, fruto de negociações temerosas entre ela e o sofá; até chegarem – ela e o sofá – a um meio-termo, num estágio intermediário de equilíbrio, ainda que precário, entre extremos: frio e mormaço, dia e noite, tevê e silêncio, realidade e sonho, solidão e Delúbio.

Era o máximo que Diana podia ambicionar: atingir uma zona cinzenta de segurança para ela e o bebê. Imaginando, antes de fechar os olhos, que conseguiria levar sozinha, por algumas semanas – as mais críticas –, a gestação assim.

Caso contrário, ela teria que se levantar do sofá nessa terça-feira específica, e ir, como solicitado, fazer o "retorno" na "clínica" do "médico" – aquele criminoso daquele secretário-ou-que-merda-ele-seja chamado Arlindo.

Não que dessa forma Diana estivesse imune aos fatos – concretos e imaginários. Submersa nas almofadas na maior parte do tempo, ao abrir os olhos, no pico da tarde, o mundo que enxergava era realmente estranho: imagens e fatos banais apareciam carregados de simbolismo.

Às vezes, por nada, era conduzida por sentimentos intensos, de perda, de danos, de impossibilidades, levando-a ao choro. Outro dia chorara por ter de espantar um mosquito; logo apareceria outro; havia pouco assustou-se com a tinta verde das paredes, que escorria – ou era ela própria que escorria? – e colocou rápido a mão entre as pernas, para verificar quem escorria, se elas não se derretiam juntas, ela e a parede, e se o líquido verde que ela imaginava que escoava da parede e avançava pelos tacos soltos não vinha em sua direção.

Se o telefone não tocava – o que era ruim e era bom –, por outro lado a solidão e o silêncio excessivo amplificavam e transformavam qualquer ruído em erupções, hecatombes, ameaças que poderiam ganhar dimensões catastróficas. Ruídos de panelas em choque, vindos da cozinha, sugeriam, principalmente quando a despertavam num tranco, a presença de um estranho lá dentro, um encanador, um torneiro mecânico, um monstro: um ser de escamas marrom-esverdeadas, ou uma mulher monstro, coberta de crostas, sangue e sujeira, que poderia sair com uma faca comprida e enferrujada e vir na direção do sofá.

Passou a sonhar com o Rio de Janeiro também. Sob qualquer desculpa: quando o calor era pouco, ou muito, e mesmo quando chovia e, pela janela, a miragem de frescor da água caindo aumentava a ansiedade por um banho – não qualquer banho, mas um banho de mar que só existia no Leblon ou Ipanema.

O que via à sua volta, no entanto, era em tudo diferente do Rio. Mofo, umidade, chuva, apertos. O amanhecer, o hibernar, o anoitecer... amanhecer, hibernar e outro anoitecer... O mundo em desalinho, ventando, chovendo e panelas batendo – colocava-a também em desalinho.

Nessas condições, só restava a Diana se encolher, se proteger e tentar se respeitar o que conseguisse; e, se tivesse disposição, alisar a barriga despida – ela vivia de shortinho e top –, sentindo o coração e os órgãos se acomodarem no máximo de conforto, ou evitando o maior dano, para gestar e esperar a chuva e o tempo passar (ou não passar), e Niddi ir finalmente embora – para aguardar o anoitecer em *stand by*, como um aparelho de videocassete ou CD-Rom.

* * *

O meio da tarde era a pior hora da sua vida de grávida, entre três e quatro horas o incômodo e a aflição atingiam os estágios mais avançados. Havia os perigos da solidão também. Quando Delúbio ainda não tinha um trabalho fixo e ficava espremido com ela no sofá, cobrindo-a de carinhos, frequentemente descontrolados, depois do almoço, essa inquietação, entre três e quatro da tarde, não existia, mesmo no início da gravidez, no verão, com o aparecimento dos primeiros sintomas, que naturalmente geram desconforto.

Agora, Delúbio saía de casa todos os dias pela manhã e, com a exceção de uma quarta-feira – em que ele aparecera de súbito no meio da tarde, cúpido e chapado –, retornava só no começo da noite, quando a tarde a havia massacrado por completo e nada restava dela que pudesse ser aproveitado por ninguém.

Delúbio não dava sinal de vida durante o dia todo, nunca almoçava em casa, nem telefonava para ela, o que também a aborreceu, no início. Mesmo considerando o fato de que, no telefone em cima da mesa de trabalho dele – como ele havia contado a ela lá atrás, quando eles ainda tinham assunto –, não havia uma linha para discagem direta; todas as ligações deveriam ser feitas por meio de uma telefonista – que pareceu a ele, unicamente pela voz dela no telefone, quando uma vez ele lhe pedira o ramal externo, dado que ele nunca a vira pessoalmente, uma pessoa "desconfiada e de má-fé". Como uma telefonista poderia ser alguém "de má-fé?" Isso, no entanto, ele não soubera explicar.

Somente depois das cinco da tarde, quando o sol recolhia os raios do meio da sala, e o mormaço se dissipava com as noites frescas, quase frias, de São Bernardo em maio, Diana se recuperava parcialmente do massacre vespertino.

Era, então, assaltada pela fome, o que lhe dava, apesar da irritação provocada por uma sensação alienígena, um novo vigor.

Diana relutou em assumir a fome de grávida, em exigir iogurtes e melancia na madrugada, um direito seu, como de toda grávida. No início, imaginou que a voracidade seria uma coisa passageira, como os enjoos, a pele seca dos tornozelos, a bexiga cheia e os outros incômodos dos primeiros meses.

Com o tempo, sua indiferença e arrogância de magra tornaram-se insustentáveis: o estômago vazio e a mente vazia devoravam suas energias, nem bem havia terminado o café da manhã, ou o almoço, e a sensação de incompletude a cegava para todos os outros aspectos da existência. Todo o seu organismo se voltava para a tarefa de conseguir mais comida, como se suas funções vitais se comprometessem se ela não se empanturrasse imediatamente. Biscoitos recheados se tornaram uma espécie de droga.

Em duas ou três ocasiões, por não encontrar – não existir – nada na geladeira que pudesse aplacar seu novo instinto, Diana se viu impelida a sair do *stand by* e ir para a rua no mormaço do meio da tarde, arriscando-se a um esforço demasiado. Voltou carregada da primeira guloseima que encontrou na prateleira, na primeira mercearia que encontrou no caminho, descendo duas quadras pela direita, a partir da esquina do Amarelão: bolachas recheadas de chocolate, que ela começou a devorar no caminho de volta. Depois, deitada no sofá, de frente para a tevê, lambeu o recheio até a última bolacha do segundo pacote, sorvendo a derradeira camada de chocolate, desprovida de autoestima ou razão.

Esta só retornaria após o estrago feito, acompanhada da culpa e de longos suspiros, após o banho do fim da tarde, depois de embalsamar o corpo com o óleo de amêndoas que ela passara a utilizar contra a flacidez, e massagear os seios, a barriga e os quadris, que adquiriam novos volumes e ângulos – verificando, impressionada, como tudo nela se transfigurava dos cabelos para baixo.

Então, Diana decidiu mudar o Cristo de lugar. Ao virar-se, no sofá, para o centro da sala, deu de cara com o quadro na parede, e a figura olhando de volta para ela, o estranho que havia ali, e incomodou-se para valer. Como se o Cristo a espiasse – a espionasse –, por trás da face bondosa, olhar tolerante e o coração à mostra, incandescente, envolto num ramo de espinhos. Como se a figura, tão viva, apesar de contida na moldura ovalada, quase decrépita, colocada ali havia séculos, acompanhasse de camarote o inchaço do seu corpo, o intumescimento das áreas adiposas, as dobras na cintura, os ataques aos pacotes de bolachas, a lerdeza, os incômodos todos – o estrago dos dedos de Arlindo – o sangramento –, como se estivesse esperando a oportunidade para lhe dizer:

– Preguiçosa! Gorda! Intrusa!

Culpá-la, enfim. E tivesse sido colocado na sala com esse fim específico, por alguém que sabia que um dia ela estaria naquelas condições e naquele sofá.

Tirá-lo dali foi o que Diana resolveu fazer, como se, às três da tarde, no auge do desconforto, numa tarde escura de vento e chuva a caminho, não lhe restasse outra coisa a não ser arrumar a sala, como se arrumasse a si própria.

Ao levantar-se, sentiu um mal súbito: a pressão foi lá embaixo e, sem conseguir se equilibrar, sentou-se de volta no sofá. Sentiu a madeira da estrutura do móvel nas costelas, por baixo do acolchoado de veludo. Podia ter se machucado; respirou, esperou, observou, refez-se e, com mais cuidado dessa vez, ergueu-se novamente. Deu dois passos até o canto da sala, oscilando, como se o vento que assobiava através da janela pudesse derrubá-la no meio do caminho. Em instantes, começaria a chover muito.

Ao erguer os braços para retirar o quadro da parede e atirá-lo nas catacumbas do segundo quarto – esse era o plano –, sentiu um repuxo no abdome; apoiou-se na parede, no início de uma nova vertigem – achou a superfície áspera e teve calafrios –, e respirou fundo três vezes; sentiu a batida acelerada do coração e o fluxo sanguíneo correr solto de ponta a ponta do corpo. Algo comprimiu-a por dentro. Suou frio, soltou gases baixinho.

Pouco a pouco, se recuperou. Apoiada na parede, imaginou o que Niddi fazia atrás da porta da cozinha, se os ruídos eram do rádio, ligado no quintal, no fundo da casa, ou se ela estrangulava um porco ou alguém; talvez fosse o caso de chamá-la, para ajudar na tarefa. Empregadas deveriam servir para alguma coisa. Como já estava ali e sem paciência para nada, decidiu retirar ela mesma o quadro: levantou os braços e, com esforço, sentindo o batimento cardíaco acelerar, ergueu a moldura do prego que a sustentava.

Porém, o quadro era dez vezes mais pesado do que imaginara, do que qualquer um poderia imaginar: era antigo, de uma época em que não se economizavam madeira, nem vidro, e o vidro grosso e a moldura dourada de madeira talhada pareciam ferro e cimento. Sob a ameaça de um mal-estar que poderia, dessa vez, derrubá-la no chão junto com o Cristo, estilhaçando-se em cima dela no meio do piso de sinteco, percebeu que não tinha condições mínimas de carregá-lo até o quarto.

Largou-o no chão, apoiado na parede, equilibrando-o sobre os tacos soltos, trazendo a mesinha para a frente do quadro, para evitar de ele cair para a frente e quebrar, e espalhar milhares de cacos de vidro pelo chão. Com a sala bailando no seu entorno, retornou, cambaleante, para o sofá, onde desabou, e ficou observando o vazio deixado pelo quadro na parede: uma forma sinistra e oval, de tom verde mais claro do que o da parede em volta; uma marca profunda, pois a imagem nunca havia sido retirada dali – e a parede nunca fora limpa.

A sala teria de ser inteira pintada por causa disso, Diana pensou, consternada; não bastaria chamar Niddi da cozinha e obrigá-la a trazer um balde, um banquinho e um pano de chão, e fazê-la passar a tarde toda na sala, incomodando-a, esfregando a parede, tentando limpá-la, limpá-la, limpá-la...

Ao entrar no boxe do chuveiro, ainda sob os efeitos do esforço que fizera para retirar o tijolo de vidro da parede, sob a água quente e generosa, Diana notou algo diferente no frasco de óleo de amêndoas, que ela mantinha sempre à mão, na cestinha de metal pendurada na parede do boxe, ao lado do xampu e dos sabonetes oleosos: havia menos da metade de óleo no frasco! E ela tinha certeza de que, na última vez que reparara na quantidade, o frasco estava mais para cheio!

E não havia chance de ela estar enganada, porque pensara, e isso fora dois banhos antes: como havia mais da metade de óleo no frasco, ela não tinha motivos para pedir mais trinta reais para Delúbio por causa disso.

Ou melhor: não haveria motivo para gastar tão logo os cinquenta reais que lhe sobravam – dos cem reais que ele lhe "emprestara" havia quinze dias – com um novo vidro de óleo de amêndoas: ela poderia gastar o dinheiro em bolachas recheadas – ou nas próprias amêndoas.

Mas diante da suspeita de que Niddi andara roubando seu óleo de amêndoas, para passar, sabe Deus por que, naquele corpo marrom-rajado coberto de estrias, como se fosse uma arraia, um corpo suficientemente esticado e ressecado nos quadris e na barriga, que despencava em camadas de pele e banha, que Niddi ostentava despudoradamente para fora de calças apertadas e camisetas insuficientes para cobrir toda aquela massa, para Diana era como se roubassem dela o último suspiro.

Por que passar óleo de amêndoas naquele corpo? Qual o motivo?

Diana ficou imóvel, sob o chuveiro, segurando o frasco, estarrecida, recebendo a água quente que caía sobre os ombros tensionados, ao som de chuva e trovões lá fora, fermentando ódio dentro do seu organismo vivo, não totalmente recomposto, ainda sob o efeito das dores pelo esforço da retirada do Cristo: era um golpe aquilo! Como se Niddi houvesse entrado sorrateiramente e a esfaqueado no boxe. Era uma violência com ela aquilo! E se Niddi havia empalmado o óleo de amêndoas... onde teria ido se embalsamar de óleo?

Diana olhou para fora do boxe. Procurou ouvir o que acontecia lá fora. Talvez Niddi tivesse atravessado a sala ostensivamente, numa de suas saídas em busca de bolachas, e ido se deitar na sua cama – ela ouvira passos? Niddi estaria lá agora? – lambuzando-se de óleo estirada sobre os seus lençóis, passando muito óleo bem no fundo das suas pernas tortas. Deixando, inclusive, a porta do quarto de casal aberta, para o Cristo na parede poder ver, e aprovar – havia um conluio entre Niddi e o Cristo! –, para que Delúbio, se entrasse, visse – para qualquer um ver! – o que ocorria dentro do quarto, satisfazendo-se, como uma porca, com isso!

Um tremor percorreu a espinha de Diana, que quis colocar a cabeça para fora do boxe e gritar: "ladra!" – para o monstro de pele rajada que batia panelas na pia da cozinha!

Ou então, já pensando melhor, com a ideia mais amadurecida sob os cabelos escorridos de água morna: deveria sair em silêncio dali do boxe, pegar o telefone e ligar... para a polícia! E observar Niddi ser carregada para fora dali, embalsamada e suja, e ser colocada dentro de um camburão no meio da rua, no meio da tarde daquele bairro simples e pacato, do lado do DER, também simples e pacato – um amontoado de barracos, é verdade, mas de gente trabalhadora e honesta, até prova em contrário! – sob chuva e sob vaias de todos os que passassem na 24 de Fevereiro e na frente do estádio, e sob aplausos – podem apostar! – do pessoal que jogava sinuca no Amarelão naquele momento e em todos os outros.

Ou sairia ela própria na rua e ignoraria a polícia e chamaria a atenção dos transeuntes, dos vizinhos e jogadores de bilhar – ela gritaria para o povo da esquina – para a bandida que se escondia dentro de sua própria casa, na sua própria cozinha, e os incitaria a retirarem-na de lá de dentro e a arrastarem para fora, puxando-a pelos cabelos, e fazerem justiça!, e apedrejarem-na – até Niddi cair no meio da rua, envolta na poça de sangue e lama que fatalmente se formaria, com borbulhas, para fora do seu pequeno – mísero – crânio, atingido pelas pedradas.

Ao sair do banheiro, enrolada na toalha, desencontrada como uma barata em busca de uma sala, Diana deu de cara com Niddi parada na porta da cozinha, olhando para ela, como se fosse de pedra. Assustou-se: não esperava encontrá-la ali, como se adivinhasse o que pensara fazer com ela. Sentiu-se enfraquecida para pular em cima da oponente, agarrá-la pelos cabelos ásperos e bater sua cabeça na quina do móvel da televisão; ou apanhar o quadro do Cristo que jazia no chão da sala, apoiado na parede, e parti-la ao meio com ele – dando cabo do Cristo, de Arlete e de Niddi com uma só tacada. Seu coração disparou, ao mesmo tempo em que sensações subiram-lhe pelo corpo, inflamando os tendões, até avermelhar as orelhas. Seus olhos lacrimejaram, numa indignação que atingiu os pincaros ao se dar conta de que Niddi aparentava – disfarçava! – não perceber nada do que lhe ocorria naquele instante particularmente insano: Niddi estava "apenas" ali e queria "apenas" lhe dizer que Delúbio havia telefonado enquanto ela estava no banho – como se dissesse, a desgraçada: "já que a senhora não ouviu o telefone por causa do barulho do chuveiro, nesses seus banhos demorados" –; e ele tornaria a ligar dali a pouco.

Perturbada, Diana sentiu um peso nos ombros, que doíam; por isso não considerou correr atrás dela para tirar satisfações, quando Niddi voltou calmamente para a cozinha; quem sabe, poderia esfaqueá-la pelas costas. Atravessou a sala, confusa, em passos curtos, indecisos, até o quarto de casal, e despencou na cama como se mergulhasse em águas turvas. De lá, esperou, ansiosa, desconfiada, Delúbio telefonar de novo.

Foi acordada pelo hálito dele, no escuro, ao anoitecer. Delúbio tinha esse hábito: aproximar o rosto sem encostar, e respirar forte, soltando o bafo. Diana acordou ao sentir o rosto dele tão próximo do seu, ao mesmo tempo em que uma mão conhecida e firme percorria sua cintura roliça e áspera – ela não passou o óleo no corpo, depois daquele banho. Um silêncio fresco reinava na casa, que estava escura, com as luzes apagadas. Ainda não havia a luz da noite entrando pela janela – o céu começava a se abrir. No escuro, no fresco, era uma delícia aquela casa.

Delúbio puxou-a para si como se Diana fosse uma coisa sua, envolvendo-a com os braços como se dissesse que, apesar das recusas nas últimas noites, dessa vez ele a pegara de jeito e ela não teria escapatória; mas ele a trataria com carinho e cuidado e, depois de tudo, da grande aventura no mar revolto que os aguardava, apesar das desconfianças e reticências dela, ele queria vê-la ainda mais linda, vestida com o seu melhor vestido, porque eles sairiam dali direto para um "jantar bacana".

Delúbio acelerava e cantava, e foi assim o trajeto todo até o bairro JK: entretido com o traçado irregular das ruas, jogando o escaravelho de um lado para outro nas curvas, derrapando sobre paralelepípedos úmidos. Ele tentou pegar a Anchieta, mas foi demovido da ideia por um congestionamento que houve no primeiro acesso, por causa de uma carreta que havia tombado, e desistiu; resolveu se divertir nas vielas de São Bernardo do Campo mesmo – os tons graves, vindos de dentro do peito, contrapunham-se ao ranger do amortecedor do carro.

Agindo assim, porém, não protegia Diana, como prometera. Entretido consigo próprio, olhava para ela de lado, com o canto do olho; sem entendê-la; como se não quisesse vê-la quieta e amarfanhada no banco do passageiro. Mas, eles não estavam indo para uma festa?

Preferiu ignorá-la, e descer alegremente a cidade, como se fosse contagiá-la com sua alegria, em direção à região limítrofe dos bairros ricos, os bairros nobres, surgidos nos últimos anos. Uma região de condomínios verticais murados que se erguiam como se, depois deles, tudo terminasse num fosso, e não se ramificasse em dezenas de outros bairros, amplamente horizontais, onde casebres e sobradinhos copulavam todas as noites – como Dianas e Delúbios nos bons tempos, sem os cuidados e não me toques que se tornaram frequentes –, felizes como piolhos, multiplicando-se e se esparramando até formar uma barafunda de moradias entre os municípios limítrofes.

O vento que entrava pela janela aberta do motorista e o chacoalhar do carro faziam Diana se encolher cada vez mais, enredando-se, tentando ocupar uma posição minimamente confortável, procurando não sacolejar tanto, tentando se proteger do vento, dos repuxos, dos enjoos, dos rearranjos e do bololô de órgãos remexendo, da vontade súbita que lhe acometia nesse momento de ir ao banheiro – e do rock'n'roll de Delúbio:

– Quero ir ao banheiro – ela disse.

– ?!

– Quero ir ao banheirôo! – repetiu.

– O... quê?!

E não se falou mais nada, nem se ouviu mais nada sobre isso no carro, apenas o ranger de amortecedores.

A cada curva, sua cabeça pendia para o lado, e Diana quase se machucou ao bater no vidro – na segunda vez, Delúbio percebeu, o que fez com que, por um ou dois quarteirões pelo menos, desacelerasse um pouco.

Sem notar a força que Diana fazia para se segurar, para se equilibrar no eixo do banco e não partir o pescoço, não destroncar o ombro, e não se descontrolar e gritar com ele ou pular para cima da direção e fazer um movimento brusco e atirar o carro num barranco, e morrerem todos – ou, pelo menos, interrompê-lo e obrigá-lo a levá-la de volta para casa e estragar a "noite bacana" que os aguardava, como ele prometera no escuro do quarto.

Diana não faria isso, por enquanto; assim como não conseguiu afastá-lo completamente na cama. Como impor limites a Delúbio? E quais limites? Ela não saberia dizer, porque nunca fizera isso antes: impor limites, antes de atingir o seu limite. O máximo que Diana se sentiu capaz de fazer, que é o que suas forças e seu jeito de ser permitiram, foi emitir alertas em seus ouvidos e com as mãos, para que ele fosse devagar com os seus movimentos: sinais que foram insuficientes e que soaram a Delúbio como meros sintomas de um suposto mal-estar e mau humor femininos, multiplicados um milhão de vezes pela gravidez. Ele logo esquecia o que ela dizia, de qualquer forma, e isso já fora um charme dele antes. Fora assim havia pouco, quando avançou impunemente sobre o anteparo das mãos dela embaixo dele, e das pernas dela, que se fecharam, impedindo pelo menos que ele batesse lá no fundo; era assim de novo, agora, acelerando ainda mais o carro, apesar dos seus pedidos – fazendo com que ela gritasse para que ele parasse no semáforo, um instante pelo menos, num cruzamento movimentado, acelerando em seguida, mesmo com o sinal vermelho.

E foi assim até chegarem onde Delúbio imaginava que deveria ter chegado. O escaravelho dobrou com tudo a esquina de um quarteirão largo e, ao fazê-lo, Diana foi jogada para o lado, e depois para a frente do carro, que brecou, num solavanco, diante de um prédio imponente, que se erguia solitário no meio do quarteirão. Delúbio avançou sobre o colo dela para conferir o número, se era ali que morava Antônio: no coração do elegante bairro JK.

* * *

Ao certificar-se, diante do edifício La Liberté, de que era aquele mesmo – vinte andares de concreto aparente que ocupavam mais da metade de um quarteirão, revestido, como um bolo confeitado, de ladrilhos azuis, vermelhos e brancos – um mosaico com as cores da bandeira da França que cobria as sacadas, de ponta a ponta da face frontal –, Delúbio hesitou, em frente ao portão de entrada, uma gaiola de ferro marrom: onde iria estacionar o escaravelho?

Impaciente, temendo o pior no meio das pernas, com os solavancos, amaldiçoando-se por, entre dois ou três vestidos, ter escolhido o modelo branco, Diana não entendeu a hesitação de Delúbio: um comboio de Unos poderia estacionar nas calçadas vazias em frente ao prédio, assim como nas calçadas vazias de todo o bairro JK. Delúbio não a informara das vagas para visitantes que havia no La Liberté, mencionadas e recomendadas expressamente pela secretária de Antônio, quando ela lhe passou o endereço do prédio – seria "mais seguro para todos"; seu nome estava registrado na portaria. Sobretudo, e isso ele não quis informar Diana, ele se sentia incapaz de entrar naquele prédio com um carro sujo e caindo aos pedaços; talvez inclusive isso não fosse possível num edifício como o La Liberté.

Delúbio culpou-se por não ter pelo menos lavado o carro, à tarde – lavar o carro em dias de chuva sempre lhe pareceu um gasto inútil, mesmo sabendo que a água da chuva não limpava a sujeira do carro –; o escaravelho continuaria velho e carcomido, mas estaria, ao menos parcialmente, limpo. Foi surpreendido pelos sinais nervosos de um farol que encostava bem atrás dele: o Uno obstruía a entrada da garagem do prédio e ele teve de avançar para dar passagem ao Ômega novíssimo preto, de vidros escuros, um bólido brilhoso e ameaçador como um morcego, que embicou em frente aos portões gradeados, que se abriram imediatamente para ele. Era Campanella – a brincadeira estava esquentando, animou-se Delúbio.

Ansioso para entrar logo, porém sem saber para onde ir e o que fazer, Delúbio engatou uma primeira e arrancou com o carro até a esquina; fez um balão acentuado – Diana segurou-se no banco – e voltou para a frente do prédio, embicando o Uno como fizera o Ômega: corajosamente, de frente para o portão fechado.

Uma luz fortíssima, vinda de duas lâmpadas nas extremidades do portão, se acendeu, iluminando o veículo e boa parte do quarteirão atrás dele, revelando, como Delúbio temia, toda a precariedade do escaravelho. Diana cobriu os olhos com as mãos, como se a luz fosse machucá-la. Um mulato de camisa preta e terno e gravata marrom-escuros, que pareciam ser sua segunda pele, saiu da guarita e veio ter com eles, no carro. Diana reparou no coldre que ele carregava na cintura, parcialmente coberto pelo paletó, tão logo ele se inclinou na janela do motorista, para interrogá-los.

Delúbio empertigou-se e se antecipou a qualquer pergunta mais incômoda que viesse daquele sujeito – como, por exemplo: o que levava um carro como aquele tentar entrar num edifício como aquele? –, e procurou deixar claro que não se tratava de um encanador ou um eletricista ou um pobre-diabo qualquer chamado às pressas para fazer um serviço de emergência. Delúbio disse, olhando para a frente, como se já estivesse acostumado com a lenga-lenga de seguranças e porteiros, que ali estavam Delúbio e Diana, a convite do sr. Antônio, "o da cobertura", que os esperava para "um jantar" – detalhes que soaram desnecessários para Diana, e provavelmente também para o segurança, que balbuciou algumas palavras em um walkie-talkie enquanto olhava para Delúbio, e para o carro, com um desprezo infinito, uma afetação que Delúbio achou insolente da parte, afinal, de um armário.

Delúbio avançou até o segundo portão. Um segundo segurança saiu de dentro da guarita, mulato e de terno marrom, como o primeiro, e indicou secamente a Delúbio o local onde ele deveria estacionar: nas vagas para visitantes, no fim de uma via revestida de pedra baiana, que cortava, pela direita, os jardins do edifício, "passando a piscina, está vendo?", e as quadras, o miniclube e o orquidário.

Mas o segurança não disse nada sobre um *pet resort* com o qual Delúbio se deparou logo que saiu com o carro pelo portão, à direita, e que o confundiu, por que havia barulho de pás de helicóptero sobrevoando o La Liberté enquanto o mulato explicava o caminho, e ele se embaralhou com as placas e direções depois do segundo portão, e com a silhueta de dois homens com metralhadoras que estavam diante das placas, obstruindo algumas delas.

Indeciso, ele passou pelo *pet resort*, imaginando o que poderia ser isso, e que estava fechado àquela hora da noite, seguindo pelo caminho de pedras sem saber se era mesmo por ali que deveria ter ido, se o segurança disse "à direita", passando o segundo portão, ou se ele se confundira – e onde estavam o miniclube e o orquidário?

Delúbio e Diana – mais Delúbio – encantaram-se com o mármore do piso e os espelhos envelhecidos por jatos de tinta dourada do elevador do La Liberté – o piso sozinho devia ultrapassar trinta mil reais, Delúbio calculou; e também com a música de fundo, saída não se sabe de onde, que eles jamais haviam ouvido em elevadores, residenciais ou comerciais, *triptonics* ou convencionais. Uma máquina e tanto: portas de aço inoxidável de encaixe silencioso e preciso; comando automático de subida, acionado também sabe-se lá de onde e por quem – "olha, Diana, não precisa apertar nada!" – como seria desagradável e chato apertar botões de elevadores depois daquilo, pensou Delúbio, imaginando o que os aguardava lá em cima, na cobertura, após esse aperitivo – certamente, espelhos e vinhos –, e resolveu começar a curtir a noitada ali mesmo: na subida, silenciosa e automática. Delúbio se atirou para cima de Diana, como ela sempre adorou e permitiu que ele fizesse, sem importar onde estivessem, para onde fossem, e onde se refletissem, e tentou colar-se por trás dela, encaixando-se entre os vãos do corpo, com a incrível sensação adicional da recusa dela – como se ela simulasse uma recusa! – e de estarem diante da lâmina de espelho jateado que revestia a caixa de alumínio e que os refletia, num caleidoscópio – espelhos por todos os lados, inclusive no teto! Começou apalpando-a com abraços e beijando-a nas orelhas e no pescoço, excitando-se ainda mais com a imagem de ambos multiplicada e multifacetada por todos os cantos do cubo metálico, que subia como um quarto de motel intergaláctico, passando pelo quinto, sexto, sétimo andares, procurando aproveitar cada segundo passado entre cada andar para envolvê-la, lambendo o seu pescoço e percorrendo-a com mãos afoitas, apesar de os esforços dela em detê-lo terem começado ainda no segundo andar e ela ainda se sentir no térreo. O estômago de Diana se embrulhava com a subida brusca da caixa de espelhos, o que quer que ela trouxesse na barriga forçava-a para baixo: tinha a sensação de que caía no fosso do elevador, não de que ia para o alto, para o paraíso imaginado por Delúbio, que enfiava, entre o décimo primeiro e o décimo segundo andares, as mãos no meio das coxas dela e tentava erguer o seu vestido, felizmente, apertado – ignorando os apelos de Diana para que ele *parasse com aquilo, pois eles poderiam estar sendo filmados!* – parasse de se excitar e tentar forçar o encaixe de órgãos que um dia foram chave e ferrolho, e de dobrar-se por trás dela sem imaginar que do décimo oitavo andar até o vigésimo primeiro *era uma questão de três segundos*, e que o elevador *triptonic* ou o que quer que fosse aquela tecnologia se abriria diretamente no hall do apartamento de Antônio, pois tudo no La Liberté era moderno e se comunicava e *apartamentos modernos não tinham porta*, e o anfitrião – Antônio – estaria naturalmente na entrada do apartamento sem porta, para recebê-los.

A porta do elevador se abriu. Antônio se viu diante de uma mulher multifacetada, multiplicada pelas lâminas de espelho, muito mais bonita e atraente do que imaginara, mesmo a partir dos relatos detalhados e convincentes do marido. A grávida mais surpreendente que jamais vira: de uma beleza duplicada, triplicada, quadruplicada pelo jogo de espelhos, multiplicada em pernas, coxas, seios e cabelos numa miríade de formas que se reproduziam como uma explosão naquele palco exíguo. Diana estava praticamente dobrada para a frente quando a porta do elevador se abriu, abraçada por trás por mãos atrevidas, uma mão abaixo da cintura – marcada da gravidez –, e a outra amparando um dos seios, de mamilos escuros e generosos – que podiam ser notados, para um observador atento, pela transparência do vestido e sutiã brancos. Estar no hall quando a porta se abriu era como assistir a um preâmbulo de uma cena quente, na primeira fila de um filme erótico, ou pornográfico, em que uma grávida fosse violentada no elevador pelo marido, sob os olhares inflamados de um estranho – do patrão do marido! –, que assistia à cena com os olhos de um garoto que nunca vira ou fizera aquilo na vida – Antônio nunca pensou em foder Nenê no elevador, ou entre espelhos, por exemplo.

Delúbio, sem constrangimentos, adiantou-se, sorrindo, em modo *Delubius*, para cumprimentar Antônio com um abraço, bastante à vontade, como acontece com os que começam a noite no térreo e fosse esse o espírito, e ele e Diana estivessem se divertindo muito desde lá de baixo – um cumprimento prolongado, dando a chance de Antônio vislumbrar Diana diante de si, os olhos grudados nela, por trás do abraço.

Esquecida no centro do elevador, Diana hesitou em sair dele; o constrangimento de ser observada a abateu: sabia porque sabia que foram filmados por câmeras escondidas dentro do cubo, transmitidas para os seguranças lá embaixo – e também para Antônio, na cobertura; se houvesse um botão que previsse essa situação, ou um botão qualquer no elevador, ela o apertaria, e descambaria para o fosso. Deteve-se diante do hall frio, apesar de bonito: nele cabia quase inteira a casa da 24: era todo revestido de espelhos jateados, como se fosse uma continuação do elevador; o chão de mármore era coberto por tapetes orientais e, nas paredes, penduraram bandejas enormes de bronze lapidado.

Antônio não a surpreendeu; era um daqueles homens que olham demais, pensou, por trás dos maridos, sem saber que também são olhados. Um homem jovem, alto e corpulento, do qual ela ouvira falar tanto, e tão poderoso – olhando para ela como se suplicasse algo. Diana previu na mesma hora o risco de ele marcar bobeira ali mesmo no hall, ou na frente da mulher, que estava a dez metros, na sala – uma desgostosa desde sempre.

Diana frequentara muitas festas e lugares e sabia, desde a fachada, da gaiola iluminada e as metralhadoras, o que (não) acontecia nos apartamentos de milhares de metros quadrados – e nos matrimônios. Estava tudo entendido para ela, o que a aguardava depois do *pet resort* e do orquidário, e da abertura das portas do elevador cósmico, automático: a guerra de olhares, fragrâncias, cremes, condicionadores e colares no vigésimo primeiro andar. Não havia nenhuma novidade quando Nenê se levantou a contragosto, erguendo o corpo pesado do sofá de assento demasiadamente baixo, e demasiadamente macio, para cumprimentá-la, como se preferisse morrer a se erguer, depois de medi-la logo que Diana entrou na sala, como o marido fizera no hall – e fazia de novo agora, e faria a noite inteira, juntos, marido e mulher, medindo-a de alto a baixo e de vários ângulos. Diana temeu não por si, mas pelo bebê, diante da anfitriã, do mau-olhado e do poder de cálculo – e de fogo – que detectou nela, do fórceps que ela trazia no olhar. Uma adversária que detalhou, em segundos, seus ângulos, centímetros, pontos fortes e, principalmente, fracos, como medos, segredos, sangramentos e desvarios, interpretando todos os signos: da idade do feto ao tipo – e o preço – de tecido utilizado naquele vestido; do acabamento das pontas secas do corte de cabelo – e que tipo de salão de beleza faria aquilo – à sandália de salto e o esmalte precários que ela usava. Tudo sob o manto perverso de um sorriso.

Diana estava acostumada à dissimulação de esposas, em festas e eventos, na presença dos maridos, sempre insatisfeitos; sabia dos riscos – ainda mais grávida, transpirando hormônios. Homens adoram as grávidas, fantasiam horrores – principalmente com a grávida dos outros, as mulheres sabem disso. Mas nunca estivera numa situação tão frágil. Nem provocara um ódio tão instantâneo. E tão dissimulado: Nenê, ao indicar-lhe o sofá onde deveria se sentar – Delúbio vinha logo atrás –, disfarçava de atenção e cuidado com seu estado, toneladas de dissabor e ressentimento –; Nenê parecia estar surpresa, como se não tivesse sido previamente informada de que haveria uma gestante – uma ameaça – em seus domínios. Como se Diana tivesse um exército dentro da barriga e estivesse prestes a invadir e ocupar e reinar sobre os mais de cem metros quadrados de um único ambiente, por entre vasos, jarros, potes, cinzeiros, luminárias, santos, altares, bonecas, cestos, relicários, candelabros, taças, miniaturas, lustres, panos, bandejas e tudo o mais que pudesse ser adquirido e pintado, areado, jateado, moldado, tingido, bordado e cinzelado em aulas com amigas – e, principalmente, ser mostrado, exibido, destacado, iluminado, arranjado sobre mesas de canto e de centro, com tampos espelhados que rebatiam as imagens dos objetos colocados sobre eles e ampliavam seus efeitos ao receber as luzes dos lustres carregados de pingentes de cristal que pendiam dos tetos, como limões ou morangos imensos, e que cobriam de tons coloridos os vários ambientes distintos e espelhados de uma sala como ninguém, nessa civilização, talvez tenha visto igual. Locupletada de móveis de várias épocas, finalidades e formatos – sofás pequenos, grandes e médios, poltronas disso e daquilo, cadeiras de palha, acolchoadas, almofadadas, Luís XV, XVI, XVII e XVIII, com e sem braços, e *chaise longues* e pufes, e divãs, namoradeiras, braçadeiras, banquetas e apoiadores – e também almofadas, tecidos soltos, aparadores, mesas de jogo, cortinas, abajures, quadros, arandelas, plantas, muitas, no chão, em vasos, penduradas, e pássaros, e outros bichos, de vários materiais, e alguns verdadeiros (vivos!) na varanda. Isso e o que mais ainda pudesse ser concebido, organizado e disposto pela mente decorativa febril de Nenê, sempre envolta em múltiplas aquisições e também múltiplos rearranjos, no mínimo um grande rearranjo semestral que, durante uma semana, ou duas, interditava o ambiente para mudar tudo de lugar, deixando Antônio, a cada seis meses, literalmente desorientado e perdido – porém menos perdido e desorientado do que ele estaria a partir daquele jantar.

Rearranjos decorativos: era o assunto entre Nenê e a cunhada Ideli, quando foram interrompidas pela chegada de Diana e Delúbio. E foi sobre isso que continuaram a falar tão logo os convidados se acomodaram num dos quatro sofás desse arranjo, um de frente para o outro, compondo um quadrado – uma ilha, na definição de Nenê –, em torno de uma mesa de centro de vidro "400 milímetros, bisotado" repleta de ovos de cristal coloridos de tamanhos variados – alguns, imensos, que se destacavam em meio a um grande ninho de *paglia e feno* formado por fios finíssimos de bronze.

Um conjunto e tanto; ainda mais ao se considerar os colibris de cristal dispostos no meio dos ovos; e o pequeno gnomo, esse de ouro maciço, escondido no *paglia e feno*, como se espiasse os convivas, atrás de um ovo – um pequeno achado decorativo místico de Nenê.

Diana e Delúbio sentaram-se lado a lado, no mesmo sofá; Diana foi colocada no assento próximo ao sofá das mulheres, que estavam à sua esquerda; Delúbio tinha os homens – Antônio e o irmão, Campanella – ao alcance do copo, no sofá à sua direita. Tinham diante deles dois casais, portanto, em dois sofás, frente a frente, com a mesa de centro entre eles.

Campanella se levantou a contragosto, e estendeu a mão para Delúbio; este chegou sorrindo para cumprimentá-lo, feliz por dar de cara com conhecidos, e demorou para entender a frieza do outro, e a razão pela qual Campanella fingiu não conhecê-lo:

– Prazer – disse Campanella, secamente, dissimulando o fato de terem sido apresentados – e terem estado trancados – num quartinho, entre maços de dinheiro, naquela mesma tarde.

Ossos do ofício, considerou Delúbio, pensando rápido. Códigos. E sentou-se, com os irmãos à sua direita. De camarote, portanto, para que ele e Diana assistissem às admoestações de Nenê, em um sofá, dirigidas a Antônio, no sofá em frente, e às pequenas admoestações entre Campanella e Ideli; admoestações que, se não eram novidade, principalmente entre o casal anfitrião, se intensificaram com a chegada deles, com a chegada dela, principalmente, e que correram soltas de um sofá para outro, sobre a mesa de centro: petardos rasantes atirados sobre ovos, colibris e o gnomo.

Em especial as admoestações e ataques de Nenê, mais ferozes, e mais cínicos – que ameaça era aquela! –, censuras que subiam de tom – ela nem mesmo fora avisada! –, que passavam, de um sofá para outro – fora covardemente traída! –, rentes aos narizes de Diana e Delúbio, como se a qualquer minuto fossem voar os ovos que estavam em cima da mesa.

– Há, sim, essa necessidade, Ideli – disse Nenê, retomando a conversa com a cunhada, num suspiro de desdém, com os hormônios antigravidez em ebulição dentro dela, explicando a necessidade "de pelo menos uma vez por semestre" colocar tudo pelos ares, até chegar aos tapetes – três dúzias de tapetes, incluindo os do hall, varanda e corredores – "E nem me fale nos tapetes dos cinco quartos!" –, e às cortinas – umas vinte, trinta cortinas –, e uma vez que se removessem os tapetes e as cortinas para limpeza, desacarização e microjateamento de sal e cloro – "uma nova técnica, Ideli, experimenta!" –, estava limpo o caminho para "o rearranjo completo de todo o resto", não sem antes um "repensar profundo" do que ficaria aonde e o porquê. Pois o rearranjo "renovava as energias da casa", e os "espíritos ali presentes", e ela "sempre tivera muita fé nisso", apesar da "falta de espiritualidade das pessoas, que não têm esse reconhecimento" – olhando para o marido.

– É uma questão também de higiene, Ideli! Higiene espiritual, principalmente!

Antônio intrometeu-se no assunto. Porém, embora falasse olhando para Nenê, no sofá em frente, não dirigia as palavras para ela, dirigia-as para Diana, uma interlocutora preferencial, espiritual inclusive – carnal, preferencialmente –, que se encolhera num sofá macio demais também para ela, tentando achar uma posição que a protegesse minimamente do que estaria por vir – a descarga descomunal de energia negativa que a aguardava. Antônio decidira mudar de estratégia e de argumento em relação aos rearranjos. Se, antes da chegada de Diana, era apenas o caso de ironizar a fúria redecorativa semestral de Nenê – que ocorria, como ela explicava à cunhada, a propósito do caráter espiritual dos rearranjos, "sempre trinta dias antes do Natal e vinte depois da Páscoa" – como se, ao criticar de forma irônica e condescendente o comportamento decorativo da mulher, ele estivesse, no fundo, valorizando-o –, agora se tratava de dinamitar completamente o mero capricho tolo e sem sentido dela, por analogia, uma mulher também tola e sem sentido. Antônio estava e não escondia estar – tendo Diana na mira – embaraçado, desgostoso diante de um comportamento como aquele: um marido ridículo, diante dos caprichos de uma mulher ridícula, além de horrorosa, e queria encerrar o assunto, afirmando, num tom nada condescendente, um tom de *enfado*, que ele concordava com Nenê sobre a necessidade do rearranjo: ela que remanejasse tudo como bem entendesse, e quando sentisse necessidade, porque "ele não era médico para tratar desse assunto" – virando-se para Silvio, como se pusesse um ponto final num tema gasto.

– Médico? Que médico? – Nenê perguntou, furiosa, a Ideli. – Como: médico? Quem precisa aqui de médico?

Indômita, Nenê atravessou o olhar sobre os ombros de Ideli, para enxergar Diana, aquela grávida azul afundada em seu sofá – *ela está... azul?* –, que trazia junto de si, no colo uma almofada pedrilhada, e que desencadeava um torvelinho de emoções e reações no *seu* marido e na *sua* casa. Aproveitando-se do embaraço de Antônio diante daquela moça e percebendo a mudança de tom nele, que traía a insegurança diante das opiniões da visita, Nenê quis massacrá-lo: ele sim precisava de médico, e "todos ali sabiam" do que "ela estava falando", e Arlindo chegaria em instantes e confirmaria isso, "se é que Arlindo vale o que ele cobra, como pessoa e como médico", e por falar nisso Arlindo estava bastante atrasado, já passava da conta esse atraso, "como sempre acontece quando ele decide trazer a Salete!".

Diana se retesou no sofá, sofreu um pequeno repuxo no baixo-ventre, como se fosse espetada internamente e um nódulo interno, um músculo, ou um tecido, se esticassem, e se contorcessem, comprimindo-a. Sentiu uma ardência subir pelas pernas e fazer cócegas no ânus. Ela precisaria *mesmo* ir ao banheiro – ela ouvira: Arlindo? –; precisava desde o elevador, desde antes: do difícil caminhar sobre a pedra baiana irregular do piso, no estacionamento, depois do orquidário.

Seu mal-estar era acompanhado atentamente por Nenê e Antônio.

Embora não procurassem demonstrar: Antônio era contra os rearranjos, esbravejava Nenê, por conta da sua demência precoce, senil, que poderia ser, em breve, atestada por Arlindo, que era médico, antes de ser político, "não nos esqueçamos disso!" – *Diana estava um pouco mais... azul?* – e uma mudança de posição dos sofás e poltronas era algo que Antônio não tinha condições mentais de suportar!

– E nem espirituais! É muito difícil para ele suportar mudanças, Ideli...
Era só ver o que ocorria com Antônio durante os trinta dias depois do rearranjo!, que era o tempo que ele levava para descobrir onde ficava, guardar na memória e se acostumar com as novas posições dos móveis; e, se ela alterasse, o que ela era obrigada a fazer, dado o caráter global do rearranjo, "essa era a ideia", especificamente a posição de uma poltrona...

– Ai, ai, ai... – suspirou Nenê, observando sua vítima ficar cada vez mais azulada, quase roxa, no seu sofá. – Aquela poltrona, a marrom, se vocês conseguirem ver daí: a do fundo da sala, Ideli – Nenê esticou os braços flácidos, que não eram cobertos pela manga curta do vestido – Aquela! A poltrona do canto esquerdo, tá vendo, a que fica ao lado do aparador Grand Canyon, ... difícil ver daqui... a que está sozinha... apartada daquelas outras que estão juntas, está vendo, a ilha de poltronas?!

– Ai, ai, ai... – continuou Nenê, suspirando, ciente do que conseguira, de que algo abalara Diana, que ela ainda não sabia bem o que era... o que exatamente a... abalroara – e o rearranjo "é para Antônio um suplício, Ideli", um "Deus nos acuda", um "barata voa": "ele leva semanas para se localizar, para decorar onde sua poltrona favorita se encontra" – "que tipo de senilidade seria esta?" – perdendo-se no meio do mobiliário que incluía, afinal, um punhado de outras poltronas, porém mais altas ou mais baixas, mais ou menos inclinadas, mais ou menos revestidas, embora muito parecidas umas com as outras. Era como se Antônio a cada rearranjo a perdesse de vista e, consequentemente, se perdesse em sua própria casa!

Porém, ela não tinha alternativa, como explicava a Ideli, sempre com Diana na mira – *ela... empalidecera?* –, prevaricando sobre os ombros da cunhada, "a não ser transferir a poltrona preferida dele para outro lugar também", como Ideli poderia perfeitamente compreender. Quando se rearranja o que está ao lado de uma poltrona (o que fatalmente ocorre num rearranjo total, semestral), o que combinava com a poltrona em si, como o aparador Grand Canyon e a luminária Girafa, "aquela compridona, de quase dois metros de altura" – e como são engraçados os nomes que os designers modernos dão aos móveis, "não é mesmo, Ideli?!", ela vinha reparando muito, ultimamente, nisso – Deus! deve-se remanejar também a poltrona! – e Antônio tinha de, se não decorar de imediato a nova localização da sua poltrona favorita, pelo menos reconhecer a necessidade do rearranjo do entorno, e na frente de todos – *está constrangido, Antônio?!* –, por uma questão de justiça.

– E onde está esse secretário Arlindo e essa Salete, que não chegam? Serei obrigada a servir o jantar sem eles mesmo?!

Antônio, abatido, se levantou, com a desculpa de buscar "um bom vinho" na adega, para suceder o uísque e abrir o apetite para o jantar – aproveitando, como Nenê percebeu, para olhar a convidada de outro ângulo. Diana pareceu a ele quieta demais, pálida e abatida demais, e seu incômodo, caída para trás, no sofá, era nítido; olhava para os lados, como se procurasse algo ou alguém; Antônio imaginou um problema físico, além das flechas de Nenê, que estariam por trás do desconforto. Odiou Nenê mais do que a si próprio, ao se levantar; por ela existir, ser daquela maneira e ocupar um lugar tão proeminente num mundo, afinal, tão vasto; disposto a estrangular Nenê, se trombasse com ela no corredor ou na cozinha, se ela viesse atrás dele dizer coisas, nas costas dos convidados, como costumava fazer; infeliz por estar impedido de mandar a mulher calar a boca, e esmurrá-la, e sufocá-la numa das centenas de almofadas espalhadas pelas dezenas de sofás e poltronas e *chaise longues* da sala ampla. Quantos dias passariam sem que encontrassem o corpo?

Foi interrompido no delírio da insensatez pela voz sonora de Delúbio, que enxergou na escolha de um bom vinho para substituir o uísque 12 anos – do qual ele próprio se servira da segunda dose – a oportunidade de abrir a boca pela primeira vez, e se manifestar:

– Claro, Antônio, um vinhozinho!

Diana procurou ignorar Antônio, sem aceitar ou recusar o vinho, o uísque, ou qualquer outra bebida de qualquer natureza; balançou negativamente a cabeça diante do olhar suplicante dele – afinal, ela aceitava ou não um bom vinho? Dando o mote, sem querer, e sem precisar dizer uma palavra ou ser notada em qualquer movimento, para que a percepção coletiva de sua gravidez discreta, mas presente, entrasse em cena.

– Para você, então, um suco, não é mesmo, Diana? – perguntou Antônio, desferindo um golpe frontal na esposa. – Um suco de tomate você pode, não é? – perguntou, sorrindo.

Foi um desgosto imenso para Nenê que o assunto viesse à tona, e tão cedo, apesar de sabê-lo, de antemão, incontornável, sem que ao menos ela houvesse minado suficientemente o terreno, e que o assunto partisse da desfaçatez do marido – um seu dependente, afinal de contas – e que fosse levado adiante pela curiosidade imbecil, sem limites e sensibilidade de Ideli – por Ideli ser "doente" por bebês e a tudo relacionado a eles –, que não se contivera e era danada para adivinhar e ligar os pontos nessas coisas.

Diana teve a confirmação – Delúbio aguardava o vinho – de que Antônio não mencionara a sua gravidez em casa; caso contrário, ela jamais estaria sentada naquele sofá.

Porque seguramente Nenê, que não podia ter filhos (como Delúbio deveria ter desconfiado a partir da convivência com Antônio, e comunicado a Diana, se ele tivesse noções mínimas de etiqueta para jantares), nunca aceitaria uma convidada grávida no seu sofá.

Apunhalada, primeiro pelo marido, que não lhe avisara que ela receberia uma grávida, e depois por Ideli, que não a considerara, recebendo duas lanças simultâneas de dois metros, duas luminárias Girafa, no meio das costas, Nenê também quis se levantar, dobrando-se com esforço para a frente, apoiando-se com dificuldade no braço do sofá, em duas tentativas, como se não fosse conseguir – era pesada demais para se erguer – impulsionando, por fim, o corpanzil para o alto.

Enquanto explicava a Ideli, com poucas palavras, como se fosse lhe faltar o fôlego, o seu estágio de gestação – ouvindo de Ideli um relato entusiasmado sobre a "maravilha" e a "bênção" de ter filhos e os cuidados que deveriam ser tomados "hoje em dia" com um nenê na barriga – "tudo conspira contra" –, Diana observou, com o canto do olho, Nenê caminhar lentamente para a cozinha, arrastando as pernas varicosas que carregavam com dificuldade quadris exageradamente largos, que mal cabiam no tailleur de linho azul-claríssimo, largo, amplo, que, visto de costas, poderia muito bem ser confundido com a cortina da cozinha, ou o revestimento de um armário.

Só depois de Nenê desaparecer entre o mobiliário da sala, diante do constrangimento de Diana com suas perguntas, e do silêncio embaraçoso que se instalou entre elas, Ideli se deu conta do que fizera: que não se contivera diante de um assunto tabu. Desconcertada, abriu a boca larga, que ia de ponta a ponta do rosto e, como se estivesse congelada, tentou buscar apoio no marido. Campanella, afundado no sofá, do outro lado da mesa de centro, tinha os olhos embargados pelo terceiro ou quarto uísque da noite e não percebera nada errado: estivera entretido num cochicho prolongado com Antônio, e não fez questão alguma de mudar de assunto diante do olhar suplicante da esposa.

Voltando-se para Diana, como única saída – Delúbio olhava para um lado, para outro, para o alto, onde permanecia por minutos, como se contasse os pingentes do lustre, no teto –, Ideli tentou consertar o que havia feito, recorrendo a um assunto já bastante discutido ali; o que foi desagradável para Antônio, que retornava com vinho e copos: ela também rearranjava os móveis da casa dela, localizada a três quarteirões do La Liberté, de tempos em tempos. Não de seis em seis meses, como fazia Nenê, mas de oito em oito, ou de nove em nove meses, Ideli não saberia dizer exatamente de quantos em quantos meses, e não alterava tão radicalmente os móveis de lugar como fazia Nenê, porque... ela também se sentiria perdida dentro de sua própria casa se fizesse aquilo!, ainda mais perdida do que o marido e o filho ficariam – e Ideli quis saber se Diana também rearranjava os móveis de casa, "por falar nisso", e com que frequência.

Um rearranjo? Na casa da 24 de Fevereiro? Delúbio, magnetizado com a imagem das garrafas de uísque e vinho, dispostas lado a lado, sobre a mesa de vidro, e com o assunto paralelo discutido entre Antônio e Campanella – a real capacidade do Tetê de lidar com "tudo aquilo" – teria ouvido isso mesmo? Diana dizer a Ideli que estava "a um passo" de fazer isso? De rearranjar os móveis de casa, por conta da chegada do nenê?

Mais: ouvir Diana dizer para Ideli, sem mais nem menos, que, ainda que não fosse o caso de um rearranjo total, "algum rearranjo, pelo menos" ela deveria fazer, pois ela "herdara os móveis" e, consequentemente, a decoração da casa "da mãe de Delúbio" – *Ela disse isso mesmo? Ela disse... algo?* – como se dividisse um grande pesar com Ideli, que meneava a cabeça, concordando com ela, como se a mulher alguma fosse dado suportar viver sem rearranjar os móveis de casa, principalmente os deixados por outra mulher, eventualmente, uma sogra.

O fato de Antônio ter interrompido a conversa com Campanella para interceder entre Diana e Ideli, concordando com Diana em relação a nenês e móveis, e a necessidade, em alguns casos, de rearranjos, ainda que, "felizmente", parciais, aproveitando-se da ausência de Nenê na sala para dirigir-se diretamente a Diana, defendendo um argumento – o rearranjo mobiliário e decorativo – que ele jamais defenderia na frente da própria esposa, estimulou Delúbio, que enxergou ali uma oportunidade de ouro para também se fazer presente e se fazer ouvir e chacoalhar o copo de uísque além de lincar os dois sofás adjacentes – na verdade, ele queria estar no outro sofá, ao lado de Antônio –, e dois assuntos. "E por falar em reassentamento", Delúbio perguntou, com a inconsequência dos que estão estimulados pela terceira ou quarta dose de uísque alheio, "quantas pessoas seriam reassentadas" na grande intervenção que ocorreria na área que visitara naquela manhã, atrás dos depósitos, junto com o "engenheiro Flores":

– Umas seiscentas mil pessoas, Antônio?

Antônio e Campanella ficaram lívidos, e indignados; Campanella se manifestou primeiro: arregalou os olhos emborrachados e avançou para a frente do sofá em que havia se afundado, emparelhando-se, na borda, com o irmão, que já estava ali havia alguns minutos e virou-se agressivo para Delúbio, perguntando quem teria dito a ele que haveria algum tipo de reassentamento naquela área – "e com esses números inflados! Uma mentira irresponsável, uma informação sem nenhum fundamento!" – "criminosa, até" – e "ninguém jamais falou em reassentamento"!

Delúbio, voltando-se, inexplicavelmente, para Ideli – que permanecia com a boca aberta, como se não conseguisse respirar pelo nariz, contentando-se apenas em sorrir e virar o rosto de um lado para outro, e balançar os cabelos curtos e "oxigenadamente" loiros, como se houvessem sido tingidos em excesso e naquela mesma tarde –, titubeou, antes de entregar o engenheiro Flores aos irmãos, que avançaram, como crocodilos, perigosamente até a beirada da almofada do sofá. Delúbio disse para Ideli que talvez ele não tenha entendido bem o que ouvira, se era um "reassentamento" ou um "remanejamento" o que Flores dissera, se eram seis mil ou seiscentos mil a serem remanejados ou reassentados. Enfim, ele já não estava bem certo em relação a isso – completou, chacoalhando o copo transbordando de gelo nas mãos, "sendo que deveriam", evidentemente, ser coisas bem diferentes – "remanejamento" e "reassentamento" – mas que, pensando bem, foi mesmo "remanejamento" o que Flores disse que ocorreria na área, e ele, Delúbio, é que havia feito a confusão com "reassentamento", por achar, ora, ora, os termos parecidos, "erroneamente, claro", tentando terminar abruptamente, tecnicamente e semanticamente, sua indagação, diante dos irmãos que mal se equilibravam na beirada do sofá.

    O tilintar nervoso de um sino estridente vindo lá de dentro, de algum cômodo perdido nos confins dos múltiplos subambientes do apartamento, emitido por Nenê, avisou que a comida estava servida, e Campanella se jogou para a frente da almofada, como se realizasse um salto olímpico, e se levantou num pulo – num "eepa!" – do sofá. Procurou resolver à sua maneira o impasse colocado tão impropriamente e desajeitadamente por Delúbio, apanhando-o na saída da ilha de sofás e, envolvendo-o com o braço pesado sobre os ombros, explicou que Delúbio nunca deveria levar em conta o que dizia um "homossexual como o Flores", um sujeito, portanto, "muito pouco confiável", além de ser um boa-vida que não seria nada, além do pouco que já era, sem o que conseguiu morder dos restos da família – uma família desestruturada, uma irmã "desquitada, uma vadia" – e que ele cansara de avisar Antônio e o próprio prefeito em relação a "confiar em veados".

    Ao ser abraçado em seguida por Antônio, pois Campanella se adiantara, no pequeno corredor em direção à sala de jantar, e ouvir dele, enquanto desviavam de um pufe – o pufe Splash!, um dos preferidos de Nenê –, como uma confidência, que Campanella estava "cem por cento certo" em relação a Flores e "sempre era prudente nessa vida ouvir o irmão mais velho", além de um proverbial "os cães ladram e a caravana passa" que até a ele pareceu fora de contexto, Delúbio foi aconselhado a esquecer o que ouvira, seja de Flores, seja de outros, fossem "remanejamentos" ou "reassentamentos" – o que, no fundo, não fazia a menor diferença, disse Antônio, por não existir nada de nada, em princípio, definido para os barracos daquela ou de qualquer outra área.

Delúbio sabia perfeitamente que estava sendo conduzido e deixou para trás, sem fazer muita força, a diferença que porventura houvesse, para os moradores dos barracos do terreno onde estivera pela manhã, entre os termos. Diferença que seria impossível de se definir no trajeto entre a sala de estar e a de jantar, e não apenas pela fragilidade de sua própria semântica ou de suas próprias convicções, mas também das suas próprias pernas, por ele não ter forças para resistir a três doses generosas de uísque e a uma taça quase cheia de vinho, e ao prazer indolente de ser levado daquela maneira, praticamente abraçado a Antônio, e aos demais prazeres que estariam à sua espera, após atravessar e quase tropeçar em uma dezena de poltronas e banquetas, e que lhe seriam revelados aos poucos naquele e em jantares vindouros, conforme se adiantassem os trabalhos e a convivência com Antônio e Campanella, e se remanejasse, ou se reassentasse, completamente a sua condição entre eles, no seu devido tempo.

Diana entrou por último na sala de jantar, atrás de Ideli; Delúbio, adiante dela, estava ávido demais para esperá-la; estancou na porta de madeira de quatro lâminas, à mercê de Nenê; esta comandava – ou tentava comandar – o *placement*, como ela dizia, numa pronúncia que ocupava uma zona intermediária entre o francês, o inglês e o português – o *são bernardês*. Nenê estava excitada: era sempre um desafio para ela a colocação de corpos em torno da mesa de jantar de dezesseis lugares.

Tinha em mente uma estratégia de *placement* unicamente em função de seus interesses: no caso, seu interesse era colocar Antônio e Diana no mesmo lado da mesa, separados por Delúbio; seria a configuração ideal: impediria que Diana e Antônio ficassem frente a frente, criando entre ambos uma barreira que acreditava intransponível – o marido dela.

– Ali... você!... – indicou a cadeira que cabia a Delúbio. – Como é seu nome mesmo, tão diferente, me desculpe...

Porém, Campanella, que não era de esperar pelos demais, quando ouviu a sineta, adiantou-se e, andando mais rápido do que os outros na direção da sala de jantar – "deixa eu ir me adiantando..." –, notoriamente incapaz de esperar algo ou alguém para comer, estragou os planos de *placement* de Nenê: foi se sentar no lado oposto ao que Nenê imaginara para ele, aproveitando-se de um momento fatal de descuido da anfitriã, por conta de um barulho que ela ouviu na cozinha – algo cair. Antônio, que entrou na sala praticamente abraçado a Delúbio, deixou-o para trás e espertamente se sentou ao lado do irmão, tomando o lugar entre Campanella e a cabeceira, que Nenê reservava sempre para si. Com este movimento, garantiu que Diana se sentasse do outro lado, ficando, se não em frente, pelo menos ao alcance do seu olhar. Restou a Nenê indicar os lugares de Ideli, Delúbio e Diana, nessa ordem, a partir da cabeceira, o que fez contrariada: Campanella e Antônio descumpriram as regras do *placement*, ela sugeriu para Ideli – "Um *placement* tem regras, Ideli!" – e uma das regras do *placement*, como ela sempre fazia questão de explicar nos seus jantares, era separar os casais; não chegou a dizer isso, mas não restou a ela outra opção a não ser colocar Diana e Delúbio do mesmo lado da mesa – o máximo que ela conseguiu, segundo as verdadeiras regras do *placement* – as suas –, foi atirar Diana para o canto vazio, depois de Ideli e Delúbio; porém, e muito a contragosto seu, ainda dentro do alcance de visão de Antônio.

Sobraram três jogos de talheres completos na mesa, dois deles na frente de Diana – e ela inquietou-se: quem ainda poderia chegar? Esse alguém que... estava a caminho? – é o que ela ouvira na sala, um alguém de nome pavoroso que ela preferiu não ter certeza se ouvira –, e que certamente, se chegasse, se sentaria na sua frente. Mas, e o jogo de talheres solitário, disposto na ponta oposta à de Nenê, a quatro cadeiras dela?

Viu-se cercada, pelos presentes e pelos ausentes da mesa. Sentiu-se vulnerável: sabia que Antônio, de onde estava, se aproveitaria do ângulo de visão oblíquo sobre ela; percebeu que, atrás da atitude afável, ele era arrogante, prepotente e infeliz; temia que fosse intempestivo e que, bebendo além da conta, não pudesse se conter. O que aconteceu na primeiríssima oportunidade, antes de os pratos principais do "jantar escandinavo" serem servidos – foram anunciados com pompa pela aficionada-por-jantares-temáticos Nenê –, por conta de uma pergunta tola feita por Delúbio sobre o porquê das iniciais do bordado do guardanapo serem A e C, e não A e N, como seria de se esperar – A de Antônio e N de Nenê. Antônio avançou com os braços sobre a mesa e a cumbuca de consomê – um caldo de beterraba com aspargos e pimenta moída – que já estava servido quando os convidados se sentaram, com a desculpa de observar melhor o guardanapo de Delúbio, como se aquele fosse diferente do seu, "uma série diferente de guardanapos", e naquela casa já houvesse tido tantas séries diferentes; explicou a Delúbio, tirando o guardanapo das mãos dele, para morticínio de Nenê, que a esposa se chamava, na verdade, Catarina – "Cê de Catarina!" – e teve a ousadia de dizer e de fazer isso – usar o santo nome dela, Nenê! – com o único motivo de observar também o guardanapo de Diana – e a maneira com que havia se acomodado na cadeira.

Antônio era ostensivo: olhava para Diana como se *ela* fosse servida no bufê. Notou seu aperto na cadeira. Tudo a comprimia: o estômago, apesar de vazio, a comprimia; o vestido a comprimia; o sutiã comprimia os peitos; a asa aberta de Delúbio a jogava para o lado, comprimindo-a ainda mais; a ameaça de chegar alguém chamado Arlindo – poderia ser outro? – a comprimia; a Salete, esposa do tal Arlindo, a comprimiria. A atmosfera geral da sala a oprimia: o lustre de ferro trabalhado, de onde emergiam dezesseis tochas acesas, lâmpadas amareladas que ardiam como labaredas, era pesado demais para aquela sala – pesava sobre a sua cabeça; a mesa de madeira maciça lacerada, ornada por milhares de pequenos sulcos nas bordas, como se tivesse mil e duzentos anos de idade e que se estendia, em seus dezesseis lugares, de ponta a ponta da sala, tinha o tampo grosso demais para que ela encaixasse a barriga; sua gravidez, portanto, estava sendo comprimida! Até o gobelim, que ia de ponta a ponta da parede, sobre o aparador, acompanhando a mesa, exibindo a tradicional visão bucólica de virgens e trovadores, era grande demais, amplo demais, com pontos de bordado grossos demais, o que a fazia comprimir os olhos miúdos para enxergá-lo; o consomê que ela, enfim, se viu impelida a tomar – porque algo lhe indicava que seria pior não o tomar do que o tomar – ela atrairia mais atenção e opressão sobre si –, uma colherada ao menos, para ao menos alterar a disposição dos talheres e do prato, lhe caiu como uma sopa de pregos.

Sua bexiga, de tão comprimida, estava a ponto de explodir; coisas dentro dela começavam a se *rearranjar*; enjoos ameaçaram-na: primeiro, o gosto amargo de cera na boca, que sempre começava discreto, mas que ela sabia muito bem onde iria dar; em seguida, o amargor descendo pelo peito, e um vazio ácido se instalando no meio do tórax, a caminho do estômago; dali para baixo, tudo se embolava e remexia; gases reacomodavam-se dentro dela, de um lado para o outro; seu ânus se comprimia, se fechava e ardia. Em pouco tempo, não haveria como encontrar posição na cadeira.

E era pior olhar para baixo, como ela fazia, em busca de alívio, ainda que momentâneo, uns trinta segundos de alívio – a ânsia aumentava e a pressão cairia mais se fizesse isso por muito tempo. Era impelida a erguer os olhos, e olhar para alguma coisa que não fosse Campanella, Antônio, Nenê, o gobelim, o lustre e o consomê, praticamente intacto na sua frente. Procurou se mexer, mudar as ancas de lugar, se desapertar, levantar o bumbum... desistiu; permaneceu imóvel, tensa, vazia, muda e oca, ouvindo as conversas que vinham do canto da mesa como se ela fosse uma boia, a subir e descer com as vagas imensas de um mar gelado e escuro, repleto de arenques, salmões e bárbaros.

Diana escapou de se afundar, e escorregar da cadeira, e cair para baixo da mesa, e se arranhar no tapete de cordas que havia lá, um tapete áspero e desconfortável, sobretudo para mulheres de salto – o salto se prendia entre a protuberância dos nós – um "achado" de Nenê no Marrocos! – pelo choque que levou ao achar que era Niddi quem entrava na sala, saída da porta da cozinha, carregando uma enorme bandeja, na qual equilibrava uma dúzia de travessas de comida, para depositá-las no aparador. Ficou tão perplexa e intrigada que adquiriu, com a adrenalina, mais uma vida; e foram várias as idas e vindas da empregada, até encher de travessas o aparador sob o gobelim – neste, um trovador orelhudo, de chapéu com penacho, seduzia uma menina de cachos loiros, vestido longo e ar singelo, sentada sobre uma pedra, com um dos braços erguido para o céu; estavam ao lado de um moinho. Na segunda entrada da empregada, Diana não teve dúvidas: era Niddi quem trazia as travessas! Só podia ser Niddi: não apenas pelo nariz grosso na base e afilado na ponta, e o cabelo crespo curtíssimo, escondido, nesse caso, por um lenço branco com bordados de flores amarelas, combinando com as flores do uniforme; mas também pelo seu porte reduzido e bunda de saúva, que balançava a cada um de seus passinhos firmes e curtos. Vinha carregada de travessas, indiferente – a indiferença de Niddi! – a todos, o que incluía o trovador no gobelim, como se o trovador, do seu ângulo de visão, olhasse para Niddi, e não para a loira. Diana pensou em beliscar Delúbio, só assim ele prestaria atenção nela. Só podia ser Niddi quem ia e vinha com travessas, e mais travessas, indiferente também aos olhares de Nenê, que observava o vaivém e o que se passava na totalidade da sala como se fosse uma leoa, prestes a atacar uma presa, como se estivesse à espera de que Niddi, ou quem quer que fosse aquela formiga popozuda, quebrasse um prato – ou que Antônio, que fingia dirigir-se a Delúbio sobre alguma coisa, mas que na verdade dirigia-se para a mulher do lado dele, se atirasse sobre Diana.

Antônio, como um trovador, com o peito carregado das emoções e dos desejos e as bochechas rosadas de um trovador, não tirava os olhos da sua musa. Virava-se de lado, para poder incluí-la no seu campo de visão quando se dirigia a Delúbio. Fatalmente os olhos – os do trovador e os da musa – se encontrariam, em meio ao tumulto causado na sala pelas idas e vindas da empregada com as travessas. Campanella, o faminto, se erguera; Nenê tentava organizar uma fila; Ideli pedia explicações sobre o porquê da disposição de cada prato. Diana observou, apreensiva, Delúbio se levantar e caminhar para o aparador antes dela, sem chamá-la, seguindo Ideli – deixando-a a sós com Antônio na mesa. Nenê se erguera, apesar de não ter dado um passo além da sua cadeira: emitia ordens para todos, a pretexto de controlar o fluxo, além de uma radiação nociva.

Antônio não era completamente tolo; Diana agradeceu-o, em silêncio, por isso. Por ele ser noventa e nove por cento, e não cem por cento tolo: ao ver-se, na mesa, diante dela, Antônio se levantou rapidamente, ao mesmo tempo em que protocolarmente e educadamente convidou-a a se servir, sob os olhares de Nenê. E deu as costas para ela, o que seria mal-educado da parte dele e foi um grande alívio para Diana; ela pôde ao menos respirar; tirar um pouco da tensão dos ombros; e se levantou, com a calma que pôde – os olhares e a atenção de Nenê, neste momento, se dirigiam ao aparador. Antônio serviu-se rapidamente, estrategicamente, evitando ter Diana atrás dele na fila. Quando ela começou a colocar os frios no prato, ele já estava no final do aparador, na área dos molhos e temperos finais. Ao voltar para a mesa, com todos servidos, o clima geral havia se desanuviado um pouco; foi esquecida por Nenê, que falava por si e por todos.

Antônio lhe pareceu, também, um tanto habilidoso, com a capacidade de ser pelo menos um pouco sutil. E menos bobo do que Delúbio. Como Delúbio podia se empanturrar de comida e ouvir o blá-blá-blá de Nenê como se estivesse interessado? – no ponto exato de um molho?! – sem beliscá-la na coxa, sem cutucá-la com os pés lá embaixo – sem cumplicidade alguma – era algo que Diana não saberia explicar o motivo, não condizia com os seis meses passados ao lado daquele homem que afinal era o seu homem, pai do seu bebê, que foi feito com tanto... com o que mesmo?! Antônio também ouvia aquele papo estúpido – mas prestava atenção unicamente nela, sem nem precisar olhar para ela para demonstrá-lo. Um tilintar de talheres que ela fizesse no prato, e os efeitos podiam ser notados imediatamente nas sobrancelhas de Antônio.

E ela poderia cair da cadeira que isso não afetaria Delúbio! Como ele se enredava com Ideli e Nenê, como ele buscava chamar a atenção de Campanella ao se servir de vinho, como ele fazia ruídos ao partir pedaços de bolo de carne no prato, como ele procurava absorver tudo, e não apenas o vinho... como ele era... bobo! Tornando-se mais tolo e menos interessante a cada minuto... conseguindo ser menos interessante do que... Antônio.

– Como alguém em sã consciência pode confundir ervilhas com aspargos? – Nenê perguntou, a certa altura, para Ideli, cuidando que todos na mesa a ouvissem, explicando o que ocorrera na cozinha naquela tarde, uma confusão de ingredientes que quase estragou "não apenas a sopa de beterraba e aspargos", mas outros pratos do menu – notadamente o creme de ervilhas – e "sabe Deus o que mais Aléfi poderia confundir em seguida", pondo em perigo – Delúbio meneou a cabeça – a execução de um menu complexo, como o escandinavo:

– O *smorgasbord*! – disse Nenê.

– Hum!... – considerou Ideli.

– *Orgasm-o-quê?* – perguntou Campanella, olhando de soslaio, por cima do prato – recebendo de volta um "não olhar" devastador de Nenê.

Nenê reclamou para Antônio se, "lá de onde elas vinham", que ela não sabia bem se era do Norte, do Nordeste, do Pará, Amapá ou onde fosse, era assim mesmo: se lá, por acaso, "não existiam ervilhas, nem aspargos". E que Antônio fizesse essa pergunta a Gianni – Delúbio ergueu as sobrancelhas –, que foi quem lhes recomendou aquela "anã esquisita", uma jovem negra de um metro e meio de altura, de nome completamente estranho para uma empregada: "Aléfi" – porque "era necessário saber, Antônio", não ir assim contratando sem "ter mais referências delas" –; sendo que ela, Nenê, estivera refém de Aléfi a tarde toda – "Somos umas reféns delas, no fundo, Ideli!" – e isso Nenê disse, inexplicavelmente, olhando para Delúbio. Além do mais, Aléfi era a "única das quatro empregadas", com exceção da Aparecida, que dormia no emprego, "mas sabe Deus, Ideli, até quando!", que não faltara, nem se atrasara!, no serviço, por causa da chuva – "Esse crédito a gente tem que dar para a Aléfi, Ideli!" –, bem no dia da execução daquele menu complicadíssimo – se bem que a maior parte do *smorgasbord* – Campanella olhou-a novamente com desconfiança por cima do prato – fora pré-preparado por ela mesma na véspera, e não se podia de jeito nenhum confiar cem por cento nelas: se era "difícil com elas, era impossível sem elas, então era melhor tê-las". Diana ouviu ruídos na cozinha, como se fosse Niddi batendo panelas lá dentro.

* * *

Delúbio não sabia beber vinho, também não sabia se servir de vinho, e além de beber o vinho alheio como se fosse o seu vinho, servindo-se por conta própria, bebia vinho como se bebesse cerveja, enchendo a taça até a borda, o que, mesmo para Diana, que não bebia e não entendia de vinhos, era um gesto exagerado e tosco. Antônio bebia tanto quanto Delúbio, se não mais; mas Antônio servia-se aos poucos, levando pequenos goles, pausadamente, aos seus lábios finos. Antônio comia muito, bem mais do que Delúbio; naquela mesa, comia menos somente do que Campanella, um visigodo. Delúbio comia pouco, apesar de naquela noite comer bem mais do que o de costume, mas o pouco de Delúbio vinha em garfos cheios, ao contrário do muito de Antônio, em pequenas garfadas. Delúbio olhava o tempo todo para os lados, para Campanella, para Ideli, para o aparador, para as janelas, para o lustre, para o gobelim, para Nenê, para a garrafa, para o fundo do copo vazio: olhava muito, enxergava pouco. Antônio, ao contrário, olhava para o prato, comendo em silêncio, ouvindo mais do que falando, e quando erguia os olhos, procurava disfarçar o fato de buscar o interlocutor na sua frente – Ideli ou Delúbio – para atingir, no seu campo de visão, quem estivesse ao lado.

Porém, Antônio riu como todos os outros, nas costas de Aléfi, em relação à dessemelhança entre ervilhas e aspargos – e quando Campanella exclamou – "Humm, mas que cheirinho!" – continuou a rir junto com todos pela frente de Aléfi, quando ela apareceu em sua negritude com a travessa de salmão defumado, como se ela fosse indiferente ao que estava se passando, e não soubesse do que eles riam, que o cheirinho não era o do salmão – nesse ponto Antônio e Nenê riam gostosamente juntos – "Silvio, que malvado", disse Nenê. Aléfi seguia como se não rissem dela, saindo como havia entrado, retornando com a travessa de queijos, colocando-a depois dos hamburgões, filés e embutidos, suínos e bovinos, junto dos molhos pesados e coloridos, e os outros frios. Depois, viriam os pimentões e tomates recheados, e os dois tipos de massa – uma "precaução" de Nenê –, culminando, na ponta do aparador – Nenê apontava a iguaria como se fosse um troféu – com uma apoteose nórdica: uma grossa posta de bacon empanada e frita que, como explicou, a receita não mandava fritar, após passar na farinha, mas grelhar. No entanto, ela fritara mesmo assim, porque em certos casos, quando se sentia confiante e segura, ela interpretava as receitas, então fritara o *stegt flaesk*, um prato "de nome difícil, impronunciável" – mas o fizera com pouco óleo.

Diana foi a última a se servir; fez isso de forma desajeitada, da única maneira que poderia fazer; ao se erguer, sentiu uma umidade suspeita entre as coxas, sem saber o que era, se suor ou o quê – mortificou-se uma vez mais pela escolha do vestido branco; andou como se desfilasse sobre um despenhadeiro. Pelas costas, enquanto caminhava diante do aparador, escolhendo o que não se servir, ouviu Nenê explicar os fundamentos das bolinhas de batata amassadas com farinha e cozidas, e que pareciam a Diana, que estava diante delas, bolas de chumbo boiando num molho ferruginoso; Nenê ensinava também o ponto da fritura da cebola, que recobria o que pareceu a Diana um hamburgão monstruoso, "que devia ser frita até estalar"; e a preparação minuciosa do molho que recobria um dos vários pratos que Diana não conseguiu identificar o que seria, se aquilo ruminava, mugia, latia, ou o quê – sob um molho composto por um pré-preparado de beterraba, páprica e, por fim, o creme de leite – para só então receber a cebolinha picada, que Aléfi teria "quase, por um triz", confundido com a salsinha. Em seguida, ouviu Nenê ressaltar como a cozinha escandinava, à qual ela fora apresentada havia alguns anos, num bufê servido num hotel elegante, porém decadente, em São Paulo – "virou um puteiro de luxo", disse Campanella – ... Bem, como ela havia tomado conhecimento... – Campanella francamente a aborrecia! E a tonta da cunhada fingia não ser com ela! – ... Enfim: como, apesar de aparentemente complexa e estar fora de moda, "desde os anos 1970", a cozinha escandinava era, no fundo, simples, apesar de pouco realista no que diz respeito à falta de tempo e às condições da mulher, e da cozinha, e da vida de hoje em dia, quando ninguém mais respeita nada, nem receitas, e ninguém tem tempo e "quando elas faltam, elas faltam e não avisam, não é Ideli?", e elas "vivem se atrasando por causa disso ou daquilo" – e elas são "lerdas", "lerdas", "leeeerdas".

Diana, no final do aparador, estava embriagada pelo cheiro forte de temperos e da cebola – "na Escandinávia tudo levava muita cebola!" –; o pigmento forte dos pratos a enjoou só de observar. Serviu-se de um tomate recheado de carne, coberto de queijo e uns temperos, e uma colher de massa que lhe pareceu um rondelli seguro, recheado de presunto e queijo, coberto de um molho vermelho simples, sem páprica, pelo que ela pôde observar. Ficou apreensiva por se servir de tão pouco, quando todos haviam enchido os pratos – especialmente Campanella e Antônio, vikings devoradores notórios que quase se estranharam na fila pela maior fatia de bacon empanado frito. Deixou-se levar, antes de voltar para o seu lugar na mesa, num momento breve de distanciamento, segurando o prato nas mãos, pela textura do gobelim, pelo olhar distante da moça do gobelim sobre as pedras, pela capa verde sobre os ombros do trovador, pela água que caía na roda do moinho, pelo ar rarefeito da cena. Ao voltar para o seu canto abandonado da mesa, ficou sem saber como o assunto, enquanto ela se servia, pôde mudar de um extremo a outro em tão pouco tempo: do bufê escandinavo e o ponto exato de fritura para o bacon empanado, que deveria ter sido grelhado, para o julgamento e condenação sumários de um pai que teve a filha vítima de um sequestro, em andamento.

E, se o sequestro da filha do Rabello estava sem solução, havia mais de um mês, isto era "por culpa do próprio Rabello, muito mais do que dos sequestradores", argumentou Nenê, dirigindo-se a Antônio, como se ele tivesse algo a ver com isso:

– Se não fosse o caráter do Rabello, como nós sabemos, este sequestro estaria resolvido havia muito tempo!

O absurdo de Rabello não querer pagar o resgate, os riscos de se recusar a continuar negociando com os sequestradores, a maneira dúbia como tratou a polícia, como se ela fosse parte do problema, não da solução – além do Tetê em pessoa ter tomado para si a condução do que, àquela altura, se transformara num imbróglio formidável – sobre tudo isso Nenê estava informada e era, para ela, inaceitável:

– Rabello claramente está se vingando da Estelinha. Não acha, Ideli?

Ideli meneou a cabeça, deixando de lado sua notória neutralidade diante de fatos mais complexos, assim como deixou de lado pedaços inteiros de hamburgão acebolado, "escanteados" junto com o arenque com pimentão, para as bordas do prato quadrangular – outra das febris importações decorativas da cunhada, estas trazidas do Hemisfério Norte.

Nenê se lembrou, ao servir-se de almôndegas de carne de peixe cobertas de molho de camarão, que preenchiam toda a lateral esquerda do retângulo do prato – e que Delúbio, numa hora inoportuna, fez questão de saber o nome – "*fiskeboller*, se eu não me engano...", explicou Nenê, "algo assim!" –, que havia motivos de sobra para uma vingança de Rabello. Se foi o Rabello quem "abandonou o lar", trocando Estelinha pela outra, que todos ali sabiam muito bem quem era! – e que poderia, pela idade, ser amiga da filha sequestrada –, era natural que Estelinha ficasse com a casa, onde cada um dos dezoito – "se não mais!" – cômodos, foi ela quem erguera, contratando ela mesma os pedreiros; Rabello só pagou a conta – "e olhe lá", ironizou Campanella. E, no que dependesse dela, "Catarina Gomes de Souza Pellegrino", Estelinha deveria ter ficado, além da casa, com um dos dois postos de gasolina da família – e não com metade da renda de um dos postos; afinal, quem tinha conseguido a concessão dos postos havia sido o pai da Estelinha, não o Rabello – Nenê disse isso perfurando os olhos de Antônio.

E se havia alguém que tinha motivos para se vingar, continuou Nenê, "esse alguém era a Estelinha!", que no fim das contas ficou com muito pouco para se sustentar e a filha e uma casa de dezoito cômodos. Se a Grand Cherokee da menina fosse blindada, por exemplo – e há quem diga que não era! – "Meu Deus, não era blindada?", afligiu-se Ideli –, quem garante que o sequestro ocorreria? A menina poderia ter se recusado tranquilamente a abrir a janela do carro no cruzamento, "se o Rabello tivesse blindado a Grand Cherokee dela", e esse triste episódio não teria acontecido – "Teria, Ideli?" Seria o cúmulo exigir que a Estelinha ainda arcasse com parte do resgate, continuou Nenê – mas ninguém naquela mesa era louco de concluir coisas, era? Como poderia uma mãe se vingar do ex-marido usando como desculpa o sequestro da própria filha? – "Se bem que, às vezes, filhos são mais um fardo do que qualquer outra coisa, Ideli".

O silêncio, quebrado pelos maxilares trituradores de hamburgões, duraria para sempre, se não ocorresse a Ideli chamar Edward à mesa, o Duda, que sempre se atrasava para a refeição e pulava a salada ou a sopa, e levantou-se, enfiando-se para dentro do apartamento, para tirá-lo "à força" da frente da TV. Campanella se aproveitou da ausência da mulher para dizer que entendia "em parte" a reação do Rabello, um homem que deu bastante duro na vida, até conseguir a franquia dos postos, "ainda que no primeiro posto ele tenha ganhado a concessão do sogro", mas que, mesmo assim, "o Rabello não teria seiscentos mil reais para dar para os sequestradores de uma hora para outra" – se bem que, isso não era segredo entre eles, o Tetê conseguira abaixar muito o valor do resgate.

Ao ouvir Nenê dizer que "sessenta mil reais estariam muito bem pagos" pela vida da menina, Delúbio ergueu os olhos do prato, como se tivesse algo a ver com aquilo – e surpreendeu Antônio olhando para Diana como se quisesse comê-la, sob o cenho cerrado de Nenê. Antônio desviou os olhos rapidamente, como se tivesse sido apanhado.

Porém, Delúbio comera e bebera muito, repetira os bolos de carne e o bacon frito e se encharcara de vinho, como se não fosse comer nem beber nunca mais na vida. Almoço – e jantar – grátis era algo que ele apreciava. Sua consciência se amaciara, e sessenta mil reais eram, como Nenê acabara de dizer, muito pouco para se querer ser alguma coisa. O que dizer dos *trintinha* guardados na gaveta? Por ora, tudo o que lhe cabia era balançar a cabeça, em concordância com Antônio devorar com o olhar sua mulher bonita, em concordância com a avaliação de Nenê sobre os valores e o preço de uma vida; em concordância com o Rabello ter segurado o resgate por vingança da Estelinha; enfim, em concordância com tudo o que era e não era dito na mesa – como a relação direta e incestuosa do Tetê com a máfia dos postos de gasolina, como Campanella deixou escapar.

Como Diana virou o rosto para o outro canto, para fugir dos olhares, respirar fundo e evitar uma onda devastadora de enjoo, ela foi a primeira a observar a chegada do garoto Edward na sala, conduzido por Ideli; viu-o chegar de cara amarrada e se sentar na ponta da mesa, três cadeiras adiante dela, na cabeceira oposta à de Nenê.

E aquele havia sido "um dia muito especial para o Duda", disse Ideli, falando alto, procurando ser ouvida na medida em que percorria o aparador, preparando o prato do filho – apontando, com os lábios estendidos de ponta a ponta do rosto, e os olhos arregalados de quem vê uma girafa dando piruetas ou um orangotango, o seu troféu na extremidade solitária da mesa: um rapaz de quinze anos, de estatura mediana, pescoço erguido e nariz fino e empinado, e bochechas largas e rosadas – como as da mãe –, e cabelos loiros, lisos e penteados para o lado – diferentemente dos cabelos negros e crespos do pai –, que não pareciam ser naturais, mas aparentavam terem sido descoloridos e alisados; usava óculos leves, de aros metálicos e aparelho nos dentes, e sua boca era angulosa como a de um réptil. Eram traços chamativos, em um garoto um pouco acima do peso, que provavelmente não fazia esporte algum; usava uma camisa justa, cor-de-rosa – um rosa-vivo – um pink –, em contraste com a calça branca também colada no corpo.

Campanella, mergulhando a carne num fosso de molhos e cremes, não levantou os olhos para ver o filho, como se a presença do menino o constrangesse; nem Duda olhou para o pai, e nem para a mãe, e nem para ninguém na ponta oposta da mesa; porém, reparou em Diana, três cadeiras à sua frente, à direita, e ela achou que ele a olhou com desprezo logo que se sentou – um desprezo dirigido não especialmente a ela, mas a qualquer outra pessoa que estivesse sentada no seu lugar.

Semelhante ao desprezo do garoto em relação à mãe, que insistia em contar para todos o dia muito especial que ele tivera, enquanto colocava um prato servido de carne, rocambole e batatas na sua frente.

Edward, alheio ao outro canto da mesa – onde havia uma conversa em curso, sobre a conveniência ou não da grande festa junina anual na casa de condomínio de Nenê e Antônio, dada a contingência do sequestro – quanto tempo ainda teriam de aguentar o Rabello? –, percebeu o suplício de Diana: o desconforto dos movimentos dela na cadeira, o incômodo com o vestido apertado, o olhar amargurado, a expressão de enjoo. Identificou também a descarga de energia negativa e dejetos que vieram junto com os olhares de Nenê sobre ela, quando Antônio, sem se conter, sugeriu que Diana e Delúbio estariam entre os convidados para a festa junina.

Talvez Edward tenha ficado com pena de Diana ao vê-la numa situação de fragilidade absoluta no território da tia; ou tenha tido simpatia genuína por ela, tão "escanteada" como ele naquele hemisfério da mesa, sob certos aspectos; ou pode ter sido o temor de que a palidez crescente que ele percebia nela era perigosa, e sinalizasse algo ruim que estivesse prestes a acontecer – um desmaio, um vômito – e que não seria agradável para ele também; ou, ainda, tenha sido seu próprio ódio particular à tia estéril que evidentemente, cruelmente e subliminarmente descontava nele o quanto podia dos seus sonhos maternais frustrados; ou foi um pouco disso tudo que fez Edward avançar o corpo sobre as cadeiras que o separavam de Diana e se esticar para mais perto dela e perguntar, como quem não quisesse saber nada além disso, e como se responder a isso a ajudasse de alguma maneira, o nome dela – sem evitar que todos da outra ponta ouvissem a pergunta:

– Como você se chama?

Pega de surpresa com a abordagem, vinda de um ser que lhe pareceu boçal e arrogante como os outros convivas, Diana se viu obrigada a sair do casulo de torpor e, erguendo os olhos do prato, virou-se para o rapaz e balbuciou seu nome, como se dissesse qualquer coisa. "Diana", respondeu, como se estivesse prestes a afundar.

Mas Diana, mesmo abatida, dificilmente seria apenas "Diana". Edward empinou o nariz e quis saber, dessa vez num tom insolente e até impertinente, "Diana de quê?" ela se chamava, num volume de voz bruscamente alto, num tom arrogante e cínico, como se fosse um direito dele saber aquilo, não apenas por ele ser um garoto mimado – e como se ele não estivesse sendo ouvido por todas as outras pessoas na mesa –, mas por aquele ser um caso de curiosidade legítima, por ela estar, afinal, sentada numa mesa de dezesseis lugares, na cobertura do La Liberté, onde inclusive se podia ouvir, nesse instante, um helicóptero pousando no heliporto do prédio vizinho, para desgosto dos ouvidos sensíveis de Nenê. "Diana Funk", respondeu ela, de maneira discreta, para não ser ouvida – e para espanto do garoto Edward, surpreso ao ouvir o sobrenome da grávida simplória e inofensiva que ele achava que ela era.

Edward repetiu "Funk!!?" mais alto ainda, forçando o "n" – "Fânnnnnk?" –, tentando imitá-la, num misto de excitação e incredulidade, causando impacto considerável no restante da mesa, sendo o impacto inimaginável em Nenê, que recebeu o "Fânnnnnk" como um soco no seu útero debilitado, e espetacular em Delúbio – que ignorara até então o silêncio e a própria presença de Diana do seu lado –, obrigando-o a abandonar o torpor do álcool e o embevecimento com o convite praticamente formalizado para a festa junina na casa de campo, ou de condomínio – ele não tinha certeza do que ouvira: campo ou condomínio –, que ele demorava em sorver, como forma de estender o prazer e o torpor – o doce existir –, para ter de se atirar num desfiladeiro perigoso e salvar alguém.

E os perigos eram os mesmos de um desfiladeiro: o mau entendimento daquele nome completo, colocado em mãos diabólicas, poderia trazer à tona perguntas ainda mais incômodas – o que alguém com aquele nome, fazia, ou já fizera, na vida? Ela era, afinal, atriz ou dançarina?; e era carioca, ainda por cima!; o que o fato de ser carioca estaria relacionado àquele sobrenome – "Funk"; "funk carioca" –; e o que ela fazia como recepcionista numa feira de carros em São Bernardo? – e, se o seu passado completo fosse, por acaso, aventado – até onde iria a curiosidade daquele monstro? Em que peças ela atuara no final das contas? Sendo necessário, dependendo da indiscrição do menino, ou de Ideli, que agora não desgrudava os olhos arregalados dela, espichando-se por trás das costas de Delúbio, e do potencial assassino de Nenê, que a fulminava, agora com um olhar de terror adicionado ao olhar de ódio, tudo culminando – para o horror dos horrores de Delúbio –, que Diana se visse impelida a abrir a boca de novo e se estendesse sobre a única peça de teatro digna desse nome que fizera na vida – não tão digna assim, dependendo do ponto de vista – Delúbio não estava mais tão certo da dignidade da obra, como não estivera na época em que Diana lhe contara sobre as atuações que fizera – uma peça em que ela ficara, de qualquer forma, nua, nua, nuinha, numa entrada relâmpago e, possivelmente, gratuita para o enredo, sendo colocada dentro de uma bacia de água quente, das grandes, dessas de lavar roupas (como toalhas, lençol e cortinas) e, sentada de pernas abertas na bacia, apanhasse fisicamente com uma língua de boi ensanguentada, que era chicoteada nas suas costas por um sírio (ou um sátiro?) – Delúbio não estava bem certo – um homem magricelo, de qualquer modo, de barba comprida vestindo tanga e capa de pele de carneiro – isso ela própria lhe contara! –, que pulava à sua volta e lambuzava seus seios com o sangue da língua do boi até Diana ficar bem suja, totalmente ensanguentada, sempre com as pernas bem abertas dentro da bacia, para em seguida ser defumada com água quente, água pelando, água cenográfica, é claro, trazida em galões pelo sátiro, ou sírio, misturada a cinzas de coisas queimadas, cinzas de bichos, talvez, como pombas e gatos, enquanto à sua volta duas negras – duas pombagiras – rodopiavam e ensurdeciam-na e a plateia com uns cânticos.

Talvez esse não fosse propriamente um papel, a ponto de ser mencionado assim, na frente do chefe estupefato do seu companheiro, que não desgrudava os olhos dela – e Delúbio interveio rapidamente, apesar do vinho e do bacon frito empanado lhe pesarem no estômago, atirando-se sobre a mesa, e sobre a mulher, em direção ao canto esquerdo, explicando tudo ele próprio ao garoto. Tentando afastar as suspeitas de que haveria algo excessivamente "artístico" nela – esclarecendo que o "Fûnk" vinha naturalmente do pai dela, que "era alemão" – Delúbio tentava virar o jogo: tirar proveito daquilo! – escapou-lhe adicionar a isso a correta pronúncia do nome, como ela fizera, embora de maneira discreta demais: "Fûnk" – tentando evitar, com o que fosse possível, um descontrole completo da situação, que talvez lhe custasse, além dos trinta mil que lhe faltavam – Delúbio imaginou notas empilhadas sob a mesa do quartinho, sendo levadas por uma ventania, num pesadelo relâmpago –, o convite para o fim de semana na casa de campo, pois a festa junina iria de sexta a domingo – o que seria até pior do que perder o emprego. Em resumo, "Fânk" vinha do alemão, Delúbio explicou a Ideli, como se revelasse a ela o terceiro segredo de Fátima, ou a chave para se viver melhor – sem saber que situações às vezes fogem do controle e não havia nada mais a ser feito de sua parte.

Ideli arregalou ainda mais os olhos, espanados, de tão abertos, na direção de Diana; mas, antes que ela trouxesse novamente à tona o assunto que tentara introduzir havia pouco, sobre o dia muito especial do filho – um tópico, como todos iriam comprovar, agora plenamente justificado –, e sobre o qual ela havia sido ignorada, de forma, essa sim, injustificada, por conta da insensibilidade de todos na mesa para com ela e os assuntos que ela decidisse introduzir por conta própria, *o que ficaria claro em segundos*, foi Edward quem retomou as rédeas do assunto e atirou Diana, alegremente, e deliberadamente, num desnível de terreno. Como se não houvesse nada de errado ou extraordinário em massacrá-la, dizendo a ela, em voz incrivelmente alta, que o pai dela, por ser alemão, por ter "vindo para cá", e por ter ela uns trinta e poucos anos – não era isso que ela tinha? – Edward perguntou como se ao mesmo tempo fizesse cálculos – o pai dela era "um nazista" – "não era?" – um daqueles nazistas da leva dos que vieram depois da guerra, "para cá e para a Argentina" e nunca foram pegos, e foram muitos os que tinham vindo especificamente para o Brasil, "muito mais do que as pessoas imaginam!".

– E se ele ficou por aqui pela região, ele foi trabalhar na Volkswagen, não foi? – perguntou o garoto.

Diana cambaleou: suas pernas amoleceram, tremelicaram, uma câimbra ameaçou seu tornozelo trêmulo, como se uma cadela raivosa debaixo da mesa o tivesse abocanhado, entortando os pés soltos no ar. Amparando-se com as mãos no assento da cadeira, tentou dominar a perna direita, que ameaçava se contorcer, sob a toalha, forçando a perna para baixo para evitar que se retorcesse inteira, impedindo-a de correr dali.

Mal pôde ouvir Ideli, que chamou a atenção para si para finalmente colocar o seu assunto na mesa, o que, agora, como todos poderiam ver, estava perfeitamente alinhado com a intervenção do filho: porque o Duda, naquela tarde, "obteve uma grande conquista na escola", o que a encheu muito de orgulho, a ela e ao Silvio – Campanella ergueu a cabeça, contrariado por ter de desviar a atenção dos últimos restos de *hakeboff* espalhados pelo prato, como se se visse obrigado a ter também orgulho do filho, ou pelo menos a dirigir o seu olhar severo para o outro canto da mesa, onde o menino estava. E o Duda mesmo iria contar para todos, Ideli praticamente suplicava a ele, que, num trabalho dificílimo naquela manhã, na sala de aula, ele defendera, e absolvera! – Ideli estava prestes a bater palmas, como uma foca amestrada – Diana não identificava mais as palavras, como não identificou imediatamente a campainha do apartamento que tocou nesse instante –, num julgamento "tipo júri" fictício, continuou Ideli, promovido pela professora de história, um trabalho de classe diferente, no qual ele fora escolhido como representante da turma de defesa...

– Arlindo! – exclamou Nenê, ao ouvir o interfone tocar, interrompendo Ideli – Com uma hora de atraso!

... "quinze alunos da defesa que ficaram atrás do Edward" – Ideli se exasperou, procurando ignorar e não ser interrompida pelo interfone, temendo não ter tempo suficiente para terminar a sua história...

– Corre, Aléfi! – Nenê se virou para trás, dirigindo-se à empregada que saía da cozinha em direção ao hall de entrada para recepcionar quem chegava.

... servindo-lhe de apoio, os quinze coleguinhas, mas que, na prática, não contribuíram, "não é Duda?", com grande coisa – prosseguiu Ideli, magoada por não saber se deveria ou não continuar a sua história...

– E nós sabemos os motivos do atraso de Arlindo, não Ideli?

... particularmente magoada com Nenê, que a interrompia...

– O que Arlindo fica fazendo no consultório até tarde, não Ideli?

... e foi o Duda lá para a frente da sala de aula, praticamente sozinho, contra os quinze alunos da acusação, que ficaram do outro lado da classe, "como num júri de verdade, né Edward!?"...

– Trancado no consultório com as pacientes até essa hora, só ele e elas, não é mesmo Ideli?

... "a sala foi inteirinha dividida para o julgamento, né Edward?", com o juiz – a professora – no meio, e o Duda lá, na frente de todos...

– Sem testemunhas, não é Ideli!

..."conta você mesmo como foi, Edward" – Ideli falava rápido, antes que chegassem os convidados e a sala mudasse naturalmente de assunto – Edward como advogado de defesa, enfrentando e derrotando o promotor

– "conta, conta você Edward!" – e os alunos do outro lado, o da acusação, "o lado mais fácil, né Edward"!?...

– Usando de que artifícios médicos com as pacientes, Ideli?!?

... porque coube a Duda estar do lado mais difícil do julgamento: o da defesa – fala, Duda, quais foram os seus argumentos?! – Ideli se exasperava ao ouvir os passos pelo corredor, chegando à sala de jantar...

– Salete veio! – exclamou Nenê, traindo uma ponta de desgosto ao ver Arlindo e Salete na porta da sala de jantar – Diana se levantara?! – bem a tempo, portanto – Diana sumira lá para dentro?! – de saber que Edward, o Duda – Diana abandonou a sala sob os olhares incrédulos de Nenê?! – defendera, naquela manhã – Delúbio sequer percebera ela se levantar e sumir?! – e absolvera, né Edward!? – e o que Antônio foi fazer atrás dela? – no julgamento fictício promovido em sala de aula pela professora de história, "o Hitler!", orgulhou-se Ideli.

Ao desligar o motor e apagar o farol do carro, Delúbio ouviu, na escuridão da garagem de casa, a respiração forte de Diana, ao seu lado: ela apagou completamente no caminho de volta, e ele só reparou agora.

Se se aproximasse, Delúbio poderia ouvir também o coração de Diana – que batia, como o seu, mais forte do que o habitual; poderia, se quisesse, trazê-la facilmente para si, e amparar sua cabeça, que pendia para o lado, sobre o ombro direito, buscando apoio nas mãos unidas que mal serviam de anteparo ao vidro: seu rosto encostava, ou melhor, era amassado contra a janela; ela bateu a cabeça no vidro durante todo o caminho.

Sem tirar as mãos do volante, olhando de frente para a parede, Delúbio viu emergir, pouco a pouco, da escuridão, os arabescos dos azulejos verdes e marrons, que se confundiam com as folhagens das samambaias que revestiam a garagem, escuras e peludas, como tarântulas – é o que ele achava delas desde criança e o que o atemorizava e excitava nelas –, balançando com o vento como se estivessem vivas, e que encobriam as rachaduras e infiltrações da parede. Sua mãe transformara a garagem numa estufa, de tanta planta. Delúbio precisou pensar, e avaliar o que deveria fazer, e como poderia acalmar o seu espírito, que oscilava como as folhas.

Ainda que fosse o caso de acordar Diana, ele sabia que deveria, mesmo assim, carregá-la para dentro de casa; era o único lugar que caberia ir com ela, àquela altura da madrugada. Então abriu a porta e saiu do carro, em poucos movimentos, sem chacoalhar demais o escaravelho – e sem despertá-la antes da hora, e ser obrigado não apenas a vê-la acordar e ouvi-la, antes de envolvê-la e carregá-la, mas também carregá-la acordada, o que seria mais penoso e difícil. Abriu a porta de casa sem chacoalhar as chaves, e acendeu, temeroso, a luz da sala.

Ao olhar para dentro de casa, avançando um passo pela porta – para conferir se estava tudo bem, se pelo menos ali havia estado tudo bem, se as coisas estavam como ele havia deixado antes de sair, sem encontrar obstáculos quando ele entrasse com Diana nos braços, como um taco solto entre a sala e o quarto, e ele poder rapidamente depositá-la na cama e sumir em seguida –, Delúbio sentiu uma ausência na parede – uma mancha onde deveria estar um quadro – o Cristo, que deveria estar pregado na parede e não estava. Havia entrado alguém enquanto eles estiveram fora? Um ladrão que largara a tevê e levara o Cristo?

Delúbio olhou em volta em apuros, abandonando por instantes o pensamento em Diana e como carregá-la. Num primeiro momento, imaginou um assalto – sentiu um frio na espinha ao imaginar que poderia ter deixado o dinheiro ali dentro; há ladrões que assaltam casas modestas como aquela, mais até do que as outras, as imodestas – pensou, e avançou corajosamente até a cozinha, para verificar se a porta dos fundos estava trancada, assim como todas as janelas. Ao passar pelo quadro, no chão, apoiado na parede, remanejado atrás da mesinha, entre a tevê e a porta da cozinha, onde não deveria estar – porque nunca estivera – teve uma grande surpresa: o que estava fazendo o Cristo no chão, entre a porta da cozinha e a tevê?

Houvera o remanejamento! – calculou – e ele não percebera antes de sair de casa – porque gostava de transar de porta aberta e no escuro – a casa inteira escura – e continuar no escuro depois da primeira – para, talvez, ter a chance da segunda – e acender a luz dificultava muito uma terceira! Numa dessas, no escuro, não viu que Diana havia reassentado o quadro! Ou pelo menos dado o início, como dissera durante o jantar, a um processo de reassentamento – ou remanejamento – ou rearranjo – sem dizer de qualquer modo uma palavra ou pedir permissão a ele – o que mais seria rearranjado além do Cristo, preso imemorialmente à parede e à vida daquela casa, *modesta mas com coisas de valor ali dentro!?* Valores não necessariamente materiais? Mesmo que não sejam, necessariamente, espirituais? E quem iria pintar o vazio deixado pelo quadro na parede, igualmente imemorial?

Diana acordara e saíra por si mesma, com dificuldade, do escaravelho, apertando-se no pouco espaço que havia entre a porta do carro e a parede. Passou por Delúbio, estacionado na soleira da porta, com os olhos vermelhos cravejados nela, desviando-se dele, tendo que fazer isso no estado em que se encontrava, alquebrada como estava, para não tocar nem ter de esbarrar nele, nem sentir o mínimo contato de pele e de nada da superfície ou mesmo do que viesse do interior dele – como o hálito azedo de vinho –, nem que para isso ela tivesse, como tivera, que se imiscuir dentro da folhagem úmida das samambaias, que pendiam, gordas, do teto, e passar por ele sem encontrar os seus olhos.

Na porta do quarto, a um passo para tirar a roupa e as sandálias e se jogar na cama, e se afundar, ouviu alguma coisa ser dita nas suas costas, vindo da porta de entrada. Porém, cansada, consumida e decepcionada demais para procurar registrar o que Delúbio dizia, enfiou-se para dentro do quarto, e sentou-se no seu lado da cama, de costas para a porta, de frente para a parede branca que ficava acinzentada e cheia de rugas na penumbra, e sem acender nenhuma luz.

Conseguiu, finalmente, respirar fundo, aliviar-se a seu modo e, arcando-se para trás, apoiando os braços e as mãos no colchão, livrar-se do peso dos ombros. Um pouco menos infeliz, arrancou as sandálias com os próprios pés, e arremessou-as com força para o canto oposto, como se as chutasse para debaixo da janela, onde foram cair no momento em que um odor pesado de vinagre infestou o quarto.

– Você agora não me ouve mais, Diana?! – disse Delúbio, interpelando-a no escuro.

O cheiro acre se tornava mais forte conforme Delúbio dava a volta em torno da cama e se aproximava da beirada dela:

– Você... decidiu atirar tudo para o alto, é isso, Diana?! – disse, tropeçando nas sandálias que encontrou no caminho.

– ...

– Você agora ficou surda também, Diana? – gritou, ao se aproximar dela, borrifando no ar, na direção dela, perdigotos ácidos.

Ao vê-la tremer, de olhos fechados, Delúbio parou, olhou para trás, para a janela, como se temesse acordar os vizinhos e, olhando novamente à figura de cabeça baixa na sua frente, abaixou o tom de voz e os ânimos:

– Fala comigo, Diana! – disse, mais próximo de um suplício do que de um grito.

Diana trouxe os braços para a frente do corpo, e se encolheu, como se se protegesse, com medo de que Delúbio avançasse, e a tocasse, e a abraçasse, a agredisse, e decidisse se aproximar e falar ainda mais coisas...

– Até onde você acha que você vai, Diana?

... sentindo um cansaço e um asco inédito de Delúbio, ainda maior do que o desprezo em relação a ele que sentira durante toda a noite, sabendo que aqueles sentimentos – e os perdigotos – só iriam aumentar dali para a frente. Para ela, Delúbio se encaixara na categoria dos homens óbvios.

– Olha para mim... quando eu falo com você, Diana! Se manifesta!

Quanto tempo ele ficaria no quarto antes de sair? Apoiando-se no parapeito da janela; olhando de forma supostamente ameaçadora para ela, e olhando em volta, e para ela; entre resmungos e espasmos, não muito mais do que isso:

– Diana...

– ...

– Diana Verônica!

... calculando o que dizer e o que não dizer; para então, de maneira um tanto ridícula, pirar e explodir:

– Eu não quero, ouviu?! – Delúbio gritou, saindo do quarto – Que você... ponha a mão... ouviu?! Nesse quadro da sala, Diana, entendeu!?

– ...

– Porque você... não vai rearrumar porra de merda nenhuma – palavrões! – aqui, nessa sala! – pirações! – Nem nessa casa!

– !

– Não vai reassentar... – faniquitos! – porra de merda nenhuma, entendeu!?

Avançando até a porta do quarto, Delúbio se detêve. De costas, ela podia sentir a presença dele ali parado: a triste figura dele, a observá-la, trêmulo ele também, sem ter mais nada a dizer, imaginando ter tanto a perder: uma festa junina, um prato de comida. Virando a cabeça para a sala e para ela; para ela e para a sala; sem ir embora. Coçando o saco e a cabeça. Numa hesitação tão grande que, se houvesse um cachorro na casa, ele o chamaria naquele instante para nada.

Delúbio adiantou-se alguns passos em torno da cama, vindo – voltando! – na direção dela, numa nova tentativa, mais amena – o que talvez a aborrecesse ainda mais do que se viesse com violência:

– Isso tudo é vergonha, Diana?! – como se buscasse um tom adequado para garantir algum efeito sobre ela – É vergonha?! Não olhar para mim!? É vergonha, Diana? Do que você fez!? – retornando, porém, aos poucos, aos espasmos de agressividade anterior. – Porque eu teria muita vergonha, Diana! Se eu fosse você e tivesse feito o que você fez...

– ?

– Eu *estou* com muita vergonha, Diana!

– !?

– Muita, *muita* vergonha!

– ...

– Eu...

– ...

– ... eu...

Delúbio deu dois passos para trás, estacionou bem no meio do quarto e enxugou a testa fria com as mãos; olhou para as costas dela, para a janela, para a porta. Não parecia estar preocupado apenas com ela; mas também – principalmente? – com outras coisas; e com outras pessoas – Antônio, Silvio, Nenê, Ideli, Arlindo, o demônio Edward –, no que todos estavam achando disso, e no que acharam daquilo. Preocupadíssimo com o que ocorrera no apartamento de Antônio – se Arlindo fora ou não com a sua cara, apesar de ele ter uma mulher atraente, porém louca; se Arlindo sentira firmeza nele, que de certa forma aguentara o tranco e voltara para a mesa, depois de tudo; se Arlindo o aceitaria, se por acaso se tornasse o novo prefeito da cidade, apesar do vexame que a mulher atraente dele dera; se Arlindo, Antônio e Campanella tinham confiança que ele, Delúbio, estaria com eles no novo caminho – e também abandonaria o Tetê no meio do caminho antigo – se ele também rifaria o Tetê!, como eles estavam prestes a rifar – logo o Tetê, amigão do papai, ao qual, afinal, ele se afeiçoara! Considerando essas e outras tantas coisas – os outros trinta mil que faltavam, por exemplo –; enfim, se o que ocorrera no La Liberté seria um impedimento ou não para seu sucesso futuro – e também para ele se aproximar e se insinuar e comer pela segunda vez na mesma noite a sua mulher.

Repentinamente, deu meia-volta e saiu do quarto, como se Diana demorasse demais para dar atenção a ele, e ele tivesse tido a ideia de uma coisa melhor para fazer.

Naquela altura da madrugada, com os primeiros galos se eriçando nos poleiros do DER, Delúbio dizia coisas mais para si do que para Diana, apesar de borrifar palavras ao ar na direção do quarto – "nada... nada nem coisa nenhuma... coisa nenhuma de nada" –, na busca desesperada por bitucas que promovia pela casa. Buscava bitucas de maneira desordenada: da sala para a cozinha, desta para a sala, e de novo para a cozinha, entrando e saindo duas vezes seguidas do banheiro – numa delas olhou dentro do vaso! – e, indo até lá fora, vasculhar no cinzeiro do carro e, na volta, batendo com desrespeito a porta de entrada, conferiu de novo os dois cinzeiros da cozinha, o da pia e o do parapeito da janela, vasculhando também debaixo da pia. Diana ouviu-o abrir e fechar armários e gavetas; e sair no quintal, para vasculhar o banheiro da empregada; e, na volta, entrar pela quarta vez no segundo quarto e abrir e fechar gavetas lá dentro também, resmungando, resmungando – cada vez mais baixo, falando mais e mais para dentro, mais e mais para si mesmo:

– ... não vai rearrumar... nada nem coisa nenhuma... aqui!...

Intercalando pequenas explosões:

– NADA... nem coisa... NENHUMA!

Completamente atrapalhado. Até mesmo Niddi, que nunca ouvira uma recriminação de Delúbio – Niddi era sagrada! – tomou as suas – "Essa desgraçada dessa Niddi!" –, ao revirar almofadas, agachar para vasculhar a existência de pontas debaixo do sofá, arrastar o móvel e, inexplicavelmente, retornar ao segundo quarto, abaixando-se lá dentro também, arfando, para verificar se pontas havia, por algum motivo, embaixo da cama, junto das baratinhas.

Na saída do quarto, momentaneamente perdido, sem saber para que lado ir, deparou-se com o Cristo no chão; aproximou-se e, acendendo a microponta que havia, por misericórdia, encontrado num cemitério de pontas que descobriu no fundo de uma das gavetas do segundo quarto –

Delúbio fazia isso de propósito: "esquecia" pontas em lugares insólitos, para salvá-lo no desespero –, se agachou, aproximando o rosto bem perto do vidro, soltando pequenas baforadas na orelha do Cristo, recebendo a fumaça de volta, defumando-se no rosto, chegando mais perto como se quisesse ouvir o sagrado coração bater através do vidro para conferir se o Cristo respirava, se Ele estava vivo, se Ele passava bem – se Ele havia visto esconderem a sua maconha – se queria dar um tapa naquela ponta – confidenciando a Ele:

– ... nunca fez... (consumindo a ponta) nada!!... (segurando a fumaça) Nunca! (soltando a marofa)... nem melhorou nada, nunca lavou um copo aqui... (consumindo a réstia da ponta)... nem... arruma... (puxando o talo da ponta) a cama direito... (sugando completamente o bagaço) nem isso ela arruma!... Pra dizer (avançando a cabeça para espiar o que havia atrás do quadro): eu também estou pensando em...

– Aí... como é mesmo que você falou no jantar... pra aquela mulher?!...

... erguendo-se do chão, não sem certa dificuldade:

– ... esqueci o nome dela!... daquela mulher... a mulher do Silvio!... o irmão do Antônio!... gente fina ela!!... o Silvio também, maior gente fina!...

Debochando, ao imitar a voz de Diana:

– Eu também... estou pensando em... rearranjar as coisas... lá... em casa!

– !

– Como é que é? Que merda foi aquela que você disse...?!

Decidiu erguer o quadro, repedurá-lo, resmungando e debochando ao mesmo tempo:

– Eu... estou... como pesa essa porra!... pen-san-do em... rearranjar... as coisas lá em casa!

Erguendo o quadro um pouco mais; passando a altura do pescoço, acima dos olhos, tentou encaixá-lo de volta na parede:

– Sobrou pra mim!... rearranjar agora... essa porra desse... e ainda ter que... explicar pra...

Com o Cristo um pouco acima da cabeça, ergueu a voz, nervoso o bastante para falar o que lhe desse na telha:

– ... essa inconsequente que você é no fundo, ouviu Diana!?! Porque o que você fez é uma coisa de inconsequente, entendeu? Como você pode ser tão inconsequente como pessoa, Diana?

* * *

Diana mexeu o corpo devagar, arrastando-se para a beirada da cama, precisava tirar o vestido: sufocaria se permanecesse mais tempo dentro dele; assim, poderia desobstruir os poros e liberar os músculos; não sem dificuldade, porque, por vontade própria, não se mexeria nunca; seria uma eterna larva; Delúbio podia dizer o que quisesse lá na sala, desde que não viesse para o quarto tocar nela, se aproximar dela... se ela se deitasse e morresse, e nunca mais o visse ou sentisse, seria ainda melhor. Ao virar o corpo em direção à porta, enxergou o contrário disso: Delúbio fazia e dizia coisas na sala, totalmente vivo e desperto, iluminado pela luz pálida das lâmpadas halógeno-econômicas do lustre de tulipas, que transformava tudo numa imagem chapada e oca, algo opressiva, que só mesmo a figura de Delúbio tornava – e naquelas circunstâncias – cômica. Diana riria se não tivesse que mexer os lábios: o quadro era mais pesado também do que Delúbio previra e, como o arame da alça de trás da moldura estava endurecido e enferrujado, de tão velho, ele não conseguia encaixá-lo facilmente no prego da parede, e colocá-lo de volta no lugar de onde ela, segundo ele, não deveria ter remanejado nunca.

Além disso, como a ponta do prego era, sabe-se lá por culpa de quem, muito curta, curtíssima, e o arame era pouco maleável e, portanto, duro, nas várias tentativas feitas por Delúbio o arame passava raspando pela cabeça do prego, sem se encaixar. E isso o deixava transtornado.

– Como você se tranca daquele jeito no banheiro daquela casa, daquele apartamento, Diana?! – gritou.

– ...

– Daquele apartamentaço, Diana!!

– !

– Como te classificar, Diana?!

– ?

– Você não ouvia a gente batendo na porta do banheiro, por acaso?!!

– ...

– Você não ouvia a própria dona da casa vir bater na porta do banheiro?!!

– ...

– Porque havia alguém trancada no banheiro dela fodendo completamente o jantar?!! Que ela havia preparado especialmente... na Escandinávia, sei lá! Ela estava preocupada com você lá dentro, viu?!

– !?

– Você podia morrer na casa dela, desmaiar... abortar na casa dela!

– ?

– A sorte é que tinha o secretário Arlindo ali... O Arlindo é um médico, Diana!!

– ...

– E você não deixou ele te examinar por quê, criatura? Louca! Ele vai ser prefeito, sua tonta!

– !...?

Delúbio chegava a arcar o corpo para trás, por conta do peso do quadro, como se fosse cair de costas, maldizendo também o quadro – "essa desgraça... desse arame... desse quadro... desse prego!!" –, e, ao se reequilibrar, tentava espichar a cabeça o máximo que podia para enxergar o arame atrás do quadro, espiando pelo lado da moldura, para observar o momento exato em que o arame teria de se encaixar na ponta do prego – porém, na hora crucial de soltar o peso do quadro, de fazer a moldura pender para baixo, o arame sempre resvalava na cabeça da *porra do prego*, no pouco que havia do prego para fora da parede.

E erguia o quadro, amaldiçoando Diana, o Cristo e o prego – "Essa merda dessa bosta desse prego!!" –, arcando o corpo perigosamente para trás, enjoado de maconha e vinho, por sorte sem que o *kassler*, o *krebinetter*, o *stegt flaesk* e o rondelli fizessem o estrago que fariam, porque seu estômago apenas começava a ruminar e a tramar coisas horríveis com o seu intestino, e as mãos apenas começavam a suar e tremer de verdade e o cérebro a implorar por mais e mais estímulos. Eram quase três horas da madrugada quando Delúbio encaixou finalmente o arame no prego, sem perceber que, no quarto, Diana submergia, sem condições de ouvir mais as coisas que ele dizia para ela.

– Você acha que você é melhor do que os outros, não é?

– ...

– É porque você é alemã, é? Tem passaporte alemão, né?

– ...

– E eles nem xingaram seu pai, nem nada!

– ...
– Sua tonta! Eles defenderam seu pai na mesa, Diana!
– ...
– Todos, inclusive o garoto defendeu... Você não ouviu?... lá trancada no banheiro?! Inclusive o Arlindo defendeu!!
– ...
– Defendeu seu pai, sim!! Defendeu! Gente fina o Arlindo! Todos defenderam!
– ...
– Você queria o quê? Que eu não voltasse para a mesa? Que a Nenê interrompesse o jantar por sua causa? Que deu o maior trabalho pra ela? Você não ouviu o trabalho que deu? Quem você pensa que é, Diana?
– ...
– E nós vamos ver o Arlindo amanhã de qualquer maneira, viu?! Pra ele te examinar, ok?
– !
– Ok?
– !!
– E você ainda deu mole pro Antônio, foi isso? A Nenê percebeu, viu?!
– ...
– E a minha sorte é que ele é um bosta, é isso?!

Diana só identificou o tipo do ranger do motor do carro quando o veículo estava na frente de casa; porém, ela fora acordada antes, quando ele ainda dobrava a esquina do estádio, na frente do Amarelão.

Desde os primeiros ruídos, ainda lá embaixo, que a apanharam no fundo do travesseiro e no fundo da noite em que se afundara, ela soubera que: Delúbio não estava em casa; tão cedo, ele não voltaria. Por isso, quando esticou o braço para o lado, para encontrar o travesseiro frio dele, e virar-se para ver que horas eram no despertador que ficava na cabeceira dele da cama, não era para saber que horas ele saíra e que horas voltaria – porque naquela noite as horas se quebraram e os ponteiros não correriam mais na direção esperada –, mas quanto tempo faltava para *ela* sair.

O despertador ficava fora de alcance e o visor, como sempre, voltado para o armário: ao acordar, Delúbio empurrava o despertador, para não ver que horas seriam. E também para que ela, impossibilitada pela distância e pelo ângulo difícil do seu lado da cama, não pudesse saber as horas sem... avançar sobre ele... para ser... envolvida em seus braços ao se debruçar sobre seu torso nu, pela manhã. Mas, agora... quanto a se erguer e contrair os músculos abdominais e sabe-se lá mais o que para saber as horas... quanto faltaria para amanhecer... por quanto tempo ela estaria ainda sozinha, à mercê de quem passava na rua e estacionava em frente da casa... Ela não se retesava tanto quanto possível? E ela não imploderia se se contraísse ainda mais?

Não era o escaravelho. Desde a subida da 24 ela sabia disso; acompanhou o ronco por toda a subida, e pela volta na pracinha, lá em cima, e a descida, engrenado; identificando todo o trajeto na escuridão do quarto. Ouvindo, de olhos abertos na escuridão, o ruído crescente, e depois decrescente do carro, o ir e vir, o subir e descer, o acelerar e desacelerar, até parar no meio da rua, em frente ao portão da garagem, e ali ficar, com o motor – diesel – roncando.

Diana sabia a diferença entre motores pelo ruído, entre outras coisas que sabia sobre carros. Ela havia servido em feiras de carros; fora servida por carros, também; vários; de todas as marcas e modelos; sabia muito sobre os motoristas dos carros, inclusive. Principalmente sobre motoristas. Isso não chegou a ser dito na mesa de Nenê, como parte do seu currículo exótico, nem foi preciso. Às vezes, o tecido de um vestido diz tudo; é todo um currículo. Ou o tipo de ronco de um motor. E o tipo de pisada num acelerador.

O quanto daquele ronco de motor tinha a ver com ela, por exemplo, e não com Delúbio – se ele já havia ido longe demais ou estava ainda a caminho de –, estava mais do que dito pelo comportamento do veículo e pelo tipo do veículo: uma picape, talvez, cabine dupla, talvez, uma Land Rover, quem sabe, e que não estacionara completamente: o motorista a provocava com os freios, com o acelera e breca, com o desliga-não-desliga-no-meio-da-rua, sem pudor. Era nítido que o motorista deixava o carro descer um pouco a ladeira, para brecá-lo de súbito (tipo fazendo manobras!), travando as rodas e derrapando sobre os pedriscos – um 4 x 4! –, para em seguida voltar cantando o motor de ré, e descer de novo e brecar, e derrapar novamente sobre os pedriscos.

Permaneceu um tempão fazendo isso, pequenas descidas e escorregadas, para voltar "cantandinho de ré", no meio da rua em que ela ainda morava, sabendo-se impune, provavelmente, como se tentasse, nas subidas e descidas, observar melhor a casa e os vizinhos, e captar o quanto conseguia do que a cercava: a garagem vazia, as samambaias, o corredor lateral, se havia um quintalzinho lá no fundo – sem desligar o motor ou interromper o "acelera e breca".

Diana não precisava se mexer para saber que o motorista atrás daquele motor fazia isso de atrevido, unicamente porque Delúbio não estava em casa. Quem quer que dirigisse o carro sabia disso: que Delúbio não estava bêbado ou chapado na cozinha, nem afogado em gases no sofá da sala. Delúbio havia saído e aquela era a primeira – e a última – vez que a deixava sozinha à noite, em São Bernardo.

Descendo a Anchieta devagar, a quarenta por hora, estendendo o braço direito para fora do carro, o não fumante convencional Delúbio acendeu um cigarro e, numa tragada longa, fez as pazes com a madrugada: soltou uma baforada espessa pela janela, uma nuvem de fumaça que se dissipou na atmosfera fria; e arrepiou-se ao respirar de volta o ar úmido, que prenunciava a represa mais adiante. Gianni, segurando o volante com apenas uma das mãos, reclamou da brisa que entrava pela janela do passageiro: ela dificultaria o desenchavar da erva no seu colo; Delúbio fez que não o ouviu. A brisa jamais fora um problema para Gianni. Ele seria capaz de desenchavar o que quer que fosse mesmo sob vendaval. Ao passar pela Volkswagen, uma excitação juvenil se apossou de Delúbio, estimulando seu espírito, combalido pela noite que tivera até então. Em parte, pelas revelações daquela noite relativas à Volkswagen, mas também porque era sempre assim que ficava quando se aproximava da Billings, pelo que a represa significava em termos atmosféricos e geográficos, e em termos *priapicus* e etílicos: os bares, barracas e restaurantes flutuantes que se enfileiravam pela prainha, como era chamado aquele canto de areia, a 500 metros da rodovia. Quanta coisa Delúbio e Gianni vivenciaram na prainha. Quanta história! Quantos porres, naqueles mesmos bares, sempre os mesmos, alguns até com os mesmos nomes. Quanta fumaça, quanta alegria, quanta loucura. Quantas meninas... lindas, algumas nem tão lindas, nada lindas, algumas barangas mesmo, porém lindas para ele, e sempre cheirosas de lavandas e com aquele quê ao se abrirem e se oferecerem – e quantas manhãs em que amanhecera de cueca na beira da represa, como se estivesse na beira da praia. Sem falar nas descidas até a praia! Era tudo tão perto! Quantos carros passavam a madrugada na beira da Billings de porta-malas aberto, música alta, rock pauleira, vindos de rachas na Anchieta – a vida e a morte andando juntas, mortes chocantes e prematuras, do Cássio, do Norton e do Zumba – este morreu levando junto o irmão, uma tristeza dupla –, e as barreiras policiais que começaram a pipocar, a certa altura, por obra daquele vereador traíra, o Kaveffes, e as batidas policiais, as autoridades tentando em vão dar um jeito naquilo – nos puteiros, nas putarias, nas festas, na maconha. E quantas – uma, duas, três, várias – idas do correto escrivão Zé Moreira, sempre na madrugada, principalmente nos finais de semana, até a delegacia – e as intermináveis noites de sexta-feira, que só acabavam verdadeiramente em Santos, na segunda; e as passagens de ano!, que duravam cinco dias, e as três grávidas dele – que não eram dele! – e que ele ficou sabendo da existência ali, na prainha – e os três abortos, que ele não soube onde e se foram feitos. Fora os Carnavais de dez dias! Todos – o Marcola, o Johnny, o Magrão, o César – seguindo seus caminhos, cada um para um canto, para ganhar honestamente a vida, mergulhados nas profundezas *da grande represa do dia a dia*, a grande Billings que cabe a cada um na existência, a pocinha em que se transforma a Billings de cada um – para onde foram os que não morreram: misturar-se a todos os perambulantes que eles encontravam pelas manhãs, comprando pão ou esperando o ônibus, pelas ruas que se emaranham a partir da Anchieta, na volta, em direção a São Paulo, pessoas das quais todos eles faziam tão pouco, consideravam tão pouco – um vento forte entrava pela janela agora, desviando Delúbio de certas lembranças.

Gianni estacionou o Passat preto importado e blindado em frente a um dos estabelecimentos flutuantes, uma balsa antiga que fazia passeios pela represa até ancorar e fincar raízes na prainha, o que Delúbio viu acontecer, e que se ampliara muito com os anos, e agora tinha shows ao vivo às sextas e nos finais de semana, e mesas que se espraiavam para fora do barco – virou um *american bar*. Escolheram ao acaso uma das muitas mesas vazias do lado de fora e Gianni pediu a um moleque, que fazia as vezes de garçom, o *red label* de final de noite; Delúbio o acompanhou até a mesa, e preferiu esperar para pedir alguma coisa; sentou-se e ficou olhando em volta, em silêncio, como se procurasse reconhecer alguém. Ao encarar Gianni, achou-o solitário: olhava para o copo de uísque como se procurasse alguém lá dentro.

Em instantes, Gianni começou a falar, e ouvi-lo dava a Delúbio a impressão de que os anos não passavam nunca na beira da Billings, como se o bar flutuante fosse estar sempre ancorado ali, e com o mesmo nome – Netuno's Bar – e as meninas que costumavam frequentar a prainha não crescessem e se casassem e virassem recepcionistas, e não houvesse nunca pedágios e radares inteligentes ao longo da rodovia ou muretas de proteção em torno da prainha, pois o mundo não trouxera novos assuntos para Gianni: a perpétua escassez de mulheres; a doença do pai havia vinte anos; a não conformidade do pai de não o ver casado aos quarenta e poucos; a recusa dele em tocar a fazenda de búfalos da família no Pará (porque para o Pará ele não iria, e havia um irmão seu no Pará para tomar conta; e lá também não havia mulheres!). Gianni era capaz de fazer o círculo vicioso do seu pensamento dar voltas e voltas e tomar atalhos surpreendentes, para chegar sempre aos mesmos lugares; por exemplo: como caíra a demanda por carne de búfalo nos restaurantes de São Paulo, onde não havia mulheres suficientes, não se justificaria uma ida dele ao Pará para cuidar da fazenda e dos búfalos, onde não havia mulheres suficientes – e nem cuidar das vendas em São Paulo, onde as mulheres... Delúbio, longe de se aborrecer com os mesmos assuntos, encontrava sempre o mesmo abrigo na conversa de Gianni.

Foi na segunda etapa de consumação do cigarro de maconha enrolado magistralmente por Gianni na Anchieta, e aceso agora no estacionamento de carros da prainha, apoiado no capô do Passat e distantes uns vinte metros do Netuno's Bar, que Delúbio se sentiu à vontade para falar e fazer fluir seu pensamento, sem receio de dividi-lo com Gianni, apoiado no carro ao seu lado – ele tirara Gianni de casa às três da madrugada para levá-lo até ali.

– Você assistiu àquele filme, Gianni... *Pocahontas*? – Delúbio perguntou, do nada, à queima-roupa. – Chegou a assistir?

– Que filme? – Gianni respondeu, estranhando o comentário, esdrúxulo demais até sob o efeito de um baseado.

– *Pocahontas*, cara!! *Pocahontas!* Não era filme... era um desenho... da Disney, cara... Pô! Daquela indiazinha...

– Não sei... não! Não vi... – respondeu Gianni. – Qual desenho?

– Abaixa isso... – pediu Delúbio, com receio de que os transeuntes que passavam pelo meio dos carros notassem o baseado. – *Poca... hontas!* – repetiu Delúbio, soltando em dois tempos a fumaça de dentro do peito. – O que tem uma indiazinha! Não é possível! É famoso! Cara, eu me lembro desse desenho, do trailer... eu mesmo não vi o filme... mas me disseram...

– Vai, passa de volta, cara! Passa, maluco!

– Mataram todo mundo naquele desenho, cara! – disse Delúbio, expandindo os braços, exalando fumaça pelos poros. – Voou índio pra tudo quanto é lado. E sabe o que aconteceu?

– Do... quê...? – perguntou Gianni, tomando ávido o cigarro para si e aspirando forte a maconha pelos lábios semicerrados, num assobio. – ...você está... falando, meu?!

– Aí os caras conquistaram tudo – continuou Delúbio, olhos brilhando. – Tudo! Foram conquistando. Os brancos! Primeiro lá, o país deles.

Veja bem: nós estamos falando dos americanos! Devolve esse baseado! Primeiro, os índios. Depois... o ouro! O mundo foi inteiro deles, cara! Foi apenas um passo!!

– ...? – Gianni passou o cigarro de volta para Delúbio, entupido de fumaça, com os olhos progressivamente vermelhos.

– Não faz sentido isso? Pensa se não faz sentido. Eu ouvi isso hoje. Cara! Ouvi e fiquei chapado. – Delúbio aspirou forte a ponta do baseado, prestes a liquidá-lo. – Se eles não tivessem... os americanos!... primeiro, matado os índios... colocado os índios no lugar deles... eles não teriam...

Gianni se impacientou, e estendeu a mão, para evitar que Delúbio consumisse a ponta sozinho.

– ... não teriam... em primeiro lugar... – Delúbio soltou uma nuvem espessa – ... se purificado!

Gianni avançou na bituca, aflito para sorver o que restava ali de fumo.

– ... quer dizer... – continuou. – Eles não teriam se mantido puros! Como raça, é o que eu quero dizer. E conquistado o mundo!

Gianni fumou o resto com cuidado – não queria arriscar queimar o dedo, mal conseguia equilibrar o bicho na ponta dos dedos, precisava das duas mãos para fazer isso – apoiou com atenção o copo de uísque no capô do carro.

– Caralho! Não é louco isso? Não é maluco? – Delúbio perguntou olhando sobre o capô do Passat, observando o movimento dos restaurantes a uns vinte metros. – Mas isso não é ainda o mais maluco. A loucura total não é essa!!

Gianni teve um espasmo de excitação ao jogar a bituca no chão; como se seus últimos neurônios tivessem sido amortecidos. No meio de uma alegria genuína, de uma felicidade abstrata, ele se virou para Delúbio:

– E qual é a loucura total, cara?

– Cara! – disse Delúbio, adotando um tom sério a partir do interesse de Gianni. – A loucura foi quem percebeu isso, quem percebeu isso na frente de todo mundo. – Delúbio aceitou mais um cigarro do maço que Gianni trazia no bolso. – A verdadeira loucura foi a do cara que viu que os americanos mataram os índios para depois conquistar o mundo. Numa época em que eles não haviam ainda conquistado metade! Eles ainda não eram os Estados Unidos. Percebe? Quer dizer, só esse cara percebeu a tempo, mas... na verdade, não tão a tempo...

Gianni fez cara de quem estava muito confuso.

– Foi Hitler quem viu isso, cara! – disse Delúbio. – É louco dizer isso, mas foi Hitler o cara que viu isso, cara!!

Gianni gargalhou como costumava gargalhar aos quinze anos, e fumasse o primeiro baseado.

– É... juro!! Aprendi essa hoje! E de um menino de uns quinze anos! Um menino esquisito! E chapei! E aí o Hitler saiu matando judeu a três por quatro. Para ser puro também e deter os americanos! Que já haviam nessa altura fodido os índios e se purificado, e coisa e tal... Não é louco isso?? Nossa senhora do cacete a quatro... que loucura isso!

Gianni não sabia se continuava ou tentava parar de rir.

– É só ver *Pocahontas*!!

Gianni chegou a cuspir o gelo para rir.

– Minha nossa senhora... – repetia Delúbio – ... vivendo e aprendendo!!... e pensar que o mundo hoje...

Gianni deu a volta em torno do carro, para assumir a direção e sair dali.

– ... olha... – disse Delúbio, mirando ao longe as luzes de São Bernardo – ... se a gente pensar que o mundo hoje é, sem dúvida, um mundo dominado... por eles... por... esses filhos da puta desses americanos!

No caminho de volta, Gianni retirou um papelote de alumínio do bolso, abriu o papelote e começou a triturar, com uma das mãos, um punhado de fumo. Como cada novo baseado o excitava como se fosse o primeiro, a imagem de Gianni molhando os lábios no papel de seda despertou Delúbio de um novo transe.

– Olha isso aqui, meu: perfeição... – disse Gianni, passando o cigarro enrolado para Delúbio – ... porque olha, meu... eu vou te falar uma coisa... eu não sou nem contra nem a favor dos americanos, nem dos índios, mas o que tem de índio lá no Pará!... Cara, é uma coisa absurda... tem também, lógico... umas indiazinhas lá... e cada indiazinha!

– É mesmo? – perguntou Delúbio, admirado por Gianni ter encaixado tão bem os dois assuntos dessa vez.

– Cara! Eu mesmo comi muito uma pocahontazinha da última vez que eu fui pra lá... uma indiazinha de um metro e meio e cabelo comprido até aqui ó... – apontando a cintura com os dedos – Meu Deus, toda apertadinha!!... – e olhou ansioso para Delúbio, doido para ter o baseado de volta nas próprias mãos. – E, cara, como elas gostam de uma siririca essas índias!

– O... quê? – espantou-se Delúbio, prendendo a respiração.

– É, cara... as índias adoram ficar peladinhas olhando pra você, siriricando! – disse Gianni, que explodiu de riso com fumaça junto. – Você não sabia disso? É do caralho! Ficam com a mãozinha mexendo rapidinho... triturando o grelinho! Todas fazem isso! Pelo menos todas que eu comi! Eu devia voltar lá pra comer umas indiazinhas, cara... Meu pai vive me enchendo o saco pra ir pra lá... Mas também é só o que tem por lá, sabia? É terra e índio. – Gianni abriu a janela, para trocar o ar enfumaçado. – E búfalo! Terra, índio e búfalo! E as pocahontazinhas "siririquentas"! Mas quem que aguenta isso por muito tempo? Se bem que andaram matando uns índios por lá, sabia? Recentemente, mataram uns quatro índios lá...

Delúbio ouvia vagamente o que Gianni dizia agora. Foi sua vez de finalizar o baseado, num longo repuxo. A fumaça bateu fundo nele, nocauteando-o. O corpo caiu para trás no banco macio de couro.

Tudo ficara distante – a Billings, o Pará, o Velho Oeste – com o segundo baseado, como eram distantes as luzes das cidades do entorno, ou os barracos na beira da Anchieta naquele trecho, em tons múltiplos de marrom e negro, que se esparramavam e se misturavam com a noite sobre as colinas. Lembrou-se, num calafrio, de que ele era um homem praticamente casado, de que seria pai em breve, de que havia Diana e, a contragosto, lembrou-se também do que havia acabado de acontecer em casa, como se tivesse sido há muito tempo. Não sentiu culpa de estar longe dela, mas sentiu sua falta de uma maneira estranha. Como se descobrisse o que ela era, sem, porém, entendê-la: meio indiazinha, da parte de mãe, meio alemãzinha, pelo pai. Sua mente, então, deu "um piro" – tudo se misturou.

As luzes fortes de São Bernardo fizeram Delúbio se endireitar no banco, como se despertasse de um meio sonho. Quando o Passat deu a volta no trevo, e Gianni estacionou num bar 24 horas logo na entrada da cidade, que servia de última parada para almas penadas da madrugada, como as deles, Delúbio teve um estalo: reparou numa morena portentosa que estava de costas para eles, mas que ele prontamente reconheceu quem era, pelos ombros largos e cabelos armados.

Gianni escolheu uma das mesas, e continuou falando sobre o Pará e a morte dos índios, e de outros invasores que levaram bala dos capangas do pai, e como era escroto tudo o que acontecia nas fazendas de búfalos – "Escrotos de todos os lados!"

– A moça que você indicou, a que trabalha lá em casa... – disse Delúbio, de olhos na morena de costas, a duas mesas deles. – Ela veio do Pará, da fazenda do seu pai, não veio? Não foi do Amapá, então, né?

Gianni abriu os olhos, como se a pergunta fosse esdrúxula.

– Ela veio do Pará junto com a empregada de Antônio, não veio? – continuou Delúbio.

Gianni suspeitou de algo com a pergunta, incomodado com o fato de Delúbio tocar nesse assunto.

– A gente jantou na casa do Antônio hoje... – disse Delúbio, sentindo um impulso de dizer coisas para Gianni. – Nós mais o Arlindo!

– Que Arlindo? – perguntou Gianni, franzindo o cenho. – O que vocês foram fazer na casa do Antônio?

Delúbio se ergueu da cadeira, falando em voz baixa, apesar da excitação súbita:

– O Arlindo secretário! Gente fina, o Arlindo!... Cara, depois preciso te falar umas coisas de hoje...

E se levantou, com a mesa das moças na mira, sorrindo em modo *priapicus* para Gianni, um código que dizia o seguinte: eu vou primeiro, ocupo o território, depois você, como quem não quer nada, chega junto.

– ... te contar o que vai acontecer com o chefe dessa morena aí, cara! – continuou Delúbio, atirando palavras nos ouvidos de Gianni, excitando-se por falar aquelas coisas nas costas da morena que ele mantinha na mira dos olhos. – E também de uma mulata que eu conheci hoje, que vai ser remanejada lá na região dos depósitos! Cara, o que vão aprontar por lá! Umas seiscentas mil pessoas!

Chegou-se por trás dela, sentando-se de supetão na mesa que Sodré dividia com uma amiga mais velha, mais feia e mais maquiada do que ela, o que afugentou Gianni, que foi embora sem nem chegar perto delas e sem ouvir – nem precisar – o resto do que Delúbio teria a lhe dizer.

Antes que o veículo dobrasse a esquina, a fechadura do portão deu sinal de vida; o porteiro do turno da madrugada, que habitava a guarita, foi despertado pelo destravar do caixilho, acionado a distância. Assim, nem bem o Land Rover virou a esquina, o portão estava aberto para que entrasse rápido, e os seguranças estivessem a postos, atrás do segundo portão, o que se abria para cima, enquanto o primeiro fechava, num movimento perfeitamente sincronizado para a entrada segura de um automóvel no La Liberté.

Enquanto o elevador subia, silencioso e célere, Antônio pensou em dar meia-volta. Retornaria ao Primeiro de Maio, subiria novamente a 24 de Fevereiro, faria o balão na pracinha, e estacionaria no meio da rua, com o motor ligado, no meio da descida. Dessa vez, desceria do carro. Tocaria a campainha? Bateria palmas? Invadiria a garagem? Não se sabe. Mas era tarde, e Nenê explodiria sem o remédio. Uma vez de volta ao La Liberté, não haveria liberdade possível. Antônio teria de se contentar, nessa noite intensa, após entregar o Buscopan para Nenê, que se contorcia na cama com um tsunami intestinal – vítima de seu próprio bufê escandinavo –, em ficar numa distância moderada da mulher. Para deixá-la mais livre com seus gases na cama, ele se contentaria em dormir num dos quartos de hóspede do apartamento.

O que não o aborrecia em nada: escolheria, sem que Nenê pudesse conferir, por não ter condições mínimas de se levantar e vir atrás dele, a mesma cama em que Diana havia se deitado havia pouco, para um repouso forçado, após sair – praticamente ser retirada – do banheiro em que se trancara por meia hora; e procurar avidamente o que restava do cheiro dela no travesseiro.

Mas o cheiro dos remédios se impunha no quarto, um cômodo que Nenê utilizava como uma farmácia particular sua. E que farmácia! Ocupando as prateleiras baixas, que circundavam as quatro paredes, projetadas por ela própria, centenas de caixas de remédios encontravam o seu lugar – e foi ali que Nenê escolhera acomodar Diana, entre os quatro cômodos para hóspedes do apartamento: entre dúzias de caixas de Rivotril, para os humores de Nenê, de Claritin para as alergias de Nenê, de Neosoro para o nariz entupido de Nenê, de Frontal, para as síndromes de pânico de Nenê, de Muvinor, para os intestinos mal-humorados de Nenê, e graças a Deus não havia um só comprimido de Buscopan para a dor de estômago de Nenê – e Antônio teve de sair na madrugada para comprar Buscopan –, entre caixas e cartelas de Sibutraminas, Diazepans, Notuss – para as tosses noturnas desagradáveis que acometiam Nenê – e Codaten, que aplacava as dores nas costas de Nenê, quando ela se arrastava demasiadamente pela sala, remanejando móveis de lugar.

Antônio cheirava, como um ser abjeto, pelos cantos da cama, por dentro da fronha, afundando o nariz no travesseiro. Nenhum vestígio de Diana; tudo recendia a ambulatório. Levantou-se e saiu do quarto, carregado de frustração, não passando muito bem do estômago ele também. Mas se conteve – haveria o dia seguinte –, e entrou em silêncio no quarto do casal. Por ora, bastava que Nenê, pós-Buscopan, caísse no sono mais profundo; num sono despenhadeiro. Ela não poderia de forma alguma se manter acordada depois do Buscopan, e ter uma daquelas insônias que nem dois Frontais dessem conta, em que as luzes do quarto eram acesas e Antônio tinha de compartilhar a agonia murmurante dela pela lenta madrugada.

Nenê haveria de se cansar, os gases haveriam de se acomodar, e ela cairia no sono mais pesado, o sono penhasco, o sono de uma caixa inteira de remédios, para não haver o risco mínimo de ela ter outras sensações e vir de costas, embalada pelas duas gotas de vinho, como uma retroescavadeira, arrastando-se na direção dele, amarfanhando os lençóis para chegar até ele, procurando se desenrolar dos panos e se encaixar em seu corpo, vindo de ladinho, para recebê-lo. Como se fizesse isso por acaso, como se não percebesse o que fazia, como se ninguém a estivesse observando, como se Jesus Cristinho tivesse pegado no soninho, junto com papai, Altino Rúbio Pellegrino, líder político, do qual eram todos – incluindo Antônio – herdeiros, para ninguém, em suma, testemunhar o que iria acontecer na cama, e do que se tratava aquilo. Algo, de qualquer forma, extremamente raro de acontecer, mas que acontecia, como os mistérios profundos da natureza – erupções, terremotos, bichos submarinos –, de quando em quando, de meses em meses, ultimamente, de anos em anos, como acontece com animais de outras espécies, como um rearranjo imprevisto na decoração da casa, como se ele, Antônio, naquele momento fugidio, rápido, único – e ele não estava disposto de forma alguma naquela noite, não na *presença* de Diana, que impregnava sua alma e devorava seu corpo, ser o pires da xícara de chá de Nenê ou o açúcar do seu café.

A manhã ia longe quando Diana foi acordada pela entrada brusca de Delúbio no quarto; raios de sol entravam queimando pelas frestas da janela de alumínio; era uma manhã de claridade e mormaço. Ao despertar com o barulho da porta se abrindo, ainda que ele tentasse entrar sem ser notado, Diana se conteve; abriu os olhos sem mexer nenhum outro músculo. Virada para a parede, fez com que Delúbio imaginasse que continuava a dormir.

Como Delúbio era estúpido. Imaginou que não seria notado. Que ela não fosse despertar, saber que horas seriam, sentir o seu cheiro assim que ele abrisse a porta – o cheiro de banho! E que ela não ouvisse tudo! Ouviu-o, de costas para ele, abrir o armário; procurar e retirar uma das camisas de lá de dentro; trocar de camisa; parar e olhar para ela; ficar parado de olho nela por dez segundos; e sair do quarto, fechando a porta.

Na cozinha – para onde ele fora –, Diana podia ouvir os ruídos de Niddi: panelas batendo umas nas outras, o desencontro de metais e louças, a torneira displicentemente aberta batendo no fundo da pia. O cheiro de café atravessou a sala e entrou pela fresta da porta. Ela quisera muito massacrar Niddi, mandá-la embora, humilhá-la.

Agora, Niddi podia servir café à vontade ao patrãozinho dela. Quando ele saísse, e ela saísse, Niddi poderia roubá-lo e passar cremes na sua cama à vontade também.

Ao virar-se, mudando de posição para retirar o peso excessivo de um dos ombros, ouviu passos de Delúbio pela sala. Não completou o movimento, temendo que ele entrasse no quarto e a encontrasse numa posição diferente. O que não aconteceu: ouviu-o abrir a porta e portão, e ligar o motor do carro; em instantes ela estaria sozinha na casa com Niddi.

Diana fechou bem os olhos e tentou ouvir a si mesma, mas ela era um rádio fora de sintonia. Ela nunca soubera o melhor momento para fazer as coisas – o que nunca a impedira de fazer nada. Estava cansada demais dessa vez, em parte porque eram duas almas com ela. Se pensasse muito, para se erguer, para respirar, para abrir os armários e fazer as malas, não sairia dali naquele dia. Talvez nunca mais saísse.

Antes de tudo, ela tinha que acordar, mas isso demorava a acontecer. O som das panelas batendo a distraíram, e ela, em segundos, adormeceu de novo.

Teve um sonho pesado, em que sacolejava espremida entre velhos e mulheres, na boleia de um caminhão, que avançava de noite por um campo aberto, e depois por uma estradinha no meio de uma mata fechada, um emaranhado de pinheiros e arbustos. Estava muito escuro no meio da mata, não se via nada fora da boleia, e havia crianças sentadas nos pés das mulheres, amparadas pelas mãos das mães. Todos se lamentavam, uns nos ombros dos outros, velhos e velhas que gemiam e sacudiam os ossos conforme o caminhão avançava.

Quanto mais estreita ficava a estrada, e mais emaranhada na mata, mais o caminhão balançava, e mais Diana enjoava. Completamente enjoada, a certa altura, numa das curvas da estrada, entre árvores altas como postes, Diana – o que havia dado nela? Ela era louca? Assim como correra para o banheiro no meio do jantar e se trancara lá dentro? – se levantou e saltou da boleia, na escuridão da mata, provocando gritos dos velhos e velhas do carregamento, vindo de lugar nenhum, indo para ninguém sabia onde; porque ninguém falara nada para eles; ali apenas se balançava a cabeça, se sacudia e se lamentava.

Ficaram para trás o caminhão e a boleia, e ela caíra – se jogara – em velocidade num gramado ralo, coberto de pedrinhas, que lixaram suas costas, e rolou por alguns metros encosta abaixo – não haveria um bebê? –, até descobrir-se debaixo do céu, escondido pelas copas de árvores altíssimas.

Diana abriu os olhos, mas a claridade do quarto não conseguiu afastar o pânico que sentiu ao se lembrar do caminhão, da queda, e da perseguição que sofreu – botas que vinham em seu encalço, com cachorros – um pesadelo completo. Não podia mais ficar à mercê daquele jeito. Avançou o corpo até a cabeceira de Delúbio, e puxou o despertador para o seu lado. Diana transpirava muito; era quinze para meio-dia; podia sentir da cama o calor da veneziana; estavam encharcadas as dobras da fronha e, de resto, todo o travesseiro. Diana sentiu um peso no estômago vazio;

tudo era peso: o corpo, o sono, as pernas, a vida naquela casa. Da cama, reconhecia agora os barulhos de Niddi no quintal. Ouviu-a falar com alguém? Ela morreria – mataria! – se Francenildo estivesse na casa. Não fecharia mais os olhos. Os perseguidores teriam chegado até a vala e disparado contra sua fronte indefesa? Os fuzis apontados em sua direção iriam disparar, diante da súplica? Mas ela jamais suplicaria pela sua vida e não estava indefesa coisa nenhuma.

Respirou, dobrou as pernas inchadas e animou-se. Sentiu uma leve tontura ao se erguer na cama. Precisava urgentemente se levantar, pôr os chinelos e ir ao banheiro. Levaria meia hora para fazer isso – se não fosse o telefone tocar e Niddi vir bater na porta, para interrompê-la, para importuná-la, para que atendesse a chamada.

Diana não saberia dizer o que a irritou mais: ouvir a voz da tia de Delúbio, do outro lado da linha, ou a visão de Francenildo olhando para ela atrás da porta da cozinha enquanto ela falava, de camisola, com os peitos saltando para fora.

Talvez fosse inocência o olhar de Francenildo fixado nas curvas da sua barriga; talvez suas curvas estivessem mais acentuadas e chamando mais atenção naquela manhã, e sua barriga tivesse crescido um tanto mais desde a véspera, aparecendo, rotunda, sob o tecido semitransparente da camisola. Virou-se de costas para ele, para ouvir, do outro lado da linha, histórias que não teriam, em minutos, mais nada a ver com ela: o velho Zé Moreira recuperava-se do derrame, lá em Minas; fora, porém, "mais um passo", segundo a irmã, que telefonava para avisá-la – por que *ela*? – do estado cada dia mais complicado dele, e alertá-la de que, mesmo sendo irmã, ela não tinha mais nada a ver com aquilo, pois quem cuidava dele agora era a viúva – *uma viúva?!* – que vivia numa das casas que ficavam na ponta da propriedade, depois da pinguela – *uma pinguela?* – e eles já haviam – *eles?* – sido avisados sobre tudo isso no outro telefonema! E ninguém fizera nada! Não mandaram uma ajuda, nem nada! Pois a casa iria acabar na mão da viúva! E eles ainda terminariam perdendo a propriedade inteira para ela! E, outro dia mesmo, a viúva aparecera com um cheque assinado por ele na vendinha; assinado "pelo Zé Moreira!". Mas o Zé Moreira não poderia estar assinando cheques! Só ela podia assinar os cheques dele! E isso não era justo com ela, e a aposentadoria dela não dava para tudo – a viúva agora comia dia sim, dia não na casa dele! –, e Delúbio deveria dar um jeito, pois ele sabia o que estava acontecendo – o velho iria mais dia, menos dia cair morto nas mãos da viúva! – comer na mão da viúva ele já comia! – e ela podia imaginar *o que mais o Zé Moreira comia*, e então... a ligação se interrompeu, justamente no ponto em que a senhora começava a chorar e a suplicar que Diana e Delúbio se apiedassem dela, e lhe enviassem algum dinheiro ou ao menos que Delúbio retornasse as ligações porque afinal sobrara para ela cuidar do Zé Moreira, limpar as cuecas sujas do Zé Moreira, e até dar banho no Zé Moreira um dia ela acabaria dando, porque isso – limpar a bunda do Zé Moreira – a viúva não faria!

Foi um alívio para Diana a ligação se interromper: ela pôde ir ao banheiro e depois para o quarto, ainda que sob os ruídos de Niddi e os olhares de Francenildo, que acompanhava de trás da porta da cozinha todos os seus passos.

Nem bem fechou a porta do quarto, pensando em mergulhar de volta nos lençóis úmidos da cama, e submergir por mais uma ou hora ou duas para depois fazer a mala calmamente, até que Niddi e o garoto fossem embora – ela sairia no fim de tarde, e pegaria um ônibus leito, de São Paulo para o Rio de Janeiro – ouviu o telefone tocar novamente e Niddi bater de volta na porta – teve um desejo redobrado de aniquilá-la.

Estavam todos decididos a importuná-la! A massacrá-la! A impedi-la! Diana gritou bem alto dessa vez para Niddi: que ela estava dormindo; a tia de Delúbio que ligasse mais tarde, à noite, ou que não ligasse nunca; que fossem para o inferno todos: Niddi, a tia, o Zé Moreira, a viúva! Porém, Niddi respondeu que não era a mesma pessoa, não era a tia de Delúbio que ligava, mas uma outra mulher, que ela não sabia quem era e que "não queria falar com o seu Delúbio, não", mas com Diana.

Haviam-na retirado da vala – foi o que sentiu, sem que se lembrasse disso no sonho, ao tomar o telefone nas mãos.

– Diana? É Diana? – alguém falou do outro lado.

– ...

– Você me desculpe, Diana, eu ligar assim, sem avisar...

Diana foi levada pela floresta, empurrada no caminho pelos bruta-montes de botas, tropeçando nos arbustos.

– ... você nem mesmo me deu seu telefone ontem, não é? Nós nem trocamos telefones, na verdade...

Trancaram-na num barracão que surgiu no meio de uma clareira e que lhe pareceu um lugar infecto.

– ... mas eu peguei seu telefone com as secretárias do Antônio no escritório, queria saber como você estava passando depois de ontem, espero não ter feito mal...

E estenderam-na no chão, ao lado dos velhos e das crianças que estavam com ela na boleia.

– ... é Nenê quem fala! Liguei para saber... você está melhor?

Diana se lembrou da comida da véspera, da mesa da véspera, da véspera – arcou o corpo para a frente e teve de se apoiar na parede para não cair.

Francenildo, que estava à espreita, retirou-se para dentro da cozinha, assustado com sua expressão, como se pressentisse que ela pudesse despencar – em um segundo, era Niddi quem a espiava pela porta junto do garoto.

– Diana?... Você... está aí? Você... melhorou de ontem?

Eram policiais – mas não eram policiais! Pisavam sobre as pessoas estendidas no chão, caminhando sobre elas, pisando no tronco e na cabeça delas, velhos, mulheres, a criança do seu lado... ela seria a próxima!

Sua respiração se acentuou; para Nenê, do outro lado da linha, aquela pareceu uma respiração ofegante.

– Seu marido procurou o Arlindo, Diana? Ele é nosso secretário de Saúde, sabe! O seu marido... como ele se chama?... esqueci o nome dele, me desculpe... já levou você lá, na Secretaria? O Arlindo vai te atender lá! Funciona junto com o ambulatório!

– ...

– Você... fez os exames que o Arlindo pediu ontem?

– ...

– Alô?

– ...

– Você está aí, Diana?

– ...

– Diana...?

– ...

– Alôu...!?

Diana acordou com a batida da porta da frente da casa e abriu imediatamente os olhos, num sobressalto; havia perdido a noção da hora; o mormaço do quarto e os ruídos de Niddi varrendo e esguichando o corredor lateral da casa indicavam que ia longe a hora do almoço. Como, com tanto a fazer, dormira desse jeito? Arrepiou-se ao ouvir os passos dele pela sala – ela não falaria mais o nome dele a partir daquele dia, nem em pensamento –, uma volta imprevista.

Para sua surpresa, ouviu-o entrar no segundo quarto e fechar a porta. Imaginou-o sorrateiro, pois percebeu os passos rápidos dele; ele não foi primeiro até a cozinha, abrir a geladeira, como sempre fazia. A primeira coisa que fazia ao entrar em casa sempre fora: entrar na cozinha, abrir a geladeira, abrir uma cerveja, se por acaso encontrasse alguma, voltar para sala, depositar a latinha em cima da mesinha, entrar no banheiro, urinar, voltar para a sala, pegar a latinha, e agarrá-la, onde quer que ela estivesse, fazendo o que quer que estivesse fazendo. É assim que ele atuara. Pelo menos fizera por uns seis meses. Até parar de fazer.

Agora, ele (cujo nome ela jamais repetiria) fazia coisas assim: diferentes. Sorrateiras. Silenciosas. Escondidas. Ele entrou sem ser visto por Niddi no segundo quarto, por exemplo; Diana podia ouvir Niddi segurando o esguicho; Niddi desperdiçando água e sabão; Niddi estragando as plantas, alagando-as – como estragara sua lingerie. Enquanto isso, ele (um nome que seria maldito para ela, dali para a frente) sentava-se na cama do outro quarto, e parecia remexer coisas, talvez papéis. Quinze minutos depois, abria gavetas e escancarava particularmente a gaveta de baixo do armário, a mais ampla, a mais pesada, a que amontoava mais coisas e era a mais difícil de abrir e fechar. Arrastou umas coisas dentro da gaveta, como se escolhesse o cantinho. E, com força, porque a gaveta atravancava e ele nunca fora muito hábil nisso, apesar de ser bastante hábil em abrir e fechar outras coisas, fechou-a. Devia estar feliz agora, com pensamentos na cabeça, pois não se mexera; talvez olhasse em volta, pelo quarto, e se sentisse bem na companhia dos *restos*: armários, cômodas, cavaletes, baús, estrados, abajures, tapetes, almofadas, pedaços de brinquedos, coisas as mais díspares, tudo amontoado, pelos cantos, encoberto de pó e de mofo, coisas jogadas ali no século anterior, o esconderijo perfeito de insetos, aranhas e todos os tipos de fungos e recordações.

Agora sim, ela podia ouvir passos saindo do quarto, em direção à cozinha; ouvi-lo abrir a geladeira, procurar a latinha lá dentro e, em não a encontrando, bater a porta com displicência; e ir até o quintal e dizer alguma coisa para Niddi – ela não ouviu bem o que ele disse.

E o que ele teria a dizer para Niddi? Para ela não gastar tanto sabão em pó? Simplesmente não utilizar tanta água – e nem levar para casa o amaciante de roupas? Parar de roubar o óleo de amêndoas da patroa?

Se bem que o frasco permanecia sempre com o mesmo nível de óleo em que ela deixava na véspera, e isso ocorria havia semanas. Desde que ela passara a marcar com as unhas a quantidade no rótulo da embalagem, e conferir o quanto de óleo era gasto... fora gasto exclusivamente com ela, com as suas próprias... estrias?!

Uma lágrima aportou nos olhos de Diana; apertou-os bem, para deixar escorrê-la pelo rosto, ao custo momentâneo de perder o senso de onde ele estava na casa, em qual dos cômodos. Ao abri-los... onde ele estaria? Seu coração gelou com a impressão de ele estar na porta do quarto – de ele abrir a porta... de ele vir...

Então Niddi havia parado de roubá-la? Não a roubaria nunca mais? O suco de laranja – outro dia, notara a embalagem do suco mais leve também –, a calcinha específica que desaparecera, e que depois apareceu – então Niddi não surrupiara mais nada? Ou parara de surrupiar depois que ela começou a notar? Por que é assim que elas fazem, Diana imaginou, distraindo-se novamente em pensamentos turvos: roubam, mas só até a patroa perceber. Por algum sexto sentido, inerente ao seu ofício, a ladra recua quando é percebida ao roubar. Não necessariamente é pega. Então, dá um tempo, a bandida. Uns dias, umas semanas, até uns anos, nos casos mais graves e sofisticados, e nas ladras de maior vulto. Depois, como um vício, como algo genético, como um braço torto, ou um calombo no cocuruto, elas recomeçam: não pelo início, pelo óleo, mas por um dente de alho, um maço de macarrão; talvez não o maço inteiro, do ponto em que parou ao ser percebida lá atrás, mas um pouco menos, quantias um pouco menores, elas se contentam com menos nesse recomeço. Até se sentirem seguras novamente, e olham em volta e percebem que nada, afinal, havia mudado; se dando conta de que, se ninguém percebia verdadeiramente, ou se esquecia depois de perceber, aquilo nem era roubo: transformava-se em uma prática, talvez até um direito. Um destino. Devia haver um nome para isso: o mundo ser de quem enxergar e levar primeiro.

Enxugou o rosto, decidiu se apressar. Ergueu-se, levantou-se, abriu o armário – evitou encostar nas roupas dele, penduradas ao lado das suas, como se fosse se machucar. Lembrou-se da penúltima vez que fez as malas, para visitar, depois de anos fora de casa, os pais. Teve a sensação de que iria encontrar tudo igual, que o tempo não passara no Flamengo, e que seu pai, certamente estaria lá. Esperando-a! Do que ela se lembrava dele – era tudo tão vívido agora, quando se fazem as malas –, como Otto a amava, e como amava sua mãe! Ele amava tudo o que havia em volta de Iracema. Quantas histórias ela ouvira na infância, de como ele queria largar o emprego na fábrica, na Volkswagen, e se mandar para o Rio de Janeiro, e poder andar tranquilo de manhã e no fim de tarde no calçadão de Copacabana, que ele adorava mais do que tudo na vida, o que ele conseguiu fazer na volta, mesmo depois que eles se instalaram no Flamengo. Como Diana podia entendê-lo – o desejo de sair dali, de São Bernardo. Saiu de São Bernardo para inventar o frescobol, "com o pessoal do posto 5", como ele contava, quando levava Diana para a praia e via o pessoal jogar frescobol: um jogo "sem vencedores, nem vencidos", filosofava Otto, ficando sério; e claro que ele "não inventara o frescobol porra nenhuma", na versão de Iracema, porque o negócio de Otto era ver tudo de longe, era observar tudo em silêncio. Iracema odiava que ele se misturasse com os outros. Porém, ele não era mentiroso, não: era um brincalhão. Ele era capaz de se divertir – como fazia quando a levava junto para acompanhá-la no bloco da Sá Ferreira, no Carnaval: um bloco pequeno, discreto, na medida do possível, que ele acompanhava na ponta, segurando sua cervejinha, cantarolando baixinho no seu português enrolado, levando-a pela mão; e, depois de uns anos, soltando-a, vendo-a lá na frente, amarrando uma bexiga cheia de gás hélio em um dos pulsos dela, acompanhando a bexiga, sem perdê-la de vista. E como Otto sofria, nessa época festiva, cada vez que Iracema bebia muito além da conta – beber até a conta ela podia; porém Iracema no Carnaval e passagem de ano, nos feriados, geralmente, bebia, bebia e bebia –, e ele havia, com os anos, se não parado, diminuído a bebida por causa da taquicardia e por causa de Iracema. Era cuidadoso, seu pai. Era cuidadoso também com as lembranças. Como ele evitava mencionar o que deixara para trás, na Alemanha; porque ele chegou ao Brasil, dizia, para ficar no Brasil e amar o Brasil, o sol do Brasil, a areia do Brasil, o calçadão do Brasil, a Iracema do Brasil, a cerveja aguada do Brasil. Ela podia imaginar o que isso significava para ele, vindo da Alemanha e da guerra – que ele combatera, nunca escondera isso, ela o ouviu falar isso perfeitamente, ainda que não muito e nunca para ela; e se machucara na perna, por isso ele mancava um pouco com a perna direita, – era quase imperceptível, mas mancava: numa distância mais longa, andando no calçadão, por exemplo, isso era observável – e isso era tudo o que Diana sabia sobre ele e a guerra. E, se era difuso o sentimento que Otto nutria em relação à Alemanha, isso se devia não tanto à Alemanha, na percepção de Diana, mas a pessoas de lá e a coisas que aconteceram lá. Ele encorajara Iracema a tirar um passaporte alemão, por exemplo, e esse seria o primeiro passo para o passaporte alemão que a filha acabou tirando.

Passava das quatro horas? O que mais restava empacotar? Diana se lembrou do que ouvira certa vez, e que na época a marcara, e lhe provocara uma sensação estranha de desamparo, que ela não entendeu bem à época, quando tinha uns doze anos, mas que permanecera nela durante muito tempo e vinha à tona novamente agora: seu pai se referir a "eles" para sua mãe, numa discussão forte que tiveram, raríssima entre os dois, numa varanda iluminada de sol – era na casa de Saquarema, que eles mantiveram durante um tempo. Diana se recordava disso muito bem: Otto gritando coisas em alemão e apontando o dedo para fora da varanda, para o gramado do jardim da uma casa de veraneio que ia dar na praia, e havia mais gente com eles na casa, que ela não se recordava de quem seriam: mas podia se lembrar perfeitamente do gesto do pai em direção ao mar, apontando para uma ameaça que pudesse vir de fora. Mas foi só uma vez que isso aconteceu – que sentiu o pai sob algum tipo de ameaça.

De qualquer forma, sempre fora essa sua impressão sobre ele: o de um homem dividido e resignado. E feliz! E isso sempre lhe bastou para pensar nele, nas vezes em que pensara na complexidade dele, principalmente depois de sua morte, quando ela estava longe de casa, em São Paulo.

E sobre esses fatos nobres, esses acontecimentos que diziam respeito apenas a ela e ao pai, Diana não daria explicações para Nenê, nem para Antônio, nem para Arlindo, nem para o pequeno demônio loiro que se sentou naquele canto da mesa no jantar, e podiam acusá-lo do que quisessem; e muito menos para o Inominável, que não estava mais em casa, de qualquer maneira – longe e ausente o suficiente para ela sair do quarto, segura de não cair, e saber para onde ir, e o pouco que tinha que fazer (além de se apressar) para apanhar a tempo o ônibus leito Rio-São Paulo, no trajeto contrário.

Seu coração batia devagar, mas as mãos e os passos eram rápidos; seus pensamentos iam sempre atrás dos gestos. Saiu do quarto carregando uma mala leve e, no banheiro, encheu uma sacola com os xampus, o óleo de amêndoas (com menos da metade do frasco), a escova, a touca e o secador. Ainda não havia ninguém a espionando quando Diana saiu do banheiro e entrou no segundo quarto. Francenildo só apareceu na porta da cozinha instantes depois – para vê-la sair do segundo quarto e da casa da 24, pela porta da frente, sem olhar para trás e se despedir.

Estaria livre também de Niddi e nisso, pelo menos, Diana havia puxado a mãe: Iracema sempre admitiu, no máximo, uma faxineira, uma vez por semana, e muito a contragosto, por acreditar que empregada demais em casa nunca é uma coisa boa, pois elas comem, se movimentam, folgam, eventualmente, roubam e, principalmente, enxergam e falam demais.

MINAS

O último trecho é sempre o mais difícil e com Delúbio no volante e mata-burros no caminho, fica muito pior: com um olho para fora da janela do Corolla 99 cinza-prata e outro em Lili, no seu colo, no banco de trás, Diana temia que ela vomitasse se o carro sacolejasse demais. Mas não havia o que fazer. Delúbio continuava Delúbio, e nas entranhas de Minas Gerais, no trecho que saía da estrada do Mato Dentro – seriam trinta quilômetros de terra até o sítio –, os buracos e desníveis eram inevitáveis, dada a terra seca de final de inverno. A qualquer minuto, Delúbio diminuiria a marcha e embicaria numa das porteiras mal-ajambradas das propriedades do caminho. Era uma esperança que Diana nutria. Porém, por ora, tudo o que ele fazia era se meter cada vez mais estradinha adentro. Sob o céu aberto, numa noite de moda de viola, feita de luar e estrelas, Diana conseguia ver com precisão, atrás das porteiras, as pequenas propriedades e as construções que se enfileiravam pela estrada, a maioria constituída de porta, janela e pátio de terra batida; cachorros acordavam com o passar do carro e vinham correndo, surgidos debaixo das porteiras, latir na frente dos faróis. Algumas construções tinham duas janelas e, entre elas, uma porta elevada meio metro acima do chão – *por que colocaram degraus nas portas?*, Diana se indagava –, e outras benfeitorias como pequenos silos, galinheiros, depósitos e um altar para Nossa Senhora, numa delas – que transmitiu pouco ou nenhum alento para o coração sacolejante de Diana, padecendo com o balanço do carro sobre as costelas da estrada. Mais de uma vez, diante de propriedades maiores, constituídas de casas com varandas e galpões anexos que abrigavam selas, arados e tratores, Diana apertou a filha junto aos seios e suspirou, como se se conformasse pelo carro seguir adiante e por não ser aquele o tal sítio em Minas do pai de Lili.

A situação começou a melhorar com a vista do lago, grande demais para caber entre os morros, que se esparramava por um pequeno vale, distribuindo-se em quebradeiras e riachos, estendendo-se entre várias propriedades; Delúbio diminuiu a marcha para que todos vissem melhor a noite refletida na superfície. E melhorou em definitivo quinhentos metros adiante do lago, no final da cerca viva de cem metros de eucaliptos, situada à esquerda da estrada – que revelava a área generosa da propriedade e as três casas dentro dela, contando com o casebre que ficava na beira da estrada, enfiado entre os eucaliptos, diante do qual eles acabavam de passar. Delúbio diminuiu a velocidade ainda mais, até virar abruptamente à esquerda, embicando o Corolla diante de um portão alto de grades finas e enferrujadas, de mais de um metro de altura.

Diana viu os olhos dele procurarem os seus, no espelho retrovisor; abaixou a cabeça, como se tentasse esconder o alívio que sentiu – pois seu alívio não poderia ser, nem de longe, apesar do tamanho do terreno e da festa das galinhas e dos cachorros latindo no portão, confundido com uma felicidade maior.

Mas as coisas poderiam ajudar. A vida era longa, a propriedade era ampla, a memória era curta e, como Diana adivinhara ao passar diante dos eucaliptos, seria deles a segunda casa do terreno, a principal. Na casa da frente, uma construção de três cômodos com tijolos queimados de um vermelho intenso na fachada, ficava Irceres, a tia de Delúbio, irmã de Zé Moreira, que veio recepcioná-los com a melhor das intenções passada a meia-noite, logo que ouviu o carro embicar no portão, e só não abriu o portão ela própria porque as dores nas costas não permitiriam – e sobre isso ela reclamou de imediato. Na terceira casa do terreno, na verdade um casebre que ficava nos fundos, após o gramado e a pinguela, distante da casa principal trezentos metros, ficava a viúva, de quem Irceres reclamara também de imediato: uma aproveitadora que dizia que o casebre e aquele canto do terreno, depois da pinguela – "está vendo, filha?", apontou Irceres –, eram dela, pois ela dizia morar ali havia mais de quinze anos e teriam sido prometidos a ela pelo Zé Moreira – "mentirosa!, sinistra!" – e, com a morte do Zé Moreira, Irceres não sabia como retirá-la dali. Delúbio calou-a, xingando os cachorros e carregando as malas para dentro da casa, e Diana teve a impressão de que, se ele não fizesse isso, Irceres falaria mal da viúva a noite inteira.

O que, se era ruim para Delúbio, e pior para as úlceras de Irceres, não seria ruim para Diana, como adivinhou, ao chegar; Diana logo viu que se beneficiaria dos ressentimentos macerados ao longo de setenta anos no peito de Irceres, por serem dirigidos à casinha do canto, e não à do meio do terreno – alguém seria vítima desses ressentimentos. O que faria com que Diana e Irceres, se não se tornassem amigas, nem comadres, ao menos dividissem o mesmo terreiro das galinhas sem se bicar; e que Irceres se tornasse uma quase madrinha de Lili.

No dia seguinte à chegada deles, Irceres mandou o caboclo trazer do depósito o bercinho alto de madeira, que esperava por Lili; no dia seguinte ao seguinte, chegou a banheirinha de plástico de Brumadinho, que ficava a cinquenta quilômetros do sítio; o mosquiteiro apareceu três dias depois, vindo também da cidade, de um bazar que havia no pátio do fundo da igreja frequentada por Irceres. De lá vieram, no domingo, novas peças para reforçar o enxovalzinho minguadinho da nenê: uma blusinha de crochê azul, um topzinho caramelo, uma meinha verde-clara e até um agasalhinho "tipo moletom" com capuz da Gap – de um dos três filhos de uma família que viera de Uberlândia e que Lili usaria, dizia a madrinha Irceres, "quando completasse dois aninhos".

O preço, claro – mas nessa conta também estavam incluídas as sopinhas, um carrinho de nenê de terceira mão que apareceu duas semanas depois e uma lavanda perfumada para passar no cabelinho, que Irceres mandou buscar em Belo Horizonte, por meio de uma conhecida – eram as lamentações, admoestações e prevaricações da madrinha dirigidas ao papai Delúbio, ao finado vovô Zé Moreira e, sobretudo, à vizinha viúva e que, embora fossem ouvidos pela pequenininha, era pago exclusivamente pela atenção da mamãezinha dela.

Diana ficaria louca em outras circunstâncias. Louca de verdade, não meio louca, como ficara em São Bernardo ou no Rio. Além de tudo, em Minas, onde nunca pusera os pés na vida, ela se via encurralada por montanhas! Transformar isso em aconchego, como acontecia, era um sinal de que alguma coisa mudara dentro dela, e não apenas fora. Seus cabelos, como o capim e as folhas de bananeira na beira da estrada, mantinham o dourado apenas nas pontas; seu corpo se transformara, mais numa vez: a saliência na barriga praticamente se fora, embora fosse demorar dois anos pelo menos para sumir; os peitos, estufados como os das vacas leiteiras que ficavam do outro lado da estrada, quando acabasse o leite, que era farto, murchariam um tanto. Nada disso a importunava; em outra mulher aquela gravidez teria feito um estrago muito maior. Diana sabia disso, mas não se sentia bem e nem à vontade para ir até a beira do riacho, que cortava a propriedade no fundo, tomar sol. Se permanecesse em Minas, talvez nunca mais se bronzeasse. Sua cor seria essa: amarelada, mais para escura, como um pêssego ou uma manga madura; os pelos das coxas, enegrecidos, ficariam assim. Mais tarde, os clarearia, e talvez os cabelos. Acostumara-se, também, com roupas mais largas: não iria pedir para Irceres, que não saía da máquina de costura, para ajustá-las. O dinheiro que apanhara no segundo quarto, na casa da 24, antes de sair, fora quase todo gasto nas idas e vindas e com Lili; não daria para roupas novas. Assim como seu dia era todo dedicado à Lili, de tal forma que Diana nem percebia se Delúbio estava ou não em casa. Não notava, a não ser pelo barulho do carro, quando ele saía para ir à cidade, nem quando voltava.

No início, para ela, Minas não existia. Às vezes, quando era surpreendida, ao trocar uma fralda, pelo carro ou por Irceres, servindo o almoço, por exemplo, – era Irceres quem cozinhava – Diana olhava em volta e não sabia onde estava. Porém, ao se localizar, e pesar, em segundos, os prós e contras de estar ali – um hábito que adquirira no Rio, na gravidez, ao acordar – sentia o espírito se acomodar. O quarto de casal, uma suíte, era amplo e fresco, com janelas suficientes para estar sempre arejado; a cama era alta e sólida, e o lençol era áspero de tão lavado; mas o algodão era bom e havia um lugar ideal para o berço, instalado no canto, ao lado da porta do banheiro. Não havia cheiro, roupas, resquícios e nem sinal do Zé Moreira, que morrera ali. O ladrilho todo da casa, incluindo o piso do longo corredor – era uma construção de quatro quartos –, formava mosaicos escuros, ocres e marrons, lindos, apesar de gastos. Na sala, os sofás eram cobertos por mantas de crochê coloridas, urdidas por teares mineiros, desfiadas nas pontas. As paredes eram brancas, apesar de escurecidas, cobertas de gravuras escuras com paisagens e muitas manchas, e as portas e janelas eram de madeira compensada, pintadas em tons de azul-marinho, como as das construções das grandes fazendas.

Havia fogão e forno a lenha do lado de fora da casa, na saída lateral da cozinha, ao lado do tanque e das pias, onde Irceres fazia um pão delicioso aos sábados, no fim de tarde. Irceres fazia também biscoitos e sequilhos, que ela prometia dar para Lili quando ela fosse só "um pouquinho mais crescida". Não havia porcos na propriedade, só galinhas e cachorros, que se perseguiam entre os eucaliptos. O leitãozinho de leite – que eles comiam aos domingos, alternando com o frango assado, e que Irceres cobria com toneladas de óleo fervente para deixar bem "puruca" – era trazido da cidade por Delúbio.

Os ossos e restos do leitãozinho, que Irceres vinha buscar depois – ela nunca comia com o casal –, iam para os três cachorros que eram deles; Irceres tentava afastar, com gritos, pedras e pedaços de pau, os dois cachorros da viúva, que surgiam pela pinguela, atraídos pelo cheiro; mas não tinha sucesso porque os cachorros se embolavam e se misturavam, na disputa pelos restos.

Falava-se muito pouco no sítio, como se ninguém quisesse gastar palavras em determinados assuntos, num acordo tácito de silêncio mútuo.

Diana e Delúbio, por exemplo, a partir do reencontro no Flamengo, na porta do prédio de Iracema, onde ele ficara tocaiado – e de algumas lágrimas, um pedido afoito de perdão e tentativas prematuras de aproximação e toque físico dele –, percorreram quatrocentos e cinquenta quilômetros de carro praticamente em silêncio. Seriam quatrocentos e cinquenta quilômetros de silêncio absoluto, se não fossem as trocas de fralda e o choro descomedido de Lili numa viagem difícil, num sobe e desce de morros que enjoou, em certo ponto, a todos, e curvas que faziam com que, a todo o momento, Lili perdesse o peito da mãe.

Delúbio e Irceres procuravam evitar ao máximo dirigir-se um ao outro. Não que tivessem assunto. Tudo o que a tia tinha a dizer para ele, além do fato de ele ser "a cara e o focinho do Zé Moreira", querendo dizer com isso coisas desabonadoras dele – um folgado, um pão-duro, um grosso, um... *priapicus*? –, depois que Diana chegara, ela falava, por tabela, via Diana – do dinheiro minguado para as compras da semana, às orientações que dera para o rapaz que tinha vindo limpar o poço. Na presença de Delúbio, Irceres se calava por completo. Com a viúva, diretamente, ninguém das casas de cima trocava uma palavra, um cumprimento, um esboço de reação ao vê-la abrir ou fechar as janelas da casinha, caminhar até a horta dela, na beira do riacho, chamar os cachorros de volta, da borda da pinguela, ou ao cruzar com ela na estradinha. Quanto à viúva, tratava-se de um tabu mais amplo, pois ninguém sabia cem por cento o que o Zé Moreira aprontara com ela, sobretudo nos últimos dois anos, quando ele sentira a morte se avizinhar e decidira desafiá-la "como um homem". O que os aliviava – Delúbio e a tia estavam unidos nesse quesito – era saber que, como a viúva aparentava e deveria estar bem além dos cinquenta anos, teria sido impossível ao moribundo Zé Moreira encomendar mais um herdeiro. Quando ele morreu, Irceres bateu boca com ela algumas vezes – no velório municipal, em Brumadinho, xingou-a quando ela se aproximou do caixão. Porém, os palavrões que vieram da viúva, no pé do caixão – um "vai-tomá-no-cu" ecoa até hoje entre as orelhas quentes de Irceres – transtornaram a irmã de Zé Moreira de tal forma, atingindo os batimentos do coração e a sua pressão arterial com tal intensidade, que ela nunca mais falou nem gritou com a mulher, apenas ruminava: dos riscos de a viúva acabar ficando com a casinha para si, de a viúva arrumar homem dia desses, de esse homem ser alguém da laia dela, "bandido como ela" – e resmungava exclusivamente nos ouvidos de Diana.

Irceres, em si, tinha pouco a dizer, a quem quer que fosse; a vida havia lhe dado ancas soltas – perdera três filhos, de dois maridos, que a abandonaram – e poucos elementos sobre os quais se manifestar. As coisas que ela falava, muitas delas desconexas, sem muito sentido para quem a ouvisse, falava muitas vezes sozinha, ou para os cães, que a acompanhavam para onde quer que fosse. E repetia as mesmas frases. Teria havido uma promessa – como ela recordava dia sim, dia não a Diana – do finado Zé Moreira de que a casinha da frente seria dela, "independentemente de ele morrer ou não". Mas ele nada dissera quanto à casinha da viúva! E por isso seria justo que ficasse com a outra?! Repetia isso, e outras coisas, nas refeições, que Irceres vinha preparar na casa principal, o que fazia por conta própria – "ela prefere não sujar a cozinha dela", Delúbio resmungou outro dia.

Delúbio não chegava a considerar a presença ou a existência da tia, a aparência transtornada do rosto pequeno dela, envolto por longos fios de cabelo acinzentado, em contraste com o semblante corpulento e quadrado, "masculinizado", na opinião dele; ele dizia que o caso dela era "de internação". Em relação às demandas de Irceres ele preferia ficar calado, pelo menos por enquanto, enquanto não vendesse os eucaliptos – eram dez mil metros quadrados de eucaliptos frescos, prontos para o corte, estendendo-se morro abaixo, depois do riacho – para depois, talvez, vender o sítio. Eram planos só dele, por enquanto. Que não passavam despercebidos pela tia: cada movimento seu era observado; cada ida até a pinguela, registrada; Irceres corria na janela a cada entrada ou saída do carro. Com relação à viúva, Delúbio deixara escapar para Diana, diante da obsessão de Irceres, que tudo havia sido conversado – e um "contratinho de comodato" entre eles estava para ser firmado, e que ele estava providenciando no cartório. Por conta disso – estava explicado –, Diana não sentia hostilidade vinda da casinha dos fundos em relação a ela. Explicava-se, também, o sorriso da viúva pela janela, na primeira semana, quando a viu passear no gramado com a nenezinha, aproximando-se da pinguela. Também por isso Irceres caminhava entre as casas da frente mais desgostosa a cada dia, cavando mais fundo a própria amargura.

Quanto ao recomeço com Diana, Delúbio ainda quisera, nos primeiros dias, dizer coisas para ela, quebrar o silêncio instalado entre eles, antes de desistir: não tanto para se justificar, ou pela necessidade de ele próprio entender o que se passou, as confusões em que se meteu e a meteu junto, nem para interpelá-la ou cobrar nada, mas porque imaginava que, depois de tudo, eles poderiam rir e se divertir como sempre, e abrir caminho, como sempre, para outras diversões. Decidiu deixar estar. Talvez nem interessasse a ela saber dos dias difíceis que passou na casa da 24 depois da saída dela, nem da solidão que o acompanhou na vinda a Minas, que foi praticamente uma fuga; especialmente no dia da morte do Zé Moreira, ele queria muito ter dito algumas coisas para alguém, e esse alguém só poderia ser ela. Com o pai, desde que aportara no sítio, Delúbio não trocou uma palavra.

Aos poucos, no lento correr dos dias, que é como os dias correm em Minas, como descobria Diana, ela foi encontrando o seu caminho até o sofá e a tevê. Contribuíram para isso duas coisas: Lili se acomodara na casa nova, no ar fresco e nas fronhas perfumadas que a madrinha mandava trocar todos os dias; e Irceres, aos poucos, foi se recolhendo para a casa da frente, após o almoço que ela vinha preparar – o jantar, normalmente uma sopa, ela deixava pronto numa panela embrulhada numa toalha, no canto do fogão a lenha. Como quem lavava as louças e arrumava a casa era uma menina, uma espécie de ente invisível, como uma lenda do mato, que aparecia e sumia sem que ninguém se desse conta, cada vez mais as tardes eram de Diana, depois de colocar Lili no quarto para dormir.

Delúbio ficava fora praticamente o dia todo, saídas mansas, completamente diferentes das de São Bernardo. Diana achou Delúbio mudado, mais preocupado com ela – culpado? –, quase atencioso; suas idas a Brumadinho pareciam-lhe, por algum motivo, necessárias, e não a incomodavam. Parar com a maconha também lhe fez bem – ele "deu um tempo", dizia. Bebia mais, porém. Diana achava certa graça em vê-lo contar, tímido, no jantar, sobre suas atividades numa cooperativa, e contatos que fizera para a venda dos eucaliptos, e a excitação com a possibilidade de vender tudo de uma só vez "e sem nota" para um empresário de Belo Horizonte que estava construindo "umas instalações" numa área grande lá para cima, e sobre os planos que ele tinha de arrendar o sítio para a cana depois – mas o terreno ondulado não ajudava, pelo que ela entendera. Que Delúbio era esse, que ela não conhecia? Era um Delúbio de alma mais leve, e mais solto, embora menos gesticulante do que o de São Bernardo, mais corado, um tantinho mais gordo. Ele dera para passar no açougue, na volta para o sítio, e eram chuletas e maminhas a cada três dias sobre o fogão a lenha. E, à tardinha, quando Lili pegava no sono, após o banho – era a ajudante quem preparava a água quente no fogão a lenha, que ela trazia em baldes fumegantes até o banheiro maior, no corredor – no segundo soninho, era o mesmo Delúbio de sempre que entrava em casa de repente, fingindo surpreender Diana no sofá, deitada de lado, espichada – o sofá tinha três lugares –, iluminada pela luz da tevê.

A notícia da morte de Iracema veio encontrá-la no sofá, num começo de tarde, observando sonolenta o sol recuar lentamente pela janela da sala. Levantou-se às pressas com o toque do telefone, que ecoou no vale e eriçou as galinhas e os cachorros que correm pelo pátio. Irceres apareceu na janela, tamanho o acontecimento de um telefone tocar no sítio. Parecia mais aflita do que Diana, diante do silêncio desta, segurando o aparelho. Do outro lado, Circe falou por longos minutos; pelo que Irceres percebeu, pouco poderia ser feito. A morte ocorrera havia dez dias, morte morrida, afundada na poltrona; até velada e enterrada Iracema já fora. Não havia nenhum registro dos contatos de Diana na casa da mãe. Foi a partir das informações de uma caderneta amarela que Circe chegara ao endereço e ao telefone do sítio, a partir de contatos que ela empreendeu no posto de saúde e no cartório de São Bernardo do Campo, além de algumas coisas que se lembrou de Antônio e Delúbio terem dito a ela. Não ficou claro para Irceres, pelas palavras soltas e breves de Diana no aparelho – ela parecia querer desligar rápido o telefone, como se a insistência da voz do outro lado em falar a incomodasse –, se Circe fora até

São Bernardo, ou se se convidava para ir até ali, no sítio. Irceres quase foi ter com Diana no quarto, preocupada com seu abatimento logo que ela desligou o aparelho. Por uns dias, Irceres viu-a pensativa, muito abraçada à filha e respeitou o seu luto e seu silêncio, sem contar a ela que incluiu Iracema na oração da missa de domingo.

Duas semanas depois, ao vasculhar os documentos enviados por Circe, que Delúbio trouxe do Correio num envelope volumoso, e que Diana deixou empilhados em cima da mesa de jantar, antes de sumir pelo corredor para cuidar do choro de Lili lá dentro, Irceres, preocupada com o conteúdo do pacote, temendo ser um mau passo de Delúbio a algo relativo ao sítio, deteve-se sobre duas fotos que encontrou entre os papéis. Numa delas, a colorida, um homem alto, espigado, de cabelos claros e curtos, de aparência saudável aos sessenta e poucos anos, segurava, alegre, um peixe grande e brilhoso pelo anzol, na beira de um rio, exibindo-o – como se o peixe fosse do tamanho dele! Irceres reconheceu na hora os traços e também a expressão e os temperamentos de Diana e Lili no retrato que seria do pai e avô. Na outra imagem, uma reprodução em xerox de uma foto muito antiga, em preto e branco, um jovem com aparência de uns vinte anos, de olhos claros e vivos, nariz afilado e cabelos loiros e batidos sob um quepe, olhava de lado, com ar determinado, como se estivesse diante de uma missão, ou de alguém. Era uma foto autografada; porém, era impossível para Irceres discernir "Otto Funk" nos garranchos; viu que era um jovem militar; mas que se tratava de um membro da juventude hitlerista, de uma divisão que combateu na guerra junto com as temíveis SS, na Normandia, Irceres não teria como adivinhar; tratava-se de um alemãozinho, num contexto sombrio – a imagem lhe inspirou negatividade e lhe provocou até um certo medo –, disso Irceres teve certeza menos pelo uniforme do que pela semelhança com o filho da Hermínia, uma comadre sua que veio do Sul: um rapaz de rosto ovalado e nariz fino e cabelo loiro, penteadinho para o lado, como o da foto, que às vezes ia buscar a mãe na missa, e era chamado de "alemão", em tom jocoso, pelo povo da roça. O que a imagem do jovem militar fazia junto da foto do grandão da pescaria, no envelope, Irceres não saberia dizer – não havia traços comuns entre eles, nem lhe ocorreu imaginar "cara de um, focinho de outro" em relação ao jovem militar e Diana ou Lili. E Irceres nunca se enganara quanto a semelhanças entre pais e filhos! No dia seguinte, deparou-se com a foto do militar ao abrir a tampa do lixo, na cozinha; a da pescaria foi parar numa moldura, sobre a cômoda do quarto do casal.

Uma noite, para acompanhar uma sopinha de ovos tão bem preparada por Irceres, Delúbio apareceu com um galão de vinho que trouxe de um empório, em Brumadinho. Como Diana fez biquinho, e bebeu só um tantinho – eles eram só diminutivos agora – "por causa do leitinho de Lili", coube a Delúbio entornar meio garrafão, e uma alegria encheu seu peito ao vê-la se levantar da mesa e caminhar, de shortinho – apesar da "fresca" que vinha lá de fora – para o sofá.

Ao parar diante dela, na frente da tevê ligada, como se calculasse o que faria e onde se deitaria, e não ouvir de Diana um "me dá licença, por favor" para ela poder ver o que acontecia no telejornal, Delúbio teve o sinal verde de que precisava para pular no sofá e se encaixar de ladinho junto ao seu corpo, e abraçá-la por trás. Diana fechou os olhos e mexeu-se, encaixando-se, como se também recuperasse algo de si. Bastava agora falar uma bobagem qualquer – Delúbio calculou.

Ao ver o seu homônimo na tevê, no telejornal, um sujeito de olhos esbugalhados e barba grisalha, malcuidada como a sua, exibindo os dentes da frente afastados e sorrindo, apesar de envolvido em confusões que não acabavam nunca, tão maiores do que as em que ele se metera – feliz, no seu íntimo, por ele ser ele, e não o outro, *que se fodera tão mais do que ele, pelo visto* – Delúbio se lembrou de uma tarde, havia coisa de duas semanas, na cidade, em que foi "reconhecido" pela menina do caixa do açougue da praça, que imaginou tê-lo visto na tevê, e lhe pediu um autógrafo. Que ele se recusou a dar! "Eu estou famoso agora, viu Diana?!..." – disse, em tom sacana, ao contar o episódio para Diana, falando bem perto dos ouvidos dela – "É melhor você se garantir!" – provocou, sem medo da felicidade, misturando língua, orelha, cabelos e saliva – e nem se falou nem se ouviu mais nada na sala, até o choro de Lili destampar lá dentro, vindo do fundo do corredor.

Impressão e acabamento
Intergraf Ind. gráfica Eireli.